Über die Autorin:

Kathryn Taylor begann schon als Kind zu schreiben – ihre erste Geschichte veröffentlichte sie bereits mit elf. Von da an wusste sie, dass sie irgendwann als Schriftstellerin ihr Geld verdienen wollte. Nach einigen beruflichen Umwegen und einem privaten Happy End erfüllt sich nun ihr Traum: *COLOURS OF LOVE – ENTFESSELT* ist ihr erster Roman.

Kathryn Taylor

COLOURS OF LOVE – ENTFESSELT

Roman

BASTEI LÜBBE TASCHENBUCH
Band 16864

6. Auflage: Juni 2013

Dieser Titel ist auch als E-Book erschienen

Originalausgabe

Copyright © 2012 by Bastei Lübbe GmbH & Co. KG, Köln
Titelillustration: Sandra Taufer, München unter Verwendung
eines Fotos von fuyu liu/shutterstock
Umschlaggestaltung: Sandra Taufer, München
Satz: Urban SatzKonzept, Düsseldorf
Gesetzt aus der Garamond
Druck und Verarbeitung: CPI – Ebner & Spiegel, Ulm
Printed in Germany
ISBN 978-3-404-16864-4

Sie finden uns im Internet unter
www.luebbe.de
Bitte beachten Sie auch:
www.lesejury.de

Der Preis dieses Bandes versteht sich einschließlich
der gesetzlichen Mehrwertsteuer.

Für M.,
der meine Welt zum Klingen bringt

1

Ich bin so furchtbar aufgeregt, dass mir die Hände zittern. Damit das niemand merkt, halte ich sie schon seit einer Weile verschlungen auf meinem Schoß oder spiele abwesend mit dem Verschluss des Sicherheitsgurtes, lasse ihn auf und zu schnappen. Wir sind gleich da. Jetzt dauert es nicht mehr lange. Endlich ...

»Miss, Sie müssen den Gurt bitte geschlossen halten. Wir sind schon im Landeanflug.« Die aus dem Nichts aufgetauchte Stewardess, groß, blond, braungebrannt und wahnsinnig schlank, deutet auf das erleuchtete Zeichen auf der Konsole über unseren Köpfen. Hastig nicke ich und lasse das Metallteil wieder einrasten. Meine Entschuldigung nimmt sie nicht zur Kenntnis, sondern lächelt kurz meinen Sitznachbarn am Fenster an, der von seiner Zeitung aufgeblickt hat und sie – wie immer, wenn sie kommt – freundlich anstrahlt. Dann setzt sie ihre Inspektion fort und geht weiter.

Der Mann blickt ihr nach. Als er merkt, dass ich ihn dabei beobachte, runzelt er vorwurfsvoll die Stirn und sieht mich böse an, so als wäre es ein Vergehen, die Stewardess zu ärgern, bevor er sich wieder seiner Zeitung widmet. Ich glaube, es ist das erste Mal, dass er mich seit dem Abflug in Chicago überhaupt richtig wahrgenommen hat.

Nicht, dass das schlimm wäre, ich will ihm nicht gefallen. Es ist nur irgendwie frustrierend, denn selbst wenn ich ihn attraktiv fände, dann hätte ich gegen die große Blondine mal wieder keine Chance, weil ich genau das Gegenteil bin – klein und blass. Blond bin ich zwar eigentlich auch, aber rotblond, mit Betonung auf rot. Es ist das einzig Auffällige an mir, aber da es jener Rotton ist, der gleichzeitig dafür sorgt, dass ich auch in der Sonne stets nur krebsrot anlaufe und niemals richtig braun werde, ist es eine Aufmerksamkeit, auf die ich verzichten könnte.

Meine Schwester Hope versucht immer, die positiven Seiten daran zu sehen, und findet, dass ich aussehe wie eine englische Rose. Aber vermutlich will sie mich nur trösten, weil sie selbst auch zu den goldblond-braungebrannten Schönheiten dieser Welt gehört, die auf Männer wie meinen Sitznachbarn eine wesentlich größere Wirkung haben.

Heimlich beobachte ich ihn aus den Augenwinkeln. Er sieht ganz gut aus, eigentlich. Dunkle Haare, gepflegt, gut sitzender Anzug. Das Jackett hat er schon beim Start ausgezogen, und wenn er die Arme hebt, dann riecht man den Schweiß unter seinem Aftershave. Aber lange muss ich das zum Glück nicht mehr aushalten, denn wir sind ja bald da.

Automatisch fangen meine Hände wieder an, mit der Gurtschnalle zu spielen. Den Mann am Fenster habe ich vergessen, stattdessen starre ich auf den blauen Stoff auf der Lehne vor mir, und wieder fängt mein Herz an, schneller zu schlagen, weil ich so aufgeregt bin.

Ich bin tatsächlich auf dem Weg nach England! So richtig fassen kann ich das immer noch nicht. Es ist mein erster Auslandsaufenthalt, na ja, mal abgesehen von einer Woche Urlaub in Kanada mit meiner Familie, als ich dreizehn war – aber die zählt nicht. Und diesmal sind es auch nicht nur ein paar Tage, sondern gleich drei Monate.

Ich seufze tief. Eigentlich bin ich sicher, dass es eine tolle Erfahrung werden wird, aber die Tatsache, wie weit weg ich jetzt von allem bin, was ich kenne, macht mir auch ein bisschen Angst. Das wird sich finden, Grace, beruhige ich mich. Bestimmt tut es das ...

»Liebes, Sie haben doch gehört, was die Stewardess gesagt hat. Sie müssen angeschnallt bleiben.«

Die nette ältere Dame am Gang reißt mich aus meinen Gedanken, als sie mich anspricht. Freundlich tätschelt sie meine Hand, während ich hastig den Gurt wieder schließe. Sie sieht mich fragend an.

»So nervös sind Sie?«

Ich beiße mir auf die Unterlippe und nicke. Am liebsten würde ich ihr die ganze Geschichte über meine Reise und das, was mich an meinem Ziel erwartet, noch mal erzählen. Nur habe ich sie damit schon die letzten Stunden am Schlafen gehindert, deshalb schweige ich. Sie hat mir zwar versichert, dass sie in Flugzeugen ohnehin kein Auge zubekommt, aber vielleicht war das nur britische Höflichkeit und sie ist in Wirklichkeit furchtbar müde und hält mich für total überreizt.

Sie heißt Elizabeth Armstrong und kommt aus London. Gerade hat sie einen ihrer drei Söhne besucht, der in Chicago lebt, aber jetzt ist sie sehr froh, wieder nach Hause zu kommen. Ich weiß noch mehr über sie – alles eigentlich. Wie viele Enkel sie hat – drei und viel zu wenig, wie sie findet –, dass sie ungern fliegt – wer nicht? – und dass sie noch immer ihren Mann vermisst, der vor acht Jahren gestorben ist. Einfach so an einem Herzinfarkt. Er hieß Edward.

Flugzeuge sind eng und Transatlantikflüge lang, da bleibt es nicht aus, dass man sich gut kennenlernt – wenn man ein kommunikativer Typ ist und nicht so ein auf Blondinen fixierter Eigenbrötler wie der transpirierende Kerl am Fenster. Deshalb weiß Elizabeth Armstrong im Gegenzug auch alles über mich – dass ich Grace Lawson heiße, zweiundzwanzig bin, Wirtschaftswissenschaften an der Universität Chicago studiere und auf dem Weg nach London bin, weil ich das unglaubliche, grandiose, völlig unfassbare Glück hatte, den heiß begehrten

Praktikumsplatz bei Huntington Ventures zu bekommen, auf den ich so gehofft hatte.

Ich weiß gar nicht, wie oft ich meiner geduldigen Sitznachbarin während des langen Fluges die Details der Firma heruntergebetet habe, die ich inzwischen alle auswendig kann. Dass es sie seit acht Jahren gibt und dass sie sich in der Zeit zu einem der erfolgreichsten Investmentunternehmen weltweit entwickelt hat. Und dass dieser Erfolg vor allem auf dem innovativen und sehr beeindruckenden Konzept des Firmengründers Jonathan Huntington beruht, Patente und frische Ideen aus Technik, Industrie und Handel mit den richtigen Geldgebern zusammenzubringen, sodass ertragreiche Produkte und Projekte daraus entstehen.

Auf den Mann, der hinter all dem steckt, bin ich, wenn ich ganz ehrlich sein soll, auch ziemlich gespannt: Jonathan Maxwell Henry Viscount Huntington, Mitglied des britischen Hochadels, extrem umtriebig, was die Erweiterung seiner Geschäfte angeht, und laut einschlägiger Boulevardblätter außerdem einer der begehrtesten Junggesellen Englands.

Ich habe Hope ein Bild von ihm gezeigt, das ich in einer Zeitschrift entdeckt habe, und sie fand, dass er zwar wirklich gut, aber auch total arrogant aussieht. Womit sie recht hat. Aber vielleicht ist das ja auch kein Wunder. Bei dem Erfolg, den er hat, wäre ich das vielleicht auch.

Ich erinnere mich noch gut an das Foto. Darauf war er mit zwei wunderschönen, glamourösen Frauen zu sehen, Models mit perfekten, nur spärlich bedeckten Körpern, die an seinem Arm hängen und ihn anhimmeln. Aber keine der beiden ist seine Freundin, wenn das stimmt, was in dem dazugehörigen Artikel stand, weil er nämlich keine hat. Und verheiratet ist er auch nicht, was mich ein bisschen wundert. Denn er sieht mit seinen dunklen Haaren und den auffällig blauen Augen wirklich unglaublich gut aus. Warum so ein attraktiver Mann wohl noch ungebunden ist?

Ich seufze wieder. Das ist nicht dein Problem, Grace, erinnere ich mich. Du wirst ihm vermutlich nicht mal begegnen. Schließlich leitet er das Unternehmen und wird kaum Zeit haben, jede Praktikantin persönlich zu begrüßen, selbst wenn sie weit gereist ist ...

»Wird Sie denn eigentlich jemand am Flughafen abholen?« Elizabeth Armstrong klingt ehrlich besorgt.

Ich brauche einen Moment, um wieder in die Realität zurückzufinden.

»Nein. Ich werde mit der U-Bahn in die Stadt fahren – oder ein Taxi nehmen.« Letzteres wird, falls es nötig sein sollte, ein ziemlich großes Loch in mein Erspartes reißen. Es ist auch nur mein Plan B, falls das mit der U-Bahn total schiefgeht. Ich kann nur hoffen, dass ich mich schnell zurechtfinde, in der richtigen Linie lande und mein Ziel pünktlich erreiche. Sonst bleibt mir nur ein Taxi. Denn die Zeit ist knapp.

Der Flieger, in dem ich sitze, war die günstigste Verbindung von Chicago nach London, aber er soll planmäßig um acht Uhr, also in einer Viertelstunde, landen, und um zehn Uhr habe ich bereits einen Termin mit Annie French, einer Mitarbeiterin von Huntington Ventures, die mich am Empfang der Firma erwartet, um mir alles zu zeigen und mich in meine Tätigkeit einzuweisen. Und die Firma liegt in der City of London, genau im Zentrum der Stadt. Wenn man mit einrechnet, dass ich an der Gepäckausgabe noch auf meinen Koffer warten muss, dann wird das alles verdammt eng, und ich hoffe bloß, dass die Londoner Rushhour in Wirklichkeit nicht ganz so chaotisch ist, wie man immer hört.

* * *

Am Ende haben wir fast zwanzig Minuten Verspätung, als wir in Heathrow landen, und es dauert noch mal eine halbe Ewigkeit, bis die Maschine endlich ihre Parkposition erreicht hat. Unruhig trommele ich mit den Fingern auf die Lehne, zähle die Minuten, die mir durch die Finger rinnen. Auch der Weg zur Gepäckausgabe ist weit, und natürlich sind unsere Koffer noch nicht da, als wir kommen. Das Rollband steht noch, während darüber die Anzeige mit unserer Flugnummer blinkt.

Siedend heiß fällt mir ein, dass ich die Zeit nutzen muss, um mich frisch zu machen und umzuziehen, deshalb laufe ich in die nächstgelegene Damentoilette und betrachte mich kritisch im Spiegel. Das habe ich während des Fluges auch mehrfach gemacht, und das Ergebnis ist immer noch das gleiche: soweit alles okay.

Schnell schlüpfe ich in eine der Kabinen, ziehe die Jeans aus, die ich bis jetzt anhatte, und tausche sie gegen den engen schwarzen Rock und eine Seidenstrumpfhose, die ich die ganze Zeit in meiner Handtasche hatte. Das Gleiche passiert mit dem grünen Poloshirt, das ich durch eine schwarze Bluse ersetze. Mein einziges farbliches Zugeständnis ist ein buntes Seidentuch, das zum Rotton meiner Haare passt. Schnell stopfe ich die alten Sachen zurück in meine Tasche, die so groß ist, dass vermutlich mein halber Kleiderschrank reingepasst hätte und die aus genau dem Grund meine treue Begleiterin ist, und trete zurück vor den Spiegel. Perfekt. Meine Mutter würde es zu dunkel finden – sie möchte immer, dass ich etwas »Freundliches« anziehe –, aber mir gefällt es so. Mit den roten Haaren bin ich schon bunt genug. Noch mehr auffallen muss ich definitiv nicht.

Apropos Rotschopf: meine Haare wellen sich nicht mehr ganz so perfekt über meine Schultern wie vor dem Abflug, aber mit ein bisschen Zurechtzupfen kriege ich das schnell wieder hin – es lebe der Schaumfestiger! Und auch mein Make-up, ohnehin nur dünn aufgetragen, lässt sich schnell auffrischen, ein bisschen Puder, Wimperntusche und Lipgloss – fertig.

Meine grünen Augen blicken mich müde an, die Nacht war kurz, und langsam merke ich es. Aber was soll's, ich bin jung, und den Schlafmangel nehme ich gerne in Kauf für die zweihundert Dollar, die ich durch das billigere Flugticket gespart habe.

Neben mir im Spiegel taucht plötzlich Elizabeth Armstrong auf und löst die Frau ab, die bis eben neben mir gestanden hat. Erstaunt, aber erfreut blicke ich mich zu ihr um.

»Na, Liebes, noch ein paar letzte Schönheitskorrekturen? Dabei haben Sie das im Gegensatz zu mir doch noch gar nicht nötig.« Sie zwinkert mir zu, dann gähnt sie herzhaft und lässt sich kaltes Wasser über die Hände laufen.

Wusste ich es doch – sie ist müde, und ich bin schuld, weil ich sie nicht habe schlafen lassen. Trotzdem lächelt sie, während wir uns beide die Hände waschen, und ich muss es einfach erwidern.

Sie erinnert mich ein bisschen an meine Großmutter Rose zu Hause in Lester, Illinois – dem kleinen Städtchen, in dem ich aufgewachsen bin. Grandma sieht zwar ganz anders aus, sie hat ihr Leben lang draußen gearbeitet und ist mit der zarten Elizabeth in keiner Weise zu vergleichen, aber sie besitzt auch diesen verschmitzten Humor.

»Ich muss ja gut aussehen, wenn ich mich gleich vorstelle«, erkläre ich unnötigerweise. Denn meine Mitreisende wird sich das gedacht haben, nachdem ich ihr während der letzten Stunden gefühlte dreihundertsiebzig Mal erklärt habe, wie wichtig mir das Praktikum ist, das ich gleich antreten werde. Sie nickt nur.

»Vielleicht holt Sie ja doch noch jemand ab«, sagt sie und

geht zu dem Trockenautomaten hinüber, um sich von dem Turbogebläse das Wasser von den Händen pusten zu lassen. Das Summen ist so laut, das ich fast das Klingeln meines Handys überhöre. Ich habe es schon beim Verlassen des Flugzeugs wieder angestellt – nur für den Fall, dass man mir von Huntington Ventures irgendwelche wichtigen Nachrichten hinterlassen hat. Aber damit habe ich meine Bedeutung für die Firma offensichtlich überschätzt, denn die Einzige, die mir eine SMS geschickt hat, ist meine Schwester. Und sie ist auch jetzt diejenige, die mich sprechen möchte, das erkenne ich auf dem Display. Hastig wische ich mir die Finger an meinem Rock ab und nehme den Anruf entgegen.

»Hey, Gracie! Bist du gut gelandet?«

Es tut so gut, Hopes vertraute Stimme zu hören, dass ich kurz schlucken muss.

»Ja, gerade eben. Jetzt warte ich auf meinen Koffer. Moment mal.«

Ich drücke das Handy gegen meine Brust und verabschiede mich von Elizabeth, die mir den Oberarm tätschelt und mir viel Glück wünscht, bevor sie einen Lippenstift aus ihrer Handtasche holt und sich vorbeugt, um ihn zu erneuern. Im Spiegel zwinkert sie mir noch einmal zu, und ich hebe die Hand, bevor ich die Tür aufstoße und mit dem Handy schon wieder am Ohr zurück in die Halle gehe. Die Koffer kommen gerade, und während ich auf meinen warte, der natürlich wieder zu den letzten gehört, die auf dem Band erscheinen, fasse ich Hope den Flug zusammen. Ich genieße es, mit ihr zu reden, sie ist ein Stück Normalität für mich, und das kann ich in meinem nervösen Zustand sehr gut gebrauchen.

»Und was jetzt?«, fragt sie, als ich gerade das schwarze Monstrum vom Band hebe, das ich mir von Mom geliehen habe, weil ich mit drei Taschen hätte reisen müssen, um genauso viel hineinzubekommen. Als der Koffer vor mir steht, schiebe ich den Griff hoch, danke meinem Schöpfer, dass er Rollen hat, auch wenn mir das Gewicht trotzdem fast den Arm auskugelt, und ziehe ihn entschlossen in Richtung Zoll.

»Jetzt muss ich mich beeilen, damit ich es noch rechtzeitig schaffe.«

»Hast du den schwarzen Rock und die schwarze Bluse an?«

»Ja, wieso?«

Hope kichert. »Weil ich das befürchtet habe.«

»Sieht das nicht aus?« Entsetzen erfasst mich. Hätte sie mir das nicht früher sagen können?

»Doch, aber es ist so typisch für dich, dass du versuchst, dich zu verstecken. Das hast du überhaupt nicht nötig, Gracie. Du bist total hübsch, und das wird den Engländern nicht entgehen, glaub mir. Und außerdem passt Schwarz doch gar nicht – das ist keine Frühlingsfarbe.«

Ich hätte ihr gern geglaubt. Wirklich. Aber Hope hat gut reden mit ihren Traummaßen. Wenn ich einen Meter fünfundsiebzig, blond und sportlich wäre, hey, dann würde ich vermutlich gar nichts tragen – oder sehr viel weniger als jetzt. Aber bei ihr schlagen eben die skandinavischen Wurzeln unserer Familie durch. Ich dagegen scheine von irgendeinem Urahn die wenigen irischen Gene abbekommen zu haben, die noch da waren, denn sonst ist keiner meiner Verwandten rothaarig, nicht mal mein Vater – jedenfalls soweit ich mich erinnern kann, denn es ist schon eine Ewigkeit her, dass ich ihn gesehen habe. Und ich bin auch die Einzige, die klein und kurvig ist. Nicht dick, das nicht, aber eben doch gerundet, wo diese beneidenswerten Frauen wie meine Schwester oder die Stewardess sportlich-straff sind.

»Schwarz macht schlank, okay?« Ich nestle meine Papiere aus der Tasche, die ich gleich vorzeigen muss. »Ich ruf dich wieder an.«

Plötzlich klingt Hopes Stimme besorgt. »Pass auf dich auf, ja, Gracie? Und versprich mir, dass du dich heute Abend meldest und mir alles erzählst – jedes Detail.«

Ich verspreche es ihr und lege mit einem selbstironischen Lächeln auf. Sie ist meine kleine Schwester – und führt sich auf wie meine Mutter. Aber vielleicht zu Recht. In vielerlei Hinsicht ist Hope die Erfahrenere von uns. Seufzend stecke ich das Handy weg. In England war sie allerdings noch nie. Das ist dann jetzt mal etwas, das ich ihr voraushabe.

Der Mann am Schalter guckt nur kurz in meinen Pass, und auch die Zollbeamten filzen mich nicht – ich sag's ja, abgesehen von meinen Haaren bin ich total unauffällig, niemand achtet auf mich –, deshalb geht es schnell, und ich bin schon bald am Ausgang, durch den es hinaus ins Flughafengebäude geht.

Dahinter stehen so unerwartet viele Menschen, dass ich erschrocken stehenbleibe und ein Mann mich von hinten umläuft. Er sieht mich irritiert an, dann eilt er weiter. Danke schön. Keine Ursache. Du mich auch.

Leute strömen an mir vorbei, eilen auf winkende Verwandte oder Freunde zu. Schilder mit Namen darauf werden hochgehalten, Menschen finden sich, umarmen sich, werden im Empfang genommen. Auch Elizabeth läuft an mir vorbei auf einen jungen Mann zu, der sich sichtlich freut, sie zu sehen, und sie in die Arme schließt. Auf mich achtet sie nicht mehr.

Ich will mich nicht verloren fühlen, deshalb rücke ich entschlossen meine Handtasche zurecht und sammle mich. Es wird Zeit, ich muss weiter. Mit einem Ruck setze ich mich wieder in Bewegung, um nach einem Hinweis auf die U-Bahn zu suchen – nur um eine Sekunde später erneut stehenzubleiben, als mein Blick an einem Mann hängen bleibt, der aus der Menge heraussticht. Er steht lässig da, die Augen unverwandt auf den Ausgang gerichtet. Auf mich.

Mein Herz setzt aus, holpert aber sofort anschließend wieder los, als ich das Lächeln sehe, das um seine Lippen spielt. Fast unmerklich nickt er mir zu.

Jonathan Huntington.

Nein, das kann nicht sein. Ich blinzle, aber er steht noch da. Er ist es, ganz bestimmt, auch wenn er in natura noch viel attraktiver ist als auf dem Foto in der Zeitschrift.

Er löst die Arme, die er vor der Brust verschränkt hatte, seine Haltung wechselt von abwartend zu aktiv. Es kommt Bewegung in ihn, auch wenn er stehen bleibt. Er sieht mir entgegen. Er ... erwartet mich.

Oh. Mein. Gott.

Meine Füße setzen sich von selbst in Bewegung. Wie im Traum bewege ich mich auf ihn zu.

2

»Hallo, Mr Huntington.« Ich stehe jetzt direkt vor ihm und strecke die Hand aus. »Ich bin Grace Lawson.«

Während ich auf ihn zugegangen bin, hat er mich nicht aus den Augen gelassen. Augen, deren Blau schon auf dem Foto faszinierend war. Aber in echt ist es ... anders. Tief. Schillernd. Ich starre hin, sauge jedes Detail an ihm in mich auf.

Er ist groß, viel größer, als ich dachte, und ganz in Schwarz gekleidet, schwarze Hose, schwarzes Hemd, schwarzes Jackett. Wie ich. Nur dass er natürlich keinen bunten Schal trägt. Haha. Seine Haare sind auch schwarz und auf eine verwegene Art lang, sie fallen ihm in die Stirn und leicht über den Kragen. Im Gegensatz zu mir ist seine Haut gebräunt, was den Kontrast zu seinen strahlend blauen Augen noch krasser macht. Außerdem hat er sich heute offenbar nicht rasiert, denn es liegt ein dunkler Schatten auf seinen Wangen.

Das alles nehme ich in der Sekunde wahr, in der meine Hand zwischen uns in der Luft schwebt, ohne dass er sie ergreift. Mein Blick huscht zu seinem Mund. Das Lächeln, das vorher auf seinen Lippen gelegen hat, ist jetzt nicht mehr da, und der leere Ausdruck auf seinem Gesicht macht mich plötzlich unsicher. Er sieht mich an, als sei ihm völlig unverständlich, was ich von ihm will. Ich räuspere mich, lasse die Hand ausgestreckt.

»Freut mich, Sie kennenzulernen – Sir.« Ist er nicht adelig? Wie redet man so jemanden an? Verdammt. »Ich weiß gar nicht, was ich sagen soll. Ich meine, ich hätte wirklich nicht damit gerechnet, dass Sie mich abholen. Aber ich ... freu mich.

Auf das Praktikum. Sehr sogar. Das ist für mich ... wirklich ... sehr ...« Die letzten Worte stoße ich nur noch abgehackt aus, denn irgendetwas stimmt hier nicht.

»Jonathan?« Eine tiefe Stimme mit einem merkwürdigen Akzent, den ich nicht zuordnen kann, erklingt direkt hinter mir, und als ich erschrocken aufblicke, steht da ein Mann. Ein Japaner. Er ist nicht ganz so groß wie Jonathan Huntington, aber doch so groß, dass ich mich zwischen den beiden wie ein Zwerg fühle. Dahinter stehen noch zwei Männer, auch Japaner, aber kleiner, offenbar die Entourage des ersten. Und erst jetzt fällt mir auf, dass ein blonder Hüne und ein etwas kleinerer braunhaariger Mann, beide im Anzug, dichter hinter Jonathan Huntington getreten sind, so als wollten sie ihm im Zweifel zu Hilfe eilen. Und alle sehen mich auf die gleiche irritierte Weise an.

Oh Gott. Mir wird heiß und kalt, als ich begreife, was für einen unglaublich peinlichen Fehler ich da gemacht habe. Jonathan Huntington ist nicht hier, um die neue Praktikantin aus Chicago abzuholen. Er wartet auf den japanischen Geschäftsmann hinter mir, der durch einen grausamen Zufall genau zur gleichen Zeit angekommen ist. Ich habe mich gerade ganz fürchterlich blamiert. Fürchterlicher als fürchterlich. Grausam unverzeihlich fürchterlich.

Quälende Sekunden lang sagt niemand etwas, und ich winde mich innerlich. Vor Verzweiflung schließe ich die Augen und fühle fast gleichzeitig, wie sich eine Hand warm um meine schließt, die ich immer noch ausgestreckt habe.

Als ich die Augen wieder aufreiße, sieht Jonathan Huntington mich an. Es ist seine Hand, die meine hält. Fest. Angenehm. Beruhigend. Er lächelt, und ich sehe, dass an einem seiner Schneidezähne eine ganz kleine Ecke fehlt. Was seinem Lächeln etwas Jungenhaftes gibt, mit dem ich nicht gerechnet habe und das mir die Knie ganz weich macht. Oder vielleicht liegt es auch daran, dass mir das alles so unglaublich peinlich ist, dass meine Beine mich einfach nicht mehr tragen wollen.

»Miss Lawson, wie schön.« Er hat immer noch keine Ahnung, wer ich bin. Aber er rettet mich. Die Wärme seiner Hand breitet sich in meinem Körper aus.

Du musst dich entschuldigen und gehen, sagt eine Stimme in mir laut und deutlich, aber ich bin wie festgefroren, starre wie hypnotisiert in Jonathan Huntingtons Gesicht und kann immer noch nicht fassen, wie attraktiv er ist.

Dann lässt er meine Hand los, und ich komme wieder zu mir. Er deutet auf den großen Japaner, dessen Alter ich schwer schätzen kann.

»Darf ich Ihnen Yuuto Nagako vorstellen, einen Geschäftsfreund von mir, der eben aus Tokio angekommen ist.« Ich drehe mich um und nicke dem Mann zu, der mich auf eine merkwürdig durchdringende Art ansieht. Jonathan Huntington nennt auch die Namen der anderen vier, die schweigend den Kopf neigen, aber ich kann mir nur merken, dass der große Blonde mit Vornamen Steven heißt, die anderen habe ich sofort wieder vergessen. Mein Gehirn kann keinen vernünftigen Gedanken fassen.

»Und Sie sind unsere neue ... Praktikantin, Miss Lawson?«, hakt Jonathan Huntington nach. Er sagt es irgendwie komisch, von oben herab, und etwas in seinem Tonfall weckt meinen Widerstand. *Bestimmt total arrogant.* Das waren die Worte meiner Schwester, als wir uns damals zusammen sein Foto angesehen haben. Offenbar hatte sie recht.

Andererseits sickert die Tatsache, dass er mich nicht bloßgestellt hat wegen meines schrecklichen Irrtums, langsam vollständig in mein Gehirn, und meine Dankbarkeit überwiegt alle anderen Empfindungen. Wenn das die feine englische Art ist, dann nehme ich eine gewisse Arroganz gerne in Kauf.

»Ich ... ja. Aus ... Chicago«, stammele ich, so als würde das erklären, wieso ich mich so unglaublich dämlich aufgeführt habe.

Der Japaner wird ungeduldig, man sieht es ihm an. Mein Gefühl sagt mir, dass ich bei ihm mit einem solchen Auftritt nicht so glimpflich davongekommen wäre – zumindest deute ich den Blick so, mit dem er mich immer noch fixiert.

Endlich scheint mein Gehirn aufzuwachen. Ich hatte Glück und muss mich vielleicht nicht für den Rest meines Lebens in Grund und Boden schämen, weil ich so naiv bin, dass es wehtut. Aber wenn ich noch lange hier herumstehe, dann ändert sich das vielleicht doch noch.

»Ich muss dann jetzt auch weiter. Zur U-Bahn. Weil ich ja gleich einen Termin habe.« Ich sehe Jonathan Huntington an, und die ganze Sache ist so absurd, dass ich mit den Schultern zucke und ein Lächeln nicht unterdrücken kann. »Bei Ihnen.«

Er hebt erstaunt die Augenbrauen. »Bei mir?«

»Äh, ja, nein, ich meinte – in Ihrer Firma. Sie wissen schon. Das Praktikum.« Schon wieder winde ich mich innerlich. Oh Gott, Grace, versuch lieber nicht, lustig zu sein. Nach diesem Auftritt wird er die Zusammenarbeit mit der Universität Chicago vermutlich aufkündigen, weil er für alle Zeit genug von den total beschränkten amerikanischen Studentinnen hat, die er dadurch ins Land holt. Ich sollte wirklich lieber gehen, bevor ich es noch schlimmer mache. »Also. Bis dann.«

Ich umklammere den Griff meines Koffers und ziehe ihn weiter. Die Männer treten sofort aufeinander zu und schließen die Lücke, so als hätten sie nur darauf gewartet, dass ich endlich gehe, und reden miteinander. Ich drehe mich noch mal ganz kurz um, aber als ich den Blick des Japaners auffange, der mit Jonathan Huntington spricht, wende ich sofort den Kopf und hoffe inständig, dass sie über irgendetwas Geschäftliches reden und nicht über mich.

Für einen Moment schließe ich die Augen, während das Gewicht des Koffers, den ich gekippt hinter mir her rolle, an meinem Arm reißt. Das war sie – meine Begegnung mit Jonathan Huntington. Hast du super gemacht, Grace, total super. Wenn ich ihm jetzt noch mal in der Firma begegne, dann kann ich nur hoffen, dass er sich mein Gesicht nicht gemerkt hat – oder ich verstecke mich lieber gleich drei Monate hinter irgendeinem Aktenschrank.

Eine Hand umschließt meinen Arm und zwingt mich, stehen zu bleiben. Erschrocken drehe ich mich um – und blicke wieder in die blauen Augen von Jonathan Huntington.

»Sie fahren mit uns, Miss Lawson«, erklärt er, erneut in diesem herablassenden Tonfall, der keinen Widerspruch duldet.

Wenn ich atmen könnte, dann könnte ich etwas darauf antworten. Hinter ihm steht Steven, der blonde Hüne, und bevor ich begreifen kann, was passiert, hat der sich meinen Koffer gegriffen und zieht ihn weg, zurück zu den japanischen Geschäftsleuten. Jonathan Huntington hält immer noch meinen Arm fest. Und endlich arbeitet mein Gehirn wieder.

»Hey!« Ich mache mich von ihm los. »Nein! Nicht!«, rufe ich dem Blonden hinterher, der sogar stehen bleibt. Doch Jonathan Huntington winkt ihn weiter. Dann spüre ich seine Hand im Rücken, die mich entschlossen vorwärtsschiebt.

»Mein Assistent will Ihnen nur mit dem Gepäck behilflich sein«, erklärt er und sieht mich schon wieder an, als wäre ich nicht ganz richtig im Kopf. Aber vielleicht bin ich das ja auch nicht.

»Ich kann nicht mit Ihnen fahren«, sage ich und bleibe stehen. Das ist doch nur logisch, das muss er doch einsehen. Er hat irgendetwas unglaublich Wichtiges mit diesem Japaner zu besprechen, jedenfalls gehe ich davon aus, denn sonst wäre der ja kaum extra aus Tokio gekommen, und dabei störe ich bloß. Außerdem – dieser Befehlston gefällt mir nicht. Und ich will auch nicht, dass mir jemand einfach mein Gepäck wegnimmt.

»Bitte, könnten Sie dem Mann – könnten Sie Ihrem Assistenten sagen, dass er mir meinen Koffer wiedergeben soll? Ich muss wirklich zur U-Bahn, sonst komme ich zu spät.«

Seine Mundwinkel heben sich, weil ihn das offenbar amüsiert, und ich sehe wieder die kleine fehlende Zahnecke. Wieso ist das bei anderen ein Schönheitsfehler und bei ihm etwas, dass ich unglaublich attraktiv finde? Mein Atem stockt schon wieder.

»Zu spät zu dem Termin mit mir?«, fragt er, und es klingt eindeutig spöttisch. Das gibt mir wieder Luft. Ich recke das Kinn.

»Nein. Zu spät zu dem Termin bei Ihrer Firma.« Sein Lächeln macht mich plötzlich wütend. Jetzt funktioniert meine Atmung wieder einwandfrei. »Ich denke nicht, dass es sinnvoll wäre, wenn ich Sie noch weiter störe. Sie haben einen wichtigen Termin, und ich würde mich sehr unwohl fühlen, wenn ich Ihnen nach dem Missverständnis eben noch weiter zur Last falle.« Mir fällt wieder ein, dass es eigentlich ziemlich nett von ihm war, mich nicht auflaufen zu lassen. »Danke übrigens.«

»Danke wofür?«

Oh nein. Grace, verdammt, denk doch einmal richtig nach, bevor du was sagst. »Sie wissen schon. Sie hätten gerade auch – nicht so freundlich sein können.«

»Und warum lehnen Sie dann ab, wenn ich Ihnen freundlich anbiete, Sie mitzunehmen?«

»Ich...« Will er mich verwirren? Wenn ja, dann ist ihm das ganz hervorragend gelungen. »Ich will doch nur nicht zu spät kommen«, sage ich fast verzweifelt.

»Dann begleiten Sie mich. Mit dem Wagen sind Sie schneller da als mit der U-Bahn.«

Ich sträube mich immer noch, auch wenn ich seiner großen, warmen Hand in meinem Rücken keinen echten Widerstand entgegenzusetzen habe und weiterlaufe. »Aber Ihr Freund, ich meine, Ihr Geschäftspartner. Sie haben sicher etwas zu besprechen.«

»Er hat nichts dagegen, dass Sie mitfahren, glauben Sie mir.« Die Art, wie er das sagt, irritiert mich. Er klingt sarkastisch, und es schwingt etwas in seiner Stimme mit, dass mir einen Schauer über den Rücken jagt. Aber ich bin viel zu durcheinander, um weiter darüber nachzudenken, denn in diesem Moment haben wir die anderen Männer wieder erreicht.

»Miss Lawson begleitet uns«, erklärt Jonathan Huntington, als wäre das nicht ohnehin offensichtlich, wenn er mich wieder anschleppt und sein riesiger Assistent meinen Koffer zieht. Er klingt zufrieden. Kein Wunder. Wahrscheinlich kriegt er immer, was er will.

Die Japaner nicken auf diese asiatische Art, ein bisschen abgehackt irgendwie, während mich Steven und der Braunhaarige nur mit neugierigem, aber sehr distanziertem Interesse betrachten, etwa so, wie man auf ein Unfallgeschehen sieht, an dem man vorbeifährt. Aber das bin ich ja wohl auch – ein unvorhergesehener Unfall.

Schweigend setzen wir uns alle in Bewegung.

Jonathan Huntington und der große Japaner gehen hinter mir, und ich habe das Gefühl, als könnte ich seine Blicke im Rücken fühlen. Die beiden unterhalten sich leise – auf Japanisch. Vielleicht ist es deshalb kein Problem, dass sie mich mitnehmen – ich verstehe ja sowieso nichts.

Für einen Moment werde ich unsicher. Bin ich eigentlich total wahnsinnig, dass ich überhaupt darüber nachgedacht habe, dieses Angebot nicht anzunehmen? Ich meine, Jonathan Huntington ist für die nächsten drei Monate mein Boss – und ich habe nichts Besseres zu tun, als mich ihm zuerst aufzudrängen und mich dann zu zieren, als würde er irgendetwas von mir wollen? Komm wieder auf den Teppich, Grace, ermahne ich mich. Du hattest gerade mehr Glück als Verstand. Mach endlich das Beste draus.

Im Auto – einer ziemlich langen Limousine mit zwei sich gegenüberliegenden, lederbezogenen Sitzbänken im hinteren Bereich – kommen meine Zweifel zurück, und ich bin wieder sicher, dass es ein großer Fehler war, nicht doch die U-Bahn zu nehmen.

Ich sitze in Fahrtrichtung, auf einer Bank mit Jonathan Huntington und dem braunhaarigen Mann, während sich der Ober-Japaner die gegenüberliegende mit einem seiner Assistenten teilt. Der andere hat sich vorn neben den riesigen Steven gesetzt, der den Wagen fährt. Der japanische Assistent, der hinten bei uns ist, balanciert seine Aktentasche auf dem Schoß, und der Braunhaarige telefoniert und schickt Textnachrichten mit seinem Handy, während er mit einem Ohr offenbar dem Gespräch der beiden Bosse lauscht. Jonathan Huntington und Yuuto Nagako – so heißt er, es ist mir wieder eingefallen – sitzen beide entspannt zurückgelehnt da und unterhalten sich, immer noch auf Japanisch. Ich habe keine Ahnung, wie alt der Japaner wohl sein mag, weil sein Gesicht so asiatisch glatt wirkt, aber da seine Schläfen schon ergraut sind, schätze ich ihn mindestens zehn Jahre älter als Jonathan.

Während er spricht, sieht dieser Yuuto Nagako mich immer wieder auf diese beunruhigende Weise an, die mir unangenehm ist, und manchmal habe ich fast den Eindruck, dass es in dem Gespräch um mich geht. Aber das ist genauso absurd wie diese ganze Situation.

Ich weiß nicht, wann ich mich zuletzt so unwohl gefühlt habe. So völlig fehl am Platz. Ich war noch nie in so einem noblen Auto, und das allein hätte – zusammen mit dem total ungewohnten Linksverkehr – eigentlich schon gereicht, um mich zu überwältigen. Aber ich bin so damit beschäftigt, mich zwischen diesen großen, fremden Männern klein und unbedeutend zu fühlen, dass ich gar nicht dazu komme, meine Umgebung gebührend zu bewundern. Nur Jonathan Huntington ist mir vertraut, aber da das der Tatsache geschuldet ist, dass ich mit meiner Schwester über seinem Foto gesessen und es bestaunt habe, entspannt mich das nur sehr bedingt. Ich bin einfach total überfordert.

Am schlimmsten ist, dass ich so dicht neben ihm sitze, dass ich ihn riechen kann. Und im Gegensatz zu dem Mann im Flugzeug stößt er mich nicht ab. Nein, er riecht gut, nach irgendeinem sehr angenehmen Aftershave. So angenehm, dass ich mich dabei erwische, wie ich tief einatme, um noch mehr davon in die Nase zu bekommen. Vielleicht ist es auch gar kein Aftershave. Vielleicht riecht er so. Was es auch ist, es steigt mir definitiv zu Kopf. Und das ist gar nicht gut, denn dadurch bin ich nur noch mehr auf ihn konzentriert und kriege meine Nervosität noch schwerer in den Griff.

Unbehaglich klammere ich mich am Sitz fest und bete, dass wir bald da sind. Denn jedes Mal, wenn der große Wagen eine Kurve nimmt, werde ich gegen Jonathan Huntington gepresst. Jedenfalls würde ich das, wenn ich mich nicht mit aller Kraft dagegen anstemmen würde. Die Sitze sind extrem weich gepolstert und sollen eigentlich zwei Leuten üppig viel Platz bieten. Wir sitzen aber zu dritt auf dieser Bank, und die breite Kuhle im Sitz und die Gesetze der Schwerkraft lassen mich deshalb immer wieder gefährlich nah an ihn heranrutschen. Ich kann nichts tun. Völlig verkrampft sitze ich da und starre aus dem Fenster, in der Hoffnung, dass niemand merkt, dass ich da bin.

Bis Jonathan Huntington unvermittelt den Arm auf die Lehne hinter mir legt. Damit ist seine breite Schulter aus dem Weg, und ich habe mehr Platz. Aber sie war auch so etwas wie ein Stopper, die Stelle, an der unsere Körper sich maximal berührt haben, wenn ich mich mal nicht gut genug festhalten konnte. Jetzt ist da nichts mehr, und in der nächsten Rechtskurve, die der Wagen eine Sekunde später nimmt, rutsche ich gegen ihn. So richtig. Voller Körperkontakt. Seite an Seite sitzen wir auf einmal da, und weil ich mich beim Fallen instinktiv abstützen wollte, liegt meine Hand auch noch auf seiner Brust, und ich spüre, dass er den Arm um mich gelegt hat und meinen Oberarm festhält. Wahrscheinlich auch ein Reflex, um mich aufzufangen.

Für eine Sekunde bleibt die Welt stehen. Ich spüre die Wärme seines Körpers, aber auch, wie er sich unter meiner Hand versteift. Sein Blick gleitet von meinem Gesicht zu meinem Ausschnitt und wieder zurück. Ich sehe an mir hinunter und stelle fest, dass meine Bluse verrutscht ist und jetzt ziemlich viel von meinem Dekolleté preisgibt. Er lächelt nicht, als ich wieder zu ihm aufsehe, und seine Augen werden dunkler. Ich kann nicht atmen und starre ihn nur an. Meine Haut prickelt plötzlich überall dort, wo wir uns berühren, und ich fühle die Röte, die mir in die Wangen schießt.

Hastig drücke ich mich ab – von seiner Brust, aber anders geht es nicht – und schiebe mich zurück in die Ecke. Sein Arm gibt mich frei.

»Entschuldigung«, murmele ich und kann meine Bestürzung kaum verbergen. Ich muss hier wirklich dringend raus.

Er zieht den Arm von der Lehne zurück, und wir sitzen wieder so da wie vorher. Zum Glück unterhält sich der japanische

Assistent gerade mit dem Braunhaarigen, es geht um irgendwelche Termine. Nur Yuuto Nagako beteiligt sich nicht an dem Gespräch, sondern fixiert mich genau, so wie er es eigentlich die ganze Zeit schon macht. Er sagt auf Japanisch etwas zu Jonathan Huntington, der sich daraufhin an mich wendet.

»Wie lange werden Sie bei uns bleiben, Miss Lawson?«

Die Tatsache, dass er plötzlich das Wort an mich richtet, macht mich noch nervöser, als ich sowieso schon bin. Er fragt das nämlich nicht so, als wolle er harmlosen Smalltalk betreiben, sondern irgendwie sachlich und distanziert. Als wäre das eine wichtige Information, die er für irgendetwas braucht.

»Drei Monate«, erwidere ich und befeuchte meine Lippen. Mein ganzer Mund ist furchtbar trocken.

»Und Sie kommen noch mal aus...?«

»Chicago.«

»Richtig. Das sagten Sie ja.«

Er hat den Kopf zur Seite gedreht und sieht mich mit einem Blick an, dem ich mich nicht entziehen kann. Wir sitzen immer noch definitiv zu dicht nebeneinander, auch wenn jetzt wieder nur unsere Schultern zusammenstoßen. Ich fühle, wie hart sein Arm unter dem Jackett ist, und ziehe mich ein Stück zurück. Seine Wärme spüre ich trotzdem noch, und sie scheint sich weiter auf mich zu übertragen.

»Dann studieren Sie bei Professor White?«

Ich nicke. Langsam erhole ich mich von dem Schock. Anscheinend will er doch nur ein bisschen Smalltalk machen. Ein unverfängliches Gespräch ist jedenfalls genau das, was ich jetzt brauche. »Kennen Sie ihn?«

»Nicht persönlich, nein. Aber mein Kompagnon, Alexander Norton, ist gut mit ihm befreundet. Der Kontakt ist über ihn gelaufen, soviel ich weiß.«

Davon hat Professor White nie etwas erwähnt, aber es erklärt, wieso eine englische Firma amerikanischen Wirtschaftsstudenten ein bezahltes Praktikum anbietet. Die Entlohnung ist nicht so gut, dass ich reich davon werde, aber ich kann mir davon immerhin für die Zeit meines Aufenthalts ein Apartment in London leisten.

»Was reizt Sie an der Wirtschaft, Miss Lawson?«

Die anderen Männer haben ihr Gespräch beendet, und es ist still im Wagen, als Jonathan Huntington mich das fragt. Alle sehen mich an, und plötzlich wäre es mir doch sehr viel lieber, wenn ich wieder Luft wäre. Aber dann runzele ich die Stirn, weil mein Gehirn erst jetzt den Unterton registriert, mit dem er mich das gefragt hat. Er klingt schon wieder leicht amüsiert. So als sei das ein Thema, das nicht für jemanden wie mich taugt, als wären die Wirtschaft und ich zwei unvereinbare Gegensätze. Okay, vielleicht habe ich mich bis jetzt nicht unbedingt als besonders intelligente Vertreterin meines Geschlechts präsentiert, aber das ist kein Grund, mich so von oben herab zu behandeln. Ich bin gut. Sonst hätte ich den Praktikumsplatz nicht bekommen. Darum musste man sich bewerben – und ich wurde ausgewählt.

»Ich gehe gerne mit Zahlen um«, sage ich betont lässig und lächle ganz leicht und möglichst souverän, so als wäre der wahre Grund viel zu komplex, um ihn jetzt und hier auszuführen. Was du kannst, kann ich auch, denke ich, und bin ganz zufrieden mit meiner Leistung. Bis er seine nächste Frage stellt.

»Und was reizt Sie an Huntington Ventures?«

Ich schlucke. Vor der Auswahlkommission an der Uni habe ich zu diesem Thema eloquent und überzeugend mehr als zehn Punkte nennen können, aber jetzt kann ich dem Firmengründer nur in diese viel zu blauen Augen starren und bringe kein Wort heraus.

Aber ich muss zum Glück auch nichts mehr sagen, denn wir sind da. Der Wagen hält vor dem Eingang eines modernen gläsernen Bürogebäudes. Es hat mindestens zehn Stockwerke und eine Front, die sich leicht nach außen wölbt. Die eine Seite ist gerade, während die andere leicht nach innen zuläuft, sodass sich eine sehr interessante, fast konische Form ergibt.

Ich sitze an der Straßenseite, wo in schneller Folge Autos vorbeirasen, deshalb warte ich, bis die Männer auf der anderen Seite ausgestiegen sind, und folge ihnen dann. Als ich aus dem Wagen klettere, reicht Jonathan Huntington mir die Hand, um mir zu helfen, und obwohl ich erst zögere, ergreife ich sie doch. Es wäre kindisch gewesen, seine Geste zu ignorieren, und ich habe mich für heute schon genug blamiert. Aber es ist definitiv nicht gut für meinen Herzrhythmus, wenn ich ihn berühre. Sobald ich auf dem Bürgersteig stehe, lasse ich ihn los.

Der blonde Hüne holt mein schwarzes Monstrum mit Rollen aus dem Kofferraum, aber anstatt mir den Koffer zu geben, zieht er ihn durch die Glastür ins Gebäude.

»Nach Ihnen.« Jonathan Huntington bedeutet mir vorzugehen, und auch die Japaner lassen mir den Vortritt ins Foyer. Es ist sehr groß und elegant, mit einem Empfangstresen aus edel verarbeitetem Holz und Glas, vor dem der blonde Chauffeur meinen Koffer abgestellt hat. Zwei junge Frauen stehen dort, eine vor dem Tresen, eine dahinter, und beide blicken uns interessiert entgegen.

Jonathan Huntington begrüßt sie und spricht kurz mit ihnen. Ich sehe verstohlen auf die Uhr. Halb elf. Verdammt.

Die junge Frau vor dem Tresen kommt auf mich zu. Sie ist ungefähr so alt wie ich und hat braune, kurze Haare, die unglaublich lässig, aber trotzdem sehr stylisch sind. Zu ihrem hellgrünen Cord-Kostüm trägt sie ein passendes Batik-Top und eine schlichte, aber auffällige Silberkette. Es ist ein ungewöhnliches

Business-Outfit, aber es ist nicht übertrieben – und es passt irgendwie zu ihr.

»Hallo«, sagt sie. »Ich bin Annie French. Ich habe schon auf dich gewartet, Grace.«

Die vertraute Anrede überrascht mich, aber sie tut gut nach dem Horrortrip gerade. Endlich bin ich wieder mit jemandem zusammen, der mich nicht komplett überfordert.

»Ich bin zu spät«, sage ich unglücklich, während ich ihr die Hand schüttele.

»Nicht, wenn du mit dem Boss kommst«, erwidert sie und grinst mich an. Ich mag sie.

Bevor wir weiterreden können, steht Jonathan Huntington plötzlich wieder neben mir. Die anderen Männer warten beim Fahrstuhl und blicken zu uns herüber.

»Viel Erfolg bei Ihrem Praktikum, Miss Lawson«, sagt er. »Ich hoffe, es gefällt Ihnen bei uns.«

Ich schlucke. »Danke.«

»Schwarz steht Ihnen übrigens gut. Eine schöne Farbe.« Er sieht kurz an sich herunter. Seine blauen Augen funkeln, als er den Blick wieder hebt, und ein leichtes Lächeln spielt um seine Lippen, bei dem mir die Knie schon wieder weich werden.

Bevor ich etwas erwidern kann, hat er sich umgedreht und geht in Richtung Fahrstuhl. Ich starre ihm verunsichert nach und frage ich mich, ob ich mir wirklich wünschen soll, ihn noch mal wiederzusehen.

3

Als sich die Fahrstuhltür hinter allen sechs Männern schließt, sieht Annie French mich an.

»Wie hast du das denn geschafft?«, fragt sie und hebt eine Augenbraue.

»Was denn?« Ich bin in Gedanken noch so mit dem verwirrenden Jonathan Huntington beschäftigt, dass ich ihr gar nicht richtig zuhöre.

Annie stößt mich an und reißt mich zurück in die Wirklichkeit und zu ihr. »Na hör mal – du bist gerade mit dem Boss gekommen. Wie hast du das angestellt, sag schon.«

»Das war ... Zufall. Wir sind uns am Flughafen begegnet, und da hat er mir angeboten, dass ich mit ihm und seinen Begleitern mitfahren kann.« Es klingt eigentlich ganz glaubwürdig. Aber Annie lässt sich nicht täuschen. Sie legt den Kopf schief.

»Und woher wusste er, wer du bist? Kennt ihr euch?«

Erwischt. Ich spüre, wie meine Wangen rot werden, und ziehe sie ein Stück zur Seite, weil ich nicht will, dass die Blondine vom Empfang das mitkriegt, die uns sehr interessiert im Auge behält.

»Nein. Ich ... ich habe ihn angesprochen«, gestehe ich leise. »Das war ein Versehen. Ich dachte – er holt mich ab.«

Annie sieht mich erst total entgeistert an, dann lacht sie, so als wäre das der beste Witz, den sie seit Langem gehört hat. »Du dachtest, der Boss holt dich persönlich ab?«

»Ja, ich weiß«, stöhne ich und verdrehe die Augen. »Bohr nicht noch in der Wunde. Das ist mir auch so schon alles peinlich genug. Können wir bitte das Thema wechseln?«

»Gern.« Annie grinst noch immer breit. »Für den Moment jedenfalls.« Sie deutet auf meinen Koffer. »Den kannst du hier bei Caroline stehen lassen und später abholen. Jetzt zeige ich dir erst mal dein neues Wirkungsgebiet.« Ihr Lächeln ist so ansteckend und freundlich und ihre Art so entwaffnend offen, dass ich gar nicht anders kann, als sie zu mögen.

Wir lassen den Koffer bei der blonden Caroline am Empfang, die das Monstrum hinter ihre Theke schiebt und mir versichert, dass sie gut darauf aufpasst, während sie mich weiter interessiert mustert. Dann steigen wir ebenfalls in einen der beiden Fahrstühle, die direkt nebeneinander liegen. Er ist innen verspiegelt und wirkt wie alles hier großzügig und luxuriös. Ein Blick auf mein Spiegelbild verrät mir, dass ich unnatürlich blass bin – wahrscheinlich die Nachwirkungen des Schocks, ausgelöst durch die Begegnung mit Englands begehrtestem Junggesellen.

Noch während wir nach oben fahren, erklärt Annie mir, dass sie dreiundzwanzig ist und seit einem Jahr als Junior-Assistentin in der Investment-Abteilung von Huntington Ventures arbeitet.

»Es ist mein Einstieg in die Branche«, sagt sie. »Und ich hätte es sehr viel schlechter treffen können.«

Ich bin ein bisschen neidisch, dass sie, obwohl wir fast gleich alt sind, schon so viel weiter ist als ich. Lange dauert es bei mir zwar auch nicht mehr, bis ich mit dem Studium fertig bin, aber ob ich dann einen Job in einer genauso tollen Firma finde?

Aber ich beneide Annie nicht nur um die Stelle bei Huntington Ventures, sondern auch um ihre selbstbewusste, fröhliche Art, die Lockerheit, mit der sie alles angeht.

»Das hier ist die Abteilung, in der du arbeiten wirst«, erklärt sie mir, als wir im vierten Stock aussteigen und durch einen langen Flur gehen. Alles wirkt licht und großzügig. Glastüren führen in verschieden große Büros mit bodentiefen Fenstern, in denen Leute sitzen, die sehr beschäftigt aussehen. »Hier werden die neuen Projekte vorbereitet, in die Huntington Ventures einsteigt. Wir machen die Recherchen, prüfen die Marktchancen und führen alle nötigen Vorgespräche – und die Chefetage erledigt dann den Rest.«

Sie geht mit mir in jedes Büro und stellt mir die Mitarbeiter vor – aber es sind zu viele, um sie mir alle auf Anhieb zu merken. Nur einige Namen bleiben hängen: die Sekretärin, eine ältere, sehr freundliche Frau, heißt Veronica Hetchfield, der Abteilungsleiter, ein Mann um die Vierzig mit schütterem Haar, stellt sich mir als Clive Renshaw vor, und Shadrach Alani, ein jüngerer Kollege mit offensichtlich pakistanischen Wurzeln, den ich auf Ende zwanzig schätze, sitzt mit Annie in einem Büro. Es gibt noch mehr, mindestens ein Dutzend insgesamt, die ich sicher in den nächsten Tagen näher kennenlernen werde. Alle sind freundlich, aber Annie finde ich trotzdem am nettesten.

»Die anderen Abteilungen hier im Haus zeige ich dir bei Gelegenheit, wenn es dich interessiert.« Annie drückt mir auf dem Flur eine Mappe in die Hand. »Hier drin findest du alles Wissenswerte über unsere Firma.« Außerdem gibt sie mir noch eine Kopie mit einer komplizierten Zeichnung darauf. »Und das ist das Organigramm – damit du mal einen Überblick bekommst.«

Ich staune, während mein Blick über das weit verzweigte Netzwerk gleitet, die Puzzleteile, aus denen sich die Firma zusammensetzt. Vieles kenne ich schon durch meine eigenen Recherchen, aber einige Punkte sind mir völlig neu. Und als ich die Mappe durchblättere, in der auf Hochglanzpapier auch die weiteren Aktivitäten aufgeführt sind, wird mir klar, dass Huntington Ventures viel mehr ist als nur ein reines Investment-Unternehmen. Es ist ein Imperium, mit internationalen Verbindungen und breit gefächerten Einflussbereichen. Die

Beteiligungen betreffen nicht nur Hochfinanz und Bauwesen, sondern fast alle Sparten der Industrie und des Handels, und es gibt auch Förderprogramme für kulturelle Projekte. Meine Hochachtung vor der Leistung von Jonathan Huntington wächst noch einmal ein gutes Stück.

Als ich wieder aufblicke, grinst Annie. »Beeindruckend, oder?«

Ich weiß, dass sie die Firma meint, aber ich kann nur an den Mann denken, der sie leitet, und nicke stumm.

Annie geht weiter und stößt dann die Tür zu einem Büroraum ganz am Ende des Ganges auf. Er hat ebenfalls eine verglaste Außenwand, ist allerdings sehr klein. Ein Schreibtisch steht vor der Fensterfront, und eine Wand ist komplett mit Aktenschränken belegt, sodass man nicht viel Platz hat, um sich darin zu bewegen.

»Der Praktikantenplatz«, verkündet Annie und grinst mich wieder auf ihre unverschämt offene Art an.

Ich seufze. Was hatte ich erwartet – einen roten Teppich? Und so schlecht ist das Büro auch eigentlich gar nicht, es liegt zwar ziemlich am Ende des Flurs, aber nicht weit entfernt von dem, in dem Annie sitzt, was mich ein bisschen beruhigt. Schließlich ist sie – noch – die Einzige, die ich hier kenne. Abgesehen von Jonathan Huntington, aber an den sollte ich lieber nicht mehr so viel denken.

»Und was genau werde ich hier tun?«, frage ich sie, während ich hinter den Schreibtisch trete, um meinen zukünftigen Arbeitsplatz etwas näher zu begutachten.

»Das, was alle Praktikanten tun – du kochst den Tee und den Kaffee.« Annie deutet auf die Tür auf der gegenüberliegenden Seite. »Das da ist nämlich die Küche – dann hast du es nicht so weit.«

Für einen Moment bin ich sprachlos. »Das ist nicht dein

Ernst, oder?« Habe ich gesagt, dass ich sie mag? Ich habe mich getäuscht, ich finde alle Engländer merkwürdig.

Für einen Moment lehnt sie weiter mit neutralem Gesicht am Türrahmen, dann schafft sie es nicht mehr, ernst zu bleiben, und lacht auf. »Nein, natürlich nicht. Das da drüben ist zwar wirklich die Küche, und du kannst dir dort Tee und Kaffee kochen, wenn du das willst – wir sind hier mit allem ausgestattet. Aber ansonsten erwarten dich natürlich etwas anspruchsvollere Aufgaben.«

Erleichtert sehe ich sie an und muss auch lächeln. »Mit wem werde ich eigentlich zusammenarbeiten?«, frage ich.

Annie grinst. »Mit wem willst du denn gerne zusammenarbeiten?«

Aus irgendeinem Grund geht mein Magen schon wieder auf Talfahrt, weil der Einzige, der mir einfällt, Jonathan Huntington ist. Röte schießt mir in die Wangen, und Annie scheint zu ahnen, in welche Richtung meine Gedanken gehen. Ihr Grinsen wird noch frecher.

»Sorry, aber ich fürchte, in die Chefetage wirst du es nicht so schnell schaffen. Unser Boss hat dich vielleicht mit hierher genommen, aber normalerweise kümmert er sich nicht persönlich um die Praktikanten. Du wirst mit mir vorlieb nehmen müssen.«

»Natürlich – das ist mir auch viel lieber«, versichere ich ihr hastig.

»Hast du ihn wirklich einfach angesprochen?« Annie kann es offenbar immer noch nicht fassen.

Ich nicke und winde mich innerlich noch einmal, als sie mich an die peinliche Situation am Flughafen erinnert. »Aber mich mitzunehmen, war seine Idee. Ich wollte mit der U-Bahn fahren, als ich gemerkt habe, was für einen blöden Fehler ich gemacht habe.«

Annie runzelt die Stirn. »Er hat dir von sich aus angeboten, dich mitzunehmen?«

»Ja, wieso? Ist das so ungewöhnlich? Ich meine – wahrscheinlich wollte er nur nett sein.«

Annie schnaubt, so als wäre das ein völlig abwegiger Gedanke. »Jonathan Huntington – der nette Kerl von nebenan?«

Ich sehe mich genötigt, ihn zu verteidigen. Er hätte mich ja auch ignorieren oder einfach stehenlassen können.

»Ich fand ihn nett«, beharre ich.

Jetzt wird Annies Gesicht zum ersten Mal, seit wir uns getroffen haben, wirklich ernst.

»Ein gut gemeinter Rat, Grace: Fang lieber gar nicht erst an, da etwas hineinzuinterpretieren.«

Ich bin verwirrt. »Wie meinst du das?«

Mit einem leicht verzweifelten Ausdruck auf dem Gesicht sieht sie mich an. »Hör mal, wir sind hier alle nicht blind. Der Boss sieht verdammt gut aus, und du bist nicht die Erste, die strahlende Augen kriegt, wenn sie ihn anguckt. Die meisten himmeln ihn von weitem an, aber das ist sinnlos, glaub mir. Und die, die näher mit ihm zusammenarbeiten und die es besonders schlimm erwischt hat, sind irgendwann gegangen. Gerade letzten Monat erst eine Frau aus der Pressestelle, die wegen eines Projekts viel mit ihm zu tun hatte. Sie verlassen alle freiwillig die Firma, immer mit einem guten Grund, wegen eines anderen Jobs oder weil sie neue Herausforderungen suchen – aber wenn du mich fragst, sind sie nicht mehr da, weil sie nicht die Frau an Jonathan Huntingtons Seite werden konnten.« Sie sieht mich durchdringend an. »Merk dir das und lass die Finger von ihm. Du verschwendest nur deine Zeit.«

Als ob ich das nicht wüsste. Aber es macht mich auch neugierig.

»Wieso hat er denn nie Freundinnen? Ist er ...?«

»Schwul?«, beendet Annie den Satz für mich, dann lacht sie. »Nein, ganz sicher nicht. Aber er ist auch kein Prinz, selbst wenn er einen Adelstitel erben wird. Deshalb hör auf mich und gib ihm nicht die Hauptrolle in deinem persönlichen Märchen. Er ist eine Nummer zu groß für dich.«

Ich seufze. Eigentlich sollte ich beleidigt sein, weil Annie mir so den Kopf zurechtrückt – wir kennen uns schließlich kaum. Außerdem ist es mir ziemlich peinlich, dass man mir die Tatsache, wie sehr mich die Begegnung mit Jonathan Huntington beeindruckt hat, so problemlos ansehen kann. Aber sie meint es nicht böse, das spüre ich – sie will mich wirklich warnen, um mich vor einer Enttäuschung zu bewahren. Und vielleicht sind diese offenen harten Worte genau das, was ich jetzt brauche, denn dass ich ein weiteres Opfer des großartigen Jonathan Huntington werden könnte, ist nicht ausgeschlossen.

»Keine Sorge, so naiv bin ich dann auch wieder nicht«, erkläre ich ihr, und mir gelingt ein schiefes Lächeln. Das stimmt zwar nicht, ich bin verdammt naiv, wenn es um Männer geht – aber das ist etwas, das ich jetzt wirklich nicht mit meiner neuen Kollegin diskutieren möchte. »Außerdem sehe ich Mr Huntington wahrscheinlich sowieso nicht mehr wieder. Oder kommt er oft hier vorbei?«

Ein Teil von mir hofft es, obwohl ich weiß, wie albern das ist – vor allem nach der Warnung, die ich gerade erhalten habe.

Annie schüttelt den Kopf. »Nein, eigentlich eher selten. Aber er nimmt sonst auch keine Praktikantinnen im Auto mit. Pass einfach auf, mehr sage ich gar nicht.« Der Unterton in ihrer Stimme ist todernst, und ich bin verunsichert. Befürchtet sie, dass Jonathan Huntington Interesse an mir haben könnte? Das ist vollkommen absurd. Und selbst wenn – wieso muss ich dann aufpassen?

Ich will gerade den Mund aufmachen und noch mal nachfragen, wie sie das gemeint hat, doch Annie deutet mit entschlossener Geste auf die Papiere, die auf dem Schreibtisch liegen. Offenbar ist das Thema für sie beendet.

»Deine erste Aufgabe habe ich dir schon hingelegt. Das sind Berichte zu Projekten, über die in nächster Zeit entschieden wird. Lies sie und mach dir ein Bild, dann kannst du an den weiteren Diskussionen teilnehmen. Und nimm das nicht auf die leichte Schulter, denn wir werden dich fragen, welches du für besonders erfolgversprechend hältst und warum.«

»Ist das ein Test?«, frage ich.

Sie lächelt jetzt wieder breit. »Ja, in gewisser Weise schon. Stört dich das?«

»Nein.«

»Gut, es ist nämlich in deinem eigenen Interesse. Wenn wir wissen, wie gut du bist, können wir dich besser einteilen.« Sie sieht auf die Uhr. »Kommst du jetzt erst mal zurecht?« Ich nicke. »Dann lasse ich dich allein. Wenn du Fragen hast, kannst du dich jederzeit an mich wenden. Du weißt ja, wo du mich findest.«

Als sie schon fast aus der Tür ist, halte ich sie noch einmal auf.

»Darf ich das Telefon nachher mal benutzen?«, frage ich und deute auf den Apparat auf meinem Schreibtisch. »Ich habe mir hier in der Nähe eine Wohnung gemietet und müsste den Vermieter anrufen, um zu erfahren, wann und wo ich mir den Schlüssel abholen kann.«

»Natürlich«, sagt Annie. »Wir wollen doch, dass du gut unterkommst.« Als sie die Tür schon fast geschlossen hat, steckt sie noch einmal den Kopf hindurch. »Ist übrigens schön, dass du da bist«, sagt sie, und es klingt so ehrlich, dass mir ganz warm ums Herz wird. Mit neuem Elan wende ich mich den Berichten zu, die ich studieren soll. Das wird ein toller Aufenthalt hier, ich spüre es. Was soll denn jetzt noch schiefgehen?

4

Als ich etwas später von den Papieren und den Notizen aufblicke, die ich mir gemacht habe, stelle ich erstaunt fest, dass es schon fast drei Uhr ist. Ich war so vertieft in die Berichte, dass ich auf die Zeit gar nicht geachtet habe.

Müde reibe ich mir die Augen. Jetzt merke ich den Schlafmangel wirklich, deshalb gehe ich in die Küche, um mir ein stärkendes Getränk zu holen. Annie hat nicht übertrieben, es ist ein sehr modern eingerichteter Raum mit allem Luxus, den man sich wünschen kann. Es gibt einen Teeautomaten und eine dieser sehr hochpreisigen Kaffeemaschinen, bei denen man die Sorten frei wählen kann. Ich überlege einen Moment und entscheide mich dann für einen Tee. Schließlich bin ich in England – also gewöhne ich mich besser schon mal dran.

Ich gehe mit dem Becher zu der Fensterfront und blicke hinaus auf die City of London. Das Gebäude, in dem Huntington Ventures untergebracht ist, gehört zu den Neubauten hier, doch direkt gegenüber steht eines der historischen Gebäude, für die das Zentrum der Stadt berühmt ist. Ich kann nicht sagen, ob es die Börse oder vielleicht die Bank of England ist, aber das werde ich alles noch herausfinden – schließlich ist noch genug Zeit, mir alles in Ruhe anzusehen. Es ist jetzt Anfang Mai, und erst Ende Juli geht mein Flieger zurück nach Chicago – also bleiben mir zwölf Wochen, um diese aufregende Stadt zu erkunden.

Mit einem Lächeln hebe ich den Blick zum Himmel, der jetzt nicht mehr wolkenverhangen ist, wie bei meiner Ankunft, sondern strahlend blau. Hier drinnen läuft die Klimaanlage, aber die Nachmittagssonne, die sich in den Fenstern des Gebäudes gegenüber spiegelt, lässt erahnen, dass es draußen angenehm warm sein muss.

Ich will mich gerade abwenden und zurück in mein Büro gehen, als mein Blick runter auf die Straße fällt, wo in diesem Moment ein langes schwarzes Auto hält. Ich erkenne die Limousine, in der ich heute schon gefahren bin, und mein Herz macht einen kleinen Hüpfer, als ich einen Augenblick später zwei Männer auf den Gehsteig direkt unter mir treten sehe. Ich erkenne Jonathan Huntington sofort, selbst auf die Entfernung, und der andere muss der Japaner sein, Yuuto Nagako. Sie reden, während sie einsteigen, und einen Augenblick später fährt die Limousine wieder an und fädelt sich in den Verkehr ein. Sie biegt um die Ecke und verschwindet aus meinem Blickfeld.

Da geht er hin, denke ich ein bisschen wehmütig. Jonathan Huntington – der Mann, von dem du die Finger lassen sollst. Ich schnaube leise und schüttele den Kopf. Als wenn er wollen würde, dass ich meine Finger auf ihn lege! Träum weiter, Grace. Oder besser – träum nicht weiter. Wach auf.

Schnell verlasse ich die Küche und gehe über den ruhigen Flur. Weiter vorn stehen zwei der Glastüren auf, aber es ist trotzdem still, überall wird gearbeitet. Obwohl ich mit dem fertig bin, was man mir aufgetragen hat, will ich niemanden stören, deshalb kehre ich in mein Büro zurück, setze mich an den Schreibtisch und suche entschlossen die Nummer des Vermieters heraus, den ich noch anrufen muss.

Die Wohnung, ein kleines Ein-Zimmer-Apartment, befindet sich in Whitechapel, einem Viertel, das gar nicht weit von der City of London entfernt ist, zentral und mit guter Anbindung an das U-Bahn-Netz. So jedenfalls stand es in der Beschreibung. Ich war unglaublich froh, als ich das Angebot im Internet entdeckte, und habe sofort zugeschlagen, denn auch der Preis stimmt. Nicht, dass ich irgendeine Ahnung habe, was das für eine Wohngegend ist und wie weit sie wirklich von meinem aktuellen Arbeitsplatz entfernt ist, aber auf der Karte wirkte es vergleichsweise nah, und die Fotos waren in Ordnung, die Zimmer sahen sauber und halbwegs gepflegt aus. Ich musste dreihundert Pfund Kaution, umgerechnet in Dollar, im Voraus auf das Konto des Vermieters zahlen, aber er hat mir versichert, dass ich die beim Auszug wiederbekomme, sofern nichts in der Wohnung beschädigt ist. Wir hatten einen regen Mailkontakt, und er wirkte sehr nett.

Die Nummer, unter der ich ihn erreichen kann, habe ich mir in meinem kleinen Notizbuch notiert, und tatsächlich hebt schon nach dem zweiten Klingeln jemand ab. Es ist eine Frau.

»Könnte ich mit Mr Scarlett sprechen, bitte?«, sage ich höflich. Für einen Moment herrscht Schweigen in der Leitung.

»Hier gibt es keinen Mr Scarlett. Sie sind falsch verbunden«, informiert mich die Frau.

»Aber ...« Das kann doch nicht sein. »Hören Sie, ich bin Grace Lawson. Ich habe die kleine Apartmentwohnung in der Adler Street gemietet, und Mr Scarlett hat mir diese Nummer gegeben, damit ich ihn kontaktieren kann, wenn ich da bin. Ich bin heute aus Amerika angekommen, und ich muss wirklich mit ihm sprechen.«

»Herzchen, ich sagte doch schon, dass es hier keinen Mr Scarlett gibt. So gerne ich Ihnen helfen würde – Sie sind falsch verbunden.«

Das kann definitiv nicht sein. »Aber Sie wohnen in der Adler Street in Whitechapel?«, versuche ich es erneut.

»Ich wohne in Spitalfields«, sagt die Frau sichtlich genervt. »Und eine Adler Street kenne ich nicht.«

Spitalfields liegt direkt neben Whitechapel, das habe ich auf der Karte gesehen. Vielleicht habe ich ja auch nur die Stadtteile verwechselt. Oder der Name der Straße ist falsch.

»Gibt es bei Ihnen im Haus denn Apartmentwohnungen?« Es ist ein Strohhalm, an den ich mich klammere. Mit angehaltenem Atem warte ich.

»Doch, Apartments gibt es hier«, antwortet sie. »Aber die sind alle belegt, da ist nichts frei, soweit ich weiß.«

Die Luft entweicht aus meinen Lungen. Das war meine letzte Hoffnung. Als ich nicht sofort etwas erwidere, höre ich die Frau am anderen Ende der Leitung entnervt seufzen.

»Hören Sie, ich kann Ihnen nicht weiterhelfen, okay?«

»Aber Mr Scarlett hat mir...«

»Tut mir wirklich leid für Sie, Herzchen. Einen schönen Tag noch.« Es klickt in der Leitung. Sie hat aufgelegt.

Wie erstarrt sitze ich mit dem Hörer in der Hand da. Übelkeit steigt in mir auf, und plötzlich ist mir kalt, als mir klar wird, was das alles bedeuten muss.

Der Mann, den ich für meinen Vermieter gehalten habe, ist offensichtlich ein Betrüger, der es lediglich auf die dreihundert Pfund Kaution abgesehen hatte. Die Wohnung existiert gar nicht – aber woher hätte ich das wissen sollen? Sie hat im Internet total echt gewirkt, bezahlbar und nah am Zentrum.

Ich schlage mir vor die Stirn. Das war vermutlich genau der Trick! Damit war das Angebot für mich interessant, und von Amerika aus hatte ich ja auch keine Chance, das wirklich nachzuprüfen. Ich war zufrieden mit der schriftlichen Bestätigung per Mail, die wohl nur das Papier wert ist, auf dem ich sie ausgedruckt habe. Verdammt!

Aber das ist gar nicht mein größtes Problem. Denn wenn die Wohnung nicht existiert, dann kann ich da auch nicht gleich mit meinem schwarzen Monstrum-Koffer einziehen. Ich habe kein

Dach über dem Kopf und keine Ahnung, wie ich so schnell an eine ähnlich bezahlbare Unterkunft kommen soll. Ein Hotel geht natürlich oder eine Pension, aber das ist auf Dauer keine Lösung.

Heiße Tränen brennen mir in den Augen. Es ist nicht nur das verlorene Geld und die neue Suche, zu der ich jetzt gezwungen bin – ich fühle mich so schrecklich im Stich gelassen. Von London. Von meinem Traum von einer schönen Zeit hier. So hatte ich mir das alles nicht vorgestellt.

Ich wische mir mit dem Handrücken über die Augen und gehe schnell hinüber in Annies Büro. Zum Glück ist sie gerade allein, der Schreibtisch ihres Kollegen ist leer.

»Was ist los?«, fragt sie sofort besorgt, als ich mich schwer auf den freien Schreibtischstuhl fallen lasse.

Mit abgehackter Stimme berichte ich ihr, was mir passiert ist, und muss am Ende wieder gegen Tränen der Wut und Enttäuschung kämpfen.

»Das ist alles so unfair«, beklage ich mich.

»Und wie, sagst du, heißt der Kerl noch mal, der sich als dein Vermieter ausgegeben hat?«

»Will Scarlett«, erkläre ich ihr.

»Du weißt aber schon, dass das eine berühmte Figur aus der Robin Hood-Sage ist, oder?«

Verständnislos sehe ich sie an. »Nein«, gestehe ich, und komme mir dumm vor. An das Gefühl sollte ich mich wohl besser gewöhnen, denn es scheint so eine Art Dauerzustand zu werden. Um mich wenigstens etwas zu erklären, füge ich noch hinzu: »Ich ... kenne mich mit Literatur nicht so aus.«

Auch das ist mir plötzlich peinlich. Aber ich hatte es ja auch Jonathan Huntington schon gesagt: ich gehe gern mit Zahlen um – nicht mit Buchstaben. Wenn mich an Kunst etwas reizt, dann nicht das geschriebene Wort, sondern Kunstwerke. Bilder, Skulpturen, etwas, das ich anfassen kann, etwas Konkretes.

Und selbst wenn ich belesener wäre, hätte mich dieser Zusammenhang vermutlich nicht misstrauisch gemacht. Ich wäre einfach davon ausgegangen, dass es Zufall ist. Ich meine, so etwas passiert doch, die Leute haben manchmal komische Namen.

Seufzend schüttele ich den Kopf. Andere sind eben nicht so leicht reinzulegen wie ich. Was vermutlich viel darüber aussagt, wie unglaublich naiv ich bin. Naiv und dumm. Und obdachlos.

»Scheiße.« Ich spreche es aus, bevor ich wirklich darüber nachgedacht habe, wie unpassend dieser Ausdruck ist. Aber er tut mir gut. Ein anderes Wort gibt es für meine Situation nämlich gerade nicht.

Trotzig sehe ich Annie an. Habe ich sie jetzt schockiert? Ihre Mundwinkel zucken.

»Ja«, sagt sie. »Schöne Scheiße.«

Fast gleichzeitig fangen wir an zu lachen.

»Vielleicht ist dein falscher Vermieter ja wirklich ein moderner Rächer der Armen. Dann kannst du dich zumindest mit dem Gedanken trösten, dass deine Kaution einem guten Zweck dienen wird.«

»Haha.« Ich lächle, doch dann werde ich wieder ernst. »Denkst du, es hat Sinn, zur Polizei zu gehen?«

Annie nickt. »Das werden wir auf jeden Fall machen, schaden kann es nicht«, sagt sie, und ich liebe sie für das »wir«. Heißt das, sie lässt mich damit nicht allein? »Aber damit haben wir dein Wohnungsproblem noch nicht gelöst.« Mit gerunzelter Stirn sieht sie mich an.

»Ich könnte erst mal in eine Pension gehen«, sage ich, aber ich merke selbst, wie kläglich meine Stimme klingt. Die Müdigkeit übermannt mich jetzt mit voller Wucht, und die Aussicht, erst noch langwierig nach einem passenden Zimmer suchen zu müssen, deprimiert mich mehr, als ich sagen kann. Schon wieder schimmern Tränen in meinen Augen, ich kann es nicht ändern.

»Nein.« Annie sieht jetzt sehr entschlossen aus. »Ich weiß was viel Besseres.« Mit einem breiten Grinsen lehnt sie die Arme auf den Schreibtisch und beugt sich zu mir vor. »Du kommst erst mal mit zu mir.«

»Ist das dein Ernst?« Das Angebot klingt so verlockend, dass ich es kaum glauben kann.

Sie nickt. »Ich wohne in Islington in einer WG mit zwei netten Jungs. Ein Zimmer haben wir im Moment frei, da kannst du auf jeden Fall heute Nacht schlafen. Und danach sehen wir weiter. Was meinst du?«

Was ich meine? Ich meine, dass ich der größte Glückspilz in ganz London bin und dass meine Welt plötzlich wieder in Ordnung ist und ich Annie French umarmen könnte.

»Du bist die Beste«, sage ich und als wir uns anlächeln, spüre ich, dass ich eine neue Freundin gefunden habe.

»Dann hätten wir das ja geklärt«, erwidert sie mit einem verschmitzten Lächeln. »Und jetzt wieder zurück zum Geschäft.« Sie sieht auf die Uhr. »Das Abteilungs-Meeting beginnt in zehn Minuten. Hast du die Berichte durchgelesen?«

Als ich ihr das bestätige, nickt sie zufrieden. Shadrach Alani, ihr Kollege, kommt zurück und nimmt sich einen Stapel Papiere von seinem Schreibtisch. Er lächelt mich an. »Kommt ihr dann?«

Zusammen verlassen wir das Büro, und ich bin wieder mit meinem Schicksal versöhnt.

5

Wir nehmen die Northern Line und sind nach zwanzig Minuten an der U-Bahn-Station mit dem schönen Namen »Angel«, wo wir aussteigen.

»Von hier aus müssen wir noch ein Stück zu Fuß«, erklärt mir Annie, und ich stöhne innerlich, denn der Koffer ist ein echter Hemmschuh. Ich wünschte, wir wären schon da.

Aber während wir gehen, vergesse ich das Gewicht, das ich hinter mir herziehe, und sehe mich fasziniert um. Islington ist ein wirklich hübsches Viertel. Eine geschlossene Front von zweistöckigen Häusern, einige modern, andere alt, aber liebevoll restauriert, zieht sich an der von Bäumen gesäumten Straße entlang, und es gibt alle möglichen kleinen Läden und Boutiquen mit ausgefallenen Auslagen: Vintage-Klamotten, Kunst, Möbel, Feinkost und Backwaren. Mir geht das Herz auf, als mir klar wird, dass dies das London ist, das ich unbedingt erobern will.

Annie sieht meinen begierigen Blick und lacht. »Lust, mit einer Londonerin bei nächster Gelegenheit ausgiebig shoppen zu gehen?«

Ich nicke begeistert. »Unbedingt.« Vielleicht habe ich ja doch eine Chance, hinter das Mode-Geheimnis meiner neuen Mitbewohnerin zu kommen.

Wir gehen noch ein Stück, dann biegt Annie nach links in eine kurze Straße ab, die in einer Sackgasse vor einer Mauer endet. Fast alle Häuser sehen hier identisch aus, sind zweigeschossig und aus braunem Backstein mit hübschen weißen Bogenfenstern. Es gibt nur wenige ganz weiße und ein einziges, das auch braun ist und drei Stockwerke hat. Davor bleibt Annie stehen.

»Hier ist es«, verkündet sie und deutet auf die ebenerdige Eingangstür. Sie stellt sich davor und drückt mehrfach auf die oberste Klingel, während ich vom Gehweg aus neugierig mein neues Heim betrachte. Meine Müdigkeit ist wie weggeblasen. Eigentlich ist es gar kein Unglück, dass es mit der Wohnung in Whitechapel nicht geklappt hat, denke ich. Das hier ist wahrscheinlich viel besser.

»Hast du keinen Schlüssel?«, frage ich Annie irritiert, als ich sehe, dass sie immer noch klingelt.

Sie grinst. »Doch, natürlich. Aber ich habe keine Lust, das Ding da die Treppe rauf zu tragen.« Sie deutet mit dem Kinn auf meinen Monstrum-Koffer.

»In welchem Stock wohnt ihr denn?«, frage ich entsetzt, als mir dämmert, dass ich mein Gepäck sehr wahrscheinlich nicht die Treppe raufziehen kann. Das wird hart.

»Ganz oben – aber wie gesagt, ich denke, der Service ist schon unterwegs.«

Tatsächlich wird in diesem Moment die Tür aufgerissen, und ein junger Mann steht in der Tür. Er hat hellbraune Haare und wirkt sportlich und durchtrainiert. Erschrocken sieht er Annie an.

»Was ist los? Hast du deinen Schlüssel vergessen?« Sein Akzent ist eindeutig amerikanisch, was ihn mir sofort sympathisch macht. Ein Landsmann, hurra.

Annie hält ihren dicken Schlüsselbund hoch und klimpert damit. »Nein, habe ich nicht.«

Der junge Mann hebt die Augenbrauen. »Und du konntest nicht aufschließen, weil ...«

»... das gar keinen Zweck gehabt hätte. Wir brauchen dich nämlich. Das ist ein Notfall.« Sie dreht sich zu mir um und deutet mit nach oben gekehrter Handfläche auf mich. »Marcus, darf ich vorstellen, das ist Grace Lawson aus Chicago – Grace, das ist Marcus, der für zwei Gastsemester aus Maine in unser wunderschönes London gekommen ist. Grace ist die neue Praktikantin in unserer Firma und zurzeit leider obdachlos – lange Geschichte, erzählen wir dir nachher –, deshalb schläft sie heute Nacht bei uns, in dem freien Zimmer.«

Marcus scheint mich erst jetzt zu registrieren und sieht mich genauso neugierig an, wie ich gerade ihn gemustert habe. Dann fällt sein Blick auf den Koffer, der neben mir steht.

»Verstehe – Marcus, der Butler, ja?«, sagt er, aber er lächelt. Offenbar kann er Annie genauso wenig böse sein wie ich. Mit schwungvollen Schritten kommt der die Stufen vor der Haustür runter und streckt mir die Hand entgegen, als er mich erreicht. »Hi, Grace.«

»Hallo, Marcus.« Ich schüttele seine Hand, und staune wie fest sein Griff ist.

»Na, dann wollen wir dich mal einziehen.« Er grinst. »Wir Amerikaner müssen ja zusammenhalten.«

Annie verdreht hinter ihm die Augen, während er den Koffer hochwuchtet und die Stufen zur Haustür raufträgt. Er verschwindet damit im Haus.

»Das ist total nett von dir«, rufe ich ihm hinterher. »Vielen Dank.«

»Sieh es als Gefallen, den wir dir tun, Großer. Schließlich musst du trainieren«, stimmt Annie ein, und als ich sie verständnislos ansehe, erklärt sie: »Marcus ist Sportstudent und hat diesen Sommer noch einige Wettkämpfe vor sich – Leichtathletik.«

»Und da hilft Gewichtheben?«, frage ich skeptisch.

»Er macht das gern, glaub mir. Er ist echt hilfsbereit«, beruhigt sie mich, während wir die vielen Stufen hinauf ins Dachgeschoss klettern.

»Fragt sich wie lange noch, wenn du das so ausnutzt«, gebe ich zurück, denn ein bisschen unangenehm ist mir das Ganze trotzdem.

Marcus wartet schon vor der offenen Wohnungstür auf uns. Den Koffer hat er nicht mehr bei sich, wahrscheinlich steht der schon drinnen. Er atmet schwer, und mein schlechtes Gewissen wächst. Bestimmt hasst er mich jetzt schon. Kein guter Einstieg für meine Nacht in der WG.

»Danke«, wiederhole ich noch mal kleinlaut. »Das war wirklich super.«

»Keine Ursache.« Er lächelt und lässt uns in die Wohnung vorgehen. Der Flur, der hinter der Tür beginnt, ist lang, mit hohen Wänden und alten Holztüren, die überallhin abzweigen. An den Wänden hängen bunte Bilder und Plakate, und in den schmalen Regalen zwischen den Türen stehen Bücher, was es sehr gemütlich macht. Über einem Türrahmen ist ein oranges Tuch befestigt, und es riecht in der ganzen Wohnung so gut nach einer Mischung aus asiatischen Gewürzen, dass ich sofort Heißhunger habe. Kein Wunder, schließlich habe ich den ganzen Tag noch nichts Vernünftiges gegessen, nur ein paar von den Keksen, die bei dem Meeting auf dem Tisch standen.

»Wie's scheint, sind heute alle Männer in London nett zu dir«, flüstert mir Annie zu, während wir unsere Jacken auf den Garderobenständer hinter der Tür hängen, der so voll ist, dass er aussieht, als würde er jeden Moment zusammenbrechen. Scherzhaft stößt sie mich an, und als mir klar wird, dass sie damit auf unser Gespräch über Jonathan Huntington anspielt, werde ich wieder rot. Doch noch bevor ich etwas darauf erwidern kann, ist sie schon durch den Flur auf die Tür ganz am Ende zugelaufen. »Ich sehe mal nach, ob ich Ian beim Kochen helfen kann. Zeig du ihr das Zimmer, ja, Marcus?«

Etwas befangen stehe ich mit dem sportlichen Marcus im

Flur. Er muss ungefähr so alt sein wie ich, vielleicht etwas älter, trägt ein weißes T-Shirt, unter dem sich ansehnliche Muskeln wölben, und eine enge Jeans. Sein Lächeln ist nett, und er ist attraktiv, das lässt sich nicht leugnen. Aber wenn ich mir aussuchen dürfte, welcher der Männer in London ab sofort besonders nett zu mir sein soll, dann würde meine Wahl immer noch auf Jonathan Huntington fallen ...

»Okay, hier entlang«, sagt Marcus und reißt mich aus meinen Gedanken. Er führt mich ein Stück weiter zu der Tür neben der, über der das Tuch hängt, und stößt sie auf. Ich blicke an ihm vorbei in ein recht geräumiges Zimmer mit einem Bett, einem Schreibtisch vor den zwei Fenstern, einem Schrank und mehreren Bücherregalen, die jedoch leer sind. Es wirkt sehr sauber und ist offensichtlich unbewohnt. Mein Koffer steht einsam auf dem Teppich vor dem Bett. »Das wäre dann für heute dein Zimmer«, erklärt er, obwohl ich mir das schon gedacht habe.

Zögernd trete ich ein und sehe mich um. Es wirkt nackt und nicht so lebendig wie der Flur mit seinen Plakaten und Büchern, aber das ja auch kein Wunder. »Steht das Zimmer schon länger leer?«, frage ich.

»Seit einem knappen Monat«, antwortet Marcus. »Claire, die vorher hier gewohnt hat, ist zurück nach Edinburgh gezogen. Sie hat auch bei Huntington Ventures gearbeitet, in der Pressestelle. War eigentlich ein guter Job, aber sie hat was Neues gefunden. Kam ziemlich plötzlich. Die Miete für den Monat hat sie noch bezahlt, und wir sind einfach noch nicht dazu gekommen, uns um einen neuen Mitbewohner zu kümmern.«

Ich erschrecke bei der Neuigkeit. Dann war die Frau aus der Presseabteilung, von der Annie vorhin geredet hat, nicht nur eine Kollegin, sondern auch eine Freundin? Hat sie mich deshalb so eindringlich vor Jonathan Huntington gewarnt? Was weiß sie über ihn, was sie mir nicht sagt?

»Ist was?«, fragt Marcus. Er sieht besorgt aus, und ich lächle hastig, um mir nichts anmerken zu lassen.

»Nein, nein«, versichere ich ihm und gehe wieder zurück in den Flur.

Marcus deutet auf drei weitere Türen, ohne sie zu öffnen und mir die Zimmer dahinter zu zeigen. »Das da ist mein Reich, da vorne wohnt Ian, und da residiert unsere Chefin.« Er sagt es liebevoll, und man merkt, dass die beiden sich gut verstehen. »Und hier«, er öffnet die Tür neben meinem Zimmer, »ist das Bad.«

Es ist nicht besonders groß und müsste dringend mal renoviert werden, aber es gibt alles, was nötig ist und es ist sauber – eine Badewanne mit Hähnen zum Drehen, die sehr antiquiert aussehen, einem ziemlich verschlissenen Duschvorhang, ein Klo und diverse Schränke. Ein Teil davon ist offen und enthält ein ansehnliches Sammelsurium an Toilettenartikeln für Damen und Herren sowie mehrere Stapel mit Handtüchern in allen Farben, die offensichtlich aus dem Besitz verschiedener Leute zusammengewürfelt sind. Ein buntes Strandtuch, das noch nass ist, hängt über dem Wannenrand zum Trocknen. An der Wand gegenüber der Wanne hängt ein großes Bild, das einen Strand und das Meer im Sonnenuntergang zeigt.

»Und hier kommen wir in das Herzstück unseres Reiches, die Küche«, fährt Marcus fort und geht weiter bis zum Ende des Flures, der in einen großen hellen Raum mit einer Kochzeile führt. Es ist keine Designerküche, sie hat nicht mal eine richtige Arbeitsplatte, sondern besteht aus ein paar alten Schränken, einem auch definitiv schon älteren Herd, einem großen silbernen Kühlschrank, der sehr modern aussieht und zum Rest nicht recht passt, und einem Holztisch mit Stühlen und einer Bank vor dem Fenster.

Vor dem Herd steht Annie mit einem weiteren jungen Mann. Die beiden umarmen sich, und er flüstert ihr gerade etwas ins

Ohr, was sie lachen lässt. Der Anblick verblüfft mich. Dass sie mit einem der »Jungs« aus der WG zusammen ist, hat Annie gar nicht erwähnt, aber man sieht ihren verliebten Blicken an, dass es so sein muss.

Als sie uns kommen sehen, trennen sich die beiden, und der junge Mann wendet sich mir lächelnd zu. Neugierig betrachte ich ihn genauer. Er ist kleiner als Marcus, aber er wirkt drahtig. Seine blonden Haare sind lang und hinter dem Kopf zu einem Pferdeschwanz zusammengefasst. Über sein linkes Ohr ziehen sich diverse Piercings, und seine Arme sind da, wo das T-Shirt die Haut nicht verdeckt, tätowiert, genau wie ein Teil seines Halses.

»Hallo, ich bin Ian«, begrüßt er mich und wischt sich die Hand an einem Küchentuch ab, um sie mir danach entgegenzustrecken. Sein Händedruck ist fest. »Annie hat mir schon erzählt, dass du heute Nacht bei uns unterschlüpfst.« Er hat einen schottischen Akzent, den ich lustig finde. Er ist überhaupt ein echter Typ, unverwechselbar.

»Das riecht lecker«, sage ich und deute auf die Töpfe, in denen er rührt.

»Meine Spezialität: Curry à la Ian. Setz dich schon mal, es ist gleich fertig. Marcus, machst du den Wein auf? Die Flasche steht da drüben.«

Marcus beschäftigt sich mit seinem Auftrag und macht sich an der Rotweinflasche zu schaffen, die auf der Anrichte steht, und ich setze mich zu Annie, die auf der Bank am Küchentisch sitzt und in einer Zeitschrift blättert.

»Na, gefällt dir das Zimmer?«, erkundigt sie sich.

Ich nicke, bin jedoch schon wieder mit der Frage beschäftigt, die mich nicht loslässt. »Annie, warum hast du mir nicht gesagt, dass die Frau aus der Presseabteilung, von der du mir heute Morgen erzählt hast, deine Freundin war?«

Annie legt die Zeitung weg. »Weil sie das nicht war, deshalb. Wir haben hier zusammen gewohnt, und sie war nett, aber so richtig verstanden habe ich sie nie.«

»Weil sie sich in Jonathan Huntington verliebt hat?«

»Ja, auch.«

»Wie alt war sie?«

»Siebenundzwanzig. Eine Bekannte von Ian. Kam aus Edinburgh, wo sie jetzt wieder hin ist. Es war so ein toller Job, den sie hier hatte, eine echte Karrierechance. Und sie gibt ihn auf, weil...« Sie bricht ab.

»Weil was?«

»Weil sie diesen Kerl nicht kriegen kann. Weil er... ach, was weiß ich. Hör zu, sie hat niemanden gesagt, was da genau vorgefallen ist, aber eins weiß ich: es stimmt etwas nicht mit Jonathan Huntington. Also noch mal und ein für alle Mal: denk nicht mal dran!«

»Das tue ich doch gar nicht«, verteidige ich mich rasch.

»Und warum lässt du das Thema dann nicht endlich fallen?«

Sie hat recht. Aber es lässt mir einfach keine Ruhe.

»Denkst du, es hat was damit zu tun, dass er adelig ist?«

Jetzt muss Annie lachen. »Weil alle adligen Engländer ein bisschen überspannt sind? Grace, du hast zu viele Filme gesehen. Damit hat das nun wirklich nichts zu tun. Außerdem ist er noch gar nicht adelig. Er wird der nächste Earl of Lockwood, wenn sein Vater stirbt, der das im Moment noch ist und in all seiner Herrlichkeit auf Lockwood Manor residiert, einem Landsitz südlich von hier, an der Küste unten. Das erbt unser Boss dann alles, auch einen Sitz im House of Lords, aber er steigt erst wirklich in den Adel auf, wenn der alte Earl das Zeitliche segnet. Der Viscount ist nur ein Höflichkeitstitel für den ältesten Sohn, eigentlich ist Jonathan Huntington noch ein Bürgerlicher – und gehört wie du und ich zum gemeinen Volk. Vorläufig jedenfalls.«

»Das wusste ich nicht.« Entsetzt fällt mir das »Sir« wieder ein, mit dem ich ihn am Flughafen begrüßt habe. Mein Gott, habe ich mich lächerlich gemacht.

Annie grinst. »Das kannst du auch ruhig gleich wieder vergessen. Denn wenn du ihn mit Lord Huntington ansprichst – das könntest du, wenn du willst, korrekt wäre es – dann fängst du dir allerhöchstens einen bösen Blick ein. Er hat Anspruch darauf, so genannt zu werden, aber er legt keinen Wert darauf. Und jetzt will ich nicht mehr über Jonathan Huntington reden, okay? Unsere letzte Mitbewohnerin war schon fixiert auf ihn – fang du nicht auch noch an.« Sie stößt mich an und lächelt. »Genieß lieber Ians hervorragendes Essen. Er hat ein Tattoo-Studio ein Stück die Straße runter und so viel zu tun, dass er kaum zum Kochen kommt.«

Wir nehmen beide von Marcus ein Glas Wein entgegen, und als Ian kurz danach dampfende Teller mit herrlich duftendem Curry auf den Tisch stellt, schaffe ich es tatsächlich, den Mann, der mich heute so aus dem Gleichgewicht gebracht hat, für eine Weile aus meinen Gedanken zu verdrängen. Ich genieße die entspannte Atmosphäre in der Küche. Ian erzählt lustige Geschichten aus seinem Tattoo-Studio, und Marcus will natürlich genau wissen, wo ich herkomme. Ich finde es schön, nicht mehr ganz allein unter Engländern zu sein, und genieße seinen vertrauten Akzent. Und je öfter ich die Geschichte von meinem Vermieter erzählen muss – die anderen können sie gar nicht oft genug hören und amüsieren sich immer wieder darüber –, desto mehr kann ich selbst darüber lachen.

Irgendwann bin ich satt, ein bisschen angetrunken und so müde, dass ich kaum noch die Augen aufhalten kann. Ich rufe schnell Hope noch einmal an, der ich das ja versprochen hatte, und berichte ihr von meinem Missgeschick und dem glücklichen Ausgang, den es genommen hat. Dann verabschiede ich mich von den anderen, die noch in der Küche sitzen, und gehe schlafen. Als ich aus dem Bad komme, stelle ich fest, dass Annie mein Bett schon bezogen hat, und ich bin ihr so dankbar, dass ich sie noch viel lieber habe als sowieso schon. Ich habe nur noch die Kraft, mein Nachthemd aus dem Koffer zu ziehen, es überzustreifen und unter die Decke zu schlüpfen.

Eigentlich dachte ich, dass ich sofort einschlafen würde, aber obwohl mein Körper total erschöpft ist, arbeitet mein Kopf weiter, zeigt mir noch einmal die Bilder dieses aufregenden Tages. Und bleibt bei einem Bild immer wieder hängen. Verdammt! Annie hat recht, ich muss endlich aufhören, ständig an Jonathan Huntington zu denken. Ich werde ihn höchstens noch ein paar Mal von Weitem sehen. Er hat mit meinem Leben nichts zu tun. Also, vergiss ihn, Grace!

Er ist ein zukünftiger Earl, mit Sitz im House of Lords. Und auf einem Herrensitz aufgewachsen. Als wären der Reichtum und die Firma und all das noch nicht genug. Uns trennen Welten. Deshalb werde ich morgen endlich anfangen, vernünftig zu sein, nicht mehr an ihn denken und mich auf die Arbeit konzentrieren. Es ist mein letzter Gedanke, bevor der Schlaf mich übermannt.

6

»Ist das wirklich euer Ernst?« Ich starre Annie an, während die U-Bahn, die hier Tube heißt, über eine Weiche rast und wir durchgeschüttelt werden. Es ist halb acht Uhr morgens, und der Wagon ist voller Menschen, die alle wie wir in die City wollen, um pünktlich bei der Arbeit zu sein, deshalb müssen wir stehen und halten uns an den Stangen über uns fest.

»Hätte ich es sonst vorgeschlagen?« Annie grinst. »Als du schon im Bett warst, haben die Jungs und ich das besprochen, und wir waren alle dafür.« Sie zwinkert mir zu. »Vor allem Marcus. Ich glaube, bei dem hast du einen besonders bleibenden Eindruck hinterlassen.«

»Das ist so nett von euch.« Ich kann mein Glück immer noch nicht fassen: Ich darf in der WG bleiben, für die gesamte Dauer meines Praktikums! Das hat Annie mir eben angeboten, und ich könnte sie knutschen, so begeistert bin ich. Als ich heute Morgen wach wurde, habe ich nämlich mit Grauen an die Suche nach einer Bleibe gedacht, die mir noch bevorgestanden hätte. »Ich zahle euch natürlich ab sofort Miete«, erkläre ich entschlossen.

Annie winkt ab. »Das sehen wir dann. Du musst ja erst mal die dreihundert Pfund verkraften, die dir jetzt fehlen. Apropos: Wir können heute nach der Arbeit zur Polizei gehen und Anzeige erstatten, wenn du willst. Wer weiß, vielleicht kriegen sie den Kerl ja.«

»Ja, lass uns das machen«, erwidere ich, aber insgeheim bin ich gar nicht mehr traurig darüber, dass es mit der Wohnung in

Whitechapel nicht geklappt hat. Die Alternative ist so viel besser! Ich muss nicht abends allein in einem einsamen Apartment sitzen, sondern kann die Zeit mit drei wirklich netten Menschen verbringen. Ich habe ein richtiges Zuhause in dieser fremden Stadt, und das ist ein tolles Gefühl. Das hätte auch alles ganz anders laufen können.

Von der Tube-Station »Moorgate« laufen wir zum Huntington-Gebäude am London Wall. Es ist wieder ein herrlicher Tag, der Himmel ist blau und wolkenlos und spiegelt meinen derzeitigen Gemütszustand. Im Lift auf dem Weg nach oben erklärt Annie mir, in welchen Stockwerken welche Abteilungen untergebracht sind.

»Und wo ist die Chefetage?« Die Frage rutscht mir raus, bevor ich darüber nachgedacht habe.

Sie hebt eine Augenbraue. »Fängst du schon wieder an?«

»Ich will es doch nur wissen«, verteidige ich mich, und Annie gibt nach. Sie deutet auf den obersten Knopf auf der Leiste. »Ganz oben. Von dort hat man einen fantastischen Blick über die City.«

Die Türen öffnen sich im vierten Stock, und wir gehen wieder den Abteilungsflur hinunter. Doch wir kommen nicht bis in unsere Büros, denn als wir am Sekretariat vorbeigehen, hält Veronica Hetchfield uns auf.

»Moment, Miss Lawson. Der Boss hat gerade angerufen. Er möchte Sie sprechen.«

Ich erstarre förmlich. Der Boss? Dann fällt mir ein, dass sie damit sicher den Abteilungsleiter meint.

»Danke«, sage ich und will mich wieder in Bewegung setzen, um zu Clive Renshaws Büro zu gehen. Doch sie hält mich zurück.

»Falsche Richtung. Das Büro von Mr Huntington ist oben.«

Ich muss so hart schlucken, dass es fast wehtut. »Mr Huntington?«, wiederhole ich heiser. »Sie meinen, Mr Huntington ist der Boss?«

Sie sieht mich mit hochgezogenen Brauen an. »Mr Huntington ist der Boss, genau«, wiederholt sie, und mir wird jetzt erst klar, was für eine dämliche Frage das war.

»Ich meine, dann ist er es, der mich sprechen möchte?«

»Das hat er gesagt, als er gerade anrief.« Sie macht eine ungeduldige Bewegung mit der Hand. »Also los, lassen Sie ihn nicht warten. So etwas hasst er.«

Annie, die immer noch neben mir steht, reißt die Augen auf, und auch Veronica scheint die Tatsache, dass ich schon am zweiten Tag in die Chefetage beordert werde, ungewöhnlich zu finden, denn sie mustert mich aufmerksam. Was mich nur noch nervöser macht.

»Tja, also dann.« Ich gebe Annie meine Handtasche und meinen dünnen Sommermantel, dann drehe ich mich wieder zum Fahrstuhl um, aus dem wir gerade ausgestiegen sind. Das Herz klopft mir bis zum Hals.

»Fahr ganz nach oben, da ist noch mal ein eigener Empfang. Die Sekretärin führt dich dann zu ihm«, ruft Annie mir noch hinterher, und ich nicke ihr mit einem unsicheren Lächeln über die Schulter zu, bevor ich mich in Bewegung setze.

Der Fahrstuhl kommt erschreckend schnell oben an, und als die Türen aufgehen, trete ich staunend in das Machtzentrum von Huntington Ventures. Wow. Der Vorraum ist riesig und die Außenwände sind wie überall im Gebäude aus raumhohem Glas, sodass man tatsächlich einen atemberaubenden Blick über die Stadt hat. Es ist still hier, weil der weiche Teppichboden alle Geräusche zu schlucken scheint. Auch meine, als ich darüber gehe, vorbei an zwei edlen Designer-Sesseln, die offenbar für wartende Besucher gedacht sind, und auf den dunklen Schreibtisch zuhalte, der in der Mitte zwischen vier Türen platziert ist.

Diese sind allerdings nicht aus Glas wie unten und geben keinen Einblick in das, was dahinter liegt.

Eine attraktive schwarzhaarige Frau sieht auf, als ich komme, und lächelt mich an.

»Ah, Miss Lawson«, sagt sie, so als wäre ich schon hundert Mal hier gewesen, und steht auf. »Mr Huntington erwartet Sie schon.«

Sie kommt um den Schreibtisch herum und geht auf die Tür ganz rechts zu. Ihr saphirblaues Kostüm sieht teuer und sehr elegant aus, und ich bin mir plötzlich bewusst, dass ich mit ihr, was das modische Aussehen angeht, nicht mal annähernd mithalten kann. Die schwarzen Sachen von gestern habe ich gegen einen hellen Rock und eine blassgrüne Bluse getauscht. Ich musste nämlich an Hopes Worte denken, als ich heute Morgen vor meinem noch unausgepackten Koffer stand, und habe das rausgesucht, was ich am frühlingshaftesten fand.

Nervös streiche ich über den engen Rock und wünschte, ich hätte das nicht getan. Das Grün strahlt lange nicht so wie das Blau, das die Vorzimmerdame trägt, im Gegenteil. Jetzt finde ich es richtig langweilig. Hastig sehe ich an mir herunter und öffne einen weiteren Knopf meiner Bluse. Jetzt ist der Spitzenbesatz meines Unterhemdes zu sehen, und ich fühle mich zumindest ein bisschen attraktiver.

Die Frau öffnet die Tür und ruft in den Raum hinein, dass ich jetzt da bin. Mit einem Kopfnicken fordert sie mich auf, das Zimmer zu betreten, was ich zögernd tue. Sobald ich durch die Tür bin, geht diese hinter mir wieder zu, und ich bin allein – mit dem Boss.

Jonathan Huntington sitzt an seinem breiten, elegant geschwungenen Schreibtisch aus edel schimmerndem Holz am Ende des langen Raumes, der so groß ist wie der Konferenzraum unten, in dem wir gestern gesessen haben. Nein, größer, mit einer Sitzecke mit cognacfarbenen Ledercouchen rechts von mir und hellen Schränken an den Wänden, die zu der zeitlos-schlichten, aber sicher sehr teuren Einrichtung passen. Die Wand hinter dem Schreibtisch ist auch komplett aus Glas, dahinter erstreckt sich die grandiose Kulisse der City of London.

Was für ein Anblick, denke ich, und weiß nicht genau, was ich beeindruckender finde, die Stadt oder den Mann, der jetzt aufsteht und auf mich zukommt.

»Miss Lawson.« Seine Stimme ist tief und weich, und mir läuft ein kleiner Schauer über den Rücken, weil ich sie so angenehm finde. Mit wild klopfendem Herzen gehe ich ihm über den dicken Teppich entgegen. Ich habe nicht den blassesten Schimmer, was er von mir wollen könnte, und bin furchtbar unsicher.

Je näher wir uns kommen, desto besser erkenne ich seine Züge, das kantige Kinn, die hohen Wangenknochen, die vollen Lippen. Ich sehe seine blauen Augen, die in seinem gebräunten Gesicht besonders auffallen, und dieses leichte Lächeln, das mich gestern schon so nervös gemacht hat. Er trägt wieder schwarz, und sein Haar fällt ihm in die Stirn, aber heute ist er frisch rasiert.

Dann stehen wir voreinander, und ich rieche sein Aftershave, das noch immer die gleiche knieaufweichende Wirkung auf mich hat. Er streckt mir die Hand entgegen, die ich ergreife. Sein Händedruck ist warm und fest, aber er dauert nur eine Sekunde, dann lässt er mich wieder los und deutet auf den Besucherstuhl vor seinem Schreibtisch, einen lederbezogenen Sessel, der zu seinem eigenen Schreibtischsessel passt.

»Setzen Sie sich doch.«

Zögernd lasse ich mich in den breiten Sitz sinken, während er um den Schreibtisch herumgeht und auch wieder Platz nimmt.

»Heute kein Schwarz?«, fragt er und deutet auf meine Kleidung.

»Äh ... nein«, erwidere ich und ärgere mich erneut, dass ich auf Hope gehört habe. Aber woher hätte ich wissen sollen, dass mir der Mann, dem meine schwarzen Sachen gefallen, heute noch einmal begegnet?

Er lehnt sich zurück. »Wie war Ihr erster Tag bei uns, Miss Lawson? Sind Sie zufrieden?«

Ich starre ihn überrascht an. Er will wissen, wie es mir geht? Ist das irgendein Test?

»Ich ... danke, es gefällt mir gut. Die Kollegen sind sehr nett, vor allem Annie ... Annie French. Sie hat mir sehr geholfen.«

»Ja, ich habe davon gehört. Es hat Schwierigkeiten mit Ihrer Wohnung gegeben?«

Jetzt bin ich richtig verwirrt. Er weiß davon? Von wem? Clive Renshaw habe ich das nicht erzählt. Aber Veronica hat es mitbekommen, als wir gestern gingen. Hat Jonathan Huntington sie danach gefragt? Und wieso interessiert ihn das überhaupt?

»Ich bin leider auf einen Betrüger hereingefallen«, erkläre ich ihm, als mir klar wird, dass er auf eine Antwort wartet. »Der angebliche Vermieter hat die Kaution für ein Apartment kassiert, das es in Wirklichkeit nicht gibt. Aber ich konnte bei Miss French übernachten, ich war also nicht obdachlos.«

Er beugt sich vor. »Das wollen wir auch auf keinen Fall, dass eine unserer Praktikantinnen auf der Straße schlafen muss«, sagt er, und fast habe ich das Gefühl, dass seine Stimme mich streichelt. Nur mit Mühe kann ich mich auf seine Worte konzentrieren. Reiß dich zusammen, Grace!

Er spricht schon weiter. »Unsere Rechtsabteilung wird sich um die Angelegenheit kümmern. Wir werden umgehend Anzeige erstatten, und der Polizei wird es hoffentlich gelingen, diesen Kerl dingfest zu machen, damit Sie Ihr Geld zurückbekommen. Ich nehme an, es gibt Belege über die Überweisung, die Sie getätigt haben?«

»Nein ... ich meine, ja, es gibt Unterlagen. Aber das ist wirklich nicht nötig, dass Sie da etwas unternehmen. Ich kann selbst zur Polizei gehen.« Allein der Gedanke, dass er mich gleich fragen könnte, wie mein angeblicher Vermieter heißt, treibt mir den Schweiß auf die Stirn. Ich würde nämlich definitiv vor Scham sterben, wenn ich Jonathan Huntington auch noch gestehen muss, dass ich eine der berühmtesten englischen Sagen nicht wirklich kenne. Das ist so alles schon peinlich genug.

»Sie dürfen das in Anspruch nehmen. Ich bestehe darauf«, beharrt er. »Und eine Lösung für Ihr Wohnungsproblem habe ich auch schon gefunden. Sie können für die Dauer Ihres Praktikums in einem firmeneigenen Apartment hier ganz in der Nähe wohnen. Mein Chauffeur Steven, den Sie ja schon kennengelernt haben, bringt Sie nachher hin und zeigt Ihnen alles.«

Ich bin wie vor den Kopf gestoßen und starre ihn nur an, während ich versuche, mir eine Meinung zu bilden über das, was er mir da anbietet. Er hat mir eine Wohnung organisiert. Okay, nett. Wow. Sehr nett sogar. Aber er hätte mich ja auch mal fragen können, ob ich das möchte. Oder brauche. Irgendwie ärgert es mich, dass er das schon wieder einfach alles bestimmt. Als würden die Leute immer grundsätzlich tun, was er sagt. Tun sie wahrscheinlich auch, erinnere ich mich noch mal. Deshalb ist er ja so erfolgreich. Aber selbst wenn er mich beim letzten Mal überreden konnte, sein Angebot anzunehmen – diesmal steht mein Entschluss fest.

Ich lächle ihn an. »Das ist sehr freundlich, Mr Huntington, aber ich habe mein Wohnungsproblem schon selbst gelöst. In der WG von Miss French ist noch ein Zimmer frei, und sie hat mir heute Morgen angeboten, dass ich dort für die Dauer des Praktikums einziehen kann.«

Er runzelt die Stirn. »Ein WG-Zimmer ist mit der Wohnung, von der wir sprechen, nicht vergleichbar. Es ist eine Penthouse-Suite, die sonst Geschäftspartnern zur Verfügung steht, wenn sie in der Stadt sind.« Ganz offensichtlich ist es für ihn eindeutig, wofür ich mich daher entscheiden muss.

Aber so toll er aussieht und so interessant ich ihn finde – ich muss gar nichts. Und für nichts auf der Welt gebe ich mein WG-Zimmer in Islington wieder her.

»Das mag sein, und ich bin Ihnen auch sehr dankbar für das Angebot«, erkläre ich ihm. »Aber ich fühle mich in der WG von Miss French sehr wohl und möchte dort gerne bleiben.«

»Aha.« Er kann seine Überraschung – und seine Verärgerung – nur schlecht verbergen. »Nun, das ist Ihre Entscheidung.« Sein Tonfall macht unmissverständlich klar, was er persönlich davon hält, und für einen Moment überkommt mich wieder ein schlechtes Gewissen.

Inzwischen hält er mich wahrscheinlich für ziemlich verstockt, weil ich mir von ihm nicht helfen lassen mag. Aber ich will wirklich nicht irgendwo allein in einer Penthouse-Wohnung sitzen, wenn ich stattdessen mit Annie und ihren Freunden Spaß haben kann.

Er runzelt die Stirn, offenbar immer noch irritiert über meine Antwort, und um seinem kritischen Blick zu entgehen, starre ich auf seine Brust. Seine ziemlich breite Brust. Wie gestern trägt er auch heute keine Krawatte, und das eng anliegende Hemd steht am Kragen leicht auf. Wie gebannt bleibt mein Blick an der gebräunten Haut hängen, die dort hervorblitzt, und mein Mund wird plötzlich ganz trocken. Hastig hebe ich die Augen wieder und treffe auf seine.

»War das alles?«, frage ich und rutsche unruhig auf meinem

Sessel hin und her. Es muss doch alles gewesen sein. Was könnte er sonst noch von mir wollen?

»Nein, das war noch nicht alles«, erklärt er entschieden, und ich sitze sofort wieder stocksteif da und warte.

Ich habe keine Ahnung, was jetzt kommt, aber dieser Besuch ist beinah qualvoll für mich. Warum hat er denn nicht endlich Erbarmen mit mir und lässt mich gehen? Ich meine – es hat sich ja nichts geändert. Er ist der Boss und ich bin ein Niemand, jemand der in seiner Firma ein paar Erfahrungen sammeln darf. Ich habe es vielleicht durch einen – peinlichen – Zufall geschafft, seine Aufmerksamkeit zu erregen, aber das wird nicht lange halten. Dafür ist der Graben zwischen uns einfach zu breit. Gleich ist es also schon wieder vorbei, und wenn ich ganz viel Glück habe, blamiere ich mich vorher nicht noch mal.

Erneut lehnt er sich auf diese extrem entspannte Art zurück, die so viel Selbstbewusstsein ausstrahlt. Das Haar ist ihm in die Stirn gefallen, und er schiebt es beiläufig mit der Hand zurück. Es ist keine eitle Geste, sondern etwas, das er gar nicht zu registrieren scheint, deshalb wirkt es sehr lässig. Wieder überlege ich, dass ich die Länge seiner Haare ziemlich schön finde. Nicht jedem steht das, aber ihm schon. Für einen Moment frage ich mich, wie sich seine Haare wohl anfühlen und ob sie so weich sind, wie sie aussehen, dann merke ich, dass er etwas sagt, und ich konzentriere mich wieder auf seine Worte.

»Clive hat mir berichtet, dass Sie bei Ihrem ersten Meeting gestern einen sehr guten Eindruck hinterlassen haben. Wie es scheint, sind Sie ausgesprochen engagiert und haben ein gutes Gefühl für die Projekte, auf die diese Abteilung von Huntington Ventures spezialisiert ist – übrigens eines der Herzstücke unseres Unternehmens, an dem mir und meinem Kompagnon besonders viel liegt.«

»Ich weiß ... ich meine, nicht, dass ich einen guten Eindruck hinterlassen habe, das wusste ich nicht, aber dass Ihnen die Förderung von Innovationen am Herzen liegt. Das ... gehört schließlich zu Ihrer Firmenphilosophie.«

Was rede ich denn da? Ich sag's ja, ich muss hier raus, und zwar dringend.

Er lächelt, und ich bin wieder völlig gebannt. Wenn seine Zähne eine perfekte Reihe bilden würden, dann wäre Jonathan Huntington immer noch extrem attraktiv. Aber diese kleine abgeschlagene Ecke gibt seinem Lächeln etwas Einzigartiges, an dem ich mich gar nicht sattsehen kann. Es macht ihn echter irgendwie – und verletzlicher. Wie das wohl das passiert ist, frage ich mich.

»Sie sind gut informiert«, sagt er mit seiner dunklen Streichel-Stimme. »Und Sie dürfen sich freuen, Miss Lawson. Sie werden nämlich ab sofort für mich arbeiten.«

»Äh ... ich dachte, das tue ich schon«, erwidere ich verwirrt.

Sein Lächeln vertieft sich. »Ich glaube, das habe ich falsch ausgedrückt. Natürlich arbeiten Sie schon *für* mich, aber Sie werden ab sofort *mit* mir arbeiten.«

Was? Mein Herz nimmt Fahrt auf. »Mit Ihnen? Ich verstehe nicht ...«

»Ich gewähre Ihnen einen Einblick in die Führung dieses Unternehmens. Sie dürfen mich begleiten, als eine Art – Assistentin. Es wird zwar Ausnahmen geben, aber Sie werden bei den meisten Gesprächen, die ich führe, anwesend sein und können mich alles fragen, was Sie interessiert. An den Entscheidungsprozessen selbst sind Sie natürlich nicht beteiligt, aber ich bin durchaus gewillt, mir Ihre Meinung anzuhören, wenn Sie etwas zu sagen haben.«

Sein Tonfall ist nicht fragend, er bietet mir das nicht so an, dass ich eine Wahl habe – es ist eine Anordnung. Aber ich zögere trotzdem.

Ein Teil von mir – der ehrgeizige Teil – jubiliert. Jackpot, Grace. Du darfst Jonathan Huntington begleiten und ihm über die Schulter schauen, während er dieses Unternehmen leitet. Du bekommst Einblicke, von denen du nicht mal zu träumen gewagt hast. Das ist eine unglaubliche Chance.

Aber da ist auch noch eine andere, etwas leisere Stimme, die mich warnt. Vor dem Mann, in dessen Nähe ich Schwierigkeiten habe, klar zu denken. Und vor dem ich mich hüten soll, wenn es nach Annie geht. Will er mir wirklich nur eine Chance geben – oder hat er einen anderen Grund für dieses unglaubliche Angebot?

»Wieso bieten Sie mir das an?« Ich stelle die Frage, bevor ich richtig darüber nachgedacht habe. Sie drängt einfach aus mir heraus.

Er hebt die Augenbrauen, dann schnaubt er leicht und schüttelt lächelnd den Kopf. Offenbar findet er mich ziemlich amüsant.

»Möchten Sie lieber in der Investment-Abteilung bleiben?« Er sagt das schon wieder mit diesem Unterton, der mir deutlich zu verstehen gibt, dass ich offensichtlich nicht ganz richtig im Kopf bin. »Wenn Sie diese Chance nicht wahrnehmen wollen, dann ...«

»Doch, natürlich will ich.« Es ist der ehrgeizige Teil von mir, der ihm das hastig versichert, bevor der andere eine Chance hat, richtig darüber nachzudenken. »Ich ... wundere mich ja nur.«

»Worüber?«

Dieser Mann treibt mich noch in den Wahnsinn. Fast verzweifelt sehe ich ihn an, weil ich nicht weiß, ob ich mich traue, das zu fragen, was mir auf der Seele brennt.

»Machen Sie das öfter?« Diesmal ist es die warnende Stimme, die sich durchsetzt und die Frage stellt. Wenn er so etwas oft macht, dann bin ich nichts Besonderes. Aber wenn nicht – wieso dann ich?

Wieder sieht er mich auf diese halb amüsierte, halb verärgerte Weise an und schiebt sich das Haar aus der Stirn.

»Was, ob ich oft nette Angebote mache? Nein, tue ich nicht. Und ich kann es in Zukunft auch lassen. Denn Sie scheinen ein echtes Problem damit zu haben, Miss Lawson.«

»Nein, das haben Sie missverstanden, ich ...« Ich hole tief Luft. Und selbst wenn, denke ich, und schlage Annies Warnungen und meine eigenen Bedenken in den Wind. Selbst wenn er ein anderes Motiv hat, was immer das sein mag – will ich wirklich auf die Möglichkeit verzichten, die er mir bietet? Ich meine, hallo? Jonathan Huntington will nett zu mir sein. Da sagt man doch nicht nein. »Ich bin begeistert. Wirklich. Ich möchte das sehr gerne machen.«

Er schweigt für einen Moment und fixiert mich nur mit seinen viel zu blauen Augen. Prüfend. So als würde er erwarten, dass ich meine Meinung vielleicht doch noch ändere.

»Also«, sagt er schließlich und steht auf. »Dann sollten wir darauf anstoßen.«

Er geht zu einem der Schränke hinüber, der in der Nähe der Ledercouch steht, und als er ihn öffnet, sehe ich, dass es eine Bar ist. Überrascht schaue ich auf die Uhr. Es ist erst halb neun. Er will doch jetzt nicht ernsthaft schon Alkohol trinken?

Kurz darauf dreht er sich um. »Kommen Sie«, fordert er mich auf. In den Händen hält er zwei hohe Gläser mit einer dunkelorangenen Flüssigkeit. Als ich bei ihm bin, reicht er mir eins davon. Skeptisch betrachte ich es.

»Was ist das?«

»Ein Fruchtcocktail.« Einer seiner Mundwinkel hebt sich spöttisch. Offenbar hat er meine Gedanken erraten. »Meine

Tage sind lang, und ein paar Vitamine am Morgen können nicht schaden. So früh trinke ich für gewöhnlich noch keinen Alkohol.«

»Nein, natürlich nicht«, erwidere ich und stöhne innerlich, weil ich so leicht zu durchschauen bin.

Es klopft kurz an der Tür, und einen Augenblick später kommt die schöne Schwarzhaarige herein. »Mr Huntington, ich müsste Sie kurz sprechen.«

»Einen Moment«, sagt er zu mir und stellt sein Glas auf den Glastisch vor der Couch ab. »Ich bin gleich zurück.«

Unentschlossen stehe ich mit meinem Fruchtcocktail in der Hand da, als ich allein in dem großen Büro bin. Ich bin immer noch völlig überwältigt, aber plötzlich spüre ich auch eine kribbelnde Aufregung. Erst jetzt wird mir wirklich klar, was das alles für mich bedeutet. Was für eine Chance!

Ein oder zwei Minuten rühre ich mich nicht von der Stelle. Aber weil es nicht so aussieht, als würde er gleich zurückkommen, sehe ich mich zum ersten Mal richtig im Raum um – und bemerke eine Tür an der Wand, die mir vorher noch gar nicht aufgefallen war. Sie steht einen Spalt weit auf.

Neugierig umrunde ich die Couch und trete näher heran, aber der Spalt ist so schmal, dass ich nicht hindurch sehen kann. Deshalb schiebe ich die Tür vorsichtig noch ein Stück weiter auf, und dann, als ich sehe, was dahinter liegt, ganz. Es ist – ein Schlafzimmer. Mit einem breiten Bett mit einem Gitterkopfteil, auf dem eine hellbraune Tagesdecke liegt, und hohen Einbauschränken an den Wänden. Eine weitere Tür scheint in einen Waschraum oder ein kleines Bad zu führen. Hier ist die Außenwand auch verglast, aber es hängen Stoffblenden davor, die sich bei Bedarf schließen lassen.

Staunend betrachte ich das Zimmer. Dass er in seinem Büro auch übernachten kann, hätte ich nicht gedacht. Aber vielleicht arbeitet er ja oft lange. Oder ... Der Gedanke, was er hier vielleicht sonst noch tut, treibt mir das Blut in die Wangen.

Plötzlich spüre ich einen Luftzug an meiner Wange und fahre herum. Jonathan Huntington steht dicht hinter mir und sieht mich an. Er hat sein Glas wieder in der Hand. Ich habe ihn nicht kommen hören.

»Oh, entschuldigen Sie«, stottere ich. »Ich wollte nicht neugierig sein, aber ...«

»Aber Sie waren es«, beendet er den Satz für mich.

Für eine Sekunde glaube ich, dass ich jetzt alles ruiniert habe. Ich habe seine Privatsphäre verletzt, und jetzt ist er böse auf mich und wird sein Angebot zurücknehmen. Mit angehaltenem Atem warte ich auf die harten Worte, mit denen er mich sicher gleich zurechtweisen wird.

Doch er schenkt mir wieder eines dieser entwaffnend charmanten Lächeln. »Wenn es sehr spät wird, habe ich oft keine Lust mehr, noch bis nach Knightsbridge zu fahren. Dann schlafe ich hier«, erklärt er. »Aber«, er hebt die Hand, und ich glaube schon, dass er mich berühren will, doch er stützt sie hinter mir am Türrahmen auf, lehnt sich dagegen, »ich vermische niemals Dienstliches mit Privatem. Also keine Sorge.«

Ich starre ihn nur an, weil ich spüre, dass meine Stimme mir gerade nicht gehorcht, und frage mich, was er damit meint. Worüber soll ich mir Sorgen – oder keine Sorgen machen? Sicher nicht über das, was mir gerade durch den Kopf geht. Oder doch? Ich kann einfach nicht klar denken, wenn er direkt vor mir steht.

Sein Arm ist meinem Gesicht ganz nah, und ich fühle die Wärme, die von seinem Körper ausgeht. Wie von selbst wandert mein Blick von seinen Augen zu seinen Lippen, ganz kurz nur, doch bevor ich es verhindern kann, entschlüpft mir ein Seufzen. Sein Lächeln schwindet, und er wird ernst, sieht mich wieder so an wie im Auto, als ich gegen ihn gerutscht bin. Meine Brust hebt und senkt sich, und mein Puls rast, während ich in seinen blauen Augen versinke. Für eine kleine Ewigkeit oder auch nur ein paar Sekunden – ich weiß es nicht – stehen wir uns gegenüber. Dann lässt er den Arm sinken.

»Also«, er hebt sein Glas, »auf eine gute Zusammenarbeit – Grace.«

Ich erwache erschrocken aus meinem Trancezustand, als er mit seinem Glas gegen meins stößt.

»Ja. Auf eine gute Zusammenarbeit«, hauche ich und überlege, ob er damit meint, dass ich ihn jetzt auch beim Vornamen nennen soll. Ich probiere es aber lieber nicht aus, weil ich nicht schon wieder etwas falsch machen will.

Fasziniert sehe ich zu, wie sein Adamsapfel sich bewegt, während er trinkt. Dann wird mir klar, dass ich ihn anstarre, und ich setze hastig das Glas an die Lippen. Doch ich hebe es zu schnell, und als der süße Saft meinen Mund flutet, verschlucke ich mich und muss husten. Ich spüre, wie er mir auf den Rücken klopft, während ich versuche, wieder zu Atem zu kommen. Verdammt, Grace, kannst du denn nicht einmal nichts Peinliches tun, wenn Jonathan Huntington in der Nähe ist?

»Alles in Ordnung?«

Als ich den Kopf hebe, sehe ich das amüsierte Glitzern in seinen Augen. Ich verziehe das Gesicht und nicke.

»Ja, geht schon wieder.«

Er kehrt in den Raum zurück und stellt sein Glas auf dem Couchtisch ab

»Am besten, Sie holen Ihre Sachen von unten und sagen Bescheid, dass Sie ab jetzt hier oben bei mir arbeiten werden. Alles Weitere besprechen wir dann gleich«, sagt er und geht wieder zu seinem Schreibtisch hinüber.

»Ja, dann ... bis gleich«, sage ich und gehe in die entgegengesetzte Richtung, immer noch ein bisschen fassungslos. In der Tür drehe ich mich noch mal um. »Und – danke.«

Er steht hinter dem Schreibtisch und nickt nur. Von hier aus kann ich den Ausdruck in seinen Augen nicht erkennen. »Beeilen Sie sich. In einer Stunde haben wir den ersten Termin.«

Mit heißen Wangen und klopfendem Herzen gehe ich an der Schwarzhaarigen vorbei zurück zum Lift.

7

»Er hat *was*?« Annie starrt mich total fassungslos an. »Das ist nicht dein Ernst.«

Wir stehen in der Küche, weil ich mit ihr allein reden wollte, und ich habe ihr gerade die Neuigkeiten erzählt.

»Toll, oder?« Ich sage das hoffnungsvoll, denn im Fahrstuhl habe ich beschlossen, es als das zu nehmen, was es ist – eine einmalige Chance, die ganz sicher nicht wiederkommt. »Offenbar habe ich den Test bestanden, von dem du gestern gesprochen hast.«

Annie schüttelt den Kopf. »Das ist eine abteilungsinterne Sache, damit hat der Boss nichts zu tun.«

»Oh.« Ich hatte mir das so zurechtgelegt, weil es mir plausibel erschien. »Er hat gesagt, er hätte mit Mr Renshaw gesprochen und ich hätte gestern bei der Besprechung einen guten Eindruck hinterlassen, da dachte ich ...«

Annie runzelt die Stirn. »Da stimmt was nicht, Grace.«

»Aber du hast doch selbst gesagt, ich soll da nicht so viel reininterpretieren«, rechtfertige ich mich. »Und mal ehrlich: hättest du so ein Angebot abgelehnt?«

Annie schürzt nachdenklich die Lippen. »Das ist es ja gerade. Das Angebot ist viel zu gut, um es abzulehnen.«

»Eben«, erwidere ich trotzig. Sie macht mich unsicher, und das ärgert mich. Als sie meinen säuerlichen Tonfall hört, blickt sie mich entschuldigend an.

»Grace, so was hat er noch nie gemacht. Wir haben hier ständig Praktikantinnen, aber noch nicht eine davon hatte direkten

Kontakt zu ihm, ganz zu schweigen davon, dass sie quasi mit ihm zusammenarbeiten durfte. Das ist ... komisch. Und außerdem ...« Sie beendet ihren Satz nicht.

»Und außerdem was?«

Sie sieht mich fast flehend an. »Das ist einfach nicht gut. Nicht, wo du ihn sowieso schon so anhimmelst. Und leugne es nicht, das tust du, ich kann es dir ansehen. Um dich war es doch schon geschehen, als er dich vom Flughafen mit hierher genommen hat.«

Ich muss an den Moment in der Limousine denken, wo ich ihm so nahe gekommen bin. Zum Glück weiß Annie nichts davon.

»Und wenn schon«, verteidige ich mich.

»Das kann nicht gutgehen«, beharrt Annie, und ihr besorgter Blick macht mich auf einmal wütend. Wahrscheinlich steckt gar nichts dahinter, und wenn doch – warum muss es dann eine Katastrophe sein, dass Jonathan Huntington sich für mich interessiert?

»Dass er mich – aus welchen Gründen auch immer – tatsächlich nett finden könnte, ist also völlig ausgeschlossen, ja?«

Annie hält meinem zornigen Blick stand. »Die Erfahrung sagt, dass es so ist, ja.«

»Wessen Erfahrung? Deine? Warum sagst du mir nicht endlich, was an Jonathan Huntington so verdammt gefährlich ist, dass man ihm gegenüber so misstrauisch sein muss?«

Annie stellt ihren Becher weg und umfasst meine Schultern. Sie sieht mich durchdringend an. »Ich will einfach nicht, dass er dir wehtut, okay?«

»Aber er tut mir doch gar nichts – er bietet mir eine Chance.«

Mit einem tiefen Seufzen lässt Annie mich wieder los. »Hör zu, vielleicht irre ich mich ja auch. Natürlich ist das ein Angebot, das ganz toll klingt. Aber lass dich auf nichts ein, was du nicht willst. Auf gar nichts.« Sie hebt den Blick. »Und verlieb dich nicht in ihn. Auf keinen Fall. Verstanden?«

»Okay«, sage ich, obwohl ich nicht sicher bin, wie ich das verhindern soll. Kann man sich nicht verlieben, wenn man das will? »Wenn du dann Ruhe gibst.«

Sie lächelt endlich wieder und gibt mir einen freundschaftlichen Schubs. »Wenigstens hast du dieses Wohnungsangebot nicht angenommen. Dann fährst du abends mit mir nach Hause, und ich kann darauf aufpassen, dass du nichts anstellst.«

»Du klingst schon wie meine kleine Schwester«, sage ich lachend, weil ich froh bin, dass sie nicht mehr böse ist. »Die ist auch immer so besorgt um mich.«

»Sie wird ihre Gründe haben«, erwidert Annie. »Und jetzt sieh zu, dass du wieder nach oben kommst. Du hast Veronica doch gehört: Der Boss wartet nicht gern.«

Ich umarme sie noch mal. »Wir sehen uns dann heute Abend.«

»Ich warte, bis du da oben fertig bist«, sagt sie und deutet mit dem Finger an die Decke. »Dann können wir zusammen nach Hause fahren. Die Jungs und ich haben schließlich schon mal eine Mitbewohnerin verloren, weil sie sich zu lange in der Chefetage rumgetrieben hat. Das müssen wir nicht wiederholen.«

Schuldbewusst nicke ich. Ich weiß, dass sie es nur gut meint, aber ich freue mich trotzdem auf den Tag mit Jonathan Huntington, trotz Annies Warnungen. Ich kann es einfach nicht ändern.

Gemeinsam verlassen wir die Küche, und ich mache mich wieder – diesmal mit meiner Tasche und meinem Mantel – auf den Weg nach ganz oben, in die Chefetage.

* * *

Als ich ankomme, sitzt die Schwarzhaarige wieder an ihrem Platz. Ich bin unsicher, ob ich einfach in sein Büro durchgehen kann, deshalb verlangsame ich meine Schritte und blicke sie fragend an. Sie lächelt.

»Ich habe mich noch gar nicht vorgestellt«, sagt sie und steht auf, um mir die Hand zu geben. »Ich bin Catherine Shepard. Willkommen bei uns, Miss Lawson.«

»Freut mich«, erwidere ich und bin mir nicht sicher, ob sie das tatsächlich auch freut. Sie lächelt zwar, aber es wirkt neutral und professionell. Ich kann ihr nicht ansehen, was sie wirklich davon hält, dass ich hier bin, und das macht mich nervös.

»Kann ich reingehen?«

»Einen Moment noch«, erklärt sie mir und kehrt hinter ihren Schreibtisch zurück. Sie holt einige Papiere, die auf einem Klemmbrett befestigt sind, und reicht sie mir, zusammen mit einem Kugelschreiber.

»Bitte unterschreiben Sie das.«

Ich überfliege den Text. Es sind drei Seiten, eng bedruckt mit Paragraphen. Der Sinn ist klar. »Eine Verschwiegenheitserklärung?«

»Genau. Wir müssen uns absichern, ich denke, das werden Sie verstehen. Nichts, was Sie während Ihres Aufenthaltes hier erfahren, darf nach außen dringen. Sollten Sie sich nicht daran halten, wird unsere Rechtsabteilung sofort die entsprechenden Schritte einleiten.« Ihr Lächeln ist jetzt süßlich, und mir gefällt die Art nicht, wie sie »wir«, sagt. So als würde ich definitiv nicht dazugehören.

Ohne einen Blick auf die einzelnen Paragraphen zu werfen nehme ich den Stift und unterschreibe, dann reiche ich ihr das Blatt lächelnd zurück. Ich habe nicht vor, irgendetwas auszuplaudern, aber ich will dieser Frau auch nicht die Genugtuung geben, dass sie mich verunsichert hat. »Ist sonst noch was?«, frage ich betont gelangweilt.

»Sie können jetzt reingehen«, erwidert Catherine Shepard. Leider ist ihr auch nicht anzusehen, ob ich sie beeindruckt habe. Mit weit ausholenden Schritten marschiere ich zu Jonathan Huntingtons Bürotür und trete nach kurzem Klopfen ein.

Jonathan steht hinter dem Schreibtisch am Fenster und telefoniert mit seinem Handy. Als er mich sieht, macht er mir ein Zeichen, reinzukommen. Noch während ich auf ihn zugehe, beendet er sein Gespräch und kehrt zum Schreibtisch zurück, wo er einige Papiere nimmt.

»Noch mehr zum Unterschreiben?«, frage ich und bereue es sofort, weil ich klinge wie ein trotziges Kind.

Er hebt die Augenbrauen. Offensichtlich weiß er genau, was ich meine. »Diese Vereinbarung ist eine notwendige Absicherung.« Sein Tonfall ist ruhig, aber bestimmt. »Haben Sie ein Problem damit, Grace?« Ich spüre, dass von meiner Antwort abhängt, ob das Angebot weiter Bestand hat.

»Nein«, versichere ich ihm. »Ich hatte sowieso nicht vor, die Geschäftsgeheimnisse von Huntington Ventures in die Welt hinauszuposaunen.«

»Es würde Sie auch teuer zu stehen kommen, wenn Sie das tun.« Es ist eine Warnung, aber er spricht sie mit so viel Selbstbewusstsein aus, dass es mir den Unterschied zwischen uns noch einmal vor Augen führt. Er leitet ein extrem erfolgreiches Unternehmen. Würde ich mich gegen ihn stellen, hätte ich keine Chance. Nicht den Hauch einer Chance.

Dann wird mir plötzlich klar, was mich so ärgert. Dass er mir nicht vertraut. Was natürlich Unsinn ist. Er kennt mich nicht und muss vorsichtig sein, wenn er mir vertrauliche Einblicke in seine Geschäfte gewährt. Aber trotzdem beleidigt es mich.

»Wie ich schon sagte: das hatte ich nicht vor«, wiederhole ich und wünschte, ich hätte von diesem Thema gar nicht erst angefangen.

Jonathan scheint das auch so zu sehen, denn er hält mir die Papiere entgegen. »Hier, die Unterlagen zu dem Projekt, zu dem wir gleich ein Meeting haben. Sie können sich da vorn hinsetzen und sie sich ansehen, damit Sie wissen, worum es geht.« Er deutet auf die Ledercouch und lächelt kurz, dann setzt er sich auf seinen Stuhl und greift erneut zum Telefon.

Ich befolge die Anweisung gehorsam und setze mich auf die breite Ledercouch. Während ich mich in die Unterlagen einlese, höre ich mit einem Ohr zu, was er am Telefon bespricht. Aber da ich ja nur die eine Hälfte mitbekomme, verstehe ich nicht, worum es geht. Es ist auf jeden Fall irgendetwas Geschäftliches.

Verstohlen schaue ich manchmal zu ihm rüber und lausche seiner Stimme. Sie klingt tief und entschlossen, und irgendwie bin ich sicher, dass er bekommen wird, was er will. Er hat die Ärmel seines Hemdes aufgekrempelt und hochgeschoben. Seine Unterarme sind kräftig, und ich sehe die Sehnen, die sich unter der Haut abzeichnen. Ich kann den Blick nicht davon lösen, und das hohle, ziehende Gefühl in meinem Magen kehrt zurück. Wie es wohl wäre, wenn er diese Arme um mich legt ...

Ich schlucke, weil mein Mund plötzlich wieder ganz trocken ist. Er wird die Arme nicht um dich legen, Grace, also beruhig dich wieder, ermahne ich mich. Er beachtet mich ja nicht mal, fast so, als wäre ich gar nicht da. So viel zum Thema der gefährliche Jonathan Huntington, vor dem ich mich hüten soll. Richtig viel scheint er nicht von mir zu wollen.

Was soll er denn von dir wollen? fragt eine kleine nagende Stimme in mir. Unbewusst seufze ich, was ich erst merke, als er den Kopf hebt und mich fragend aufsieht. Unsere Blicke treffen sich für einen langen Moment, und Hitze wallt in mir auf, färbt meine Wangen.

»Alles in Ordnung?«, fragte er.

»Ja, ja, alles gut«, versichere ich ihm hastig, aber meine Stimme zittert leicht. Schnell starre ich wieder auf die Papiere. Ich kann nichts dagegen tun, dass es mir immer den Atem nimmt, wenn ich ihm für länger als ein paar Sekunden in die Augen sehe. Das ist beängstigend und ich sollte das dringend in den Griff kriegen, wenn ich die nächsten Wochen überstehen will. Nur wie?

Ich finde ihn attraktiv. Sehr attraktiv. So attraktiv wie noch niemanden vor ihm. Was ein Problem ist. Denn ich habe leider keine Erfahrung mit Männern. Gar keine. Jedenfalls nicht, was den Bereich körperliche Anziehung angeht. Die wenigen, mit denen ich schon ausgegangen bin, waren nett, aber keiner hat in mir auch nur annähernd solche überwältigenden Gefühle ausgelöst.

Ja, ich weiß. Eigentlich unglaublich bei einer Zweiundzwanzigjährigen. Ich bin da einfach ein Spätzünder. Oder vielleicht übervorsichtig. Im Gegensatz zu Hope, die zwei Jahre jünger ist als ich, habe ich die Trennung unserer Eltern damals bewusst miterlebt. Es war furchtbar, dass Dad plötzlich nicht mehr da war, und Mom war so unglücklich, sie hat so viel geweint. Irgendwann, als ich älter war, wurde mir klar, dass nicht jede Beziehung zwischen Mann und Frau so enden muss. Aber ich war trotzdem auf der Hut, hatte das Gefühl, dass ich mich schützen muss. Hope hatte da nicht so viele Probleme, bei ihr wechseln sich Freunde und Verehrer in schöner Regelmäßigkeit ab. Aber nicht bei mir. Ich hatte nie wirklich Interesse an Männern oder es war einfach nicht der Richtige dabei. Bis jetzt ...

Mit einem Kopfschütteln versuche ich, mich wieder auf den

Bericht auf meinem Schoß zu konzentrieren. Das ist wieder typisch für mich, dass ich ausgerechnet bei dem einen Mann, den ich niemals haben kann und vor dem ich schon ausdrücklich gewarnt wurde, bereit wäre, es doch mal zu versuchen. Dem Gefühl nachzugeben, das mich zu ihm hinzieht ...

Jonathan beendet das Gespräch und wählt eine andere Nummer. Es dauert einen Moment, bis mir klar wird, dass er nicht Englisch redet. Sondern Japanisch.

Fast erschrocken hebe ich den Kopf – und blicke wieder direkt in seine Augen. Doch diesmal ist sein Blick nicht fragend wie gerade eben. Nein, er fixiert mich mit gerunzelter Stirn, während er weiterredet, und ich habe auf einmal das Gefühl, dass es um mich geht. Das Flattern in meiner Brust setzt wieder ein. Das ist völlig unmöglich, beruhige ich mich. Wieso sollte er mit Yuuto Nagako oder sonst irgendjemandem über mich sprechen?

Irgendwann dreht er den Kopf zur Seite, und mein Atem beruhigt sich wieder. Aber so geht das definitiv nicht weiter. Ich kann nicht drei Monate lang auf dieser Couch sitzen und jedes Mal zusammenzucken, wenn er mich ansieht. Das halte ich nicht durch, das machen meine Nerven nicht mit.

»Wie ... haben Sie sich das eigentlich vorgestellt?«, frage ich, als er aufgelegt hat. »Soll ich die ganze Zeit hier an dem Couchtisch arbeiten?«

Er stutzt und lächelt dann leicht. »Haben Sie schon wieder was auszusetzen?«

Er nimmt das alles überhaupt nicht ernst, denke ich und bin plötzlich wieder wütend. Warum hat er mir dann dieses Angebot gemacht? Was ist das hier, ein Spiel?

Noch bevor mir eine passende Antwort einfällt, spricht er schon weiter. »Sie können ab morgen in dem Büro nebenan arbeiten. Es steht derzeit leer. Heute müssen Sie es allerdings noch mit mir aushalten. Aber wir werden ohnehin sehr viel unterwegs sein.«

Vielleicht hat ja noch eine Dame auf der Führungsebene die Segel gestrichen und die Firma verlassen, überlege ich.

»Sind Sie fertig?«, fragt er und reißt mich aus meinen Gedanken. Er ist schon aufgestanden, und es ist völlig offensichtlich, dass er keine Rücksicht darauf nehmen würde, wenn ich es noch nicht bin.

Ich nicke, obwohl ich die Berichte nur überflogen habe. Ungefähr weiß ich jetzt, worum es geht, das muss reichen.

»Okay, dann kommen Sie«, sagt er und geht an mir vorbei zur Tür. Ich nehme meine Tasche, klemme mir die Papiere unter den Arm und folge ihm.

8

Es ist anstrengend und nimmt kein Ende. Niemals hätte ich gedacht, dass Jonathan Huntingtons Tage so angefüllt sind mit Arbeit. Ich darf tatsächlich überallhin mit, zuerst zu einem Treffen mit einem jungen Geschäftsmann, der gerade ein Patent auf eine neue Art von Computer-Leiter-Element angemeldet hatte – das stand in dem Bericht, den ich nur überfliegen konnte – und für den Huntington Ventures jetzt einen passenden Investor sucht, um die Idee umzusetzen und profitabel zu machen. Es folgen andere Termine, zwei Sitzungen im Haus, bei denen die einzelnen Abteilungen ihn über die aktuellen Entwicklungen informieren, ein kurzes Mittagessen in einer schicken Sandwich-Bar ganz in der Nähe der St. Paul's Cathedral, zu der uns sein Chauffeur Steven in der Limousine fährt und bei dem ich wieder Berichte lesen muss, während er mit dem Handy telefoniert. Dann zwei weitere Treffen, diesmal mit Investoren, und anschließend noch der Besuch einer Galerie in King's Cross, wo er die Ausstellung eines jungen Künstlers eröffnet, der von der zum Huntington Ventures-Imperium gehörenden Kunst-Stiftung gefördert wird.

Und je länger es dauert, desto fasziniert bin ich. Jonathan Huntington kann hart verhandeln, wenn es darauf ankommt, das hatte ich erwartet, denn dieser Ruf eilt ihm voraus. Aber er steht wirklich hinter dem, was er tut, setzt sich für alle Projekte ein, die er übernimmt, und es ist seine entschlossene Art, die oft den Ausschlag gibt und das Geschäft für Huntington Ventures entscheidet.

Außerdem geht sein Engagement wesentlich weiter, als ich dachte. Er ist nicht nur ein Geschäftsmann, er ist ein Kunstmäzen, der junge Talente fördert, vor allem in der bildenden Kunst und der Musik. Er tut es im Namen der Firma, aber man spürt, dass ihm das am Herzen liegt.

Überall, wo wir hinkommen, stellt er mich als seine Assistentin vor, und keiner hinterfragt das, so wie ich es befürchtet hatte. Im Gegenteil. Die Leute begegnen mir sehr respektvoll und höflich, vorsichtig fast, und irgendwann wird mir klar, dass sie nur die Art, wie sie ihn behandeln, auf mich übertragen.

Nach der Ausstellung fahren wir nach Hackney zu einer Besprechung über ein Bauprojekt, an dem neben Huntington Ventures auch noch mehrere andere Geldgeber beteiligt sind, und die Konferenz zieht sich in die Länge. Es ist schon nach sieben, als wir endlich wieder in seinem Büro sind, und ich merke, dass ich wirklich müde bin. Der Jetlag macht mir zu schaffen. Aber noch ist der Tag nicht vorbei, Jonathan will um acht Uhr noch jemanden zum Essen treffen, und ich soll ihn auch dorthin begleiten. Annie fällt mir wieder ein, die ja auf mich warten wollte.

»Darf ich mal telefonieren?«

Jonathan deutet auf den Apparat auf seinem Tisch, und ich wähle hastig Annies Durchwahl. Sie ist nicht begeistert, als ich ihr sage, dass sie ohne mich fahren soll.

»Was treibst du denn da oben noch?«, will sie wissen, aber da Jonathan an seinem Schreibtisch sitzt und ich davor stehe, kann ich ihr nicht richtig antworten.

»Es ist nur noch ein Termin«, versichere ich ihr. »Aber ihr braucht nicht mit dem Essen zu warten. Erklärst du mir noch mal, welche U-Bahn ich nehmen muss?«

»Sie brauchen nicht mit der U-Bahn zu fahren, Steven bringt Sie nachher mit der Limousine nach Hause«, mischt Jonathan sich ein.

Ich höre den Befehlston, der auch diese Ankündigung begleitet, doch diesmal stört es mich nicht, weil ich wirklich erleichtert bin. Dann muss ich mir nicht allein den Weg nach Islington suchen, wofür mein müder Körper sehr dankbar ist. »Nein, Annie, erklär's mir nicht, es ist nicht nötig, ich ...«

»Schon gut, ich hab's gehört«, sagt sie, und ich sehe die steile Falte förmlich vor mir, die auf ihrer Stirn entsteht, wenn ihr etwas nicht gefällt. »Du denkst dran, was wir besprochen haben, ja?«

»Ja, mach ich. Bis nachher dann.« Hastig lege ich auf, damit sie nicht noch mehr sagen kann. Dann hole ich mir die Papiere, die ich noch lesen will, bis wir zum Essen losfahren, und lasse mich in den Besucherstuhl sinken. Der Weg bis zurück zur Couch erscheint mir einfach zu lang.

Eine Weile arbeiten wir schweigend, aber ich merke, dass ich mich nicht mehr richtig konzentrieren kann. Die Buchstaben verschwimmen immer wieder vor meinen Augen.

Irgendwann lasse ich den Bericht sinken, den ich in der Hand habe, weil es einfach keinen Zweck mehr hat. Jonathan sieht von seinen Unterlagen auf, als ich das tue, und als unsere Blicke sich begegnen, frage ich ihn das Erste, was mir durch den Kopf geht, um das Schweigen zwischen uns zu füllen und das flatterige Gefühl in mir zu beruhigen.

»Haben Sie eigentlich immer so viele Termine?«

Ich bereue die Frage sofort, denn das klingt, als wäre mir das alles zu viel. Ist es auch, zumindest in meinem derzeitigen Zustand, aber das soll er auf keinen Fall wissen.

Seine blauen Augen fixieren mich. »Nein, nicht immer. Im Moment ist Alex – mein Kompagnon Alexander Norton – auf Geschäftsreise, und ich muss einen Teil seiner Termine übernehmen. Aber grundsätzlich arbeite ich gerne viel«, schiebt er nach einer kurzen Pause nach.

»Aha.« Schnell stelle ich die nächste Frage, bevor er sich bei mir erkundigen kann, ob ich überfordert bin und er mich aus diesem Praktikums-Projekt lieber entlassen soll.

»Wen treffen wir eigentlich gleich?«

Er antwortet erst nach einem Moment.

»Yuuto Nagako. Sie kennen ihn. Vom Flughafen.«

Der Japaner. Mit Grauen denke ich an unsere Begegnung gestern Morgen und schaffe es gerade noch, meinen Gesichtsausdruck neutral zu halten. »Ist es denn sinnvoll, wenn ich da mitkomme?«, frage ich. »Ich meine, Sie unterhalten sich doch auf Japanisch.«

»Er spricht auch ganz hervorragend Englisch.«

Der Gedanke an die Blicke des Japaners jagt mir einen Schauer über den Rücken.

»Aber da störe ich doch bloß«, versuche ich es noch mal.

»Sie haben doch bis jetzt auch nicht gestört.« Er mustert mich wieder prüfend. »Gibt es ein Problem, Grace?«

Ich schüttele den Kopf. Schließlich kann ich ihm schlecht sagen, dass ich seinem Geschäftspartner am liebsten nicht noch einmal begegnen würde. Schon gar nicht, wenn ich vor lauter Müdigkeit kaum noch die Augen aufhalten kann. Der Jetlag und der anstrengende Tag haben mich wirklich mitgenommen.

»Nein, schon gut«, sage ich und lege die Hand in meinen Nacken, um die schmerzenden Muskeln dort ein bisschen zu entlasten.

Das entgeht ihm nicht.

»Wollen Sie lieber für heute Schluss machen und nach Hause fahren?«

Wieder schüttele ich entschlossen den Kopf. Schon am ersten Tag frühzeitig die Segel streichen – auf gar keinen Fall! »Nein, nein, alles in Ordnung, wirklich. Ich bin nur ein bisschen müde. Der Flug steckt mir wohl noch in den Knochen.«

Anstatt zu antworten, steht er auf und kommt zu mir. Bevor ich begreife, was er vorhat, stellt er sich hinter meinen Stuhl und ich spüre seine Hände auf meinen Schultern.

»Tut mir leid, daran hätte ich denken sollen«, sagt er. Seine Daumen streichen sanft über die Haut unterhalb meines Haaransatzes, malen Kreise, während seine Finger auf eine sehr angenehme Weise meine Schultermuskeln kneten.

Wie von selbst öffnen sich meine Lippen, während ich zu fassen versuche, was er da tut. Ich kann plötzlich nur noch flach atmen, und meine Kopfhaut prickelt. Ein angenehmer Schauer läuft mir über den Rücken, und mein Kopf sinkt etwas nach hinten, ohne dass ich etwas dagegen tun kann. Es ist schön, von ihm angefasst zu werden – seine Hände sind groß, mit langen Fingern, und sein Griff fest, ohne wehzutun.

Plötzlich hält er inne, lässt jedoch die Hände auf meinen Schultern liegen. »Ich mache das manchmal bei meiner Schwester, wenn sie verspannt ist«, sagt er, und es klingt fast verlegen, so als sei ihm jetzt erst aufgegangen, dass das, was er da tut, sehr intim ist.

»Das ist angenehm«, versichere ich ihm, weil ich will, dass er weiter macht, und zögernd beginnt er von Neuem, sanfter jetzt. Fast zärtlich fahren seine Fingerspitzen über meine Haut, und die Kreise, die seine Daumen zeichnen, werden größer. Ich spüre, wie sie sich in mein Haar schieben und meine Kopfhaut streicheln, und das Prickeln wird stärker, zieht bis in meinen Unterleib.

Eigentlich will ich ihn nach seiner Schwester fragen. Ich wusste gar nicht, dass er eine hat. Aber ich bringe einfach kein Wort heraus.

Ich kann mich nicht erinnern, wann ich das letzte Mal von einem Mann so berührt wurde. Noch nie, eigentlich. Mein Großvater hat mich ab und zu in den Arm genommen, und mit den wenigen Jungs, mit denen ich aus war, habe ich hin und wieder rumgeknutscht. Aber das hier – das ist etwas völlig anderes, eine Liebkosung, die mich völlig hilflos macht. Hitze wallt in mir auf, überzieht meine Wangen, und mein Herz flattert voller Panik und Erregung. Und plötzlich wünsche ich mir mehr. Ich will, dass er mich auch an anderen Stellen berührt, dass seine Hand über meine Haut weiterwandert und ...

Seine Hände sind plötzlich nicht mehr da, und ich schrecke aus meinen Gedanken auf. Jonathan steht nicht mehr hinter mir, sondern geht zurück hinter seinen Schreibtisch, setzt sich wieder auf seinen Stuhl. Als er mich ansieht, kann ich den Ausdruck in seinen Augen nicht deuten, aber er kommt mir anders vor als sonst. Verschlossener. Auf jeden Fall liegt jetzt kein Spott darin, wie sonst so oft.

»Besser?«

Ich atme zitternd aus und nicke.

»Danke«, sage ich heiser.

Ich fühle mich seltsam leer und wünsche mir seine Berührungen zurück. Wünsche mir ihn zurück. Ein Schauer läuft mir über den Rücken, als mir klar wird, wie ausgeliefert ich ihm war. Hätte ich ihn aufgehalten, wenn er weiter gegangen wäre? Ich bezweifele es. Aber er ist ja nicht weitergegangen, denke ich, und weiß nicht, ob ich das beruhigend oder schade finde. Es war eine unschuldige Massage, so wie er sie bei seiner Schwester auch macht. Wahrscheinlich erinnere ich ihn an sie. Der Gedanke ist wie eine kalte Dusche.

Jonathan streicht sich die Haare aus der Stirn und nimmt sein Handy, wählt eine Nummer. Ich höre ihn schnell etwas sagen, auf Japanisch. Offensichtlich spricht er mit Yuuto. Es ist nur ein kurzes Gespräch, und er sieht angespannt aus, als er auflegt. Dann ruft er seinen Chauffeur an und erklärt ihm, dass er den

Wagen jetzt gleich braucht. »Du fährst Miss Lawson nach Hause, Steven.«

Mein Gehirn arbeitet noch verzögert, deshalb begreife ich erst einige Augenblicke später, was das bedeutet. Er will nicht mehr, dass ich ihn begleite.

»Das ist nicht nötig, wirklich. Ich kann mitkommen ...«

»Der Termin ist abgesagt«, unterbricht er mich.

»Meinetwegen?« Jetzt bin ich endgültig verwirrt. Selbst wenn er mich nach Hause schickt, hätte er doch alleine zu dem Termin gehen können. Das hängt schließlich nicht von mir ab. Oder doch?

»Es war nichts Wichtiges«, erklärt er. »Morgen früh geht es weiter. Schlafen Sie sich lieber mal richtig aus, Grace.«

Ich will aber nicht schlafen, denke ich. Und ich will auch nicht weg von ihm. Es ist, als hätte er mit seinen Berührungen etwas in mir geweckt, das nur er wieder beruhigen kann. Deshalb schmerzt der Gedanke, dass ich ihn verlassen soll, fast.

Reiß dich zusammen, warne ich mich selbst. Das ist albern. Eine Schwärmerei, mehr nicht. Annies Warnung fällt mir wieder ein. *Fang lieber gar nicht erst an, da etwas hineinzuinterpretieren*. Recht hat sie, denke ich seufzend, während ich meine Sachen zusammensuche.

Als Jonathan mich zum Fahrstuhl begleitet, klopft mein Herz trotzdem wild. Schweigend stehen wir kurz darauf in der verspiegelten Kabine. Obwohl der Fahrstuhl recht groß ist, fühle ich seine Nähe, und es zieht mich zu ihm hin, als wäre er ein Magnet. Bei anderen Männern hätte mir der Abstand gar nicht groß genug sein können. Ich wäre vermutlich in die entfernteste Ecke des Fahrstuhls geflüchtet. Aber an Jonathan würde ich gerne noch näher heranrücken, damit ich sein Aftershave besser riechen kann. Ich möchte ihn ansehen, aber ich traue mich nicht, deshalb schaue ich in den Spiegel an der Wand hinter ihm – und sehe, dass sein perfekt geschnittenes Jackett seine breiten Schultern und die schmalen Hüften betont, und die dunkle Hose seine langen Beine. Ich reiche ihm gerade bis zur Schulter. Wenn er mich in den Arm nehmen würde, dann wäre im Spiegel nichts mehr von mir zu sehen.

Erschrocken über die Richtung, in die ich schon wieder denke, hebe ich doch den Blick zu ihm auf und sehe, dass er mich beobachtet. Das tut er schon den ganzen Tag, fast so, als wäre nicht ich es, die ihm zuschaut, sondern umgekehrt. Er studiert mich, scheint sich jede meiner Reaktionen zu merken. Ich weiß nur nicht, welche Schlüsse er daraus zieht. Oder warum ich so interessant bin.

Heiße Röte schießt in meine Wangen, und ich blicke auf den neutralen, nicht spiegelnden Boden. Die Fahrt kommt mir endlos lang vor, aber dann sind wir endlich unten im Foyer. Steven wartet mit der Limousine schon vor der Tür auf uns.

Jonathan hält mir die Tür auf, doch er verabschiedet sich nicht von mir, wie ich erwartet hatte, sondern steigt mit ein und setzt sich neben mich. Dann drückt er auf den Knopf der Gegensprechanlage, die ihn mit dem Fahrer verbindet. »Zum Club, Steven.«

Verwirrt sehe ich ihn an. »Ich dachte, der Termin wäre abgesagt.«

Jonathan streckt die Füße aus, und sie reichen fast bis zu der anderen Bank. Wieder wird mir bewusst, wie groß er ist.

»Das ist auch so«, bestätigt er.

»Aber ...«

»Warum fahre ich dann in meinem eigenen Auto mit?« Mit einem amüsierten Funkeln in den Augen sieht er mich an. »Weil Steven mich vorher noch absetzt, bevor er Sie nach Hause bringt. Wenn es Ihnen nichts ausmacht.«

Ich beiße mir auf die Unterlippe und verziehe unglücklich

das Gesicht, weil ich es schon wieder geschafft habe, in ein Fettnäpfchen zu treten. Warum tut er sich das mit mir überhaupt an? »Tut mir leid. Ich dachte...«

Er winkt ab. »Schon gut. Sie sind müde. Ruhen Sie sich aus.«

Für einen Weile schweigen wir, während Steven das lange Auto durch den Londoner Abendverkehr lenkt. Ich schaue aus dem Fenster, hinter dem die Lichter der Stadt vorbeihuschen, und versuche mich auf etwas anderes zu konzentrieren als auf den Mann, der neben mir sitzt. Was mir nicht gelingt. Natürlich nicht.

Eigentlich ist die Frage nämlich berechtigt. Warum tut er sich das an mit mir? Was hat er von der Tatsache, dass er mich so an seinem Leben teilhaben lässt? Den ganzen Tag lang habe ich das nicht hinterfragt, weil wir von einem Termin zum nächsten gefahren sind, aber jetzt lehne ich mich in die Polster zurück und fange an zu grübeln. Es muss einen Grund geben. Ich habe ihn heute erlebt. Jonathan Huntington ist ein Mann, der zielstrebig und erfolgsorientiert arbeitet. Wenn er etwas tut, dann weil er sich etwas davon verspricht.

Ich schlucke. Nur zu gerne würde ich ihn fragen, was er sich von mir verspricht. Aber ich habe zu viel Angst vor der Antwort, die vielleicht sehr ernüchternd ist.

Dabei sollte ich eigentlich froh sein, wenn er sich nicht für mich interessiert. Schließlich ist mein Herz jetzt schon ziemlich überfordert mit der Situation, und wenn er so etwas wie gerade im Büro öfter macht, dann weiß ich nicht, ob ich das Versprechen, das ich Annie gegeben habe, halten kann. *Verlieb dich nicht in ihn.* Wie hoch wird der Preis sein, wenn ich das nicht schaffe?

Die Gedanken rasen durch meinen Kopf, und ich achte gar nicht mehr auf das, was vor dem Fenster vorbeizieht. Erst als der Wagen stehenbleibt, sehe ich überrascht nach draußen.

Wir stehen in einer Straße, an die links ein Park grenzt, aber ich habe keine Ahnung, in welchem Viertel wir uns befinden. Auf jeden Fall ist es eine der besseren Wohngegenden, denn hier stehen nur sehr gepflegte große Villen, die von der Straße zurückliegen. Das Haus direkt neben uns ist ein weißes, zweistöckiges Gebäude, das von einem hohen, schmiedeeisernen Gitterzaun umgeben ist.

Ich suche nach einem Schild oder einem anderen Hinweis, in welcher Straße wir sind oder was sich in diesem Haus befindet, doch da ist nichts. Nur zwei weiße Pfeiler an den Seiten des geschwungenen Tores.

Ich drehe mich zu Jonathan um. »Wo sind wir?«

»In Primrose Hill.«

Hat er nicht gesagt, dass er in Knightsbridge wohnt? »Ist das Ihr Haus?« Ich deute nach draußen auf das weiße Gebäude.

Er schüttelt den Kopf. »Nein. Das ist der Club.«

Der Club, richtig. Da sollte Steven ihn hinfahren. Aber was für ein Club ist das? Ich dachte, er meint eine Bar oder so etwas, aber danach sieht es nicht aus.

Ich will ihn fragen, doch er öffnet schon die Tür, hat es jetzt eilig. »Bis morgen.«

Bevor er aussteigen kann, lege ich aus einem Impuls heraus die Hand auf seinen Arm und halte ihn zurück.

»Danke«, sage ich, als er mich ansieht. »Für heute. Es war ... schön.«

Ein Lächeln spielt um seinen Mund, und er beugt sich vor, sieht mir direkt in die Augen. »Das war erst der Anfang, Grace«, sagt er, und es schwingt etwas in seiner Stimme mit, das einen Schauer durch meinen Körper laufen lässt.

Dann steigt er schwungvoll aus und wirft die Tür hinter sich zu. Während die Limousine wieder anfährt, beobachte ich durch das Fenster, wie er mit langen Schritten auf das Eisentor zutritt, das sich für ihn öffnet und direkt hinter ihm wieder schließt. Kurz danach verschwindet die Villa aus meinem Blickfeld, und ich lehne mich mit klopfendem Herzen in die Polster zurück. Sein Duft hängt noch in der Luft, und mit einem Lächeln schließe ich die Augen.

»Bis morgen, Jonathan.«

9

»Von diesem Club habe ich schon gehört«, sagt Annie, als ich etwas später wieder in Islington bin und mit ihr in der Küche am Tisch sitze. »Da geht er oft hin, aber keiner weiß, was genau das eigentlich ist.« Sie runzelt die Stirn. »Er wollte aber nicht, dass du da mit reingehst, oder?«

»Nein.«

»Gut.«

Ich sehe Annie an. »Was weißt du darüber?«

Sie weicht meinem Blick aus. »Gar nichts. Aber wenn du mich fragst, ist es irgendetwas Komisches. Also bleib da weg. Was der Mann in seiner Freizeit macht, geht dich schließlich nichts an.«

Wenn sie mich abschrecken wollte, dann hat sie gerade das Gegenteil erreicht. Denn jetzt bin ich erst richtig neugierig. Für sie scheint das Thema jedoch beendet zu sein, denn sie steht auf und fängt an, den Tisch abzuräumen. Ich helfe ihr.

Als wir gemeinsam den Abwasch machen, kommt Marcus in die Küche. Er begrüßt mich herzlich mit einem Kuss auf die Wange, dann nimmt er sich ein Geschirrtuch und trocknet mit mir zusammen ab.

»Wo ist eigentlich Ian?«, frage ich. Unseren schottischen Mitbewohner habe ich heute noch nicht gesehen.

»Unterwegs«, erklärt Marcus. »Annie und ich sind später mit ihm verabredet. Wir wollen noch was trinken gehen. Kommst du mit?«

Ich zögere. Genau deswegen hatte ich mich eigentlich so auf

die Zeit in der WG gefreut – weil ich dann etwas mit den anderen unternehmen kann und nicht einsam und allein in der Wohnung sitze. Doch jetzt brauche ich plötzlich genau das Gegenteil: Zeit für mich, zum Nachdenken. Deshalb schüttele ich den Kopf.

»Nein, ich bin zu müde heute. Der Tag war lang, und ich muss morgen fit sein.«

Marcus seufzt. »Schade. Ich hatte wirklich gehofft, dass du mich mit den Turteltäubchen nicht alleine lässt.«

Annie knufft ihn spielerisch in den Arm. »Sonst stört es dich doch auch nicht, mit Ian und mir mitzugehen.«

»Aber jetzt eben schon«, erwidert Marcus, und obwohl er es überspielt, sieht man ihm an, wie enttäuscht er ist.

Ich streiche ihm über den Arm. »Ein anderes Mal, ja?«

Als er die Küche verlässt, nimmt Annie mich zur Seite.

»Komm doch mit«, sagt sie leise und sieht zur Tür. Offenbar will sie nicht, dass Marcus das hört. »Er hat sich echt drauf gefreut.« Sie zwinkert mir zu. »Ich glaube, er mag dich wirklich.«

Innerlich seufze ich tief. Ich mag Marcus auch. Er ist sehr nett. Aber wenn ich ihm in die Augen sehe, kann ich bequem atmen. Gar kein Problem. Was fast ein bisschen schade ist. Es wäre einfacher, wenn mir bei dem netten Amerikaner die Luft knapp werden würde – anstatt bei einem viel zu reichen und viel zu arroganten Engländer, den ich nicht haben kann.

»Ich bin total geschafft, Annie, ehrlich. Und morgen wird es bestimmt wieder anstrengend. Nächstes Mal bin ich dabei, versprochen.«

Sie lächelt. »Okay. Aber wehe, unser Boss schafft dich jetzt jeden Tag so, dass du das süße Londoner Nachtleben nicht genießen kannst.« Drohend hebt sie den Finger. »Dann holen wir dich sofort zurück in unsere Abteilung!«

Als Annie und Marcus etwas später aufbrechen, muss ich ihnen noch mehrfach versichern, dass es in Ordnung ist und sie mich alleine lassen können. Fast erleichtert schließe ich dann die Tür hinter ihnen, froh darüber, die Wohnung für mich allein zu haben.

* * *

Jonathan steht neben meinem Bett, auf dem ich nackt ausgestreckt liege, und das Wissen, dass er mich betrachtet, sendet prickelnde Schauer durch meinen Körper. Ich kann nicht ruhig sein, winde mich auf dem Bett, strecke die Arme nach oben, schiebe die Finger in mein Haar.

Sein Gesicht liegt im Schatten, ich kann den Ausdruck darauf nicht sehen, aber das steigert meine Erregung noch. Hitze sammelt sich zwischen meinen Beinen, und das pochende Sehnen, das ich dort spüre, wird stärker. Ich will, dass er mich berührt, ich will seine Hände auf mir spüren.

»Bitte«, flüstere ich, doch er rührt sich nicht, bleibt in den Schatten stehen, groß und dunkel. Mein Herz klopft wild, und ich fühle mich seltsam frei, schäme mich meiner Nacktheit nicht. Weil das Brennen auf meiner Haut nicht nachlässt, fasse ich mich selbst an, streiche über meine Schulter bis zu meinen Brüsten, umschließe sie fest. Meine Brustwarzen sind hart und aufgerichtet, und als ich sie berühre, schießt ein Blitz bis hinunter in meinen Unterleib, der mich aufstöhnen lässt. Ich zupfe wieder und wieder daran, genieße die Wellen der Lust, die sich in mir ausbreiten. Das Pochen zwischen meinen Schenkeln ist jetzt fast unerträglich, und wie von selbst wandert eine meiner Hände dorthin, legt sich auf den weichen Hügel und presst dagegen, reizt die empfindliche Stelle dort.

Wie hypnotisiert starre ich auf die dunkle Gestalt neben meinem Bett. Er kann diese Qualen lindern. Aber ich weiß nicht, wie ich ihn dazu bringen kann.

Verzweifelt fahre ich mir mit der Zunge über die trockenen Lippen, während mein Atem immer schwerer geht. Ich kann sein Gesicht nicht sehen, aber seine Augen, in deren eisblauen Tiefen ein Feuer lodert, das mich verbrennt. Ich keuche und bäume mich auf. Ein Zittern erfasst meinen Körper, die Lust scheint sich zwischen meinen Beinen zu sammeln und wird stärker, unausweichlich intensiv. Und dann explodiert dieser Punkt, auf den alles zustrebt, und zieht weite, erlösende Kreise in mir. Schauer laufen durch mich hindurch, und ich höre mein eigenes Stöhnen.

Ich will Jonathan festhalten, doch er zieht sich zurück, verschwindet wieder ganz im Schatten, bis ich ihn nicht mehr sehen kann. Er entgleitet mir, lässt mich zurück.

Nein...

Mit einem Ruck wache ich auf und hebe den Kopf, sehe mich im Zimmer um. Von draußen fällt das fahle Licht der Straßenlaternen herein, sodass ich die Umrisse der Möbel deutlich erkenne. Ich liege im Bett. Allein. Mein Nachthemd ist halb hochgeschoben, und meine eine Hand liegt zwischen meinen Schenkeln, die andere umfasst eine Brust. Mit einem tiefen Seufzen lasse ich beide auf die Matratze sinken und werfe den Kopf zurück in die Kissen.

Es war nur ein Traum.

Trotzdem kann ich mich nur mühsam wieder beruhigen. Mein Atem geht immer noch schnell, doch je ruhiger er wird und je mehr das Gefühl der Befriedigung in mir abebbt, desto stärker drängt die Realität wieder in mein Bewusstsein. Ich rolle mich auf die Seite und ziehe die Beine schützend an meinen Körper.

Einen so heftigen erotischen Traum hatte ich noch nie, und es schockt mich regelrecht, wie unglaublich real er war – und wie sehr ich die Gefühle genossen habe, die er in mir geweckt hat. Offensichtlich ist es doch sehr viel mehr als eine Schwärmerei, die mich zu Jonathan Huntington hinzieht.

Was mich vor ein echtes Problem stellt.

Denn ich kann Annies warnende Stimme fast hören. Er ist niemand, von dem ich träumen sollte, das weiß ich. Jedenfalls nicht so.

Aber ich kann nichts tun. Er hat diese fatale Wirkung auf mich, und es wird schlimmer. Denn die Sehnsucht, die der Traum in mir geweckt hat, ist noch da, und ich bezweifle, dass sie einfach so wieder verschwinden wird. Was soll ich tun, wenn ich diese Gefühle nicht abstellen kann?

Seine Worte im Auto hallen in mir nach. *Das war erst der Anfang, Grace.* Der Anfang von was?

Verwirrt starre ich in die Dunkelheit, und es dauert lange, bis ich endlich wieder einschlafe.

***

»Na, gut geschlafen?«

Jonathans Worte lassen mich erschrocken aufblicken. Schon als er mir gerade einen Guten Morgen gewünscht hat, lief mir beim Klang seiner Stimme ein Schauer über den Rücken. Aber diese Frage wirft mich regelrecht aus der Bahn, weil ich den Traum der letzten Nacht sofort wieder vor Augen habe.

Er steht im Türrahmen zu dem Büro neben seinem, in das mich Catherine Shepard heute Morgen geführt hat und das ab sofort mein neuer Arbeitsplatz werden soll. Es ist genauso groß wie Jonathans und fast identisch eingerichtet. Auch der Schreibtisch, an dem ich sitze, ähnelt dem, der bei ihm drüben steht.

»Ja ... danke«, stottere ich und spüre, wie ich rot werde, während wir uns ansehen. Als ich vorhin kam, war er noch nicht da, aber es lagen schon jede Menge Unterlagen auf meinem Schreibtisch, auf die ich mich regelrecht gestürzt habe, um nicht ständig daran denken zu müssen, dass ich ihn gleich wiedersehe.

Und jetzt ist er da. Anders als sonst trägt er heute kein Jackett, sondern nur ein Hemd, wieder schwarz, und eine schwarze Jeans. Er wirkt lockerer, entspannter, lächelt mich an. Was meinen Magen auf Talfahrt schickt.

»Wie war's im ... Club?« Meine Frage klingt viel forscher, als ich mich fühle. Aber ich kann sie mir auch nicht verkneifen, denn seit Annie diese komischen Bemerkungen gemacht hat, lässt mich das nicht los. Ich hoffe, dass er mir mehr darüber erzählt, doch er sieht mich nur an. Lange. So lange, dass ich in seinen Augen versinke und Mühe habe, das Atmen nicht zu vergessen.

»Interessant«, antwortet er schließlich und stößt sich vom Türrahmen ab. Er kommt zum Schreibtisch, und diesmal ist er es, der sich auf der anderen Seite in den Besucherstuhl setzt. Der Stuhl ist kleiner als sein eigener Schreibtischstuhl und betont dadurch seine Größe. Mit einem Lächeln betrachtet er mich. »Wie ich sehe, sind wir heute wieder im Partnerlook.«

Die Art, wie er das sagt, klingt so intim, dass das flatterige Gefühl in meinem Magen wieder einsetzt. Doch ich versuche, mir nichts anmerken zu lassen, während ich auf das schwarze enge Shirt herunterblicke, das ich trage. Der V-Ausschnitt ist ziemlich tief, aber gerade deshalb habe ich es ausgewählt, genau wie den schwarzen, kurzen Rock, den ich dazu trage, und die großen silbernen Creolen. Die Sachen sind eher klassisch, aber dennoch auffällig. Ich will ihm nämlich auffallen. Und ich will, dass ihm gefällt, was er sieht. Er soll mich wahrnehmen, und zwar nicht nur als die kleine Praktikantin, sondern als Frau.

»Stört Sie das?«, frage ich ihn.

Er lächelt wieder dieses unverschämt charmante Lächeln, und als ich ihm diesmal in die Augen schaue, fällt mir auf, dass sie gar nicht nur blau sind. Es gibt auch einige dunkle Flecken, Einsprengsel, die man erst entdeckt, wenn man genauer hinsieht. »Nein, im Gegenteil. Aber die Sachen gestern haben mir auch gefallen. Sie sehen in beidem gut aus, Grace.«

Ich bin so verblüfft über dieses Kompliment, dass ich für einen Moment nicht antworten kann. Dann fängt mein Gehirn an zu arbeiten und seine Worte genau zu analysieren. War das überhaupt ein Kompliment? Oder denkt er, ich ahme ihn nach, und das will er nicht? Soll ich lieber kein Schwarz mehr tragen?

»Wie meinen Sie das?«

Jetzt ist er es, der überrascht guckt. Dann lehnt den Kopf nach hinten und lacht. »Sie sind wirklich einmalig, wissen Sie das? Wie ich das meine? Na, so wie ich es sage. Sie sehen gut aus, egal, ob Sie Schwarz tragen oder etwas anderes. Was sollte ich denn sonst meinen?«

Verdammt, Grace! ermahne ich mich erschrocken. Wieso sprichst du immer aus, was dir gerade in den Kopf kommt. Denk doch einmal nach, bevor du redest!

»Nichts. Ich ... war mir nur nicht sicher.« Hat er wirklich gesagt, dass er mich einmalig findet?

Jetzt lächelt er nicht mehr, sondern runzelt die Stirn. Was ihm genauso gut steht. Ihm steht einfach alles. »Macht man Ihnen sonst nicht viele Komplimente?«

»Doch, schon«, antworte ich zögernd. »Manchmal.«

Männer äußern sich tatsächlich eher selten über mein Aussehen. Was wahrscheinlich daran liegt, dass ich nicht so oft mit welchen ausgehe und ihnen daher die Gelegenheit dazu fehlt. Und wenn mir mal jemand etwas Nettes sagt, dann glaube ich es meistens ohnehin nicht.

Er beugt sich vor. »Dann sollten wir die Schlagzahl dringend erhöhen.« Sein Lächeln trifft mich mitten ins Herz, und ich rutsche auf der Wie-wahrscheinlich-ist-es-dass-ich-mich-in-Jonathan-Huntington-verliebe-Skala gleich drei Striche weiter nach oben. Wenn Annie und Hope das wüssten...

Er deutet auf den Stapel Papiere auf meinem Schreibtisch. »Bereit für einen neuen Tag?«

Ich atme tief durch und nicke.

Er erklärt mir, welche Unterlagen für welchen Termin sind. Am Nachmittag sind es mehrere, aber nicht so viele wie gestern, und am Vormittag steht tatsächlich nur ein einziger an – ein weiteres Meeting wegen des Bauprojekts in Hackney.

»Wieso findet denn da noch eine Besprechung statt?«, frage ich verwundert.

»Wir waren noch nicht fertig«, erklärt Jonathan und steht auf.

Ich denke an den Verlauf der Gespräche gestern, die hitzigen Diskussionen. Er hat das gesamte Projekt sehr verteidigen müssen bei seinen Partnern, deshalb war die Sitzung auch so lang, doch die Fronten blieben am Ende verhärtet. Offensichtlich will er das nicht auf sich beruhen lassen.

»Jonathan?«

Er ist schon auf dem Weg zurück in sein Büro, doch als ich ihn anspreche, bleibt er stehen und wendet sich zu mir um.

»Sie haben doch gesagt, ich kann Sie alles fragen.«

Er nickt. »Nur zu.«

Ich zögere, doch ich muss es einfach wissen. »Warum liegt Ihnen so viel an diesem Projekt in Hackney?«

Mit dieser Frage hat er offensichtlich nicht gerechnet, denn er runzelt die Stirn. »Es ist sehr profitabel«, sagt er, doch ich schüttele den Kopf, denn ich habe die Zahlen in den Berichten gestern genau studiert, während ich den Gesprächen zugehört habe. Und das stimmt einfach nicht.

»Die Investitionskosten sind viel zu hoch, und das veranschlagte Budget ist bereits überzogen. Außerdem ist die Gegend eher heruntergekommen, und es fehlen noch sichere Ankermieter«, erkläre ich.

»Sprach die Expertin.« Er sagt es mit viel Sarkasmus, aber ich sehe ihm an, dass ich einen Nerv getroffen habe. Er hat mir nicht zugetraut, dass ich die Situation analysieren kann.

»Also, warum?«, beharre ich.

»Manchmal muss man einen längeren Atem haben, wenn man erfolgreich sein will.«

Ich habe ihn gestern auch schon sehr schnell Projekte kippen sehen, deren Rentabilität nicht völlig offensichtlich war. Das passt alles nicht.

»Ich glaube, ich weiß, warum Sie das unbedingt machen wollen.«

Er hebt die Brauen. »Ach ja, und welchen Grund habe ich Ihrer Meinung nach?«

»Das Projekt ist wichtig für das Viertel, für die Leute. Es hängt viel davon ab, es wird Arbeitsplätze bringen. Und das möchten Sie gerne möglich machen.«

Er stößt die Luft aus und schüttelt den Kopf. »Also, manchmal sind Sie wirklich...« Er beendet den Satz nicht, und sein Gesichtsausdruck wird ernst. »Ich bin kein Gutmensch, falls es das ist, was Sie denken. Ich leite ein Wirtschaftsunternehmen.«

»Aber es wäre doch gar nichts Verwerfliches, wenn Sie sich deshalb so dafür einsetzen.« Im Gegenteil. Der Gedanke ist mir schon gestern gekommen, als ich ihm bei den Verhandlungen zugesehen habe. Und er gefällt mir. Es gibt Gründe, warum die Leute, die mit Jonathan Huntington Geschäfte machen, ihn so respektieren und schätzen. Und auch wenn das sicher nicht gut ist – ich kann auch nicht anders, als das zu bewundern.

Er stößt ein leises Knurren aus und kommt zurück, beugt sich über den Schreibtisch und stützt die Hände darauf. Sein Gesicht ist dicht vor meinem. »Wenn Sie mich so sehen möchten, Grace, dann kann ich Sie nicht daran hindern. Aber Sie sollten nicht enttäuscht sein, wenn Sie irgendwann feststellen, dass ich kein Held bin. Besser, Sie machen mich gar nicht erst zu einem.« Er richtet sich wieder auf. »Wir fahren in einer Viertelstunde.« Damit lässt er mich allein.

10

Mit klopfendem Herzen sehe ich ihm nach. Warum ist er so wütend? Was habe ich denn Falsches gesagt?

Auf dem Weg zu dem Meeting sitzen wir schweigend in der Limousine. Ich weiß nicht, was ich sagen soll, und bin immer noch ein bisschen erschrocken über seine Reaktion vorhin.

Tatsächlich bestätigt die Sitzung jedoch meine These, denn Jonathan hat sie nur einberufen, um seiner Position noch einmal Nachdruck zu verleihen. Und natürlich gelingt es ihm, die anderen am Ende zu überzeugen, das Projekt nicht aufzugeben.

»Zufrieden?«, frage ich im Auto. Er sitzt wieder neben mir und blickt von seinem Handy auf, auf dem er gerade eine Nachricht tippt.

Seine Augen werden schmal, und er hebt eine Braue. »Sie etwa nicht? Das Projekt ist doch gut für die Leute im Viertel.« Seine Stimme trieft vor Sarkasmus. Aber ich glaube trotzdem, dass ich richtig liege, was seine Gründe für den Bau dieses Geschäftszentrums angeht.

»Und dank Ihnen wird es realisiert«, sage ich, ohne auf seinen Seitenhieb einzugehen.

»Na, dann sind wir ja jetzt alle glücklich.« Er schüttelt den Kopf und wendet sich wieder seinem Handy zu. Dabei wirkt er nicht mehr wütend, eher überrascht darüber, dass ich immer noch nicht bereit bin, meine gute Meinung über ihn zu ändern. Warum wehrt er sich so dagegen, dass ich ihn positiv sehe?

Ich blicke auf die Uhr. Fast Mittag. Zu den Plänen fürs Essen hat er nichts gesagt, aber da wir gestern auch sehr spontan in diese Sandwich-Bar gegangen sind, nehme ich an, dass er für heute ein ähnlich schnelles Essen irgendwo plant. Umso erstaunter bin ich, als die Limousine nach kurzer Fahrt in eine kleine Seitenstraße biegt und vor einem Haus anhält, das wie ein historisches Fabrikgebäude aussieht.

Wie sich herausstellt, ist es ein altes Elektrizitätswerk, das in ein Restaurant mit einer angeschlossenen Galerie namens »The Wapping Project« umgebaut wurde. Moderne Tische und Stühle stehen in der ehemaligen Werkshalle, an deren Decke noch ein Teil der alten Technik zu sehen ist. Der Kontrast ist interessant, es gefällt mir hier.

Ein Kellner nimmt uns in Empfang und begrüßt Jonathan mit Namen, dann führt er uns direkt zu einem Tisch weiter hinten im Raum, an dem ein Mann auf uns wartet.

Er ist dunkelblond, genauso groß wie Jonathan, aber ein bisschen schmaler in den Schultern, eher athletisch. In seinem hellen Anzug mit dem offenen Hemd wirkt er sehr smart. Er steht auf, als er uns kommen sieht.

»Gut, dass du endlich wieder da bist«, sagt Jonathan, und die beiden Männer umarmen sich herzlich. »Ich dachte schon, du lässt mich auf ewig mit allem alleine.«

Der blonde Mann grinst und deutet mit dem Kinn auf mich. »Wie ich sehe, hast du dich ja getröstet«, erwidert er und betrachtet mich neugierig.

Jonathan streckt den Arm aus und holt mich näher zu sich heran. Ich spüre seine Hand in meinem Rücken. »Das ist Grace Lawson, unsere neue Praktikantin aus Chicago«, stellt er mich vor. »Und das ist Alexander Norton, mein Kompagnon.«

Jetzt erkenne ich ihn. Auch von ihm habe ich schon ein Foto

gesehen, doch auf dem hatte er kürzere Haare und wirkte sehr ernst und in sich gekehrt. Und jünger. Vielleicht wurde das Bild schon vor ein paar Jahren aufgenommen. Im Moment jedenfalls strahlt Alexander Norton zufrieden, als er mich begrüßt.

»Freut mich, Grace. Sie kommen also von John White? Wie geht es dem alten Herrn denn?«

»Gut, glaube ich.« Was soll ich dazu sagen? John White ist schon über sechzig und mein Professor, zu dem ich keinerlei private Verbindung habe. Aber Alexander Norton hat sich ohnehin schon wieder an Jonathan gewandt.

»Wieso hast du sie mitgebracht?«, fragt er, während wir uns setzen, und ich höre die Neugier in seiner Stimme.

»Sie begleitet mich zu meinen Terminen«, erklärt Jonathan, der mir den Stuhl herauszieht und sich dann auf den Platz neben mir setzt. Als Alexander erstaunt die Brauen hebt, fügt er hinzu: »Sie hat sich sehr gut angestellt, deshalb haben wir ihr Praktikum erweitert.«

»Du meinst, du hast es erweitert. Mich hast du nicht gefragt, soweit ich weiß«, entgegnet sein Kompagnon. Er lächelt mich an, als er meinen erschrockenen Blick sieht. »Eine ungewöhnliche Ehre, Grace. Aber ich habe nichts dagegen, keine Sorge. Ganz im Gegenteil. Ein bisschen Gesellschaft kann Hunter nicht schaden.«

Hunter, denke ich. Jäger. Wieso nennt er Jonathan so? Vielleicht wegen Huntington. Oder hat es eine andere Bedeutung? Es muss auf jeden Fall ein Spitzname sein, den Jonathan häufig hört, denn er registriert ihn gar nicht, sondern redet schon weiter. Offensichtlich will er gerne das Thema wechseln.

»Jetzt erzähl mir lieber, wie es mit dem Nelson-Projekt läuft. Haben sich die drei Wochen Asien gelohnt?«

Alexander Norton strahlt sofort wieder begeistert. »Sehr sogar. Wir machen riesige Fortschritte.« Die beiden Männer unterhalten sich über das Geschäft, während ich die Karte studiere und sie immer wieder verstohlen beobachte.

Ich bin fasziniert von ihrem Verhältnis zueinander, von der lockeren Art, wie sie miteinander umgehen. Mit niemandem sonst habe ich Jonathan so offen erlebt, und erst jetzt wird mir klar, wie viel Distanz er normalerweise zu seinen Gesprächspartnern wahrt. Es ist eine Seite an ihm, die ich noch nicht kenne – aber die mir gut gefällt.

»Wie geht es eigentlich Sarah?« Alexander Nortons Frage an Jonathan lässt mich aufhorchen. »Hast du etwas von ihr gehört?«

Jonathan lacht. »Sie findet Rom immer noch faszinierend, aber sie kommt zum Glück trotzdem übernächste Woche nach Hause. Ist wahrscheinlich besser so. Denn wenn du mich fragst, verbringt sie ihre Zeit nicht in der Bibliothek, wie sie es sollte, sondern verdreht den Italienern da unten den Kopf.« Seine Stimme klingt liebevoll, und ich spüre einen schmerzhaften Stich. Wer ist Sarah?

»Hat sie jemanden kennengelernt?« Alexander wirkt nervös, fast besorgt. Jonathan zuckt nur mit den Schultern.

»Meine kleine Schwester erzählt mir nicht alles, falls du das meinst.«

Jonathans Schwester. Natürlich. Die, die er manchmal massiert. Ich bin so erleichtert, dass ich lächle, und frage mich gleich anschließend, wieso ich den Gedanken, dass es jemanden in Jonathan Huntingtons Leben gibt, der nicht mit ihm verwandt ist und über den er liebevoll spricht, so schlecht ertragen kann.

Jonathan runzelt die Stirn und betrachtet Alexander dann mit einem ziemlich amüsierten Lächeln. »Das interessiert dich also immer noch?« Spott schwingt in seiner Stimme mit. »Dir ist wirklich nicht mehr zu helfen.«

Alexander fühlt sich offenbar nicht angegriffen, denn er grinst nur. »Du kennst mich doch.«

Bevor ich noch Zeit habe, über diese geheimnisvollen Andeutungen genauer nachzudenken, bringt der Kellner unsere Getränke – Jonathan hat Wasser und einen Weißwein für uns bestellt –, und Alexander Norton erhebt sein Glas.

»Auf Huntington Ventures' erfolgreichen Ausflug in den asiatischen Markt«, erklärt er, und wir stoßen mit ihm an. »Das wird deinen alten Herrn aber gewaltig ärgern, wenn er erfährt, dass seine Vorhersage nicht eingetreten ist und die Firma demnächst weltumspannend arbeitet, oder?«

Jonathan lächelt, aber diesmal erreicht es seine Augen nicht. »Das hoffe ich doch.« Es klingt so hasserfüllt, dass ich aufhorche. »Wenn es nach ihm gegangen wäre, dann hätte ich damals schon mit meinem ersten Projekt scheitern müssen.«

»Ihr Vater hat Ihnen prophezeit, dass Sie mit der Firma keinen Erfolg haben werden?« Ich frage das, bevor ich mich zurückhalten kann, und bereue es sofort, denn beide Männer sehen mich an, und Jonathan spießt mich mit seinen Blicken fast auf. Als er mir antwortet, ist seine Stimme eisig.

»Er hat mir nicht nur keinen Erfolg prophezeit, sondern mir möglichst viele Steine in den Weg gelegt, um ihn zu verhindern. Zum Glück ist ihm das nicht gelungen.«

»Das kann ich mir gar nicht vorstellen.« Irgendwie bin ich davon ausgegangen, dass ein so erfolgreicher Mann wie Jonathan Huntington eine Familie im Rücken hat, die sehr stolz auf ihn ist. Und außerdem erbt er den Earl-Titel und das Herrenhaus, da hatte ich einen engen Zusammenhalt innerhalb der Familie erwartet, Traditionen, an denen man festhält, vielleicht noch eine gewisse überhebliche Arroganz gegenüber allen Normalsterblichen. Aber niemals diese Ablehnung und Feindseligkeit.

Jonathan verzieht spöttisch das Gesicht, als er hört, was ich leider wieder laut gesagt habe, und wendet sich an seinen Kompagnon. »Du musst nämlich wissen, Alex, dass Grace an das Gute im Menschen glaubt. Sie ist der Überzeugung, dass wir unsere Geschäfte aus reiner Nächstenliebe tätigen. Und wahrscheinlich glaubt sie auch, dass es nur nette Väter auf dieser Welt gibt, weil ihr Vater immer nett zu ihr war. Stimmt's?« Herausfordernd sieht er mich an.

»Jonathan«, warnt ihn Alexander.

Ich schlucke mühsam. Seine spöttischen Worte haben mich verletzt, aber ich konnte auch Schmerz und Verbitterung in seiner Stimme hören. Und einen Teil davon verstehe ich nur zu gut.

»Mein Vater hat meine Mutter verlassen, als ich sechs Jahre alt war«, erwidere ich, ohne seinem kalten Blick auszuweichen. »Seitdem habe ich ihn nur noch ein paar Mal gesehen, und in den letzten dreizehn Jahren gar nicht mehr. Ob er nett zu mir gewesen wäre, kann ich also nicht beurteilen. Ich kenne ihn eigentlich gar nicht.«

Jonathans Kopf sinkt nach vorn, dann nickt er, so als müsse er sich selbst in etwas bestärken, bevor er mich wieder ansieht.

»Tut mir leid. Das war ... sehr unhöflich von mir.« Er zwängt die Entschuldigung zwischen den Zähnen hindurch, doch ich kann sehen, dass er wirklich zerknirscht ist. Außerdem ist da eine neue Tiefe in seinem Blick, so als würde er mich plötzlich anders wahrnehmen.

»Machen Sie sich nichts draus, Grace«, mischt sich Alexander Norton ein. »So reagiert er immer, wenn es um seinen Vater geht.«

Ich würde gerne wissen, was genau zwischen Jonathan und dem alten Earl passiert ist, denn es muss eindeutig mehr sein als eine kleine Meinungsverschiedenheit, wenn Jonathan deswegen so wütend wird. Aber ich glaube nicht, dass es eine gute Idee wäre, ihn jetzt danach zu fragen. Das scheint Alexander Norton genauso zu sehen.

»Am besten, wir wechseln das Thema.« Er hebt sein Glas. »Erklärt mir doch lieber noch mal, wie es kommt, dass unsere neue Praktikantin mit dem Chef zusammenarbeiten darf.«

Sofort sehe ich Jonathan an, denn das ist etwas, das mich auch sehr interessiert. Doch seine Miene ist ausdruckslos.

»Es ist ein Experiment«, sagt er und trinkt einen großen Schluck Wein. Dass der Kellner in diesem Moment das Essen serviert und sein Kompagnon nicht weiter darauf eingeht, scheint ihm sehr recht zu sein. Trotzdem geht mir seine Antwort nicht aus dem Kopf. Was will er mit diesem Experiment denn herausfinden?

Eine Stunde später sitzen wir alle drei in der Limousine, denn Alexander Norton begleitet uns zurück zur Firma. Jonathans gute Laune von heute Morgen scheint wie weggeblasen, er sitzt neben mir auf seinem Sitz und tippt wieder etwas in sein Handy. Obwohl er mir so nah ist, wirkt er weit weg, und das belastet mich. Ich fühle mich irgendwie für seine schlechte Stimmung verantwortlich. Schließlich habe ich es heute schon zweimal geschafft, ihn mit meinen Bemerkungen wütend zu machen.

Da er nicht vorzuhaben scheint, das Schweigen zu brechen, wende ich mich an Alexander Norton.

»Woher kennen Sie eigentlich Professor White?«

Der blonde Mann lächelt versonnen. »Er war Gastprofessor am Winchester College, als Jonathan und ich dort waren, und ich habe den Kontakt zu ihm über die Jahre gehalten. Er war so etwas wie mein Mentor damals.«

Winchester College, denke ich. Davon habe ich gehört. Die Schule – ein Internat für Jungen – ist nicht ganz so bekannt wie Eton, aber ähnlich elitär. Und teuer. Deshalb bin ich verwundert.

»Sie beide waren auf derselben Schule?« Dass Jonathan als der zukünftige Earl of Lockwood dorthin gegangen ist, wundert mich nicht, aber Alexander Norton ist nicht adelig, und im Internet habe ich gelesen, dass er aus einfachen Verhältnissen stammt.

Er zuckt mit den Achseln. »Ich hatte dort ein Stipendium«, erklärt er knapp.

Jonathan hebt den Kopf, und die Blicke der beiden Männer treffen sich. Es ist ein blindes Verstehen, aber sie lächeln nicht, so als würden sie sich gleichzeitig an eine schwere Zeit erinnern. Etwas verbindet sie, denke ich. Etwas Dunkles, an das sie beide scheinbar nicht rühren wollen.

»Dann sind Sie also gemeinsam auf die Idee gekommen, Huntington Ventures zu gründen?«, sage ich schnell, um mir nicht wieder mit einer unbedachten Bemerkung Ärger einzuhandeln.

Alexander Norton lehnt sich zurück und schüttelt den Kopf. »Nein, das war Jonathan allein. Er hat mich erst später dazu geholt.«

»Und Sie haben die Leitung der Investmentabteilung übernommen und daraus das Herzstück der Firma gemacht«, rutscht mir heraus. Als er überrascht lächelt, zucke ich entschuldigend mit den Schultern. »Ich musste mich für das Praktikum mit der Philosophie und der Geschichte Ihres Unternehmens vertraut machen.«

»Und zu welchem Ergebnis sind Sie gekommen?« Das scheint ihn wirklich zu interessieren.

Jetzt bin ich in meinem Element, und da Alexander Nortons grüne Augen mich nicht so nervös machen wie die blauen seines Kompagnons, fällt mir auch wieder ein, was ich in Chicago der Auswahlkommission vorgetragen habe.

»Dass Huntington Ventures ein sehr innovatives Konzept

hat, das nicht allein auf schnelle Gewinnoptimierung, sondern auf der Förderung von Patenten und Entwicklungen beruht. Sie bringen Kapital mit Ideen zusammen und verdienen an dem erstaunlichen Potential, das daraus entsteht.«

»Schön zusammengefasst«, meint Alexander und sieht mit einem amüsierten Lächeln zu Jonathan hinüber. »Sie scheinen ja ein echter Fan unseres Unternehmens zu sein. Langsam verstehe ich, warum Hunter Sie so gerne um sich hat.«

Schon wieder dieser etwas beunruhigende Spitzname. Aber er passt, denke ich. Jonathan ist ein Jäger, der sein Ziel klar vor Augen hat und es konsequent verfolgt. Mit einem unterdrücken Seufzen überlege ich, ob ich jemals eines dieser Ziele sein werde – und mein Herz macht einen Satz, als ich zu ihm hinüberblicke und merke, dass er mich ansieht.

»Ihr könnt jetzt aufhören, über mich zu reden«, sagt er, und seine Stimme klingt grimmig, »wir sind da.«

Fast im gleichen Moment hält der Wagen. Als ich aus dem Fenster sehe, stehen wir tatsächlich vor dem Eingang des Huntington-Gebäudes, und ich flüchte mich schnell in die ruhige Empfangshalle. Jonathan und Alexander Norton stehen noch am Wagen und reden ernst miteinander, bevor sie mir folgen.

Am Empfangstresen verabschiedet sich Alexander von mir. »War nett, Sie kennenzulernen, Grace. Wenn Sie jetzt so eng mit Jonathan zusammenarbeiten, dann sehen wir uns sicher noch.« Damit wendet er sich an die blonde Caroline, die ihm einige Papiere aushändigt. Jonathan ist schon zu den Fahrstühlen gegangen, und ich laufe schnell hinterher. Er sagt nichts, und sein Gesichtsausdruck ist immer noch finster, als wir nach oben fahren.

»Sind Sie wütend auf mich?«, frage ich, weil ich es einfach nicht mehr aushalte. »Habe ich was falsch gemacht?«

»Ich bin nicht wütend auf Sie«, entgegnet er knapp, und ich

kann nicht sagen, ob das seine Art ist, das Thema zu beenden, oder ob es wirklich etwas anderes ist, das ihn so aufregt.

Oben angekommen stürmt er in sein Büro, aber als ich ihm folgen will, bleibt er stehen und hält mich auf.

»Beim nächsten Gespräch können Sie nicht dabei sein«, sagt er. Ich bin wie vor den Kopf gestoßen.

»Warum nicht?«

»Ich hatte gesagt, dass es Ausnahmen gibt.«

Das stimmt. Aber es wurmt mich trotzdem, vor allem gerade jetzt. Es kommt mir wie eine Bestrafung vor.

»Mit wem treffen Sie sich denn?« Ich weiß, dass es dreist von mir ist, das zu fragen, aber ich verstehe einfach nicht, was plötzlich los ist.

»Mit Yuuto Nagako«, erklärt Jonathan, schon an der Tür zu seinem Büro. »Er kommt in ein paar Minuten. Setzen Sie sich so lange in Ihr Büro.« Damit lässt er mich allein.

Unschlüssig stehe ich vor dem Schreibtisch von Catherine Shepard, die nicht an ihrem Platz sitzt. Was gut ist, denn es wäre mir unendlich peinlich gewesen, wenn sie das gerade mitbekommen hätte. Dann drehe ich mich um und gehe in mein Büro, schließe die Tür hinter mir und lehne mich dagegen.

Gestern Abend wollte er noch, dass ich unbedingt dabei bin, wenn er Yuuto Nagako trifft, und heute schließt er mich aus. Da komme ich einfach nicht mehr mit.

Kurze Zeit später höre ich das Pling, das die Ankunft des Fahrstuhls ankündigt, und dann Männerstimmen im Flur. Eine gehört Jonathan, und er redet Japanisch mit seinem Besucher.

Ich warte, bis sich die andere Bürotür wieder schließt, dann mache ich mich auf den Weg nach unten. Ich könnte mich jetzt sowieso nicht auf irgendwelche Unterlagen konzentrieren, deshalb will ich schnell bei Annie vorbeischauen.

Shadrach Alani sitzt an seinem Platz, als ich komme, deshalb gehen Annie und ich in die Küche, wo wir allein sind.

»Was ist los?«, fragt sie besorgt.

»Nichts. Ich muss nur warten. Er hat einen Termin, bei dem ich nicht dabei sein kann, und da dachte ich, ich besuche dich kurz.«

Ich nehme den Becher mit Tee entgegen, den Annie mir hinhält.

»Wen trifft er denn?«, will sie wissen.

»Diesen Japaner, der dabei war, als ich kam – erinnerst du dich?«

»Yuuto Nagako?«

Ich nicke und runzle die Stirn, denn Annie sieht schon wieder aus, als wäre das etwas Schreckliches. »Was? Ist mit dem irgendwas nicht in Ordnung?«

»Nein. Er ist nur kein Geschäftspartner, nicht wirklich, eher so was wie ein Mentor. Es heißt, er hat den Boss bei der Gründung der Firma damals unterstützt.« Sie beugt sich vor. »Und ich glaube, wenn er hier ist, geht er auch mit in diesen Club.«

Ich seufze tief. »Aber da wir ja nicht wissen, was das für ein Club ist, muss uns das ja nicht interessieren.«

»Es muss irgendein Sexclub sein, Grace.«

Für einen Moment bin ich sprachlos. Sexclub, denke ich und staune, wie wenig mich das schockiert. Ich kann nur an meinen Traum denken. Und daran, was Jonathan Huntington in so einem Club wohl tut. »Bist du sicher?«

Annie nickt und sieht mich ernst an. »Es ist zwar nur ein Gerücht, aber es hält sich hartnäckig. Und ich will einfach nicht, dass du ...«

Die Tür geht auf, und wir fahren beide erschrocken herum. Jonathan steht im Türrahmen.

»Grace, kommen Sie bitte wieder mit rauf?«, sagt er in diesem unnachgiebigen Tonfall, den ich schon so gut kenne. Es ist keine Bitte. Es ist ein Befehl.

Mit leicht zitternden Fingern stelle ich den Becher auf die Ablage. Annie starrt erschrocken zwischen mir und Jonathan hin und her, ohne etwas zu sagen. »Wir sehen uns später«, raune ich ihr zu, dann folge ich Jonathan, der schon vorgegangen ist. Mit weit ausholenden Schritten geht er über den Flur, sodass ich fast rennen muss, um hinterher zu kommen.

Erst im Fahrstuhl spricht er wieder.

»Was wollten Sie da unten?« Der Vorwurf in der Frage ist nicht zu überhören.

»Mir die Zeit vertreiben, bis Ihre Besprechung vorbei ist.«

»Ich hatte gesagt, dass Sie in Ihrem Büro warten sollen.« Er schreit den letzten Satz fast, und ich zucke zusammen. Aber dann werde ich wütend, weil er mich schon den ganzen Tag mit seinen Launen total verwirrt. Was glaubt er eigentlich, wie er mit mir umspringen kann?

»Ja, Sie hatten gesagt, ich soll warten. Aber da ich keinen konkreten Auftrag hatte, werde ich ja wohl selbst entscheiden können, wie und wo ich das tue. Vielleicht machen Ihre Sekretärin und Ihr Chauffeur immer, was Sie ihnen sagen, aber die bezahlen Sie ja auch dafür.«

Auf seinem Gesicht spiegeln sich Ungläubigkeit und Überraschung. Offenbar hat er mit einer solchen Antwort nicht gerechnet. Seine Miene verdunkelt sich, und er macht einen Schritt auf mich zu, was mich zurückweichen lässt. Weit komme ich jedoch nicht, denn schon spüre ich die verspiegelte Wand in meinem Rücken.

»Sie bezahle ich auch.« Seine blauen Augen funkeln zornig, aber ich weiche ihm nicht aus, erwidere seinen Blick.

»Ja, aber nicht gut genug, dass ich mir so etwas gefallen lasse.

Ich bin doch kein Hund, dem Sie befehlen können, sich irgendwo abzulegen und brav zu warten, bis Sie wiederkommen. So funktioniert das nicht.«

Er kommt noch näher, steht jetzt direkt vor mir. Ich muss den Kopf heben, um ihn weiter anzusehen, und meine Kehle ist schutzlos seiner Hand ausgeliefert, die sich daran legt. Seine Finger streicheln über meine Haut. Sein Gesicht ist meinem so nah, dass ich die dunklen Einsprengsel in seinen Augen ganz deutlich sehen kann.

»Wie funktioniert es dann, Grace?«, sagt er heiser. »Was muss ich tun, damit du machst, was ich will?«

11

Ich kann nur auf seine Lippen starren. Atmen geht nicht und denken erst recht nicht. Er wird mich küssen, denke ich. Ich spüre seinen Atem auf meiner Wange, seine Hand an meinem Hals. Und ich will es. Ich möchte, dass er mich küsst.

Wie von selbst wandern meine Hände zu seinem Hemdkragen, ziehen ihn zu mir herunter. Und dann liegen seine Lippen auf meinen. Die Berührung durchzuckt mich wie ein elektrischer Schlag und ich ziehe stöhnend den Kopf wieder zurück, weil es fast zu viel ist, mehr als ich aushalten kann. Doch es ist zu spät, um es sich noch anders zu überlegen.

Mit einem Knurren greift Jonathan nach mir und zieht mich grob an sich, biegt meinen Rücken durch, als er den Arm dagegen presst. Ich spüre seinen Körper an meinem, seine harten Muskeln unter dem Stoff, die Hitze, die er ausstrahlt und die mich von Kopf bis Fuß erfasst. Seine andere Hand schiebt sich in mein Haar, zieht meinen Kopf zurück, sodass ich ihm schutzlos ausgeliefert bin.

Und dann küsst er mich, hart und wild, ohne Rücksicht. Seine Zunge drängt in meinen Mund, erobert jeden Winkel, streicht über das Innere meiner Lippen und über meine Zunge. Meine Knie geben nach, und ich muss mich an ihm festklammern, weil er mein einziger Halt ist. Aber so willenlos sein Kuss mich macht, er weckt auch etwas in mir, und nach kurzer Zeit fange ich an, ihn zu erwidern, presse mich an ihn, will ihm noch näher sein, während unsere Zungen sich jetzt ein leidenschaftliches Duell liefern.

Im nächsten Moment spüre ich die Fahrstuhlwand im Rücken, und seine Hände legen sich um meine Brüste, streichen durch den dünnen Stoff meines Shirts über die aufgerichteten Nippel. Die Berührung schickt Blitze in meinen Unterleib, viel intensiver als die in meinem Traum, und ich werde von einer Welle viel zu gewaltiger Empfindungen überrollt, während ich seinen Kuss weiter fast verzweifelt erwidere. Er ist mir überlegen, in jeder Hinsicht, dominiert mich, aber genau das erregt mich auf eine nie gekannte Weise. Wie eine Ertrinkende halte ich mich an ihm fest und ergebe mich dem Ansturm seiner Lippen und Hände.

Ich spüre, wie eine seiner Hände nach unten wandert, zu meinen Schenkeln, und meinen Rock hochschiebt. Und dann fasst er plötzlich zwischen meine Beine, presst die Hand gegen meinen feuchten Slip. Schockiert und erregt über die intime Berührung keuche ich laut auf – und ganz plötzlich ist es vorbei.

Abrupt lässt er mich los, und ich rutsche wieder herunter auf die Füße, stehe zitternd da, schmecke Blut im Mund, während er sich abwendet und sich mit der Hand durchs Haar fährt. Er krallt sich darin fest, bevor er den Arm wieder sinken lässt.

Erst jetzt, wo ich langsam wieder denken kann, fallen mir seine Worte wieder ein, und die Bedeutung sickert in mein Gehirn. Ist es das, was er von mir will?

Verwirrt suche ich seinen Blick, falle in die Tiefen dieser blauen Augen, in denen ich etwas zu sehen glaube, was ich dort noch nie entdeckt habe. Schmerz. Instinktiv will ich die Hand heben und an seine Wange legen, doch in diesem Moment kommt der Fahrstuhl mit einem Pling zum Stehen und die Türen öffnen sich.

Sofort verlässt Jonathan die Kabine und durchquert ähnlich wie vorhin mit großen Schritten den Vorraum. Ich rücke hastig meinen Rock wieder gerade und folge ihm auf wackeligen Beinen.

Catherine Shepard sitzt jetzt an ihrem Platz und mustert mich auf diese undurchschaubare Weise. Wahrscheinlich kann sie meinen zerwühlten Haaren ansehen, was ich mit dem Boss im Fahrstuhl getan habe, aber ich achte gar nicht wirklich auf sie, bin noch viel zu sehr mit dem beschäftigt, was gerade passiert ist.

Diesmal hält Jonathan mich nicht auf wie vorhin, sondern lässt die Tür zu seinem Büro weit offen stehen, wie eine Einladung für mich. Ich schließe sie hinter mir und lehne mich dagegen, froh darüber, dass er ganz hinten am Fenster steht und viel Abstand zwischen uns ist, weil meine Knie immer noch so zittern. Aber ich will das, was wir im Fahrstuhl getan haben, wieder tun. Am liebsten sofort.

Angespannt warte ich darauf, dass er etwas sagt. Aber er hat sich umgedreht und starrt aus dem Fenster.

Ich stoße mich von der Tür ab und mache mich auf den Weg zum Schreibtisch – vorsichtig, weil ich meinen Beinen noch nicht ganz traue. Als ich den Besuchersessel erreiche, klammere ich mich an die Lehne.

»Jonathan?«

Er dreht sich zu mir um. Sein Gesicht wirkt jetzt wieder gefasst. Der Zorn und die Leidenschaft, die vorhin noch darin gestanden haben, sind verschwunden, er ist wieder der kühle, selbstsichere Geschäftsmann.

»Vergiss, was da gerade passiert ist.« Seine Stimme klingt beherrscht, fast gleichgültig.

Überrascht blicke ich ihn an. Ich soll das vergessen?

»Das kann ich nicht.«

»Dann muss ich unsere Zusammenarbeit beenden.«

»Aber ... warum?« Er kann mich doch nicht erst so küssen

und dann wegschicken! Macht er das mit allen Frauen so? Dann kann ich verstehen, dass sie reihenweise fliehen. Denn irgendwie schafft er es, dass ich mich schuldig fühle. Dabei wollte er es ebenso. Er wollte sogar vermutlich sehr viel mehr als ich, weil er im Gegensatz zu mir weiß, was er tut – und will. »Warum hast du mich geküsst?«

Er kommt um den Schreibtisch herum, und ich wende mich ihm zu, mit nur noch einer Hand an der Sessellehne. Dicht vor mir bleibt er stehen. Auf seinem Gesicht liegt kein Lächeln, aber auch nicht mehr dieser unnahbare Ausdruck. Ich kann sehen, dass er genauso aufgewühlt ist wie ich.

»Es kommt nicht mehr vor.« Er sagt das ernst und ein bisschen so, als müsste er sich das auch selbst noch mal versichern. Kalte Enttäuschung macht sich in mir breit. Denn ich will, dass es wieder vorkommt. Er soll mich noch mal küssen. Wenn das ein Kuss war. Es kam mir eher wie ein Erdbeben vor.

Ein Schauer erfasst mich, als mir klar wird, dass er nur die Hand auszustrecken braucht, um mich an sich zu ziehen. Was er jedoch nicht tut.

»Also vergessen wir das«, erklärt er noch einmal, und es ist nicht als Frage formuliert. Es ist eine Anweisung, an die ich mich zu halten habe.

Es kränkt mich, dass er das, was für mich welterschütternd war, so abtut, als wäre es ihm unangenehm, lästig fast. Wie stellt er sich das vor? Ich kann das nicht vergessen. Auf keinen Fall. Aber ich will auch nicht, dass er mein Praktikum hier bei ihm beendet, deshalb zucke ich mit den Schultern.

»Die Leute tun doch sowieso immer, was du sagst«, sage ich, und es klingt schnippisch, weil ich meine Wut nicht verbergen kann.

»Nur du nicht«, erwidert er ruhig, und unsere Blicke treffen sich erneut, verhaken sich ineinander. Diesmal klingt es nicht wie ein Vorwurf. Ich glaube, es ist tatsächlich ein Kompliment. Und das macht mich mutig.

»Ich tue, was du willst.« Probier es aus, denke ich, und halte mit klopfendem Herzen seinem Blick stand. Ich kann sehen, dass er genau weiß, was ich ihm damit sagen will. Aber er meint es offenbar wirklich ernst mit dem Vergessen, denn er streicht sich nur das Haar aus der Stirn und kehrt an seinen Schreibtisch zurück, verschanzt sich dahinter. So jedenfalls kommt es mir vor.

»Es wird nicht wieder vorkommen, Grace«, wiederholt er noch einmal in diesem Tonfall, der keinen Widerspruch duldet, und deutet auf den Besuchersessel. »Können wir jetzt weitermachen?«

Unglücklich nicke ich und kehre, nachdem er mir noch einmal erläutert hat, was als Nächstes ansteht, in mein Büro nebenan zurück. Das ist so arrogant von ihm, dass er einfach zur Tagesordnung übergeht, denke ich. Als gäbe es nichts, worüber wir reden müssen. Als wäre nichts passiert.

Aber es ist etwas passiert zwischen ihm und mir. Daran gibt es keinen Zweifel. Und während ich die Unterlagen für den nächsten Termin noch einmal überfliege, auf die ich mich einfach nicht konzentrieren kann, egal, wie sehr ich mich bemühe, wird mir immer klarer, dass ich das definitiv nicht einfach ignorieren kann. Ich muss die ganze Zeit daran denken, wie es sich angefühlt hat, an ihn gepresst zu sein, daran, wie seine Hand zwischen meinen Beinen gelegen hat. Mein Traum fällt mir wieder ein. Das war gar nichts gegen das gerade im Fahrstuhl. Sein Kuss hatte nichts Zärtliches, sondern etwas Dunkles, Lockendes, das mich nicht mehr loslässt. Und plötzlich kann ich nicht mehr anders, als doch etwas hineinzuinterpretieren.

Vielleicht, sagt eine kleine Stimme in mir, bist du doch nicht nur irgendeine kleine, unwichtige Praktikantin. Jonathan muss sich zu mir hingezogen fühlen, wenn er mich küsst, auch wenn er das jetzt leugnet. Und falls das so ist, besteht die Möglichkeit, dass er es wieder tut. Vielleicht sogar mehr.

Der Gedanke ist aufregend und begleitet mich durch den Rest des Tages. Ich ertappe mich dabei, dass ich jede Regung von Jonathan, jede noch so kleine Geste genau beobachte und analysiere. Was krank ist, ich weiß. Aber ich kann nicht anders, es ist wie ein Zwang.

Als Steven mich schließlich gegen sieben Uhr nach Hause bringen soll, fährt Jonathan wieder mit. Er hat nichts von einem weiteren Termin gesagt, aber irgendwie bin ich sicher, dass er nicht nach Hause fährt. Will er wieder in den Club?

Es treibt mich jetzt noch mehr um, was das für ein Laden sein mag, und es regt meine Fantasie an, mir vorzustellen, was dort vorgeht. Was er dort tut.

Ich kenne London noch zu wenig, um anhand der Route merken zu können, wohin wir fahren, aber es scheint ein anderer Weg zu sein als gestern. Und tatsächlich erkenne ich nach knapp zwanzig Minuten die Häuser an der Upper Street in Islington, über die ich mit Annie schon gelaufen bin. Also diesmal kein Umweg über Primrose Hill.

Als wir vor meinem Haus halten, kann ich meine Neugier nicht mehr zügeln.

»Hast du noch einen Termin oder fährst du nach Hause?«, frage ich Jonathan, der die ganze Zeit über geschwiegen hat. Überhaupt haben wir wenig geredet nach unserer »Begegnung« im Fahrstuhl. Und es ist das erste Mal, dass er tatsächlich wieder lächelt.

»Das habe ich noch nicht entschieden«, sagt er.

Dann will er vielleicht in den Club. Annie hat gesagt, er ist oft dort. Ich fahre mir mit der Zunge über die Lippen und merke erst, dass ich ihn anstarre, als er auf die Tür deutet.

»Wir sind da, Grace.«

Erschrocken zucke ich zusammen. »Oh, ja, natürlich«, murmele ich und öffne die Tür. »Bis morgen.«

Eigentlich will ich nicht gehen. Ich möchte ihn begleiten. Aber ich habe Angst vor meiner eigenen Courage. Außerdem würde er das sowieso ablehnen. Oder?

Es sind nur wenige Schritte bis zur Haustür, und ich rechne fest damit, dass der große Wagen wendet und weiterfährt. Aber die Limousine bleibt stehen. Die Scheiben sind verdunkelt, deshalb kann ich nicht erkennen, ob Jonathan mich beobachtet oder ob es einen anderen Grund dafür gibt, dass er noch wartet.

Nervös suche ich in meiner Tasche nach dem Hausschlüssel – und finde ihn nicht. Mist. Das passiert mir manchmal. Meine Schwester macht sich darüber schon lustig, denn wenn ich je etwas verliere, dann immer Schlüssel. Sonst nichts. Aber mit den kleinen Biestern stehe ich irgendwie auf Kriegsfuß, und es wurmt mich sehr, dass es mir ausgerechnet jetzt wieder passiert, wo ich unter Beobachtung stehe.

Ich wühle immer heftiger in den Tiefen meiner Tasche, doch das Ergebnis bleibt das gleiche. Verzweifelt läute ich, in der Hoffnung, dass Marcus vielleicht da ist. Annie ist nämlich zusammen mit Ian bei Freunden eingeladen, das hat sie mir heute Morgen erzählt, und die beiden wollten sich direkt in der City treffen, sobald Annie Feierabend macht, weil diese Freunde in Southwark südlich der Themse wohnen. Marcus ist also meine einzige Chance.

Die Limousine bewegt sich immer noch nicht. Worauf wartet Jonathan denn nur? Unsicher winke ich zu den dunklen Scheiben hinüber. Vielleicht versteht er das ja als Zeichen, dass er jetzt wirklich fahren kann. Aber ich erreiche genau das Gegenteil damit, denn die Tür öffnet sich und er steigt aus.

Wieder bleibt mir fast das Herz stehen, als er auf mich zukommt, und ich kann nicht atmen. Weil er so unglaublich lässig und gut aussieht und ich mich schlagartig daran erinnere, wie sich seine Arm- und Brustmuskeln anfühlen, die sich unter dem Hemdstoff spannen. Und weil ich weiß, was er in mir auslösen kann, wenn er das will.

»Was ist los?« Fragend sieht er mich an. »Kommst du nicht rein?«

Ich spüre, wie Hitze in mir aufsteigt und meine Wangen rot färbt, und hoffe, dass er denkt, es wäre nur die Scham über mein Missgeschick. Das mir tatsächlich extrem peinlich ist. Warum muss ich ihm gegenüber immer so unfähig wirken?

»Ich fürchte, ich habe meinen Schlüssel vergessen«, gestehe ich kleinlaut.

Er steht jetzt neben mir, und meine Knie werden ganz wackelig. Denn er ist mir jetzt genauso nah wie im Fahrstuhl.

»Und was jetzt?« Offensichtlich hat er vor, erst mein Problem zu lösen, bevor er weiterfährt.

Ich zucke mit den Schultern. »Ich habe geklingelt. Vielleicht ist jemand da und macht mir auf. Und wenn nicht, dann warte ich eben.« Ein Gedanke kommt mir, der mein Herz noch viel schneller schlagen lässt, als es das sowieso schon tut. »Oder ich – begleite dich.«

Ich sage das ganz leise, weil ich selbst nicht ganz sicher bin, was ich ihm da eigentlich vorschlage. Er hat mir ja nicht gesagt, wo er hin will, aber die Chance, dass er wieder in diesen Club fährt, erscheint mir groß.

Ganz offensichtlich versteht er, was ich ihm damit sagen will. Ich erkenne es an dem Ausdruck in seinen Augen, in denen etwas aufflackert. Aber so schnell, wie es gekommen ist, verschwindet es wieder und eine steile Falte bildet sich auf seiner

Stirn. Dann beugt er sich vor, sodass sein Gesicht ganz nah vor meinem ist.

»Du solltest aufpassen, was du dir wünschst, Grace. Es könnte in Erfüllung gehen. Und dann ist es vielleicht ganz anders, als du es dir vorstellst.«

Ich höre zwar, was er sagt, aber mein Gehirn hat auf Fühlen geschaltet. Es fehlen nur noch wenige Zentimeter, bis seine Lippen wieder auf meinen liegen, und das ist alles, worauf ich konzentriert bin.

»Aber vielleicht auch nicht«, flüstere ich atemlos.

Für einen Moment schweigt er, dann lächelt er wieder dieses atemberaubend charmante Lächeln, das mein Herz ins Stolpern bringt.

»Doch, Grace. Es wäre anders.« Er beugt den Kopf noch etwas weiter vor. »Deshalb führst du mich besser nicht länger in Versuchung...«

Die Haustür wird aufgerissen und Marcus steht im Türrahmen. Sofort tritt Jonathan einen Schritt zurück, und der Moment zwischen uns ist vorbei. Verdammt.

»Grace?« Misstrauisch sieht Marcus zwischen mir und Jonathan hin und her. »Alles in Ordnung?«

»Sie hat ihren Schlüssel vergessen«, erklärt Jonathan, bevor ich etwas sagen kann. Ganz kurz wirkt er irritiert über Marcus' plötzliches Auftauchen, dann verschließen sich seine Augen. Ich kann es sehen. Es ist, als würde jemand einen Vorhang dahinter zuziehen. »Aber nun kommst du ja rein«, sagt er zu mir gewandt. Sein Lächeln ist jetzt kühl. Distanziert. Fremd. »Bis morgen dann.«

Er nickt Marcus zu, dann kehrt er mit großen Schritten zum Wagen zurück. Die Limousine setzt sich in Bewegung, so wie er die Tür hinter sich geschlossen hat, wendet flüssig und verschwindet dann die Straße hinunter.

Marcus sieht dem großen Auto so feindselig hinterher, dass ich fast lachen muss. Oder müsste, wenn ich nicht gerade noch so mit meinen verwirrten Gefühlen beschäftigt wäre.

»Wer war das denn?« Sein Tonfall drückt deutlich sein Missfallen aus.

»Jonathan Huntington«, entgegne ich und hätte fast geseufzt. Aber ich kann mich noch zusammenreißen.

Das scheint ihn zu verblüffen. »Der Boss höchstpersönlich?« Er kennt den Namen aus Annies und meinen Erzählungen, aber die persönliche Begegnung scheint ihm nicht gefallen zu haben.

»Genau.« Ich will eigentlich nicht mit Marcus über Jonathan reden, deshalb schiebe ich ihn ins Treppenhaus. »Lass uns reingehen, ja? Ich bin so froh, dass du zu Hause warst. Dieser blöde Schlüssel. Dass ich aber auch immer so furchtbar vergesslich bin, was das angeht.«

Marcus folgt mir zögernd, sieht noch mal zurück auf die Straße, so als wollte er sich davon überzeugen, dass Jonathan wirklich weg ist, bevor er die Haustür wieder schließt.

»Will der was von dir?« Offenbar ist ihm nicht entgangen, wie dicht Jonathan und ich beieinander standen. Näher, als es für ein berufliches Verhältnis üblich ist.

»Nein«, antworte ich niedergeschlagen. »Er hat mich nur nach Hause gebracht.«

Aber da ist etwas zwischen uns, denke ich, während ich mit Marcus die Treppe hinaufgehe. Jonathan Huntington, dieser unglaublich attraktive Mann, ist nicht immun gegen mich. *Du führst mich besser nicht länger in Versuchung.* Das hat er gesagt. Ich kann es also – ihn in Versuchung führen. Er hat mit dem Gedanken genauso gespielt wie ich. Und wenn Marcus nicht gekommen wäre ...

Was dann, Grace? Was wäre passiert, wenn er dich wirklich mitgenommen hätte? Mit zu sich oder in den Club? Ich habe leider absolut keine Ahnung und verfluche die Tatsache, dass ich so unerfahren bin.

»Soll ich uns einen Tee kochen?«, fragt Marcus, als wir oben sind. Ich will schon ablehnen, doch dann fällt mir ein, dass es unhöflich wäre, deshalb nicke ich.

»Ja, gern. Ich muss auch noch was essen. Ich sterbe vor Hunger.«

»Ich habe mir gerade ein Omelett gemacht. Möchtest du auch eins?«

»Sehr gern«, antworte ich, bleibe aber vor meiner Zimmertür stehen, während er schon auf dem Weg in die Küche ist. »Ich komme gleich, ja?«

Marcus nickt lächelnd und lässt mich im Flur zurück. Er ist so nett. Aber er ist trotzdem nicht Jonathan.

Leise seufzend hänge ich meine Jacke an den Garderobenständer und bringe meine Tasche in mein Zimmer, setze mich aufs Bett. Als mein Blick auf den Nachttisch fällt, sehe ich, dass der Schlüssel darauf liegt, und muss schmunzeln.

Was für ein Tag, denke ich, und bin jetzt schon sicher, dass ich heute Nacht nicht viel Schlaf finden werde. Weil Jonathan Huntington mich einfach nicht loslässt. Und weil ich mit fast schlafwandlerischer Sicherheit weiß, dass es jetzt für mich kein Zurück mehr gibt. Ich will herausfinden, was passiert, wenn ich ihn in Versuchung führe. Unbedingt. Egal, wie sehr mich alle davor warnen. Wie sehr er selbst das tut. Vergessen kann er vergessen.

Mit einem grimmigen Lächeln stehe ich auf und gehe zu Marcus in die Küche.

12

Ich habe zu viel getrunken. Viel zu schnell und viel zu viel. Sekt vor allem. Nein, Champagner. Es ist ja ein sehr feines Restaurant, in dem wir uns jetzt schon seit zwei Stunden aufhalten – irgendein edler Gourmet-Tempel in Covent Garden, extrem vornehm und vermutlich auch extrem teuer. Ein Geschäftsessen, eigentlich gar nichts Besonderes. Ich müsste inzwischen dran gewöhnt sein. Aber ich halte es langsam einfach nicht mehr aus.

Jonathan sitzt neben mir und unterhält sich mit dem Earl of Davenport, einem Mann, den ich auf Ende fünfzig schätze und der mir schon direkt am Anfang, als wir kamen, großzügig angeboten hat, ihn Richard zu nennen. Er hat ein rotes Gesicht mit zahlreichen geplatzten Äderchen, die auf zu viel Alkoholkonsum schließen lassen, und wirkt auch ansonsten in seinem maßgeschneiderten Anzug eher aufgedunsen. Seine Begleiterin dagegen, eine hübsche Blondine in einem kurzen Designerkleid namens Tiffany Hastings, die ungefähr in meinem Alter sein muss, höchstens Mitte zwanzig, ist schlank, hübsch – und leider ziemlich beschränkt, was die Sache nicht einfacher macht. Denn irgendwie scheinen die beiden Männer von mir zu erwarten, dass ich mit ihr Konversation betreibe. Aber ich will nicht. Weil ich so schrecklich frustriert bin.

Es ist Freitagabend und damit endet gerade meine zweite Praktikumswoche in London. Neun der zwölf Tage, die ich jetzt schon hier bin, habe ich an Jonathans Seite verbracht, bin durch London gefahren, habe an Meetings und Geschäftsessen,

Besprechungen und anderen Terminen teilgenommen. Wenn ich jedoch gehofft hatte, dass sich nach unserem unglaublich heißen Kuss im Fahrstuhl, von dem ich immer noch fast jede Nacht träume, und unserem Fast-Kuss vor unserer Haustür etwas zwischen ihm und mir ändern würde, dass wir uns näher kommen würden, dann war das leider eine Illusion. Denn obwohl er oft mitfährt, wenn Steven mich abends nach Hause bringt, hat er mich seitdem nicht mehr bis zu Tür begleitet. Er wartet im Wagen – oder er steigt schon vorher aus bei diesem ominösen Club, nach dessen Sinn und Zweck ich mich nicht zu fragen traue.

Ich habe wirklich versucht, mit ihm zu flirten. Leider bin ich, was das angeht, kein Vollprofi. Eher eine blutige Anfängerin. Und meine Bemühungen sind auch nicht von Erfolg gekrönt, was mir inzwischen wirklich zu schaffen macht. Denn mein Zustand, was Jonathan angeht, hat sich eher verschlimmert.

Am Anfang war es – abgesehen von der Tatsache, dass er einer der attraktivsten Männer auf diesem Planeten ist – seine erfolgreiche, smarte Seite, die ich an ihm bewundert habe. Die Art, wie er alles, was er anfasst, in Gold verwandelt. Dabei wäre es vielleicht geblieben, wenn er mich nicht so nah an sich herangelassen hätte. Dann wäre ich jetzt definitiv eine der vielen Frauen, vor deren Schicksal mich Annie gleich von Anfang an gewarnt hat: die ihn mit strahlenden Augen aus der Ferne anschmachten und sich fragen, wie sie diesen gutaussehenden, faszinierenden Mann erobern können. Über dieses Stadium bin ich längst hinaus. Mich hat es viel schlimmer erwischt, denn ich bin ihm näher gekommen als die meisten und habe eine Seite an ihm gesehen, die er normalerweise nicht zeigt. Eine dunkle Seite. Er verbirgt etwas vor den Augen der anderen, ein Geheimnis, das so wenig durchschaubar ist wie er selbst. Und genau dieses Rätsel zieht mich magisch an.

Es muss einen Grund geben, warum er so eine dicke Mauer um sich selbst zieht und niemanden an sich heranlässt. Warum er mich zwar wild und leidenschaftlich geküsst hat, jetzt aber nichts mehr davon wissen will. Warum er jede Beziehung zu scheuen scheint, abgesehen von seiner Freundschaft mit Alexander Norton und diesem undurchsichtigen Yuuto Nagako – und diesem merkwürdigen Arrangement mit mir, dessen Sinn ich nach wie vor nicht verstehe.

Annie wundert sich immer noch darüber, dass Jonathan mich in sein Büro geholt hat. Sie ist nämlich nach wie vor davon überzeugt, dass er Hintergedanken haben muss, und warnt mich weiter. Außerdem fragt sie mich ständig aus, was wir gemacht haben, so als habe sie Sorge, dass Jonathan mich mit Haut und Haaren fressen könnte, wenn ich nicht aufpasse. Ich habe ihr noch nicht erzählt, was am zweiten Tag im Fahrstuhl passiert ist, aber sie hat sofort am nächsten Morgen beim Frühstück gespürt, dass etwas anders war, und ich habe ihr Kreuzverhör nur knapp überstanden.

Meiner Schwester dagegen habe ich es gesagt. Hope ist weit weg und sieht das alles nicht so kritisch. »Jonathan Huntington hat dich geküsst, wirklich? Wie aufregend!« Vor Begeisterung hat sie fast gequietscht. »Erzähl schon, Gracie, ich will alles hören, jedes noch so kleine Detail.« Ich glaube, sie ist so begeistert, weil sie die Hoffnung schon fast aufgegeben hatte, dass es bei mir jemals bei irgendeinem Mann funken wird. Dafür nimmt sie anscheinend auch in Kauf, dass der Betreffende für ihren Geschmack etwas zu englisch und deutlich zu arrogant ist. Sie kann außerdem verstehen, warum ich ihm so schlecht widerstehen kann, denn sie fand ihn auf dem Foto in der Zeitschrift ja auch sehr attraktiv. Nur mit einem Rat, wie ich es schaffen könnte, ihn dazu zu bringen, mir nicht länger zu widerstehen, kann sie leider nicht dienen.

Vielleicht überschätze ich mich einfach. Der Gedanke ist mir schon vor ein paar Tagen gekommen und breitet sich langsam wie Gift in meinem Körper aus. Vielleicht fand er unseren Kuss nicht so toll wie ich. Es kann sein, dass er sofort gemerkt hat, wie unerfahren ich bin, und jetzt hat er keine Lust mehr, es zu wiederholen.

Hastig stürze ich noch einen großen Schluck Champagner herunter. Jonathan sieht es und unterbricht sein Gespräch mit Richard, dem aufgedunsenen Earl of ... keine Ahnung, eben wusste ich es noch, und beugt sich zu mir herüber.

»Grace, du solltest nicht so viel trinken«, sagt er leise und klingt wie Grandma, wenn sie findet, dass Hope und ich vom Pfad der Tugend abgewichen sind. Aber genau das will ich ja. Gerne sogar. Wenn er mich nur lassen würde ...

»Ich bin schon groß«, sage ich ihm, und es fällt mir ein bisschen schwer, die Worte deutlich auszusprechen. Aber es geht gerade noch. »Auch wenn du das offensichtlich nicht wahrhaben willst.«

Trotzig trinke ich weiter, leere den Rest, der noch im Glas drin war. Als der sehr dezente Ober fast sofort zur Stelle ist, um mich zu fragen, ob er noch mal nachschenken soll, nicke ich und starre Jonathan provozierend an, fordere ihn heraus, es mir zu verbieten. Was er natürlich nicht tut, schließlich sind wir nicht allein. Seine britische Höflichkeit verbietet es ihm, und das nutze ich aus.

Das ist nämlich noch etwas, das ich über ihn gelernt habe. Er kann unglaublich arrogant sein, aber er legt sehr viel Wert auf Umgangsformen. Öffentliche Auseinandersetzungen sind ihm, wie offensichtlich vielen Briten, zutiefst zuwider, deshalb bin ich ziemlich sicher, dass er mich von dem rotgeäderten Earl und seiner dämlichen Tiffany nicht bloßstellen würde. Genauso wie er es damals am Flughafen nicht getan hat.

Dabei würde ich mir fast wünschen, dass er es tut. Dass er ausrastet und mich beschimpft. Oder wegzerrt. Alles, nur nicht mehr diese kühle Beherrschtheit. Ich will den Jonathan zurück, der mich im Fahrstuhl so überwältigt hat. Da ist etwas aus ihm herausgebrochen, das diese Fassade hat bröckeln lassen.

Wir sehen uns immer noch an, und ich erkenne, dass mein Verhalten ihn tatsächlich nicht kalt lässt. In den Tiefen seiner blauen Augen flackert Wut auf. Gut. Schnell trinke ich noch einen Schluck und lächle Tiffany an, die irgendetwas Nichtssagendes von sich gibt. Ich glaube, es geht um den Ring, den sie trägt und der ein Geschenk von dem überaus großzügigen Richard war.

Ich beuge mich zu Jonathan hinüber und ziehe ihn zu mir, weil ich ihm etwas sagen will, dass die anderen nicht hören sollen. Genauso hat er es gerade gemacht, aber ich sehe am Funkeln in seinen Augen, dass er nicht findet, dass es mir zusteht, das Gleiche bei ihm zu tun. Soll er doch. Ich fühle mich mutig durch den Alkohol, der mir inzwischen sehr zu Kopf gestiegen ist. Mir ist warm, und ich spüre, wie meine Wangen brennen, was sie noch mehr tun, als ich ihn berühre.

»Wieso sind wir eigentlich hier?«, frage ich ihn leise. Jedenfalls hoffe ich, dass es leise ist. So richtig habe ich meine Stimme nicht mehr unter Kontrolle. »Du machst doch gar keine Geschäfte mit diesem Earl of ...« Wieder fällt mir der Name nicht ein, aber es ist mir egal. »Oder?«

Ich verstehe wirklich nicht, wieso Jonathan sich mit diesem widerlichen Kerl trifft. Es ist zwar angeblich ein Geschäftsessen, aber in dem Gespräch ging es, zumindest als ich noch aktiv zuhören konnte, nicht einmal um ein gemeinsames Projekt. Und ich kann mir auch nicht vorstellen, dass eine Zusammenarbeit zwischen den beiden klappen würde. Weil da diese unterschwellige Spannung zwischen ihnen ist. Die vermeintlichen Höflichkeiten, die sie ausgetauscht haben, kamen mir im Laufe des Abends immer mehr vor wie ein kaum verhohlenes gegenseitiges Belauern. Aber vielleicht bin ich inzwischen auch einfach nur zu betrunken, um das richtig einzuschätzen.

Jonathan scheint meine Frage nicht zu gefallen, denn seine Lippen sind schmal, als er mir antwortet.

»Richard ist ein Freund meines Vaters. Sie gehen gemeinsam zur Jagd«, sagt er gepresst und legt den Arm um meine Schulter, ohne dabei den Blick von Richard abzuwenden, der sich zurückgelehnt hat und uns interessiert mustert. Jonathans Hand gräbt sich in meinen Oberarm, was eindeutig eine Warnung ist. Also war ich wohl doch nicht leise genug. Aber ich genieße die Berührung und lächle ihn unschuldig an, was seinen Gesichtsausdruck noch grimmiger macht.

Er beugt sich weit zu mir herüber, sodass ich seinen Atem an meinem Ohr fühle, was mir einen Schauer über den Rücken jagt. »Reiß dich zusammen, Grace«, raunt er noch mal, aber diesmal klingt seine Stimme so scharf, dass sie in mein benebeltes Gehirn dringt. »Du bist betrunken.«

Seine Worte sind wie eine kalte Dusche. Die aber nur kurz wirkt. Denn es stimmt, wird mir klar. Ich habe nicht nur einen leichten Schwips, es ist schlimmer als das. Ich bin richtig weggetreten. Mein Kopf ist wie in Watte gepackt, und ich nehme alles um mich herum nur noch verzögert war, brauche länger, um meinen Blick zu fokussieren. »Kann sein«, gestehe ich, und merke, wie schleppend meine Stimme klingt. »Aber nur ein bisschen.«

Jonathan scheint mir das nicht zu glauben, denn er zieht seinen Arm nicht wieder zurück, umfasst stattdessen meine Schulter fester. Was gut ist, denn ich bin mir plötzlich nicht mehr sicher, ob ich mich ohne ihn noch auf dem Stuhl halten kann. Mit einem Seufzen lasse ich den Kopf gegen ihn sinken, weil ich mich plötzlich so schwach fühle und weil es so schön ist, dass er da ist. Das wäre ganz sicher etwas, dass ich mich nüchtern niemals trauen würde. Aber ich bin ja zum Glück nicht mehr nüchtern, denke ich mit einem zufriedenen, sorglosen Lächeln und atme tief seinen vertrauten Duft ein. Am liebsten möchte ich die Nase in seinem Hemd vergraben.

»Grace«, zischt er mir zu, aber ich kann mich nicht aufraffen, mich wieder aufzusetzen und von ihm zu trennen. Ich möchte hierbleiben. Dann spüre ich plötzlich, wie er unter dem Tisch seine andere Hand auf meinen Oberschenkel legt. Da das Wetter heute warm war und ich ein knielanges Kleid, aber keine Strumpfhose trage, spüre ich seinen Griff auf meiner nackten Haut. Es ist keine zärtliche Berührung, sondern eine weitere Mahnung, dass ich mich benehmen soll. Und sie wirkt auch. Aber anders, als er denkt.

Denn jetzt kann ich endgültig an nichts anderes mehr denken als an ihn, und es ist nicht der Alkohol, der Hitze in mir aufwallen lässt. Ich öffne meine plötzlich so schweren Lider und sehe zu ihm auf. Aber er hat den Blick wieder auf Richard und Tiffany gerichtet.

»Grace hat sich heute schon den ganzen Tag nicht gut gefühlt«, sagt er, und weil ich mit dem Kopf an seiner Schulter lehne, höre ich seine tiefe Stimme in seinem Brustkorb vibrieren. Ich habe mich nicht gut gefühlt? Mir ging es nie besser!

»Sie scheint den Alkohol nicht zu vertragen. Ich glaube, ich bringe sie lieber nach Hause«, erklärt er.

Nach Hause, denke ich, ohne wirklich zu begreifen, was er sagt. Meine Augen fallen wieder zu, und ich höre Richard auf der anderen Tischseite leise lachen. Es klingt ein bisschen hämisch, aber vielleicht bilde ich mir das nur ein.

»Und ich dachte, sie wäre deine Assistentin.«

Ich schüttele den Kopf, ohne die Augen wieder zu öffnen.

»Ich bin nicht seine Assistentin«, murmele ich seufzend und schmiege mich noch etwas näher an Jonathan. »Ich bin niemand. Total unwichtig.«

Dabei wäre ich so gerne wichtig. Zumindest kann ich mir für diesen gestohlenen Augenblick erlauben, mir das zu holen, was ich mir schon die ganze Zeit wünsche. Ich bin ja betrunken. Das hat er selbst gesagt.

»Dein Vater wird begeistert sein, Jonathan. Darauf wartet Arthur schon so lange.«

Ich öffne die Augen wieder, weil ich nicht mehr mitkomme. »Worauf?«, frage ich und sehe hilfesuchend zu Jonathan. Jetzt wünschte ich plötzlich, mein Gehirn wäre nicht so merkwürdig langsam, weil ich das Gefühl habe, dass es um mich geht und dass es wichtig ist zu verstehen, was sie sagen.

Richard lächelt süffisant. »Dass Jonathan endlich heiratet und einen Erben zeugt«, erklärt er und grinst Tiffany an, die lächelnd nickt. Aber das tut sie immer, wenn er etwas sagt.

»Darauf kann er ewig warten«, knurrt Jonathan leise, aber mit unverhohlener Wut in der Stimme. Wenn Richard es tatsächlich darauf angelegt hat, ihn zu provozieren, dann ist ihm das jetzt augenscheinlich geglückt.

»Sie beide sind so ein schönes Paar«, zirpt Tiffany, und ihre Worte reißen mich endgültig aus meinem Trancezustand. Paar? Fast erschrocken sehe ich über den Tisch zu den beiden hinüber. Und endlich wird mir klar, was sie sehen und worum es geht: Jonathan hält mich im Arm. Und deshalb denken sie, dass wir zusammen sind.

Im ersten Moment will ich erschrocken protestieren, aber dann bin ich irgendwie viel zu schwach dazu. Und viel zu wenig willens, die Nähe zu Jonathan aufzugeben, nach der ich mich so gesehnt habe. Dann sollen sie das doch denken. Wäre doch schön. Ein wirklich schöner Gedanke.

Aber Jonathan beendet unsere Umarmung, zumindest kurzfristig.

»Wir müssen gehen«, sagt er und lässt mich los, aber nur, um aufzustehen und gleich wieder seinen Arm unter meine Achsel zu schieben und mir hoch zu helfen. Jetzt wird das ganze Ausmaß meines Alkoholkonsums offensichtlich, denn tatsächlich schwanke ich auf den Füßen und kann nur stehen bleiben, weil er sofort wieder den Arm um mich legt und mich hält. Tiffany erhebt sich ebenfalls und nimmt meine Handtasche, die an meinem Stuhlbein stand, reicht sie aber nicht mir, sondern Jonathan. Er nickt ihr zu. »Entschuldigt uns. Das mit der Rechnung regele ich mit dem Kellner.«

»Nicht nötig«, erklärt Richard großmütig. »Das übernehme ich schon. Kümmere du dich um deine ... Assistentin.«

»Richard, Tiffany.« Jonathan nickt den beiden zu. Seine Stimme klingt angespannt. »Bis zum nächsten Mal.« Es hört sich nicht so an, als würde er sich das wirklich wünschen.

»Wir sehen uns auf Lockwood Manor«, erwidert Richard.

Fast abrupt wendet Jonathan sich um und führt mich zwischen den Tischen hindurch zur Tür. Er hält meine Schultern fest im Griff, während wir gehen, und es geht besser als gedacht, weil ich mich ganz seiner Führung überlasse.

»Das tut er«, rufe ich über die Schulter zurück, als wir den Ausgang schon fast erreicht haben, weil die Bemerkung des fetten Richards erst jetzt in meinen Gehirnwindungen angekommen ist und ich plötzlich das Gefühl habe, Jonathan verteidigen zu müssen. »Er kümmert sich sehr gut um mich. Er hat mir sogar ...«

... die verloren geglaubte Kaution zurückgeholt, will ich rufen. Denn das hat er, der falsche Will Scarlett wurde nach Jonathans Anzeige sehr schnell geschnappt und ich habe das Geld tatsächlich wieder. Was für mich nur eine seiner vielen

Heldentaten ist, die mir gerade einfallen und von denen der hämische Richard unbedingt erfahren sollte. Aber ich habe keine Gelegenheit mehr dazu, überhaupt etwas zu sagen, weil Jonathan mich die letzten Schritte quasi getragen hat und wir schon zur Tür raus sind. Offenbar kann er gar nicht schnell genug aus dem Lokal kommen, dessen Neonreklame sich in der Pfütze auf dem Bürgersteig spiegelt. Es muss geregnet haben, während wir beim Essen waren, und es ist jetzt auch deutlich kühler. Plötzlich friere ich, trotz meines dünnen Strick-Boleros.

»Wo ist Steven?«, frage ich und blicke mich suchend nach der Limousine um, doch sie ist nirgends zu sehen. Normalerweise wartet der große Wagen immer schon vor der Tür, wenn wir irgendwo herauskommen, und ich habe mich fast daran gewöhnt, direkt einsteigen zu können.

Jonathan zieht sein Jackett aus und hängt es mir über die Schultern. Es ist viel zu groß, aber warm und hüllt mich in seinen Duft. Dann legt er wieder den Arm um mich. Leider nicht, weil er mich so gerne umarmen möchte, sondern weil er bestimmt denkt, dass ich sonst umfallen könnte.

»Er kommt gleich. Er sollte erst um zehn Uhr hier sein. Aber wir mussten ja früher gehen«, brummt er, und es klingt vorwurfsvoll, aber mir ist zu schwindelig, um darüber nachzudenken. Die kalte Nachtluft hebt den Nebel ein bisschen, der mein Gehirn umgibt, allerdings nicht genug, um meinen Kopf ganz zu klären. Und ich möchte auch gar nicht klar bei Verstand sein. Denn dann könnte ich prima alleine stehen, und Jonathan bräuchte mich nicht festzuhalten. Ich schlinge die Arme um ihn und schmiege mich enger an ihn, und er lässt es zu, hält aber weiter nur mit einem Arm meine Schulter umfasst.

»Sehr viel länger hätte ich es mit diesem Idioten und seiner debilen Freundin auch nicht ausgehalten«, murmele ich an seinem Hemdkragen.

Jonathan sieht überrascht auf mich herunter, dann lacht er leise, und ich höre das Rumpeln in seiner Brust. Seine Muskeln geben ein wenig nach, und erst jetzt wird mir bewusst, wie angespannt sie waren. »Du bist unmöglich, Grace. Ich sollte dich feuern.« Er lächelt, und ich starre auf die kleine fehlende Zahnecke, finde sie unglaublich sexy.

»Aber noch nicht heute«, sage ich und hebe mein Gesicht zu ihm auf. »Erst morgen. Heute könntest du mich lieber noch mal küssen.«

Er wird wieder ernst und starrt mich an. Seine Augen verdunkeln sich, und etwas huscht über sein Gesicht. Es ist jedoch zu schnell weg, als dass ich es deuten könnte, und ich sehe wieder diesen unnahbaren Ausdruck darauf, den ich so hassen gelernt habe.

»Steven ist da.« Er dreht mich zur Straße um, und ich muss meinen Blick erst wieder scharf stellen. Tatsächlich parkt die Limousine am Straßenrand.

Ich stolpere die wenigen Schritte bis zur Tür und lasse mir von Jonathan hineinhelfen. Als er sich neben mich setzt, rücke ich automatisch an ihn heran. Zuerst reagiert er nicht, aber dann legt er mit einem Seufzen erneut den Arm um mich und erlaubt mir, seine Brust als Kopfkissen zu benutzen.

»Grace, das ist wirklich keine gute Idee.«

»Wieso nicht?«, frage ich schläfrig und schließe die Augen. Meine Hand ruht auf seiner Brust und ich spüre seinen Herzschlag. »Warum machst du es mir so schwer?«

Ich weiß, dass ich so nicht mit ihm reden sollte, aber im Moment ist mir alles egal. Ich muss es einfach wissen.

»Weil du niemals nach meinen Regeln spielen könntest«, höre ich ihn dicht an meinem Ohr sagen.

»Probier es doch aus«, entgegne ich, ohne den Kopf zu heben.

Er antwortet nicht, und das Schweigen dehnt sich endlos zwischen uns aus, während der Wagen durch die Nacht fährt. Das leichte Schaukeln und Jonathans Körperwärme lullen mich ein, und ich vergesse, was ich gefragt habe, dämmere langsam weg.

»Wo ist dein Schlüssel, Grace?« Seine Stimme zwingt mich, die Augen wieder zu öffnen, aber nur für einen kurzen Moment, denn irgendwie dreht sich alles.

»Keine Ahnung«, murmele ich. Ist der nicht in meiner Tasche? Jonathan entzieht sich mir und ich sinke auf den Sitz, kuschele mich unter sein Jackett, das mich wie eine Decke einhüllt. Leder knirscht und ich höre Jonathan mit Steven reden, während ich wieder wegdämmere. Auf die Worte achte ich nicht.

Irgendwann klappen Türen, und es ist mit einem Schlag kalt. Unwillig runzle ich die Stirn, als mich jemand am Arm packt. Ich wehre mich, weil ich nicht aufwachen will, aber der Griff ist fest.

»Komm, Grace«, höre ich Jonathans Stimme an meinem Ohr und lasse es zu, dass er mich aus dem Auto zieht. Dann habe ich keinen Boden mehr unter den Füßen, weil er mich hochgehoben hat und trägt. Ich öffne ganz kurz die Augen einen Spalt weit und sehe ein hell angeleuchtetes, sehr elegantes Stadthaus mit einer Haustür aus edel schimmerndem dunklem Holz. Aber das Licht blendet mich, und es wackelt immer noch alles viel zu sehr, deshalb mache ich sie schnell wieder zu. Keine Ahnung, wo wir sind, aber Angst habe ich keine – Jonathan ist ja bei mir. Beruhigt lasse ich mich wieder zurück in den Schlaf fallen, der mich einfach nicht loslassen will, und versinke in der angenehmen Dunkelheit.

13

Als ich wieder aufwache, sehe ich zuerst ein weißes Sprossenfenster, das ich einen Moment lang anstarre, weil es mir fremd ist. Die Sonne scheint herein, also ist schon Morgen. Wo bin ich?

Ein bisschen benommen sehe ich mich um und merke, dass ich auf einem breiten, herrlich weichen Bett in einem großen, weiß tapezierten Schlafzimmer liege. Der wuchtige Holzschrank und die Kommode, die an der Wand stehen, sind dunkel und der glänzende Parkettboden auch. Einige dicke weiße Wollteppiche liegen darauf wie Inseln, die dem Boden die Kälte nehmen. Der einzige Farbklecks im Raum ist ein kantiger roter Sessel, auf dem ein Kleid liegt. Es ist grün mit ganz zarten weißen Tupfen und kommt mir bekannt vor. So eins habe ich auch. Außerdem liegt da ein weißer Strick-Bolero, und ich kann die Körbchen eines BHs sehen, weiß, mit Spitzenrand. Auch so einen habe ich ...

Plötzlich krallen sich meine Finger in die weiche Decke, unter der ich liege, und ein eisiger Schock durchfährt mich, als mir klar wird, dass es meine Sachen *sind*, die da vorn auf dem Stuhl liegen. Das alles hatte ich gestern an.

Sofort blicke ich an mir herunter, aber ich bin nicht nackt, sondern trage ein kariertes Hemd, das mir viel zu groß ist. Es riecht gut und irgendwie vertraut, nach – Jonathan!

Mit einem Aufstöhnen drehe ich mich auf den Rücken und fasse mir an die Stirn, als mir der gestrige Abend wieder einfällt. Das Essen mit dem Earl of Davenport. Der Wein und der Champagner, die Fahrt in der Limousine ... Oh Gott.

Verzweifelt kneife ich die Augen zu und wünsche die Bilder weg. Aber die Wirkung des Alkohols ist verflogen und die Realität starrt mir hässlich und unbequem ins Gesicht, lässt sich nicht mehr vertreiben.

Ich war betrunken. Richtig schlimm betrunken. So schlimm, dass Jonathan mich festhalten musste, als wir das Lokal verließen, und später sogar tragen. Ich erinnere mich noch an das Gefühl seiner Arme, die mich umfassen und halten. Aber wohin hat er mich gebracht?

Ist das hier sein Schlafzimmer? Von der Art der Einrichtung könnte es schon sein, alles wirkt edel und teuer und groß. So etwas kann man sich in London nur leisten, wenn man Geld hat. Aber wenn es sein Schlafzimmer ist, warum bin ich dann hier? Wieso hat er mich nicht nach Hause gebracht?

Wo ist dein Schlüssel, Grace? höre ich seine Stimme plötzlich wieder sagen. Das hat er mich im Auto gefragt, daran erinnere ich mich. Aber ich wusste es nicht und es war mir auch egal. Hat er danach gesucht und ihn nicht gefunden? Hat er in der WG geklingelt, und es war niemand da? Oder hat er mich direkt hierher gebracht?

Ich richte mich auf und ziehe die Decke bis an mein Kinn hoch, weil ich mich plötzlich so schutzlos fühle. Ich habe keine Ahnung, was letzte Nacht passiert ist. Nur eins steht fest: Jonathan hat mich offenbar aus- und mir anschließend eines seiner Pyjamahemden angezogen. Was bedeutet, dass er mich nackt gesehen hat. Hitze prickelt über meine Brust und zieht über meinen Hals in meine Wangen, weil der Gedanke so schockierend und gleichzeitig so erregend ist.

Aber fand er das auch? Oder war er furchtbar genervt von mir? Schließlich habe ich mich übel blamiert. Was ja eigentlich nicht weiter überraschend ist, denn seit ich englischen Boden betreten habe, scheint das eine neue Angewohnheit von mir zu sein. Nur dass ich diesmal nicht nur mir selbst damit geschadet habe, sondern auch Jonathan.

Das hämische Gesicht von diesem widerlichen Richard taucht vor meinem inneren Auge auf, der behauptet hat, Jonathan und ich wären ein Paar. Was Jonathan extrem wütend gemacht hat. Er hat sogar gesagt, dass er mich feuern will – und ich habe geantwortet, dass er mich lieber küssen soll.

Stöhnend schlage ich die Hände vors Gesicht und wünschte, ich könnte das zurücknehmen. Bestimmt habe ich alles ruiniert, und er macht ernst – er wird mich rauswerfen, sobald ich ihm wieder unter die Augen komme.

Am liebsten würde ich mich wieder hinlegen, die Augen schließen und hoffen, dass ich noch mal einschlafe – und dass alles nur ein Albtraum war, wenn ich dann wieder aufwache. Aber die Chancen stehen leider total schlecht, das ist mir nur allzu bewusst.

Steh zu deinen Fehlern, Grace. Das sagt Grandma Rose gerne zu mir, und ich kann sie vor mir sehen, wie sie mich mit strengem, unerbittlichem Blick fixiert. Sie hat immer darauf bestanden, dass Hope und ich die Verantwortung für das übernehmen, was wir tun – und die Konsequenzen tragen, selbst wenn sie unangenehm sind.

Mit einem schiefen Lächeln blicke ich an mir herunter. Gut, dass sie mich gerade nicht sehen kann. Ich schätze, sie wäre ziemlich entsetzt, wenn sie wüsste, dass ich halbnackt im Bett eines der reichsten Junggesellen Englands sitze und nicht weiß, was letzte Nacht passiert ist.

Aber zumindest hat sie es geschafft, mir genügend Rückgrat mitzugeben, dass ich jetzt aufstehe und bereit bin, meinem Schicksal die Stirn zu bieten.

Erst, als ich entschlossen die Beine aus dem Bett schwinge und mich hinstelle, fällt mir auf, dass es mir erstaunlich gut geht. Nach meiner gestrigen Trinkerei müsste mir eigentlich total schlecht sein und mein Schädel müsste brummen. Ich fühle mich auch irgendwie schlapp, mein Mund ist trocken, und ich stehe wackelig auf den Beinen. Trotzdem wundere ich mich, denn es könnte viel schlimmer sein.

Das Pyjama-Oberteil, das ich trage, reicht mir fast bis zu den Knien und ist wie ein Nachthemd. Meinen Slip habe ich noch an, den hat Jonathan mir also nicht ausgezogen.

Hastig gehe ich in das angrenzende Bad – ich muss zuerst einen Blick in den Spiegel werfen, bevor ich mich nach draußen wage – und staune, als ich sehe, wie luxuriös es eingerichtet ist, ganz in schwarz, mit einer riesigen verglasten Duschkabine und einer Wanne, in der man zu zweit liegen kann. Das Staunen weicht jedoch Entsetzen, als ich mich in dem Spiegel über dem geschwungenen Designer-Waschbecken sehe: meine Haare sind total durcheinander und meine Wimperntusche ist verschmiert, sodass meine Augen schwarz umrandet und verklebt aussehen. Ich wasche mich schnell und gründlich und bringe meine Haare notdürftig in Ordnung. Dann trinke ich etwas aus dem Hahn, weil ich plötzlich schrecklichen Durst habe, und spüle meinen Mund aus. Erst dann gehe ich zurück ins Zimmer.

Doch anstatt auf die Tür zuzuhalten, nehme ich noch einen kurzen Umweg zum Fenster, um nach draußen zu blicken und mich zu orientieren. Es ist auf jeden Fall eines der edleren Viertel der Stadt, also bin ich wohl tatsächlich in Knightsbridge. Direkt gegenüber liegt ein kleiner Park mit altem Baumbestand und einer hohen Hecke. Die Fronten der Stadthäuser, die ihn von allen Seiten umgeben, sind sehr gepflegt und zeugen von Reichtum. Auf den Balkonen und in den Eingangsbereichen vor den Haustüren, die meist von schwarz gestrichenen Eisengittern eingefasst sind, stehen Kübel mit Bäumen, Büschen und sogar Palmen.

Das Haus, in dem ich mich befinde, ist das einzige auf dieser Seite, das eine strahlend weiße Fassade hat, die zudem leicht gewölbt und mit Stuck verziert ist, sodass sie heraussticht. Die diversen runden Buchsbäume in Terrakottatöpfen, die vor dem Eingang arrangiert sind, heben es zusätzlich ab, machen es zu etwas ganz Besonderem. Wenn das hier wirklich Jonathans Haus ist, denke ich, dann passt es sehr gut zu ihm.

Ich hole noch mal tief Luft und spüre beim Einatmen ein hohles Gefühl in meiner Brust, das fast schmerzt. Dann drehe ich mich zur Tür um, bereit für das, was dahinter auf mich wartet.

Zunächst mal ist es nur ein breiter Flur, auf dessen Boden sich das edle dunkle Holzparkett des Schlafzimmers fortsetzt. Einige weitere Türen zweigen davon ab, aber ich halte auf die Treppe mit dem modernen Metallhandlauf zu, die nach unten führt. Eine Etage tiefer stehe ich in einem großzügigen Wohnbereich, der eher eine Zimmerflucht ist, denn es grenzt noch ein weiterer, genauso großer Raum an den, in dem ich stehe, und hinter einem durchscheinenden weißen Vorhang erkenne ich das Metallgitter eines Balkons. Beide Zimmer sind modern und sehr geschmackvoll eingerichtet, mit Couchen und Sesseln in harmonierenden, hellen Brauntönen, passenden Kommoden und Bücherregalen und einer puristischen, sehr teuer aussehenden Fernsehanlage, bei der nicht ein Kabel zu sehen ist und die sich nahtlos in das Raumbild einfügt. Edle Teppiche bedecken den Boden und alles wirkt aus einem Guss, so als wäre hier ein Innenarchitekt am Werk gewesen, der sein Handwerk versteht.

Aber das wirklich Beeindruckende sind die Bilder und Kunstwerke. An sämtlichen Wänden hängen ausdrucksstarke moderne Gemälde in satten Farben, die sofort die Blicke auf sich ziehen. Skulpturen aus interessanten Materialien, große und kleine, sind außerdem überall arrangiert, stehen in den Regalen und auf dem Boden.

Fasziniert lasse ich den Finger über ein mannshohes Kunstwerk aus filigranen, fächerartig zusammengeschweißten Eisenteilen gleiten, das mir am nächsten steht. Jonathan engagiert sich also offenbar nicht nur für Kunst, er besitzt sie auch.

Trotzdem ist es komisch, denke ich. Vielleicht habe ich, wie Annie mir vorgeworfen hat, zu viele Filme gesehen, die auf englischen Adelssitzen spielen – denn von einem zukünftigen Earl hätte ich eigentlich erwartet, dass er Antiquitäten besitzt. Viele sogar. Erbstücke aus seiner Familie. Aber so etwas scheint es hier nirgends zu geben, abgesehen von einem antiken Klavier aus sorgfältig poliertem braunen Holz mit ausklappbaren Kerzenhaltern aus Messing an der Front, das im angrenzenden Raum steht und dort tatsächlich wie ein Anachronismus wirkt.

Plötzlich höre ich ein lautes Klappern und zucke zusammen. Jemand flucht, und ich erkenne, dass es Jonathans Stimme ist. Sie kommt aus dem Stockwerk unter mir, aus dem ein sehr verlockender Duft nach gebratenem Speck zu mir heraufzieht. Deshalb folge ich der Treppe weiter und gehe noch eine Etage tiefer, wo ich wieder staunend stehen bleibe und das Esszimmer mit dem langen schweren Steintisch mit Verzierungen an den Kanten betrachte, in dem ich jetzt stehe. Daran können bis zu zehn Leute auf hohen Lehnstühlen Platz nehmen. Die Kunstwerke, die es oben zu bestaunen gab, zieren auch hier Wände und Ecken.

Meine nackten Füße machen kein Geräusch auf dem Parkettboden, als ich an dem Tisch vorbei auf einen schmaleren Durchgang zugehe, der in die Küche zu führen scheint. Auch sie ist kühl und groß und so ganz anders als die in der WG in Islington. Die graue Front der Küchenschränke ist hochmodern und glänzend und ergibt zusammen mit der Arbeitsfläche aus hellem Marmor ein sehr puristisches, elegantes Bild. Die Edelstahl-Blenden der Geräte haben keine sichtbaren Knöpfe und wirken dadurch sehr clean und schlicht. Einen Gegensatz dazu bildet der schmale Steintisch, der wie eine Insel in der Mitte zwischen den beiden Wänden voller Küchen-Hightech steht. Er ist dem nebenan im Esszimmer ähnlich, nur viel kleiner. Vier Stühle, die mit ihren gebogenen, hohen Lehnen wie Miniatur-Ohrensessel aussehen, sind darum gruppiert. Sie sind mit grauem Samtstoff bezogen und geben dem ansonsten fast kühlen Raum eine gewisse Wärme.

Ich stehe immer noch im Durchgang und beobachte Jonathan, der mit dem Rücken zu mir am Herd steht. Er trägt eine karierte Pyjamahose, die von irgendeinem Designer-Label stammen muss, und dazu ein verwaschen aussehendes T-Shirt, das so gar nicht dazu zu passen scheint und ihm gerade deshalb etwas extrem Lässiges gibt. Außerdem wirkt er damit in dem durchgestylten Raum fast wie ein Fremdkörper.

Aber er fühlt sich hier zu Hause, das sieht man an den sicheren Bewegungen, mit denen er am Herd hantiert, mit einem Lappen etwas aufwischt und ihn dann gezielt in die etwas weiter entfernt gelegene Spüle wirft, während er mit der anderen Hand an der Pfanne rüttelt, in der zischend Speck brät, nur um kurz danach mit einem Schieber das Rührei zu verteilen, das in einer anderen Pfanne stockt.

Er kann kochen, denke ich und stelle fest, dass ich damit tatsächlich nicht gerechnet hätte. Wir waren so viel essen in den letzten zwei Wochen, dass ich davon ausgegangen bin, dass er sich ausschließlich so ernährt. Und dass er, wenn er zu Hause ist, Personal hat, das sich um alle seine Belange kümmert. Schließlich ist er nicht nur reich, sondern auch adelig und daher Butler und Köchinnen wahrscheinlich von klein auf gewöhnt. Doch wir sind offenbar allein im Haus.

So kann man sich täuschen, denke ich.

Dann fällt mir auf, dass seine Bewegungen trotz aller Routine auch etwas Fahriges haben, so als wäre er nicht wirklich auf das konzentriert, was er tut. Außerdem ist ihm offensichtlich ein Missgeschick passiert, denn als er sich ein wenig zur Seite wendet, sehe ich Fettspritzer auf der Front seines T-Shirts. Er scheint sie selbst auch erst jetzt zu bemerken, denn er stockt, als sein Blick darauf fällt.

Dann wendet er sich um und schiebt dabei sein T-Shirt hoch, zerrt es sich ungeduldig über den Kopf. Als es nur noch seine Unterarme bedeckt und er es gerade ganz abstreifen will, sieht er mich und hält mitten in der Bewegung inne, starrt mich auf eine Weise an, bei der mir heiß und kalt wird. Fast erwarte ich, dass er das T-Shirt jetzt wieder überzieht, aber das tut er nicht, sondern schiebt es auch noch das letzte Stück über seine Arme. Dann hängt er es über die Lehne eines Küchenstuhls.

»Guten Morgen.« Er sagt das ruhig und gar nicht so wütend, wie ich erwartet hatte, doch sein Gesicht bleibt ernst. Nicht die Spur eines Lächelns.

Mein Mund ist so trocken, dass ich nicht antworten kann, denn meine Augen ruhen jetzt nicht mehr auf seinem Gesicht, sondern auf seinem nackten Oberkörper. Seine breite Brust ist glatt rasiert und muskulös, aber nicht übertrieben, wie bei Bodybuildern. Nur so, dass jede Partie sich unter der Haut abzeichnet, der leicht gerundete Bizeps, die breiten, flachen Brustmuskeln und die gerippten Bauchmuskeln, die im Saum der Pyjamahose verschwinden. Die Haut ist nicht so hell wie meine, sondern hat diesen Olivton dunkelhaariger Menschen und bildet jetzt, wo so viel davon zu sehen ist, einen noch krasseren Kontrast zu seinen hellen, strahlend blauen Augen, die mich immer noch fixieren.

»Guten Morgen«, stoße ich mühsam hervor, weil ich merke, dass er noch immer auf eine Antwort wartet.

Ein lautes Zischen in der Pfanne löst die Spannung, die sich zwischen uns aufgebaut hat, denn Jonathan beendet den Blickkontakt und dreht sich wieder um, wendet den Schinkenspeck.

»Hast du Hunger?«, fragt er über die Schulter.

Ich nicke, obwohl es nicht stimmt, und lasse mich auf einen der Stühle sinken. Im Moment würde ich vermutlich keinen Bissen herunterbringen, aber ich will ihn nicht enttäuschen.

Kurze Zeit später steht ein Teller mit einem dampfenden englischen Frühstück vor mir. Es duftet köstlich. Aber ich habe wirklich überhaupt keinen Appetit.

Jonathan setzt sich zu mir an den Tisch. Auch er starrt seinen Teller nur an und nimmt das Besteck nicht in die Hand, das daneben liegt. Dann sieht er mich wieder an.

»Wie geht es deinem Kopf?«

Ich fasse mir mit der einen Hand an die Schläfe und lächle ein bisschen schief.

»Erstaunlich gut. Ich ... ich dachte wirklich, dass ich ... mich schlechter fühlen würde.« Es ist mir peinlich, über meinen gestrigen Zustand zu sprechen. »Aber es geht.«

»Dann hat die Kopfschmerztablette offenbar gewirkt.«

»Tablette?« Verwirrt blicke ich ihn an. Daran kann ich mich nicht erinnern. »Hast du mir eine gegeben?«

Er verzieht den Mund zu einem schwer deutbaren Lächeln.

»Mehr oder weniger. Ich habe sie in Wasser aufgelöst und dir eingeflößt. Prophylaktisch. Ich nehme auch immer eine, wenn ich zu viel getrunken habe.« Er sagt es ruhig, ich kann ihm nicht ansehen, ob ihm die Situation unangenehm ist oder nicht. »Weißt du das nicht mehr?«

Verlegen schüttele ich den Kopf, und wir sehen uns weiter an ohne auf das Essen zu achten.

»Wieso hast du mich nicht nach Hause gebracht?«, frage ich schließlich, um das Schweigen zu brechen.

»Das wollte ich. Aber du hattest keinen Schlüssel dabei.«

»Du hättest klingeln können.«

»Im ganzen Haus war es dunkel.«

»Aber vielleicht war trotzdem jemand von den anderen da und hätte aufgemacht.«

Er hebt die Augenbrauen. »Soll ich mich jetzt dafür entschuldigen, dass ich dich in deinem Zustand nicht einfach vor der Haustür abgeladen und allein gelassen habe?«

»Nein, natürlich nicht«, erwidere ich kleinlaut. »Ich ... wollte dir nur nicht so viele Umstände machen.«

Abrupt steht er auf und geht zurück zum Herd, so als müsse er den Abstand zwischen uns vergrößern. Er lehnt sich mit der Hüfte dagegen und verschränkt die Arme vor der nackten Brust, die mich immer noch so furchtbar nervös macht. Hastig senke ich den Blick und erst jetzt fällt mir auf, dass das Muster meines Hemdes dem auf seiner Hose entspricht. Ich trage das passende Oberteil zu seiner Pyjamahose!

Er sieht meinen Blick und deutet ihn richtig.

»Ich musste dir etwas anziehen. Der Pyjama war frisch gewaschen und lag im Schrank. Und der Einfachheit halber ...« Er deutet auf seine Hose.

»Dann hast du ... mich ausgezogen?« Ich weiß, dass er es gewesen sein muss, schließlich scheint außer uns beiden niemand hier zu sein, aber ich will es trotzdem wissen.

Er nickt, und ich schlucke bei dem Gedanken an seine Hände, die mein Kleid hochschieben und den Verschluss meines BHs öffnen. Warum habe ich das alles nur nicht mitbekommen?

»Und wo hast du geschlafen?« Als ich aufstand, habe ich gesehen, dass auf der anderen Seite des Bettes ein Abdruck war, so als hätte auch dort jemand gelegen. Aber vielleicht habe ich mich auch in der Nacht gewälzt.

Jonathan schiebt sich die Haare aus der Stirn. »Das Haus hat drei Schlafzimmer«, erklärt er.

Ich sehe zu Boden. Natürlich hat so ein großes Haus mehr als ein Schlafzimmer. Und warum sollte Jonathan Huntington sich auch neben seine betrunkene Angestellte legen?

»Einen Teil der Nacht war ich allerdings bei dir«, schränkt er ein, und mein Kopf ruckt abrupt wieder hoch.

»Was?« Der Schock über seine Worte hallt in mir nach. »Warum?«

»Es ging dir nicht gut.«

Tatsächlich kann ich mich jetzt wieder erinnern, wie ich stöhnend auf dem breiten Bett liege und sich alles um mich dreht. Und daran, wie übel mir war. Plötzlich ergibt das alles einen Sinn. »Deshalb hast du mir die Tablette gegeben.« Es ist eine Feststellung, und er nickt nur.

»Habe ich ... mich übergeben?« Unsicher blicke ich ihn an. Wenn die Antwort ja lautet, dann muss ich, glaube ich, vor Scham im Boden versinken. Aber er lächelt nur ganz leicht.

»Nein.«

»Gut.« Erleichtert atme ich auf.

Das Lächeln auf seinem Gesicht verschwindet wieder, und die Spannung, die zwischen uns in der Luft liegt, ist fast unerträglich, lässt mein Herz wild schlagen.

»Schmeißt du mich jetzt raus?«, frage ich zaghaft.

Zu meiner großen Erleichterung schüttelt er den Kopf. »Ich habe mit Richard nur privat zu tun, nicht beruflich. Deshalb war dein Auftritt zwar sehr peinlich, aber nicht geschäftsschädigend.«

Für einen Moment wundere ich mich, wieso er mich zu dem Essen überhaupt mitgenommen hat, wenn es ein privates Treffen und nicht geschäftlich war, aber dann wird mir klar, dass das Essen selbst und wie ich mich dort aufgeführt habe, gar nicht das Problem ist.

»Und was ist mit dem, was danach passiert ist?«

Ich weiß, dass er weiß, was ich meine. Ich kann es an seinem Blick sehen. Mein Magen krampft sich zusammen und mein Atem stockt, während ich auf seine Antwort warte.

Es dauert lange, bis er etwas sagt, und als er es tut, klingt seine Stimme extrem beherrscht.

»Es ist nichts passiert, was einen Rauswurf rechtfertigen würde.«

Ich stoße die Luft wieder aus.

»Nein«, sage ich und spreche das »leider« nicht aus, das ich denke. Ein Seufzen kann ich jedoch nicht zurückhalten, während ich verträumt die wohlgeformten Muskeln seiner Arme mustere, die er immer noch vor der Brust verschränkt hält.

»Verdammt, Grace.« Er ist so schnell wieder bei mir, dass ich erschrocken zusammenzucke. Seine Hände umfassen meine Handgelenke und er zieht mich vom Stuhl hoch, der nach hinten kippt und krachend auf dem Boden landet, schiebt mich rückwärts, bis ich mit dem Rücken vor der Edelstahlfront des großen Kühlschranks stehe. Meine Arme sind über meinem Kopf gefangen, seine Hände halten sie eisern umklammert. Er ist mir ganz nah, doch unsere Körper berühren sich nicht.

»Hast du eigentlich irgendeine Ahnung, wie verführerisch du bist mit deinen roten Haaren, deiner Porzellanhaut und diesen großen grünen Augen, die einen so unschuldig ansehen können, dass man dich packen und auf der Stelle in das nächstgelegene Schlafzimmer ziehen will? Kein Wunder, dass ...«

Er beendet seinen Satz nicht und lässt meine Arme los, tritt einen Schritt zurück.

»Dass was?«, frage ich unsicher und reibe mir die Handgelenke. Es ist nur ein Flüstern.

Unwillig schüttelt er den Kopf. »Nichts.«

Er hat sich abgewandt, aber er steht noch so nah, dass ich ihn berühren kann. Vorsichtig strecke ich die Hand aus und lege sie auf seinen Rücken, streiche über seine Haut. Ich kann nicht anders.

»Jonathan?«

Als er sich umdreht, steht ein Ausdruck auf seinem Gesicht, den ich noch nie gesehen habe und der mir den Atem nimmt. Er will mich, das kann ich erkennen, auch wenn ich in dieser Hinsicht keine Erfahrungen habe. Aber aus irgendeinem Grund kämpft er dagegen an.

»Ich vermische Berufliches nicht mit Privatem, Grace«, erklärt er mir, doch sein brennender Blick hält meinen weiter fest.

»Doch, tust du«, widerspreche ich ihm und trete einen Schritt näher auf ihn zu. Sein Blick wird dunkler, gefährlicher, und ich weiß auch nicht, woher ich den Mut nehme, ihn weiter zu reizen. Aber ich kann nicht anders. Fast flehend sehe ich ihn an und flüstere: »Ich will, dass du's tust.«

14

Eine Sekunde später lehne ich wieder am Kühlschrank und er küsst mich mit einer Gewalt, die mich völlig überwältigt. Wie im Fahrstuhl ist es eine Eroberung, der ich nichts entgegenzusetzen habe – aber das will ich auch gar nicht. Mein Herz jubiliert und ich ergebe mich gerne seiner forschenden Zunge, die mich herausfordert, reizt, lockt, bis ich die Arme um seinen Hals schlinge und auf sein Spiel eingehe, ihm in Leidenschaft in nichts mehr nachstehe.

Er stöhnt tief und kehlig auf, als ich seinen Kuss erwidere, und seine Hände wandern unter mein Hemd, legen sich über meinen Po. Ich spüre, wie er mich hochhebt und trägt. Einen Moment später sitze ich auf dem kalten Marmor der Arbeitsfläche.

Jonathan löst meine Arme von seinem Hals, packt den Kragen des Pyjamaoberteils, das ich trage, und reißt es auseinander, sodass die Knöpfe in alle Richtungen fliegen. Erschrocken stütze ich mich mit den Händen auf der Arbeitsfläche ab. Ich fühle den kühlen Luftzug auf meinen nackten Brüsten und schnappe nach Luft, als er sie umfasst und in seinen Händen wiegt.

»So schön schwer und fest«, höre ich ihn murmeln. Mit dem Daumen streicht er über die aufgerichteten Spitzen, reizt sie, bis ich aufkeuche. Dann beugt er sich ohne Vorwarnung vor und senkt den Mund auf eine Brustwarze. Warm schließen seine Lippen sich darum, und er saugt heftig daran. Das Gefühl ist so intensiv, dass ich aufschreie und den Rücken durchbiege.

Es ist fast zu viel – der kalte Marmor unter mir, an dem ich mich geradezu verzweifelt festhalte, während seine heißen Lippen meinen Nippel umschließen und er mit den Zähnen darüber streicht. Jede Berührung schießt mir direkt in den Unterleib, und ich spüre, wie sich feuchte Hitze zwischen meinen Beinen sammelt, fühle das pochende Ziehen dort, das stärker wird.

Dann hebt Jonathan den Kopf und sieht mich mit einem verhangenen Ausdruck in den Augen an, bevor er mich weiter küsst. Seine rechte Hand fährt an der Innenseite meiner Schenkel entlang, und ich rutsche instinktiv weiter an die Kante, versuche, ihm entgegenzukommen. Ich bin überhaupt nicht mehr ich, verliere mich in diesen neuen Gefühlen der Lust, die mich ganz schwach machen.

Er streicht kurz mit den Fingerspitzen über den feuchten Stoff, als er meinen Slip erreicht, doch schon einen Augenblick später schiebt er ihn zur Seite und sein Finger berührt meine Schamlippen, taucht kurz in die Nässe zwischen ihnen ein. Es ist das erste Mal, dass ein Mann mich dort berührt, und die Empfindung ist so neu und aufregend, dass ich wieder hart aufkeuche.

»Wie viele Männer hast du mit deiner süßen, unschuldigen Art schon rumgekriegt, Grace?«, fragt er heiser und beißt sanft in meinen Hals, dann fester in mein Ohrläppchen. Seine Zunge fährt durch meine Ohrmuschel, was mir einen Schauer über den Rücken laufen lässt.

Mein Kopf sinkt nach hinten und ich atme schwer, während ich drauf warte, dass er seinen Finger weiter in mich schiebt. Als er es tut und gleich noch einen zweiten Finger folgen lässt, zucke ich so heftig nach vorn, dass ich mich am Rand der Arbeitsplatte festkrallen muss, um nicht den Halt zu verlieren. Ich sehe an mir herunter, und der Anblick des aufgefallenen Hemdes, meiner nackten Brüste mit den aufgerichteten Nippeln und seiner dunklen Männerhand zwischen meinen weißen Beinen ist unglaublich erregend.

»Noch keinen«, hauche ich und bewege mich auf seinen Fingern, genieße das Streicheln seines Daumens, der über meine empfindlichste Stelle reibt. Woher weiß er so gut, was sich schön anfühlt? »Du ... bist der Erste.«

Jonathan, der auch nach unten gesehen hat, erstarrt, und sein Kopf ruckt hoch. Unsere Blicke treffen sich und für einen Moment starrt er mich an. Ein besitzergreifendes Funkeln tritt in seine Augen.

»Du bist tatsächlich noch Jungfrau«, sagt er, aber mehr zu sich selbst.

Ich bin so auf das Gefühl seiner Finger in mir konzentriert, dass ich überrascht die Luft einsauge, als er sich plötzlich aus mir zurückzieht. Er zieht mich von der Arbeitsplatte und dreht mich um, drückt meinen Oberkörper nach vorn. Meine nackten Brüste berühren den kalten Marmor, und es nimmt mir für einen Moment den Atem. Ich spüre, wie seine Finger sich in meinen Slip haken und ihn nach unten ziehen, ihn mir von den Füßen streifen. Er steht hinter mir, beugt sich über mich, und seine heiße Haut versengt meinen Rücken, steigert den Kontrast zu dem kühlen Stein. Ich atme flach. Alle meine Sinne sind geschärft, und das Ziehen zwischen meinen Beinen wird stärker. Noch nie in meinem ganzen Leben war ich so erregt wie jetzt.

»Du willst es unbedingt, ja?«, sagt er rau und schiebt mein Pyjamahemd nach oben, drängt sein Becken gegen meinen nackten Po. Durch den dünnen Stoff seiner Hose spüre ich seine Erektion, dick und lang. Und dann ist plötzlich kein Stoff mehr da, und es ist nur noch heiße, seidige Härte, die sich an mir reibt.

»Du willst, dass ich dich ficke und dir zeige, was Lust ist?«

Er zieht mich ein Stück nach hinten, sodass meine harten Nippel über den kalten Marmor reiben, und ich stöhne auf. Noch mehr Nässe schießt zwischen meine Beine, als ich seinen Atem an meinem Hals fühle und dann seine Lippen an meinem Ohr. »Sag es mir, Grace. Willst du das?«

»Ja.« Ich kann es nur stammeln, erfasst von einer Mischung aus heißem Verlangen und Furcht vor dem, auf was ich mich da eingelassen habe. Meine Beine zittern. Wenn ich mir jemals vorgestellt habe, wie mein erstes Mal sein würde, dann ganz sicher nicht so. Aber es gibt kein Zurück mehr. Ich sterbe auf der Stelle, wenn er jetzt aufhört.

Er legt seine Hände auf meine, die ich auf der Arbeitsfläche ausgestreckt habe, und hält eine fest. Die andere zieht er nach hinten und legt sie auf seinen Penis, drückt mit seiner Hand dagegen, sodass ich sie nicht wegziehen kann. Für einen Moment nimmt es mir den Atem, wie dick und hart er ist, und die Vorstellung, dass er damit in mich eindringt, hat etwas Beängstigendes. Doch er lässt mir keine Zeit zum Nachdenken, führt weiter meine Hand und drückt mit mir zusammen seinen Schaft nach unten, bis er zwischen meine Beine gleitet. Dann zieht er meine Hand wieder nach vorn, lehnt sich über mich.

»Aber es wird nur Sex sein, Grace, nicht mehr.« Seine Stimme klingt tief und sicher an meinem Ohr. »Wir spielen das hier nach meinen Regeln.« Er macht eine kleine Bewegung, und sein Penis drückt in seiner ganzen Länge gegen mich, liegt hart und heiß in meinem Spalt. Ich spüre, wie meine Feuchtigkeit sich auf ihm verteilt, und schluchze auf. Ich möchte mehr, aber ich weiß nicht, was genau, ich möchte mich bewegen, aber ich kann nicht, weil er mich festhält. »Verstanden?«

Ich befeuchte mir die Lippen. »Ja«, hauche ich.

»Gut.« Jonathan richtet sich auf, zieht mich ein Stück zurück und hält meinen Oberkörper mit den Händen weiter unten, drängt gleichzeitig meine Beine auseinander. Dadurch verändert sich der Winkel, und jetzt spüre ich nicht mehr die ganze Länge, sondern nur noch die dicke Spitze seines Schafts, die meine Schamlippen teilt und langsam in mich eindringt. Es geht ganz leicht, weil ich so feucht bin, und es ist auch nur ein winziges Stück, aber genug, um mich nach Luft schnappen zu lassen, weil er so groß ist.

Jonathan stöhnt auf. »Weißt du, wie heiß es mich macht, dass ich der Erste bin, der dich nimmt, Grace?«

Ich erschaudere, als er sich noch weiter in mich schiebt und ich spüre, wie er mich dehnt. Das kann nicht passen, denke ich. Aber ich halte still, weil es auch ein so unglaubliches Gefühl ist, fremd und neu und aufregend.

Und Jonathan steigert es noch. Mit kleinen Bewegungen stößt er in mich und zieht sich wieder zurück, manchmal ganz, beginnt wieder von Neuem, arbeitet sich langsam immer weiter vor, bis ich es fast nicht mehr ertrage. Ich habe die Wange auf die kalte Arbeitsfläche gelegt und die Augen geschlossen, atme flach und stockend, gefangen zwischen der Kühle der Marmorplatte unter mir und Jonathans warmen Händen über mir, die mich darauf festhalten, während sein heißer, harter Penis mich erobert. Ich bewege mich instinktiv, komme ihm entgegen, und mein Atem geht schneller, wird zu einem zitternden Keuchen, als ich die Spannung, die sich in mir aufbaut, kaum noch aushalte.

»Jonathan«, stöhne ich, und es ist eine Bitte, fast ein Flehen, ohne dass ich wirklich weiß, was ich eigentlich von ihm will.

Jonathan hält plötzlich inne. Auch er atmet jetzt schwer. Dann löst er seine Hände von meinem Rücken, umfasst meine Hüften und dringt mit einem einzigen kräftigen Stoß ganz in mich ein. Der Schmerz, der mich durchzuckt, ist so heftig und unerwartet, dass ich aufschreie und mir Tränen in die Augen schießen. Ich habe das Gefühl, es zerreißt mich, so sehr füllt er mich aus.

»Schsch, es ist gleich vorbei«, flüstert er an meinem Ohr. Und er hat recht, der Schmerz ebbt tatsächlich fast sofort wieder ab. Aber das Gefühl, dass er zu groß für mich ist, zu viel, bleibt.

»Nein.« Instinktiv wehre ich mich und fange an, mich zu bewegen, winde mich unter ihm.

Er fängt meine Bewegungen auf und beginnt von Neuem mit seinen Stößen, und plötzlich spüre ich, wie weiter Nässe zwischen meine Beine strömt und meine inneren Muskeln dem Eindringling nachgeben, der gerade noch so unerträglich war. Ein Schauer läuft mir über den Rücken und das unangenehme Gefühl weicht einem, das mich ganz schwach macht.

»Du bist so eng und heiß«, sagt Jonathan. »Hast du es dir so vorgestellt, Grace? Dass es so ist, wenn mein Schwanz in dir ist und ich dich richtig durchficke?«

Seine harten Worte schockieren und erregen mich gleichzeitig, und ohne, dass ich es aufhalten kann, löst sich ein hungriges, lautes Stöhnen aus meiner Kehle und ich ergebe mich wieder willig seiner Führung, lasse es zu, dass er jetzt regelmäßiger und fester in mich stößt.

»Ja«, knurrt er, und es klingt triumphierend. »Es gefällt dir.« Seine Hände liegen jetzt seitlich an meinem Po und ziehen mich in einem langsamen Rhythmus gegen ihn.

Ich spüre ihn mit jedem Stoß unfassbar tief in mir und stöhne jedes Mal laut, wenn er ganz in mich eindringt, genieße die Wellen der Lust, die es in mir aufbranden lässt und die immer heftiger werden.

Bis er plötzlich innehält. »Nimmst du die Pille?«

Ich bin nicht mehr wirklich bei mir, deshalb dauert es, bis seine Frage durch die Nebel der Lust dringt, die mein Denken so langsam macht.

»Nein.« Fast verzweifelt drehe ich mich zu ihm um und schüttele den Kopf. Natürlich nehme ich die Pille nicht. Ich hatte das ja nicht vor. Nicht hier. Nicht mit ihm.

Er sieht mich mit einer Mischung aus Überraschung und Verärgerung an, doch sie richtet sich nicht gegen mich. Offenbar ist er auf sich selbst wütend.

Seine Hände liegen noch auf meinem Po, aber er bewegt sich nicht und sein Gesichtsausdruck ist jetzt grimmig. Alle seine Muskeln sind gespannt. Der Anblick ist so erregend, dass mir der Atem stockt. Und plötzlich habe ich vergessen, was das Problem ist.

»Mach weiter.« Meine Stimme ist heiser und flehend, gar nicht wie meine. Instinktiv dränge ich mich gegen ihn. »Bitte. Nicht aufhören.«

Er lacht, aber es klingt immer noch grimmig. »Keine Sorge, ich höre nicht auf. Aber ich kann nicht in dir kommen, solange ich kein Kondom habe. Und die sind oben.« Er atmet aus, und es klingt wie ein Seufzen.

»Bitte«, wiederhole ich noch mal zittrig. »Es ist so ...« Mir fehlen einfach die Worte, um zu beschreiben, was er mit mir macht. »So ...«

Er schlingt die Arme um mich und zieht meinen Oberkörper hoch, hält mich fest, bis ich aufrecht an seiner Brust lehne. Er ist immer noch in mir, und ich schluchze auf, als er seine Hände auf meine Brüste legt und mit den Fingern an meinen aufgerichteten Brustwarzen zupft. »Wie ist es, Grace? Sag es mir.«

»Ganz anders«, stoße ich hervor.

Er bewegt sich wieder in mir, und ich habe das Gefühl, als würde sich der leichte Stoß wellenartig in mir ausbreiten. Alles in mir scheint empfindlich, gereizt, kurz vor der Explosion.

»Anders als du dachtest?«

Ich beiße mir auf die Unterlippe und nicke, atme schwer, weil er jetzt meine Brustwarzen zwischen seine Finger genommen hat und rollt. Es ist ein süßer Schmerz, unerträglich schön. Ich möchte, dass er aufhört, und ich möchte, dass er weitermacht. Und ich möchte ihn so gerne auch anfassen, taste mit den Händen nach hinten.

Er schlingt den linken Arm um mich und geht langsam rückwärts bis zu dem Steintisch, setzt sich, immer noch tief in mir, auf die Kante.

Seine rechte Hand gleitet zwischen meine Beine, fängt an, die empfindliche Stelle dort zu reizen, und seine Lippen legen sich an meinen Hals. Ich lasse den Kopf gegen seine Schulter sinken, als er mit der Zunge warm und feucht über meine Haut gleitet, und ein Schauer läuft durch meinen Körper.

»Ist es besser als du dachtest?«

»Ja«, stöhne ich und schließe die Augen. Ich kann nicht still sein, bewege mich auf ihm. Nichts, nicht mal meine wildesten Fantasien, haben mich auf das hier vorbereitet. »Hör nicht auf.« Es ist meine größte Sorge.

Er lacht, amüsiert und unglaublich sexy, und ich spüre das Vibrieren in seinem Brustkorb an meinem Rücken. Es setzt sich fort bis in seinen Unterleib und ich fühle es tief in mir.

»Ich kann nicht in dir kommen, Grace, aber du wirst für mich kommen«, sagt er und kreist mit seinem Daumen weiter um die kleine Perle, das Zentrum meiner Lust. Ich schnappe hilflos nach Luft und biege den Rücken durch, weil ich es kaum noch ertrage. Alles in mir ist gespannt, zieht sich zusammen.

Es ist zu viel, zu intensiv. Wild schlage ich mit dem Kopf hin und her, will der Welle ausweichen, die auf mich zurollt. Aber es geht nicht, weil er mich festhält.

»Ich ... kann ... nicht ...«

»Doch, du kannst«, sagt er an meinem Ohr, während seine Finger mich weiter unablässig reizen. »Komm für mich, Grace.«

Seine Worte lösen die letzten Hemmungen in mir und ich schreie auf, als die Welle über mir zusammenschlägt und mich mitreißt. Meine inneren Muskeln krampfen sich immer wieder um den ungewohnten Eindringling in mir zusammen, der in mich hineinragt und mir diese unglaubliche Lust bereitet, so als wollten sie ihn festhalten. Ich zucke unkontrolliert und stöhne, keuche, wimmere, spüre, wie der Orgasmus, der mich schüttelt, jeden Winkel meines Körpers erreicht, und es dauert lange, bis ich mich wieder beruhigen kann.

Jonathan hält mich die ganze Zeit fest, wartet, bis ich schließlich schwer atmend und immer noch zitternd an ihm lehne. Erst dann gleitet er aus mir heraus und lässt mich langsam von seinem Schoß rutschen.

Meine Knie sind so weich, dass sie mich nicht tragen, als ich wieder stehe, aber das müssen sie auch nicht, denn fast sofort hebt er mich auf seine Arme und verlässt die Küche.

»Wo bringst du mich hin?«, frage ich verwirrt, doch er antwortet nicht. Mein Gewicht scheint ihm nichts auszumachen, denn er ist nicht mal außer Atem, als er im obersten Stockwerk ankommt und zielstrebig auf das Zimmer zuhält, in dem ich heute übernachtet habe. Er legt mich aufs das Bett und wendet sich fast sofort wieder um, verschwindet im Bad.

Das zerrissene Schlafanzugoberteil, das ich immer noch trage, fällt auf, als ich mich auf die Ellenbogen stütze, um besser sehen zu können, was er macht. Ich höre Wasser rauschen und eine Schranktür klappen, dann kommt Jonathan zurück ins Zimmer.

Erst jetzt wird mir klar, dass er die Pyjamahose nicht mehr trägt, und ich beiße mir auf die Lippe, als mein Blick auf seinen Penis fällt, der von seinem Körper absteht und leicht wippt, während Jonathan auf mich zugeht. Dicke Adern laufen darüber, und der pralle Kopf ist blaurot und glänzend. Nicht, dass ich irgendwelche Vergleichsmöglichkeiten hätte, aber er sieht beeindruckend aus. Hätte ich ihn vor ein paar Minuten gesehen, hätte er mir vermutlich Angst gemacht. Aber jetzt weiß ich, wie es sich anfühlt, wenn er in mir ist, und ich spüre, wie mein Unterleib sich erwartungsvoll zusammenzieht. Dann hebe ich den Blick und sehe Jonathan ins Gesicht, befeuchte meine plötzlich trockenen Lippen.

In seinen Augen liegt ein Funkeln, das mir für einen Moment den Atem nimmt.

»Wir sind noch nicht fertig, Grace.«

15

Ich erwarte, dass er sich zu mir legt, doch er geht zum Nachttisch und legt etwas darauf, dann setzt er sich auf die Bettkante und umfasst mein Becken, zieht mich zu sich und öffnet meine Beine. Vor Überraschung halte ich den Atem an, doch dann bemerke ich, dass er etwas in der Hand hält – einen Waschlappen. Geschickt wischt er damit über die Innenseite meiner Schenkel, und mir wird erst klar, warum er das macht und was es bedeutet, als ich das Blut sehe. Mein Blut. Es ist nicht viel, aber es erschreckt mich trotzdem, erinnert mich daran, was wir getan haben.

Er hat mich entjungfert.

Röte schießt in meine Wangen und ich bin plötzlich schüchtern. Ich weiß, dass es albern ist nach dem, was gerade zwischen uns passiert ist, aber dass er mich dort unten wäscht, kommt mir unglaublich intim vor und ist mir peinlich. Trotzdem lasse ich es zu und warte, ohne mich zu rühren, während er noch mal ins Bad geht. Ich kann kaum atmen, so aufgewühlt bin ich auf einmal.

Bereue ich, was ich getan habe? Oder besser, was er mit mir getan hat? Nein, denke ich. Wenn mir jemand vor zwei Wochen gesagt hätte, dass ich meine Unschuld auf Jonathan Huntingtons Marmorarbeitsplatte verlieren würde, dann hätte ich ihn wahrscheinlich für verrückt erklärt. Aber ich würde es wieder tun, ich könnte gar nicht anders. Weil ich ganz eindeutig verrückt bin – verrückt nach Jonathan.

Nur was bedeutet das alles jetzt?

Ich habe keine Zeit mehr, darüber nachzudenken, denn er

kommt zurück und setzt sich ans Ende des Bettes, weit weg von mir, und lehnt den Rücken gegen einen der vier halbhohen Bettpfosten. Er lächelt leicht und fixiert mich weiter mit diesem verhangenen Blick, den ich so sexy finde.

Er ist so schön, denke ich und lasse mich seufzend wieder in die Kissen sinken. Die dunklen Haare, das perfekt gemeißelte Gesicht und dieser aufregend männliche Körper mit den wohlgeformten Muskeln, den ich noch nicht richtig erkunden durfte. Ich will, dass er sich zu mir legt, damit ich mit den Fingern über die breite Linie seiner Schultern fahren kann. Ich will mit der flachen Hand über seinen festen Bauch streicheln, ihn überall berühren, küssen, schmecken, anstatt hier hilflos zu liegen. Aber er bleibt, wo er ist, und ich bin zu schüchtern, um die Arme nach ihm auszustrecken, deshalb starre ich ihn nur an und warte darauf, was als Nächstes passiert.

»Ich will, dass du dich anfasst«, sagt er. »Leg die Hände auf deine Brüste.« Seine Stimme ist fest und sicher, und seine Blicke, die über meinen Körper wandern, fühlen sich wie Berührungen an und entflammen meine Haut. Unwillkürlich muss ich an meinen Traum denken, und die Röte in meinen Wangen vertieft sich, überzieht auch meinen Hals und meine Brust, weil ich für einen Moment befürchte, dass er davon weiß. Was natürlich Unsinn ist. Trotzdem zögere ich.

»Tu es, Grace«, befiehlt er mir und ich gehorche, weil mich die Härte in seiner Stimme unsicher macht. Meine Brust hebt und senkt sich schnell und ich fühle mich schutzlos in dem zerrissenen Hemd, vielleicht noch mehr, als wenn ich ganz nackt wäre, so wie er.

»Streich über deine Nippel«, fordert er, und als ich es tue, sehe ich, wie seine Augen dunkler werden. Erst jetzt bemerke ich, dass er die Hand um seinen Penis geschlossen hat und sie langsam bewegt.

Das, was er sieht, gefällt ihm. Mehr noch, es macht ihn an. Die Erkenntnis, dass ich ihn mit dem, was ich tue, erregen kann, erfüllt mich mit einem ganz neuen Gefühl der Macht und sendet prickelnde Schauer über meine Haut. Ganz bewusst zupfe ich an meiner Brustwarze und stöhne leicht auf, ohne ihn aus den Augen zu lassen.

Ja, es macht ihn an – und mich selbst auch, denn ich spüre, wie die Schüchternheit von mir abfällt. Er braucht mich jetzt nicht mehr aufzufordern, ich tue es freiwillig, lasse meine Hände über meinen Körper gleiten und stelle mir vor, dass es seine sind, die mir das zerrissene Pyjamaoberteil von den Armen streifen und dann aufreizend langsam über meine Brüste fahren. Dass es seine Finger sind, die meine Brustwarzen umrunden und dann über meinen Bauch wandern, sich zwischen meine Beine schieben und in meinen Spalt eintauchen, der wieder feucht und bereit für ihn ist. Der Gedanke, dass er gleich noch mal in mich eindringen und mich noch mal so nehmen wird wie gerade, lässt Schauer durch meinen Körper laufen, und ich bäume mich stöhnend auf.

Plötzlich ist er bei mir und lehnt sich über mich.

»Du bist eine gelehrige Schülerin, Grace«, sagt er, und obwohl er lächelt, sehe ich das Feuer, das in seinen Augen brennt. Ich strecke die Arme nach ihm aus und will ihn berühren, doch er fängt meine Handgelenke ab, zieht sie grob nach oben.

»Nur Sex, Grace. Vergiss das nicht«, murmelt er, bevor er mich erneut küsst, bedächtiger jetzt und gründlicher. Langsam erkundet er jeden Winkel meines Mundes, und ich lasse mich treiben. Es ist erregend, ihm so ausgeliefert zu sein, und bald verliere ich mich in seinen Kuss, winde mich unter ihm. Ich will ihn nicht nur schmecken, ich will ihn anfassen. Aber er gibt meine Lippen und meine Hände erst frei, als wir beide ganz atemlos sind.

Fast nachlässig tastet er nach dem Päckchen, das er auf den Nachtisch gelegt hat, und kniet sich neben mich. Es ist eine Kondompackung. Er reißt sie auf und holt das eingerollte Kondom heraus, wirft die Plastikverpackung achtlos neben das Bett und rollt es routiniert über seinen Penis ab. Fasziniert schaue ich ihm zu, und als ich den Kopf wieder hebe, sehe ich eine Entschlossenheit in seinem Blick, die mir den Atem nimmt.

»Dreh dich um«, weist er mich an, doch als ich es gehorsam tun will, hält er mich auf. »Nein, warte.« Er zieht mich wieder zu sich. »Ich will dir in die Augen sehen, wenn ich in dir komme.«

Er hebt mich hoch, lässt mich breitbeinig auf seinen Schoß sinken. Mein Mund formt ein atemloses »Oh«, als ich spüre, wie er wieder in mich gleitet und mich dehnt, mich ganz ausfüllt. Ich bin wund und empfindlich vom letzten Mal, aber es fühlt sich gut an, fast intensiver jetzt, weil ich in dieser Position stärker geöffnet bin, mich an ihm reiben kann. Und endlich darf ich auch die Arme um ihn schlingen und die Hände in seinem Haar vergraben, das sich genauso seidig anfühlt, wie es aussieht.

Aber er lässt mir kaum Zeit, es zu genießen, denn er küsst mich wieder hart, während er anfängt, sich in mir zu bewegen. Ich will ihm folgen, aber ich finde keinen Rhythmus, merke selbst, wie ungeschickt ich mich anstelle, und stöhne frustriert.

Jonathan unterbricht unseren Kuss und legt seine Hände um meinen Po, drückt dagegen, zwingt mich aufzuhören und still zu werden.

»Nicht bewegen, Grace«, sagt er mit gepresster Stimme. »Überlass das mir.«

Als ich zittrig ausatme und nicke, schließt er die Arme hinter meinem Rücken und lässt mich ein Stück weit zurücksinken.

Dann senkt er den Mund auf eine meiner Brustwarzen, zieht mit der Zunge Kreise über den Vorhof, saugt und knabbert an dem aufgerichteten Nippel. Das Gefühl schickt tausend Pfeile in meinen Unterleib, und meine inneren Muskeln krampfen sich um ihn zusammen.

»So ist es gut, Grace«, murmelt er, ohne von meiner Brust abzulassen, und ich ziehe scharf die Luft ein, als er anfängt, sich zu bewegen.

Er hat sich leicht aufgerichtet und hält mich so, dass ich in der Luft schwebe. Es ist ein unglaubliches Gefühl. Instinktiv habe ich die Beine um seine Hüften geschlungen und stöhne jedes Mal auf, wenn er in mich stößt, erst langsam und dann immer schneller. Ich wölbe mich ihm entgegen, stemme die Fersen in seinen Po.

»Jonathan.« Ich hauche seinen Namen, als ich spüre, wie sich wieder dieses Gefühl in mir aufbaut und die nächste unaufhaltsame Welle auf mich zurollt. Aber jetzt macht es mir keine Angst mehr.

Als er den Kopf hebt, gleitet mein Blick gierig an ihm herunter. Schweiß bedeckt seinen ganzen Oberkörper. Unter meiner Hand, die auf seinen Schultern liegt, spüre ich die angespannten Muskeln, und die Sehnen auf seinen Armen treten deutlich hervor, zeigen die Anstrengung, die es ihn kostet, mich zu halten. Seine Bauchmuskeln zittern bei jedem Stoß, mit dem er in mich eindringt, genau wie meine Brüste, deren Nippel sich ihm hart und fest entgegenrecken und um Aufmerksamkeit betteln.

Ich halte den Atem an und kann meine Augen nicht von der Stelle lösen, wo unsere Körper sich vereinen. Der Kontrast zwischen seiner gebräunten Haut und meiner milchigweißen macht mich unglaublich an, und ich beiße mir erregt auf die Unterlippe, stöhne laut, als er mich erneut ein Stück hochschiebt und mich fühlen lässt, wie sehr er mich ausfüllt.

Plötzlich liege ich wieder auf der Matratze und er ist über mir, stützt sich auf seine Arme und nimmt mich in einem schnelleren, härteren Rhythmus. Wir atmen beide schwer.

Dann hält er inne und schiebt ein Kissen unter meinen Po, bevor er weitermacht, verändert dadurch den Winkel, in dem er in mich eindringt. Ich kann ihn jetzt noch tiefer in mir spüren, und sein Schwanz reibt jedes Mal über die empfindliche Stelle zwischen meinen Beinen. Hilflos kralle ich mich an seinen Handgelenken fest und schreie auf, als ich endgültig die Kontrolle verliere.

Ich fühle, wie meine inneren Muskeln sich um ihn zusammenziehen und ein neuer Höhepunkt mich erfasst, sich wellenartig in mir ausbreitet. Es ist so überwältigend, dass ich aufschluchze und den Kopf zur Seite werfe, mich aufbäume.

»Sieh mich an, Grace«, befiehlt Jonathan mir mit rauer Stimme und ich gehorche, versinke in seinen blauen Augen, während er weiter in mich pumpt und das Lustgefühl nicht enden lässt.

Dann stöhnt er plötzlich auf, und ich sehe atemlos zu, wie sich die Erlösung, die langsam in mir abebbt, auch auf seinem Gesicht spiegelt. Bei jedem heftigen Stoß, der jetzt folgt, spüre ich, wie sein Penis zuckt und er in mir kommt. Es ist ein erregendes Gefühl, und ich schlinge meine Arme und Beine um ihn, halte ihn fest, als er noch ein letztes Mal erschaudert und dann über mir zusammenbricht. Er ist schwer, aber sein Gewicht stört mich nicht.

So ist es also, mit einem Mann zu schlafen, denke ich, und empfinde nicht eine Spur von Bedauern. Im Gegenteil. Ich möchte das wieder tun, denke ich und seufze.

Als Jonathan das hört, spannt sein Körper sich plötzlich wieder an, und er hebt den Kopf. »Grace«, sagt er und ich erkenne Verwunderung in seinem Blick, fast so, als wüsste er für einen Moment gar nicht, wo er ist.

Ich lächle ihn an und hoffe, dass er mich noch einmal küsst, doch er starrt mich nur weiter an. Sein Blick wird langsam wieder klar und eine Falte bildet sich über seinen Brauen. Dann zieht er sich fast abrupt aus mir zurück, macht sich von mir los und steht in einer fließenden Bewegung auf, umrundet das Bett und verschwindet im Bad.

Das geht alles so schnell, dass ich es gar nicht fassen kann. Ohne seine Wärme fühle ich mich plötzlich nackt und schutzlos, und die Art, wie er mich allein gelassen hat, ohne ein Lächeln, ohne einen einzigen Blick zurück, hinterlässt ein leeres, schales Gefühl in mir.

Ich höre, wie die Dusche angeht, und weil ich plötzlich unsicher bin und nicht weiß, was ich jetzt tun soll, schlüpfe ich unter die Decke und warte, bis er schließlich wieder aus dem Bad kommt – mit nassen Haaren und einem Handtuch um die Hüften.

»Du kannst jetzt duschen«, erklärt er mir, ohne mich anzusehen, und geht zur Tür. Erst, als er schon im Türrahmen steht, drehte er sich noch mal zu mir um. Noch immer liegt kein Lächeln auf seinem Gesicht. »Ich warte unten in der Küche auf dich.« Damit schließt er die Tür hinter sich.

Für einen Moment bleibe ich vollkommen schockiert liegen, dann stehe ich auf und gehe auf unsicheren Beinen ins Bad, stelle mich in die verglaste Duschkabine und lasse das warme Wasser auf mich herunterprasseln.

Ich kann Jonathan noch zwischen meinen Beinen spüren, und als ich mich dort berühre, fühle ich, dass meine Schamlippen geschwollen sind und sich empfindlich anfühlen. Erst jetzt wird mir wirklich klar, dass nichts mehr so ist wie vorher – und dass ich nicht weiß, wie es jetzt weitergehen soll.

Ich bin nicht sicher, was ich von Jonathan erwartet hatte, aber nicht, dass er einfach geht. Dadurch scheint alles, was sich vorher so richtig angefühlt hat, plötzlich falsch zu sein. Und das macht mich unsicher. Ich wünschte, ich hätte irgendeine Vergleichsmöglichkeit. Ist es normal, dass man nach dem Sex nicht mehr zusammenliegt? Wieso tun die das dann in den Filmen?

Frustriert und unsicher schalte ich das Wasser ab und verlasse die Dusche, trockne mich mit einem der großen flauschigen Handtücher ab, die im Regal liegen und benutze den Kamm, der auf der Ablage liegt, um meine nassen Haare durchzukämmen. Dann gehe ich zurück ins Zimmer und ziehe mir den BH und mein Kleid wieder an. Mein Slip muss noch unten in der Küche sein und auch meine Schuhe und meine Tasche sehe ich nirgends.

Als ich unten im Esszimmer ankomme, höre ich Jonathan in der Küche. Der Slip liegt auf dem langen Tisch im Esszimmer, offenbar hat er ihn dort hingelegt, damit ich ihn finde. Schnell schlüpfe ich hinein, bevor ich weiter in die Küche gehe.

Jonathan steht wieder am Herd, genau wie vorhin. Er ist jetzt ebenfalls angezogen, trägt eine Jeans und ein schwarzes T-Shirt, aber ist immer noch barfuß. Das Shirt ist nicht so ausgewaschen wie das, was er vorhin anhatte, doch es ist leger, nichts, was er im Büro tragen würde.

Als er mich bemerkt, hält er kurz inne, dann deutet er auf die Stühle, die jetzt alle wieder an ihrem Platz stehen, auch der, den er vorhin umgeworfen hat. Nichts deutet mehr daraufhin, dass ich vor noch nicht mal einer Stunde auf diesem Tisch meinen ersten Höhepunkt mit einem Mann erlebt habe.

»Setz dich.«

Vorsichtig lasse ich mich auf den Platz sinken, auf dem ich vorher auch gesessen habe, und spüre wieder dieses ungewohnte Gefühl zwischen meinen Beinen, das mich nicht vergessen lässt, dass etwas ganz anders ist als eben. Das etwas mit mir passiert ist, was nie wieder rückgängig zu machen ist. Ich horche in mich hinein. Bereue ich es? Nein. Es fühlt sich immer noch gut an. Mich macht nur unsicher, dass Jonathan sich so seltsam benimmt.

Ich weiß nicht, was er mit den Eiern und dem Schinken gemacht hat, aber jetzt ist davon nichts mehr zu sehen. Stattdessen brät ein Omelett in der Pfanne, und ein zweites liegt bereits fertig auf einem Teller, den Jonathan mir hinstellt.

»Danke«, sage ich und merke, dass ich jetzt wirklich Hunger habe. Schweigend nehme ich das Besteck, das neben dem Teller liegt, und fange an zu essen, während er mir den Rücken zuwendet und an der Pfanne rüttelt. Als das zweite Omelett ebenfalls fertig ist, setzt er sich mir gegenüber, genau wie vorhin. Es ist nicht die Stelle, auf der wir es getan haben, aber ich werde das Bild trotzdem nicht los.

Fast verzweifelt warte ich darauf, dass er irgendetwas sagt, um das Schweigen zwischen uns zu brechen, aber er weicht meinem Blick aus und wirkt noch verschlossener und ernster als vorhin, als er das Schlafzimmer verlassen hat.

»Ich habe Steven angerufen«, sagt er und schneidet ein Stück von seinem Omelett ab. »Er bringt dich gleich nach Hause.«

Fassungslos starre ich ihn an, während er auf seinen Teller sieht und in aller Ruhe isst. Mehr hat er zu dem, was zwischen uns passiert ist, nicht zu sagen?

»Ich soll also gehen?« Meine Stimme zittert ein bisschen. Er blickt sofort auf, und seine Augen werden schmal.

»Ich habe noch zu tun«, erklärt er abweisend.

»Aha.« Ich lasse mein Besteck sinken, weil mir plötzlich der Appetit vergangen ist, und fühle Tränen in meinen Augen brennen, die ich jedoch wegblinzle. »Und das war's dann, ja? Vielen Dank, bis zum nächsten Mal?«

»Nein, Grace, nicht bis zum nächsten Mal«, widerspricht er sofort. »Das war eine Ausnahme. Eine absolute Ausnahme. Ich trenne Berufliches strikt von Privatem. Das hatte ich dir gesagt.«

»Und machst du solche Ausnahmen öfter?« Ich weiß auch nicht, wieso ich auf einmal so wütend bin. Aber dass er sich so kalt und abweisend verhält, nachdem wir gerade erst miteinander geschlafen haben, macht mich hilflos. Ich fühle mich billig. Und benutzt.

»Nein«, knurrt er. »Ich mache sonst nie Ausnahmen.«

»Und das soll ich dir glauben.«

»Du kannst glauben, was du willst.«

Diesmal kann ich die Tränen nicht wegblinzeln, die mir bei seinen verletzenden Worten wieder in die Augen schießen. Jonathan scheint das nicht zu entgehen.

»Du wolltest es, Grace«, erinnert er mich, und es klingt wie eine Warnung.

»Aber ich habe dich nicht gezwungen. Du wolltest es auch.« Ich starre ihn an, versuche, mich auf meine Wut zu konzentrieren. »Sag schon, die wievielte Ausnahme bin ich? Wie viele Frauen hast du hier in deiner Küche schon geliebt?«

Mit einem Ruck schiebt er den Stuhl zurück und steht auf, fängt an, auf und ab zu gehen. »Noch gar keine, verdammt«, fährt er mich an. »Und wir haben uns nicht geliebt, wir hatten Sex. Das ist ein Unterschied.«

Seine Augen funkeln jetzt wütend. Gut. Alles ist besser als diese kühle Gleichgültigkeit. »Dann hatten wir eben Sex«, sage ich trotzig. »Das ist trotzdem kein Grund, mich so mies zu behandeln.«

Abrupt bleibt er stehen und sieht mich völlig verständnislos an. Entrüstet fast. »Inwiefern behandele ich dich mies?«

»Du gibst mir das Gefühl, ein billiges Flittchen zu sein. Ich meine...«, hilflos rudere ich mit den Armen, »... für mich war das gerade – eine ziemlich einschneidende Erfahrung. Und du sitzt da und erklärst mir, dass ich gehen soll, weil du noch arbeiten musst. So als wäre gar nichts gewesen.«

»Ich wusste es«, meint er und geht wieder auf und ab, fährt sich mit einer fahrigen Geste durch die Haare. »Ich wusste, dass du es nicht kannst.«

»Dass ich was nicht kann?«

Er atmet auf, und es klingt genervt. »Ich habe dir gesagt, dass wir das nach meinen Regeln spielen. Und meine Regeln lauten nun mal: Sex ja, aber nichts sonst. Keine Beziehung, egal welcher Art. Was genau der Grund ist, warum ich bisher niemals mit Angestellten...« Er beendet den Satz nicht. Für einen Moment sehen wir uns schweigend an.

»Und warum hast du es dann gemacht, wenn es so schrecklich war?«, will ich wissen.

Er zuckt mit den Schultern. »Ich habe nicht gesagt, dass es schrecklich war«, sagt er und zum allerersten Mal lächelt er wieder ganz leicht, was mir sofort das Herz zusammenzieht. »Nur, dass es eine Ausnahme war. Und dass wir das nicht wiederholen sollten.«

Es klingelt an der Tür und wir zucken beide zusammen.

»Das wird Steven sein«, sagt Jonathan und geht zurück zur Treppe, verschwindet nach unten. Ich folge ihm zögernd und finde mich in einem großzügigen Eingangsbereich wieder.

Meine Pumps stehen an der Garderobe, und ich schlüpfe hinein. Dann greife ich nach meiner Tasche, die auf einem Tischchen an der Wand liegt und gehe zu Jonathan, der an der offenen Haustür steht.

Plötzlich habe ich Angst, dass es das jetzt war. Er ist der Boss. Wenn ich ihm zu viel bin, dann kann er mein Praktikum bei ihm jederzeit beenden. Dann sehe ich ihn nie wieder. Der Gedanke schnürt mir die Kehle zu und ich kann die Wut, die ich gerade noch empfunden habe, nicht mehr festhalten.

Ich muss noch etwas sagen, irgendetwas, mit dem ich ihm deutlich machen kann, was es mir bedeutet hat. Denn egal, wie er es sieht – ich werde diesen Morgen niemals vergessen.

»Ich fand es sehr schön«, sage ich leise und sehe zu ihm auf. »Auch wenn es eine Ausnahme war.«

Er lächelt wieder, zumindest ein wenig, dann schüttelt er den Kopf, so als müsse er sich an etwas erinnern. Etwas Ernstes. »Du bist eine einzige große Ausnahme, Grace«, murmelt er so leise, dass ich nicht sicher bin, ob ich ihn richtig verstanden habe, und schiebt mich nach draußen. »Steven wartet.«

»Dann bis Montag?«, frage ich über die Schulter zurück, und sehe ihn nicken. Mit einem sanften Klick schließt sich die Tür wieder hinter ihm, und ich gehe allein und verwirrt auf das lange schwarze Auto zu.

16

Auf dem Weg zurück sitze ich hinten auf der weichen Lederbank der Limousine und starre auf die vorbeifliegende Stadt, ohne sie wahrzunehmen.

Die dunkle Scheibe, die die Fahrerkabine vom Innenraum trennt, ist hochgefahren und trennt mich von Steven, der den großen Wagen wie immer sicher durch den Londoner Verkehr lenkt. Er hat sich mit keinem Wort und keiner Geste anmerken lassen, was er darüber denkt, dass ich mich gestern Abend betrunken und beim Boss geschlafen habe. Ahnt er, dass ich auch *mit* ihm geschlafen habe? Sieht man mir das an?

Ich hoffe nicht, denn ich weiß nicht, was Annie dazu sagen wird, wenn sie es herausfindet. Sie hat mich so oft gewarnt. Aber wahrscheinlich war es von Anfang an sinnlos.

Das ist alles noch so unfassbar und neu für mich, dass ich es einfach nicht in meinem Kopf zusammenkriege. Wenn ich es recht bedenke, dann hätte mich Annie lieber vor mir selbst warnen sollen als vor Jonathan. Er hat nämlich eigentlich nichts getan. Okay, doch, hat er – mir läuft ein wohliger Schauer über den Rücken, als ich daran denke, was genau – aber nur, weil ich ihn quasi dazu gedrängt habe.

Seine Worte fallen mir wieder ein. *Du wolltest es, Grace.* Oh ja, ich wollte es. Und ich kann es auch trotz allem nicht bereuen.

Ich hatte immer irgendwie Angst vor meinem ersten Mal – was vielleicht auch einer der Gründe ist, wieso ich in dieser Hinsicht so zurückhaltend war. Vielleicht ist es also gut, dass es mit einem Mann passiert ist, der offensichtlich Erfahrungen hat.

Ich seufze tief. Wem willst du was vormachen, Grace? Du hast nicht mit Jonathan geschlafen, weil er Erfahrungen hat. Das hättest du schon viel früher haben können, da hätte es andere geeignete Kandidaten gegeben. Du hast mit ihm geschlafen, weil er der aufregendste Mann ist, dem du jemals begegnet bist. Weil er dich fasziniert und du kaum noch an etwas anderes denken kannst als ihn. Jetzt erst recht nicht mehr.

Und das ist genau das Problem. Denn wenn es nach mir ginge, dann war das gerade keine Ausnahme. Ich möchte das noch mal erleben, ich möchte Jonathan noch mal so nah sein. Was aber offenbar genau das ist, was Jonathan nicht zulassen will. *Keine Beziehungen, egal welcher Art.*

Aber wie passt das alles zusammen, wenn er behauptet, dass er – aus diesem Grund – mit den anderen Frauen in der Firma nie etwas hatte? Wieso macht er für mich Ausnahmen – und wichtiger noch: Wie geht es jetzt weiter?

Der Gedanke, wie es sein wird, ihm nach diesem Erlebnis am Montag wieder gegenüberzustehen, löst ein flaues Gefühl in meinem Magen aus, und ich empfinde eine Mischung aus Vorfreude und Panik.

Schneller als gedacht erreichen wir Islington, und als der große Wagen vor unserem Haus hält, warte ich, bis Steven ausgestiegen und um das Heck herumgelaufen ist und mir die Tür öffnet. Ganz am Anfang bin ich mal einfach so ausgestiegen, als ich allein im Auto saß, doch ich konnte in Stevens Gesicht sehen, wie sehr ihn das entsetzt hat. Offenbar gehört es zu seinen Pflichten, mir aus dem Auto zu helfen, sofern Jonathan nicht da ist, um das zu übernehmen, und ich möchte ihn nicht in Verlegenheit bringen. Außerdem hat es auch irgendwie was, diese altmodische Geste. Eigentlich gefällt es mir inzwischen sogar ganz gut.

»Soll ich warten, Miss Lawson?«, fragt Steven, als ich mit seiner Hilfe erfolgreich ausgestiegen bin und auf dem Bürgersteig stehe.

Irritiert sehe ich ihn an. »Wieso?«

»Ich dachte nur. Weil Sie doch keinen Schlüssel haben.«

Erst jetzt fällt mir wieder ein, warum wir überhaupt hier stehen, und ich sehe betreten zu Boden.

»Nein, das brauchen Sie nicht. Es ist jetzt sicher jemand von meinen Mitbewohnern da, der mir aufmachen kann.«

Und richtig, in diesem Moment öffnet sich die Haustür und Annie steckt den Kopf zur Tür raus.

»Grace, Gott sei Dank, da bist du ja! Wir haben uns schon Sorgen gemacht!«

Ich verabschiede mich von Steven und lächle ihm noch einmal zu – er ist wirklich nett, auch wenn er ziemlich selten etwas sagt – und eile zu Annie hinüber, die mich sofort ins Haus zieht.

»Wo warst du?«, fragt sie vorwurfsvoll und deutet nach draußen auf den schwarzen Wagen, der gerade wieder anfährt. »Hast du ... bei Jonathan Huntington übernachtet?«

Als ich nicke, kann ich ihr ansehen, wie entsetzt sie ist. »Grace!«

»Es war ein Unfall – na ja, so was in der Art«, verteidige ich mich hastig. »Ich habe gestern Abend beim Essen ein bisschen zu viel getrunken.« Ich verziehe das Gesicht. »Okay, ein bisschen mehr als ein bisschen zu viel. Ziemlich viel. Sehr viel.«

»Du warst betrunken?«

Unglücklich nicke ich.

»Und dann?«

Ich seufze. »Und dann hatte ich auch noch meinen Schlüssel vergessen, und ihr wart alle nicht da, also hat Jonathan mich mit zu sich nach Hause genommen.« Ich hebe entschuldigend die

Hände. »Ich habe davon nichts mitbekommen, ehrlich. Ich war total ausgeknipst.«

Annie verzieht das Gesicht, wobei ich nicht weiß, ob ihr die Vorstellung zu schaffen macht, welche Auswirkungen mein Kontrollverlust wohl auf mein Verhalten hatte – sie ist ja auch Britin –, oder ob ihr die Tatsache nicht gefällt, dass ich schutzlos in der Höhle des Löwen war. Wahrscheinlich beides.

»Und sonst ist nichts passiert?«

Ich mag sie nicht anlügen, aber ich kann ihr auch nicht die Wahrheit sagen. Schließlich habe ich gemacht, wovor sie mich ausdrücklich gewarnt hat. Deshalb entscheide ich mich für einen Kompromiss. »Ich habe mich betrunken und absolut peinlich benommen – und dann bin ich auf der Fahrt zurück im Auto eingeschlafen und war nicht mehr zu wecken. Reicht das nicht?«

»Und was war heute Morgen?« Annie lässt nicht locker.

Ich seufze und verdränge den Teil vor den Omelettes, damit Annie mir nicht an der Nasenspitze ansieht, dass ich ihr etwas verschweige. »Da hat er mir Frühstück gemacht und danach Steven gerufen, damit der mich nach Hause fährt.«

»Er war nicht sauer?«

Mir fällt wieder ein, dass er wegen meiner Alkohol-Eskapade nicht so wütend auf mich war, wie ich es erwartet hatte, und schüttele den Kopf. »Nur ein bisschen.«

»Hm.« Annie runzelt die Stirn. »Dass unser Boss so fürsorglich sein kann, hätte ich ihm gar nicht zu getraut«, sagt sie. »Aber bei dir scheint er ja tatsächlich einen gewissen Beschützerinstinkt zu entwickeln.«

Wenn du wüsstest, denke ich und ziehe sie schnell mit mir die Treppe hoch, bevor sie noch weiter nachhaken kann.

»Ich brauche jetzt erst mal einen stärkenden Tee, um dieses Erlebnis zu verkraften«, erkläre ich ihr. Das ist nicht gelogen.

Als wir oben ankommen, steht Marcus in der Tür. Er sieht blasser aus als sonst.

»Wo warst du denn nur, Grace?«, fragt er, und ich habe plötzlich ein richtig schlechtes Gewissen. Ich hätte ihnen heute Morgen eine SMS schicken sollen, denke ich, und werde rot, als mir wieder einfällt, warum ich dafür keine Zeit hatte.

Hastig erkläre ich auch ihm die Kurzversion meiner Erlebnisse, während ich meinen Mantel und die Tasche an die Garderobe hänge, und gehe dann hinter Annie her in die Küche. Marcus folgt uns, was mir ein bisschen unangenehm ist. Eigentlich wäre ich lieber mit Annie allein.

»Und der Kerl hat dich einfach mit zu sich genommen?«, hakt er nach, sobald wir mit dampfenden Teebechern am Tisch sitzen. Die Tatsache scheint ihm überhaupt nicht zu gefallen, und es schwingt ein Vorwurf in seiner Stimme mit, der mich ärgert.

»Er ist kein Kerl, sondern mein Boss ... unser Boss«, ergänze ich mit Blick auf Annie. »Und es war ziemlich nett von ihm, dass er das getan hat. Er hätte mich auch einfach stehenlassen können, nach dem, wie ich mich benommen hatte.«

»Das hätte er ruhig machen können«, sagt Marcus. »Ich war gestern schon gegen elf wieder hier. Du hättest nicht lange warten müssen. Und dann hätte ich mich um dich gekümmert.«

Für einen Moment weiß ich nicht, was ich sagen soll. Nackte Eifersucht schwingt so deutlich in seinen Worten mit, dass es mir richtig unangenehm ist.

»Es ist ja nicht so, dass ich eine Wahl hatte«, sage ich. »Ich war, wie gesagt, betrunken und nicht mehr wirklich bei mir.«

Marcus starrt vor sich hin und ist immer noch mit Jonathan beschäftigt. »Er hätte uns doch benachrichtigen können. Mit deinem Handy. Da sind unsere Nummern eingespeichert.« Er sieht auf. »Oder du hättest uns eine SMS schicken können.

Zumindest heute Morgen. Warum hast du das nicht gemacht?«, fragt er anklagend, und ich spüre, wie ich rot werde.

»Marcus«, warnt Annie ihn. »Grace ist kein Kind, das sich bei uns abmelden muss.«

»Du hast dir auch Sorgen gemacht«, rechtfertigt er sich.

»Das stimmt«, sagt sie. »Aber du hast doch gehört, wie es war. Also lass sie in Ruhe.«

Marcus sagt nichts mehr, aber ich fühle mich trotzdem von seiner Reaktion überfordert. Ich bin sowieso schon verwirrt und möchte nicht, dass wir uns streiten.

»Er hat recht, Annie«, sage ich unglücklich. »Ich hätte mich melden sollen. Ich war einfach so ... durcheinander.«

»Du brauchst dich nicht zu entschuldigen«, erklärt sie und wirft Marcus einen bösen Blick zu. Dann sieht sie mich an und lächelt. »Aber für die Zukunft sollten wir dir deinen Schlüssel vielleicht lieber an einer Kette um den Hals hängen. Sicher ist sicher.«

Reumütig verziehe ich das Gesicht und erwidere dann ihr Lächeln. Sie ist so nett, und ich finde es wirklich schade, dass ich mich ihr nicht anvertrauen kann. Vielleicht später, wenn ich selbst Zeit hatte, alles zu verarbeiten.

Marcus sieht jetzt zerknirscht aus. Offenbar ist ihm seine Reaktion unangenehm.

»Möchtest du noch Tee, Grace?«, fragt er, deutlich freundlicher als zuvor, und hält die Kanne hoch. Doch ich lege die Hand über die Tasse und stehe auf.

»Nein, danke. Ich glaube, ich lege mich noch eine Weile hin«, sage ich und stelle meinen Becher in die Spüle. Ich bin tatsächlich sehr müde, und mein ganzer Körper schmerzt, aber auf angenehme Weise.

Annie nickt. »Sollen wir nachher ein bisschen shoppen gehen?«, fragt sie, und ich nicke begeistert. Das will ich schon seit meiner Ankunft hier tun. Und ein bisschen Ablenkung kann wirklich nicht schaden, denn sonst werde ich vermutlich bis Montagfrüh nur an Jonathan denken.

Doch das tue ich leider trotzdem, nicht nur während der zwei Stunden, in denen ich vergeblich zu schlafen versuche, sondern auch am Nachmittag, als Annie mit mir all die entzückenden kleinen Boutiquen in Islington durchstöbert, in denen sie die ausgefallene Mode findet, für die ich sie so bewundere. Denn ganz egal, in welchen Laden wir gehen, ich sehe mir die Sachen alle nur unter dem Aspekt an, ob sie Jonathan wohl gefallen würden.

In einem charmanten Second-Hand-Shop, der passender Weise »Annie's« heißt – was ein zusätzlicher Grund ist, warum er zu den Lieblingsläden meiner Mitbewohnerin zählt –, hat es mir besonders ein schwarzes Wickelkleid mit einem tiefen Ausschnitt angetan.

Annie blickt mir neugierig über die Schulter. »Ist das nicht ein bisschen zu sexy fürs Büro?«

»Meinst du?« Ich muss mich beherrschen, um meinen Gesichtsausdruck neutral zu halten, weil sie mit ihrer Bemerkung genau das in Worte fasst, was mir gerade durch den Kopf gegangen ist. Nur dass ich das Kleid gerade deshalb so toll finde, *weil* es sexy ist und ich mir Jonathans Gesichtsausdruck vorstelle, wenn er mich darin sieht.

»Wie wär's denn hiermit?« Annie hält ein Vintage-Kleid und ein paar hohe Stiefel in der Hand, beide in einem Braun, das perfekt zum Rotton meiner Haare passt. »Ich glaube, das würde dir stehen.«

»Ich probier's mal an«, sage ich, nehme jedoch auch das schwarze Kleid mit, als ich zu der kleinen Umkleidekabine gehe. Ich kann einfach nicht anders.

Beides – die braunen Sachen, aber auch das schwarze Kleid –

stehen mir sehr gut, wie Annie begeistert bestätigt. Sie sind nicht billig, aber auch nicht unerschwinglich, und ich gönne mir alle drei Teile. Schließlich ist heute ein ganz besonderer Tag.

»Komm, lass uns hier noch mal reingehen«, schlägt Annie vor, als wir etwas später an einem kleinen Friseurgeschäft vorbeikommen. »Du warst erst wirklich in London, wenn du dir hier die Haare hast schneiden lassen – und Andrew ist ein wahrer Haar-Gott, ich bin hier Stammkundin.«

Die Idee, danach vielleicht genauso stylisch auszusehen wie Annie, gefällt mir gut. Außerdem habe ich plötzlich große Lust auf eine Veränderung, deshalb folge ich ihr in den kleinen, sehr flippig eingerichteten Salon, der mit seinen krassen neonfarbenen Wänden fast ein bisschen beängstigend wirkt, und vertraue mich dem rastalockigen Andrew an, der gar nicht aussieht wie jemand, der viel Wert auf Haarpflege legt. Aber ich werde positiv überrascht, als ich anderthalb Stunden später in den Spiegel schaue.

Meine rotblonden Haare sind jetzt ein kleines bisschen kürzer, aber vor allem stufiger geschnitten, sodass sie mehr Volumen haben und mir wie ein Feuerregen bis auf die Schultern fallen. Prüfend betrachte ich mich von allen Seiten und frage mich, ob es wirklich nur der neue Haarschnitt ist, der mich anders aussehen lässt. Ich fühle mich anders. Vielleicht liegt es auch daran.

Als Annie und ich uns auf dem Rückweg noch bei »Ottolenghi«, einem Restaurant, das irgendwie auch ein Café ist und in dem es die größte Auswahl an herrlichen Kuchen und Gebäckstücken gibt, die ich jemals gesehen habe, einen Cupcake gönnen, beschäftigen mich meine verwirrenden Gefühle für Jonathan Huntington immer noch.

»Annie, hat Jonathan eigentlich wirklich nie ein Verhältnis mit einer dieser Frauen gehabt, von denen du mir erzählt hast?«

Sie sieht von ihrem Kuchen auf. Die Frage überrascht sie ganz offensichtlich. »Nein, soweit ich weiß, nicht. Das war zumindest Claires großes Problem: dass sie keine Chance bei ihm hatte.« Sie legt den Kopf schief. »Wieso willst du das wissen? Hast du vor, eins mit ihm anzufangen?«

Ich lache ein bisschen nervös. »Als wenn ich das könnte.« Ein einziges Mal Sex zählt ja vermutlich noch nicht als Affäre, oder?

»Wer weiß«, meint Annie nachdenklich. »Bei dir gehen ja offensichtlich Dinge, die bei anderen nicht gehen.«

»Wie meinst du das?«, frage ich erschrocken und fürchte für einen Moment, dass ich mich doch verraten habe. Aber sie redet ganz normal weiter.

»Ich hatte am Anfang wirklich Angst um dich, weil ich sehen konnte, wie schnell du Gefühle in Jonathan Huntington investierst hast«, sagt sie. »Und ich musste daran denken, wie frustriert Claire war, weil sie bei ihm einfach nicht weiterkam. Er hat ihr wirklich wehgetan, Grace, sehr weh«, sie sieht mich eindringlich an, »und ich wollte dir etwas Ähnliches ersparen. Aber inzwischen kann auch ich nicht mehr leugnen, dass er tatsächlich einen echten Narren an dir gefressen haben muss.«

»Ja?«

Sie seufzt tief. »Ich wünschte, du würdest das nicht so hoffnungsvoll sagen, aber – ja. Das ist ziemlich eindeutig. Du darfst mit ihm zusammenarbeiten, sein Chauffeur kutschiert dich kreuz und quer durch London, und er lässt dir durchgehen, dass du dich bei einem Geschäftsessen betrinkst. Dafür hätte jeder andere sofort die Kündigung gekriegt, hundertprozentig. Der geschätzte Mr Huntington ist nämlich sonst alles anderes als nachsichtig, wenn es um unprofessionelles Verhalten geht.

Und er hat dich sogar bei sich übernachten lassen – ich meine, hallo?« Sie hebt die Hände. »Bis vor Kurzem hätte ich noch geschworen, dass der Mann nur in der Firma existiert, so wenig dringt über sein Privatleben nach außen. Und du weißt jetzt sogar schon, wie es bei ihm zu Hause aussieht.«

Ich weiß noch ganz andere Dinge, denke ich, und spüre, wie ich rot werde.

»Für dich gelten also offensichtlich andere Regeln als sonst.« Annie rührt in ihrem Tee. »Aber ich habe immer noch kein gutes Gefühl bei der Sache, Grace.«

Ich stoße die Luft aus, weil ich es so satt habe, ihre Warnungen zu hören – kann sie nicht einmal etwas Positives über Jonathan sagen? –, und das entgeht ihr nicht. Unglücklich sieht sie mich an.

»Tut mir leid, ich schätze, ich klinge wie meine eigene Mutter, mit meinem ständig erhobenen Zeigefinger.« Sie beugt sich vor. »Aber wusstest du, dass er auch ›Hunter‹ genannt wird? Er ist so erfolgreich, weil er sich nimmt, was er haben will. Das macht er im Zweifel auch mit dir, Grace. Die Frage ist nur, was dann passiert. Denn wenn ich dich richtig einschätze, bist du für Affären nicht geschaffen. Wenn du dich für einen Mann interessierst, dann ernsthaft, und sollte deine Wahl ausgerechnet auf Jonathan Huntington fallen, weiß ich wirklich nicht, wie das zusammenpassen soll. Du kannst alle fragen – sie werden dir bestätigen, dass er noch nie was Ernsthaftes laufen hatte und schon verdammt viele Frauenherzen gebrochen hat. Und ich kann einfach nicht glauben, dass er sich über Nacht geändert hat.«

Annies Worte gehen mir nach, als ich wieder auf meinem Zimmer bin, und machen meine Verwirrung komplett. Denn sie hat recht. So kenne und erlebe ich Jonathan auch: als jemanden, der genau weiß, was er will. Er ist kein Typ für Kompromisse.

Wie also passe ich in dieses Bild? Aus welchem Grund hat er mich zu sich geholt, wenn er mich eigentlich nicht braucht – denn das tut er nicht, natürlich nicht, ich bin ein Ballast für ihn, keine echte Hilfe, da brauche ich mir nichts vorzumachen.

Hat er es getan, weil er mich attraktiv findet? Weil er mich mag? Aber wieso hat er dann von Anfang an betont, dass er Berufliches und Privates strikt trennt? Warum hat er nicht schon viel eher versucht, mich zu verführen?

Das ergibt alles keinen Sinn, und ich bin ehrlich ratlos. Deshalb rufe ich meine Schwester an, weil ich ihr erzählen kann, was passiert ist. Ich muss es einfach loswerden, auch wenn es mir ein bisschen schwerfällt einzugestehen, wie ungewöhnlich mein erstes Mal abgelaufen ist. Romantisch war es ja nicht gerade.

Aber Hope ist nicht entsetzt, sondern richtig begeistert. »Du hast es wirklich getan? Mit Jonathan Huntington?«, schreit sie durch die Leitung. »Wow, Gracie, das hätte ich dir gar nicht zugetraut. Wie war's denn?«

Ich muss lachen, weil ihre Reaktion mich so überrascht. Damit hätte ich nicht gerechnet.

»Anders als ich dachte«, antworte ich und atme tief durch. »Aber ... ziemlich gut.« Die Untertreibung des Jahres.

Natürlich will sie alle Details wissen, die ich ihr ein bisschen stockend erzähle, weil es mir fast komisch vorkommt, dass tatsächlich ich diese schockierenden Dinge getan haben soll. Hope scheint das jedoch alles eher zu faszinieren.

»In der Küche? Ernsthaft?« Sie kichert. »Dabei machst du doch sonst um alles, was mit Kochen zu tun hat, einen großen Bogen.« Meine Familie macht sich immer darüber lustig, wie ungeschickt ich mich bei der Zubereitung von Lebensmitteln anstellen kann. »Das war dann ja wohl das erste Mal, dass du rund um den Herd etwas Befriedigendes zustande bekommen hast.«

Sie prustet los, und ich kann auch nicht mehr ernst bleiben. Wir lachen, bis uns die Tränen kommen.

»Nimm das gefälligst ernst«, schimpfe ich, als ich wieder sprechen kann.

»Tut mir leid.« Hope räuspert sich und versucht, sich zusammenzureißen, was ihr schließlich auch gelingt. »Weißt du übrigens, dass Mom sich gerade gestern erst erkundigt hat, ob es da jetzt eigentlich jemanden gibt in deinem Leben?«, sagt sie. »Muss wohl so eine Art sechster Mutter-Sinn sein.«

Unwillkürlich schüttele ich den Kopf. »Das kann ich mir nicht vorstellen.«

Ich liebe meine Mutter, aber ich habe ein eher distanziertes Verhältnis zu ihr, vielleicht, weil ich ihr nie ganz verzeihen konnte, wie sie sich nach Dads Weggang verhalten hat. Sie war so in ihrem eigenen Unglück gefangen, dass sie kaum Zeit für die Nöte ihrer sechsjährigen Tochter hatte, die mit dem Verlust ihres Vaters allein fertig werden musste. Und daran hat sich auch mit den Jahren nichts geändert. Ich mache die Dinge lieber mit mir selbst ab. Und wenn ich wirklich mal was auf dem Herzen habe, dann gehe ich zu Hope oder zu Grandma Rose, aber nicht zu Mom.

»Doch, sie hat gesagt, dass sie hofft, dass du dich bald verliebst, weil sie findet, dass es Zeit wird.« Hope schweigt einen Moment. »Hast du das, Gracie?« Jetzt ist ihre Stimme ernst. »Bist du in ihn verliebt?«

Ich schlucke, weil ihre Frage so unerwartet kommt, und plötzlich schlägt mir das Herz bis zum Hals.

»Ja«, sage ich tonlos und gestehe mir die verstörende Wahrheit endlich ein. Es stimmt. Ich bin in Jonathan Huntington verliebt, wahrscheinlich schon, seit ich ihm auf dem Flughafen gegenüberstand. Ziemlich rettungslos sogar. Und das ist – gar nicht gut.

»Und er? Denkst du, er ist auch in dich verliebt?«

»Ich weiß es nicht«, sage ich und wünschte, ich wüsste mehr über Männer. Mehr über Jonathan.

Hope seufzt, aber ich höre das Lächeln in ihrer Stimme, als sie sagt: »Gracie, das ist so typisch für dich. Erst schaust du quasi jahrelang überhaupt niemanden an, und dann verliebst du dich ausgerechnet in einen stinkreichen Engländer, bei dem du nur zu Besuch bist. Bei dir musste es eben immer schon etwas Besonderes sein.«

Der Gedanke, dass meine Zeit hier begrenzt ist und Jonathan mich immer noch jederzeit wieder wegschicken kann, macht mir die Knie ganz weich, und ich bin froh, dass ich sitze.

»Was soll ich denn jetzt machen, Hope?«

Ich höre meine Schwester lachen. »Ich fürchte, da kannst du gar nichts machen. Wenn man verliebt ist, ist man verliebt. Lass es einfach auf dich zukommen, so mache ich das immer.«

Ich lächle schwach. Ja, so macht Hope das immer und für sie ist das eine gute Lösung. Sie geht unbeschwert an Beziehungen ran, ganz anders als ich, verliebt sich heute in diesen und tröstet sich morgen mit einem anderen, wenn es nicht funktioniert hat. Aber für mich ist das alles neu. Ich war noch nie verliebt, nicht so. Und ich weiß nicht, ob ich so schnell darüber hinwegkomme, wenn Jonathan mir das Herz bricht.

»Hast du es Annie schon erzählt?«, will Hope wissen und ich verneine. »Dann tu das, Gracie, ja? Sie kennt diesen Jonathan schließlich, und du hast gesagt, dass sie schon so etwas wie eine Freundin von dir ist. Sie kann dir bestimmt einen Rat geben, was du jetzt tun sollst.«

Unglücklich verziehe ich das Gesicht, weil ich schon weiß, wie dieser Rat aussehen würde. Wie aussichtslos es ist, sich ausgerechnet in Jonathan Huntington zu verlieben, muss Annie mir wirklich nicht noch mal erklären.

»Versprich mir, dass du mit ihr redest, ja, Gracie? Ich mache mir sonst Sorgen um dich. Du brauchst jetzt dringend eine Vertraute.«

»Ich wünschte, du wärst hier«, sage ich und spüre, wie mir Tränen in die Augen steigen. Plötzlich fühle ich mich schrecklich allein.

»Ich auch.« Hope seufzt. »Aber eins sage ich dir: wenn der Kerl furchtbar zu dir ist, dann komme ich sofort und hole dich da raus«, erklärt sie feierlich, und ich muss lachen, weil die Vorstellung, dass meine kleine Schwester in Jonathans Büro stürmt, etwas Komisches hat.

Nachdem wir aufgelegt haben, liege ich auf meinem Bett, starre an die weiße Decke und versuche zu begreifen, was das alles für mich bedeutet.

Ich hatte den ersten Sex meines Lebens, und es war schockierend schön. Atemberaubend. Genau wie der Mann, mit dem ich ihn erlebt habe und der schon seit Tagen auf erschreckende Weise mein Denken und Fühlen bestimmt. In den ich mich verliebt habe, obwohl ich versprochen hatte, es nicht zu tun. Weil er völlig unerreichbar für mich ist. Viel zu erfahren, viel zu reich, viel zu englisch, viel zu ... alles.

Ich seufze tief.

Wie es scheint, stecke ich wirklich in Schwierigkeiten.

17

»Sie können da jetzt nicht rein«, begrüßt mich Catherine Shepard am Montagmorgen, als ich aus dem Fahrstuhl komme und auf Jonathans Büro zugehe. »Mr Huntington ist im Gespräch.«

Ich bleibe abrupt stehen, und der aufgeregte Knoten in meinem Magen löst sich schlagartig, wird von kalter Furcht ersetzt, weil ich das nicht erwartet habe. Hat Jonathan doch beschlossen, mein Praktikum zu beenden und mich rauszuwerfen?

»Mit wem spricht er denn?«, erkundige ich mich und versuche, mir nicht anmerken zu lassen, wie sehr mich die Tatsache verunsichert, dass die kühle Schwarzhaarige mich nicht zu ihm lässt. Catherine Shepard betrachtet mich mit einer Mischung aus Neugier und Verachtung, so als wäre ich plötzlich jemand, den sie sich genauer ansehen muss, den sie aber nicht besonders schätzt. Ihr Blick macht mich noch nervöser, als ich es ohnehin schon bin.

»Mit Mr Nagako«, erklärt sie mir knapp.

Schon wieder der undurchsichtige Japaner, denke ich, und frage mich zum ersten Mal, in welchem Verhältnis er eigentlich zu Jonathan steht und wie es kommt, dass Jonathan fließend Japanisch spricht, obwohl die Firma, wie ich jetzt weiß, kaum Verbindungen nach Japan hat – außer der zu Nagako Enterprises. Was mir vor Augen führt, wie wenig ich über Jonathan und seine Vergangenheit weiß.

Da mir nichts anderes übrig bleibt als zu warten, setze ich mich wieder in Bewegung, will in das Büro neben Jonathans gehen, in dem ich sonst sitze. Doch wieder hält Catherine Shepard mich auf.

»Da können Sie heute nicht rein.«

Irritiert balle ich die Hände zu Fäusten. Will sie mich ärgern?

»Warum nicht?«

Auch diese Nachfrage scheint der durchgestylten Catherine nicht zu passen. Aber sie beantwortet sie trotzdem.

»Mr Norton führt heute Vorstellungsgespräche, und er braucht den Raum, weil die Kandidaten einige schriftliche Aufgaben bearbeiten sollen. Es ist am einfachsten, wenn er sie dafür in das Büro setzen kann.« Sie lächelt süßlich. »Am besten, Sie warten da vorne.«

Sie deutet auf die beiden schwarzen Besuchersessel, die vor der Glasfront neben dem Aufzug stehen. Besser hätte sie mir nicht sagen können, dass ich hier in der Chefetage eigentlich total überflüssig bin, und obwohl ich es nicht will, bin ich getroffen. Natürlich kann ich jederzeit mein Büro räumen, wenn es für andere Zwecke gebraucht wird. Ich tue dort ja nichts Wichtiges. Ich bin ersetzbar. Zu verschmerzen.

Mit versteinertem Gesicht gehe ich zu den Sesseln hinüber und lasse mich in den sinken, von dem aus ich die Tür zu Jonathans Büro im Auge habe. Catherine Shepard widmet sich derweil wieder ihrem Computer, einem schmalen, ultraschicken Teil, das perfekt zu der Ausstattung des Vorzimmers und zu ihr passt.

Plötzlich ist mir kalt und ich zupfe unsicher an dem schwarzen Wickelkleid, das ich trage. Ich musste es einfach anziehen, aber jetzt bereue ich es ein bisschen, denn Annie hat recht – es ist eigentlich viel zu sexy und Jonathan wird sofort wissen, warum ich es trage, wenn er mich sieht.

Aber wie wird er reagieren?

Ist der Grund mit den Vorstellungsgesprächen nur vorgeschoben? Vielleicht hat Jonathan angeordnet, dass ich hier warten muss, damit ich mir ja nichts einbilde. Wahrscheinlich beendet er mein Praktikum jetzt doch und schickt mich nach Hause. Habe ich alles ruiniert, weil ich mit ihm geschlafen habe?

Mein Magen krampft sich unangenehm zusammen, während ich reglos dasitze und warte. Jonathans Tür bleibt geschlossen, aber die auf der anderen Seite öffnet sich und Alexander Norton kommt heraus. Er gibt Catherine Shepard einige Unterlagen, dann sieht er mich in meinem Sessel und kommt sofort zu mir herüber. Er lächelt, aber irgendwie habe ich das Gefühl, dass auch er mich anders ansieht als noch letzte Woche. Mit ganz neuem Interesse.

Mir fällt wieder ein, wie nah er und Jonathan sich stehen. Hat Jonathan ihm erzählt, was passiert ist?

»Grace, ich hoffe, Sie sind mir nicht böse, dass ich heute ausnahmsweise Ihr Büro brauche«, sagt er. »Es ist nur für ein paar Stunden, und sobald ich fertig bin, können Sie selbstverständlich sofort wieder rein.«

Ich lächle ihn an. »Natürlich. Kein Problem«, erkläre ich, erleichtert darüber, dass die Geschichte also offenbar stimmt.

Alexander setzt an, noch etwas zu sagen, aber in diesem Moment öffnet sich die Tür zu Jonathans Büro und Yuuto Nagako tritt heraus, dicht gefolgt von Jonathan. Sofort klopft mir das Herz bis zum Hals. Aber Jonathan bemerkt mich gar nicht, ist mit Yuuto beschäftigt. Beide Männer sehen grimmig aus, und man erkennt an ihrer Körperhaltung, dass sie sich gestritten haben.

Yuuto sagt etwas auf Japanisch, was Jonathan mit einem knappen Satz quittiert, den ich auch nicht verstehe. Sie wirken beide sehr beherrscht und schreien sich nicht an, aber es liegt eine spürbare Anspannung in der Luft. Dann, fast gleichzeitig, bemerken sie Alexander und mich in meinem Sessel und starren mich an, als wäre ich der Grund für ihre Auseinandersetzung.

Yuuto sagt noch etwas zu Jonathan und dreht sich dann abrupt um, geht zum Fahrstuhl, dessen Türen geöffnet sind und die sich Sekunden später hinter ihm schließen. Ich fange noch einen Blick von ihm auf, der seltsam glühend ist, obwohl sein Gesicht unbewegt bleibt, dann ist er weg.

»Was war das denn?«, will Alexander von Jonathan wissen. »Alles in Ordnung?«

Jonathan macht eine unwillige Handbewegung. Offenbar will er nicht darüber reden, und Alexander, der das merkt, wechselt das Thema.

»Ich habe heute Morgen mit Sarah gesprochen«, erklärt er, und ein Lächeln erscheint auf seinem Gesicht. »Sie sagt, sie nimmt doch die frühere Maschine.«

Oh, denke ich, Jonathans Schwester ist also offenbar auf dem Rückweg von Rom.

»Aber ich kann jetzt nicht zum Flughafen fahren«, sagt Jonathan irritiert. Die Planänderung überrascht ihn offenbar. »Ich habe heute früh noch Termine. Und wir beide wollten doch auch noch was besprechen.«

»Du musst sie auch nicht abholen, sagt sie. Dein Vater übernimmt das«, entgegnet Alexander.

Jonathan verzieht das Gesicht. Das scheint ihm überhaupt nicht zu passen. »Ich wollte das tun.«

Alexander zuckt mit den Schultern. »Ich auch. Aber sie hat gesagt, sie meldet sich später und trifft sich dann mit uns.«

»Mit uns?« Jonathan lächelt zum ersten Mal, seit er in der Tür aufgetaucht ist, und wirkt plötzlich lockerer. »Seit wann bist du denn auch eingeladen, wenn ich mich mit meiner kleinen Schwester treffe? Und wieso sagt sie mir das alles eigentlich nicht selbst?«

Alexander grinst. »Ich habe sie angerufen, und sie hatte es eilig, weil sie den Flieger noch erwischen wollte, deshalb hat sie mich gebeten, dir Bescheid zu sagen. Und ich bin bei dem Treffen dabei, ob du willst oder nicht«, erklärt er und geht wieder in sein Büro, wobei er mir vorher noch mal freundlich zulächelt.

»Du bist ein hoffnungsloser Fall«, ruft Jonathan ihm hinterher, dann dreht er sich wieder um. Als sein Blick auf mich fällt, schwindet sein Lächeln. Er sagt etwas zu Catherine Shepard, aber mein Herz klopft so laut, dass ich es nicht richtig verstehe. Es muss jedoch eine Anweisung gewesen sein, denn sie erhebt sich und geht in Richtung Fahrstuhl, nicht, ohne mich noch mal herablassend zu mustern.

Aber ich habe gar keine Zeit, weiter über sie nachzudenken, denn jetzt gehört mir Jonathans volle Aufmerksamkeit.

»Grace?« Es ist eine Aufforderung à la Jonathan, keine Bitte, sondern wie immer ein Befehl, zu ihm zu kommen, dem ich auf wackeligen Beinen folge. Er steht weiter im Türrahmen, während ich mich ihm nähere, und betrachtet mich aufmerksam. Ich sehe, wie sein Blick an meinen frisch geschnittenen Haaren hängen bleibt und dann weiterwandert bis zum Ausschnitt meines Kleides, wo er für einen langen Moment auf meinen Brüsten ruht. Mein Atem stockt und meine Brustspitzen richten sich auf, drücken gegen den dünnen Stoff. Als er den Kopf wieder hebt und mir in die Augen sieht, spüre ich, wie Röte über meinen Hals in meine Wangen zieht, die nichts mit Verlegenheit zu tun hat.

Meine Hände zittern, als ich schließlich vor ihm stehe, und ich balle sie zu Fäusten, presse die Fingernägel in die Handflächen, damit ich nicht versucht bin, ihn anzufassen. Was ich wirklich gerne tun würde. Er hat einfach diese Wirkung auf mich.

Jonathan tritt zur Seite und lässt mich in sein Büro eintreten, dann schließt er die Tür. Aber er geht nicht sofort zu seinem Schreibtisch, so wie ich es erwartet hatte, sondern bleibt stehen und verschränkt die Arme vor der Brust, fixiert mich auf eine Weise, bei der mir noch wärmer wird.

Unter dem Stoff des dunkelgrauen Hemdes, das er heute trägt, zeichnen sich seine Muskeln ab, und sein Haar, das ihm tief in die Stirn gefallen ist, wirkt durch den Kontrast zu dem ungewöhnlichen Grau fast noch schwärzer als sonst. Aber es sind seine Augen, die meinen Blick wie magisch anziehen und in denen etwas aufflackert, das ich jetzt deuten kann: Verlangen.

Atme, Grace, denke ich und starre ihn an, weil ich einfach nicht anders kann. Mein Gehirn scheint nur auf diesen Moment gewartet zu haben, um mir noch einmal die Bilder unseres gemeinsamen Morgens in seinem Haus vorzuspielen – in der Küche und in seinem Bett. Die Spannung, die zwischen uns in der Luft liegt, ist deutlich fühlbar, und für einen Moment weiß ich nicht, was ich tun soll.

»Dein Haar ist anders.« Seine tiefe Stimme klingt überrascht.

Unsicher fasse ich an die Spitzen. »Ja. Ich ... war beim Friseur.«

»Steht dir gut«, sagt er, und ich bin so erleichtert, dass ich ihn anlächle.

Was hat Hope gesagt? *Lass es einfach auf dich zukommen.* Ich wünschte, ich wäre da so entspannt wie sie. Aber das bin ich nicht, weil ich schon viel zu tief in dieser ganzen Sache drinstecke. Ich habe noch nie etwas auch nur annähernd Ähnliches für einen Mann empfunden wie jetzt für Jonathan. Und ich war mir noch nie im Leben so unsicher, wie ich mich verhalten soll. Ich möchte ihm um den Hals fallen und ihn küssen, doch ich bin ziemlich sicher, dass ich das lieber lassen sollte. Aber eine Alternative fällt mir auch nicht ein.

Eins weiß ich jedoch: Sollte er mich jetzt doch noch wegschicken, dann werde ich eine halbe Ewigkeit brauchen, um mich davon zu erholen.

Weil ich plötzlich Angst habe, dass es tatsächlich das ist, was er mir sagen will – dass er es sich anders überlegt hat und mein Praktikum doch beenden will –, suche ich nach irgendetwas, das ich ihn fragen kann, um die Stille zwischen uns zu füllen ... und nehme das, was mir aus den letzten Minuten noch im Gedächtnis ist.

»Dann ... kommt deine Schwester heute aus Rom zurück?«

Die Frage scheint ihn zu überraschen. Er nickt. »Was der Grund ist, wieso ich heute Nachmittag keine Termine angenommen habe. Nur um jetzt zu erfahren, dass Sarah früher kommt und sich von meinem Vater abholen lässt.« Seine Verärgerung darüber ist offensichtlich.

»Du kannst sie doch mit ihm zusammen abholen«, sage ich und bereue es sofort, weil ich mir einen bitterbösen Blick einfange. Das geht also offenbar nicht. Ich erinnere mich an Alexanders Behauptung, dass Jonathan immer so extrem feindselig reagiert, wenn es um seinen Vater geht. Und frage mich wieder, warum das so ist – und ob ich den Grund je erfahren werde.

Ein Ruck geht durch seinen Körper, so als müsse er sich zwingen, sich wieder zu bewegen. Mit großen Schritten durchquert er den Raum, bis er seinen Schreibtisch erreicht. Ich folge ihm und stelle auf dem Weg meine Tasche auf dem Tisch vor der Couch ab, weil ich davon ausgehe, dass das dann wohl wieder mein Arbeitsplatz für heute ist. Als ich an seinem Schreibtisch ankomme, setzt Jonathan sich jedoch nicht selbst, sondern deutet mit der Hand auf seinen Stuhl. Ich soll offensichtlich auf seinem Platz sitzen.

Als ich mich zaghaft in den großen Stuhl sinken lasse, legt er die Hand auf einen Stapel Papiere. »Das sind die Unterlagen vom Projekt in Hackney«, erklärt er mir. »Ich möchte, dass du eine neue Kostenaufstellung machst, damit wir vergleichen können, in welchem Rahmen sich die Budgetüberschreitungen bewegen. Ich brauche ein Diagramm dazu und außerdem eine Prognose für die weitere Entwicklung.« Er hält inne und hebt die Augenbrauen. »Denkst du, du kriegst das hin?«

Ich nicke, für einen Moment sprachlos. Bisher sollte und durfte ich ihn nur zu Terminen begleiten, ohne mich in irgendeiner Form an den Gesprächen zu beteiligen. Ab und zu habe ich ein Protokoll geschrieben und natürlich haben wir uns anschließend, wenn wir allein waren, über die Projekte unterhalten. Aber wirklich aktiv durfte ich nie werden, deshalb ist diese Aufgabe ein nächster, logischer Schritt, eine Chance, auf die ich die ganze Zeit gewartet habe. Ich weiß nur nicht recht, wie ich sie zu diesem Zeitpunkt deuten soll. Darf ich das jetzt tun, weil wir uns näher gekommen sind und er mir plötzlich mehr zutraut? Oder will er mich beschäftigen, weil er nicht weiß, wie er jetzt mit mir umgehen soll?

Egal, was der Grund ist – ich werde mir die Möglichkeit, ihm zu beweisen, was ich fachlich kann, auf keinen Fall entgehen lassen, deshalb nicke ich.

»Natürlich kriege ich das hin.«, erkläre ich.

»Gut. Du kannst das hier eingeben.« Er beugt sich über mich, um auf seinem Laptop ein Tabellenprogramm anzuklicken, und ich rieche sein Aftershave, was meinen Herzschlag deutlich beschleunigt. Aber fast sofort zieht er sich wieder zurück, geht zur Tür. »Ich spreche kurz mit Alex. Bin gleich zurück.«

Ich sehe ihm nach, dann befasse ich mich mit den Zahlen, und da mir das Bauprojekt in Hackney inzwischen sehr vertraut ist, dauert es nicht lange, bis ich die relevanten Daten gefunden habe. Ich fange an, die Diagramme zu entwerfen, doch richtig konzentrieren kann ich mich nicht, und es kostet mich mehr Zeit als erwartet. Aber Jonathans Gespräch scheint sich in die Länge zu ziehen, deshalb bin ich trotzdem fertig, als er nach weit über einer Stunde zurückkommt.

Er beugt sich erneut über meinen Stuhl und betrachtet das Ergebnis auf dem Monitor. Wieder klopft mein Herz schneller, weil er mir so nah ist.

»Gute Arbeit«, sagt er. »Genau so hatte ich mir das vorgestellt.«

»Danke.«

Unsere Blicke treffen sich, und für einen Moment steht die Welt still. Ich versinke in diesen herrlichen blauen Augen, sehe die dunklen Einsprengsel darin, die man nur erkennen kann, wenn man ihm so nah kommt, und frage mich, warum das alles so kompliziert sein muss. Wenn es nach mir ginge, dann wäre es ganz einfach.

»Sieh mich nicht so an, Grace«, sagt Jonathan, und seine Stimme klingt dunkel. Warnend. »Du wünschst dir besser nicht, was du dir gerade wünschst.«

»Woher willst du wissen, was ich mir wünsche?«, frage ich überrascht.

Sein Mundwinkel hebt sich und enthüllt diesen unverschämt attraktiven Zahn mit der fehlenden Ecke.

»Weil man es dir ansehen kann. Aber ich habe es dir schon mal gesagt. Es war eine Ausnahme, und wir sollten das nicht wiederholen.«

»Okay.« Ich atme tief ein und starre ihn weiter an, ohne zu wissen, was ich darauf sagen soll. Ich will ihn nicht anbetteln, wenn das keinen Sinn hat. Aber ich kann auch nicht leugnen, was er mir da unterstellt. Denn ich wünsche mir tatsächlich nichts sehnlicher, als dass er für mich noch mal eine Ausnahme macht. Wenigstens noch ein Mal. »Und wenn ich es mir trotzdem wünsche?«

»Grace, du bist ...« Er drückt sich vom Schreibtisch ab und geht um ihn herum, so als müsste er dringend Abstand zwischen uns bringen, mustert mich lange von der anderen Seite. In seinem Blick liegt Wut, aber auch eine Hilflosigkeit, die mich erstaunt und berührt. Denn zum allerersten Mal sieht der selbstsichere Jonathan Huntington unsicher aus.

Dann stößt er ein Seufzen aus, das eher wie ein Stöhnen klingt, und schüttelt den Kopf. »So war das alles nicht geplant«, sagt er, mehr zu sich selbst, und ich horche auf.

»Geplant?« Wovon spricht er?

Er ballt die Hände zu Fäusten und schweigt so lange, dass ich schon glaube, dass er mir nicht antworten wird. Als er es doch tut, liegt in seinen Augen eine neue Härte.

»Ich habe für dich schon mehr als eine Ausnahme gemacht, Grace, und das hätte ich nicht tun sollen. Von Anfang an nicht. Das war ... ein Fehler. Aber ich habe einfach nicht damit gerechnet, welche Wirkung du auf mich hast.«

Mein Herz schlägt schneller, vor Aufregung und Erregung. »Ich auch nicht«, sage ich. »Ich meine, ich hätte auch nicht gedacht, dass du ... so auf mich wirkst.«

Er lacht auf, aber es klingt nicht fröhlich. »Grace, du solltest mir nicht sagen, wie ich auf dich wirke, du solltest deine Chance nutzen und gehen.« Es sieht aus, als würde er die Zähne zusammenbeißen. »Geh zurück in die Investmentabteilung, zu Annie French, mach dort dein Praktikum, so wie es von Anfang an geplant war, und behalte unsere Firma in guter Erinnerung, wenn du wieder in Chicago bist.«

Seine Worte treffen mich. Das ist nicht sein Ernst, oder? Erschrocken sehe ich ihn an.

»Denn wenn du bleibst und mich weiter so ansiehst«, fährt er fort, und sein Blick flackert, wird brennend, »dann bekommst du, was du wir wünschst. Aber dann musst du dir wirklich im Klaren darüber sein, auf was du dich einlässt.«

Mit wild klopfendem Herzen, das jetzt wieder voller Hoffnung ist, halte ich seinem Blick stand.

»Worauf lasse ich mich denn ein?«

»Auf die Tatsache, dass es dann nur eine Affäre ist, mehr nicht. Und selbst das ist schon ein Zugeständnis. Ich gehöre dir nicht, und ich erwarte nicht, dass du mir gehörst. Wir haben nur Sex. Viel Sex. So lange, wie es uns beiden Spaß macht.« Er sieht mich eindringlich an. »Ich bin kein Märchenprinz, Grace, und mit mir gibt es kein ›sie lebten glücklich bis an ihr Ende‹. Wenn du so etwas von mir erwartest, dann wirst du verletzt – aber darauf nehme ich dann keine Rücksicht.«

»Und wieso glaubst du, dass ich das erwarte?«

Er kommt zurück und beugt sich über den Schreibtisch, stützt die Hände darauf. Unsere Gesichter sind sich ganz nah.

»Weil du jung und unerfahren bist, deshalb. Weil du mich mit deinen großen grünen Augen ansiehst und einfach darauf vertraust, dass alles so ist, wie du es gerne hättest.« Er lächelt ein bisschen schief und stößt die Luft aus. Diesmal klingt es definitiv nach einem Seufzen. »Was vermutlich genau der Grund ist, warum ich solche Schwierigkeiten habe, dir zu widerstehen.«

Ich atme seinen herrlich männlichen, inzwischen schon so vertrauten Duft ein und fühle mich wie berauscht von der Tatsache, dass ich, die unscheinbare Grace Lawson, plötzlich solche Macht über den unglaublich attraktiven Jonathan Huntington besitzen soll, dass er bereit wäre, seine Regeln für mich zu brechen. Noch mal zu brechen. Vielleicht noch sehr oft. Bei der Vorstellung ziehen sich die Muskeln in meinem Unterleib erwartungsvoll zusammen.

Und er hat völlig recht, denke ich, ohne meinen Blick von

ihm zu lösen. Ich bin jung und unerfahren – und total in ihn verliebt. Und ich will definitiv mehr von ihm als Sex. Ich will ihn – ich will ihn kennenlernen, ich will alles über ihn wissen. Ich will herausfinden, wieso dieser großartige, charismatische, manchmal wahnsinnig arrogante, aber immer unglaublich anziehende Mann niemanden an sich heranlässt. Und ganz, ganz sicher will ich nicht, dass ich keine Gelegenheit mehr dazu bekomme.

Deshalb strahle ich ihn glücklich an, selbst wenn mein Herz aufgeregt und auch ein bisschen angstvoll schlägt. »Dann tu es nicht«, sage ich. »Widersteh mir nicht.«

Er sieht mich forschend an, scheint in meinen Augen nach etwas zu suchen. Dann seufzt er, und ich bin nicht sicher, ob es gequält oder erleichtert klingt. »Also gut. Dann werden wir das Tätigkeitsgebiet deines Praktikums ab heute ein bisschen erweitern«, sagt er, und mir läuft ein erwartungsvoller Schauer über den Rücken, als er auf den Knopf der Gegensprechanlage drückt.

»Catherine, sagen Sie den Termin mit den Abteilungsleitern ab. Und das Gespräch danach auch. Ich habe hier noch zu tun.«

Während er das sagt, ruhen seine Augen auf mir, und ich kann kaum noch atmen, als mir klar wird, dass er es ernst meint. Wir werden noch mal Sex haben. Und zwar jetzt gleich.

Bevor ich irgendetwas sagen kann, geht Jonathan um den Schreibtisch herum und nimmt meine Hände. Er zieht mich hoch und führt mich rückwärts, bis ich die kalte Glasfront im Rücken spüre, drückt mich mit erhobenen Armen dagegen, bis ich freiwillig so stehen bleibe. Dann lässt er seine Hände über meinen Körper gleiten.

»Ich habe hier sogar noch eine Menge zu tun«, flüstert er mit einem verheißungsvollen Funkeln in den Augen.

18

»Jonathan«, sage ich atemlos, als er sich vorbeugt und ich seine Lippen an meinem Hals spüre und dann die Spitze seiner Zunge, die eine heiße Spur bis hinunter zu meinem Schlüsselbein zieht, während seine Hände sich auf meinen Busen legen. »Wir können es doch nicht hier tun. Deine Sekretärin kann jeden Moment reinkommen.«

»Willst du es oder nicht, Grace?«, fragt er und küsst weiter meinen Hals, massiert meine Brüste. Beides ist so angenehm und erregend, dass ich mit erhobenen Armen vor der Scheibe stehen bleibe und mich nicht wehre.

»Ich will es«, hauche ich. »Aber sollten wir es wirklich hier tun? Ist das nicht – ungewöhnlich?«

Er hebt den Kopf und lacht. »Nicht ungewöhnlicher als mein Küchentisch oder die Arbeitsplatte.« Seine Stimme ist dunkel vor Verlangen und streicht über mich wie eine Liebkosung. »Außerdem male ich mir das schon aus, seit ich dich vorhin in diesem Kleid gesehen habe. Und vorher habe ich auch schon hin und wieder darüber nachgedacht.«

»Wirklich? Wann?« Ich schließe die Augen, als er die Hände weiter an meinem Körper heruntergleiten lässt und sie unter den Rock meines Kleides schiebt, die Finger in meinen Slip hakt. Es ist ein so aufregendes Gefühl, hier so schutzlos zu stehen, dass ich spüre, wie ich feucht werde.

»Wenn du mich mit deinen Flirtversuchen von der Arbeit abgehalten hast.« Er zieht den Slip nach unten, geht vor mir in die Hocke und streift ihn über meine Füße, zieht mir dabei auch meine High Heels aus und wirft sie achtlos zur Seite. Ich kann nur atemlos zusehen, während ein lustvoller Schauer mich erfasst. Er meint es ernst. Er wird es tun. Hier.

»Ich habe dich nicht von der Arbeit abgehalten«, widerspreche ich mit zitternder Stimme. »Du hast mich gar nicht beachtet.«

»Wenn ich es getan hätte, dann hättest du schon sehr viel früher hier gestanden.« Er fährt mit den Händen über meine Beine nach oben, während er sich wieder aufrichtet, und ich schnappe nach Luft, als ich seine Finger an meinem nackten Venushügel fühle, lasse zu, dass er sich zielsicher vortastet und durch meinen nassen Spalt fährt.

»Du bist bereit für mich«, sagt er und brummt zufrieden. »Gut.«

Es erschreckt und erregt mich gleichzeitig, dass wir hier so exponiert stehen. Catherine Shepard ist an meinem ersten Tag hier oben in seinem Büro auch einfach reingekommen, nachdem sie kurz geklopft hatte, deshalb würde ich das viel lieber an einen anderen Ort verlegen. In das Schlafzimmer nebenan zum Beispiel. Aber wenn ich ehrlich bin, hat die Gefahr auch etwas Faszinierendes, und die Vorstellung, hier beim Sex erwischt zu werden, macht mich ziemlich an.

Außerdem kann ich sowieso nichts tun, um Jonathan aufzuhalten, denn ich bin Wachs in seinen Händen. Er dringt mit zwei Fingern tief in mich ein und verschließt meinen Mund mit einem verlangenden Kuss. Sein Daumen findet zielsicher meine empfindliche Knospe und kreist langsam darum. Die Berührungen ziehen mir alle Kraft aus den Beinen, und ich muss mich an ihm festhalten, um nicht zu fallen. Als ich aufstöhne, löst er sich von meinen Lippen.

»Du bist auf den Geschmack gekommen, oder, Grace?« Er lacht. »Gefällt dir die Vorstellung, dass ich dich vor dem Fenster vögele?«

Mir stockt der Atem, als er anfängt, mit seinen Fingern gleichmäßig in mich zu stoßen.

»Es gibt zwei Möglichkeiten, wie ich es dir besorgen kann«, sagt er rau. »Ich könnte dich hochheben und auf meinen Schwanz setzen. Du würdest deine Beine um mich schlingen und ich würde in dich pumpen, immer schneller, bis du schreist, wenn du kommst.« Er ahmt mit seinen Fingern nach, was sein Penis tun würde, und ich stöhne auf.

»Oder ich drehe dich um.« Er zieht sich aus mir zurück und tut es, und ich keuche erschrocken, als ich plötzlich mit den Händen an der Scheibe lehne und das Gefühl habe, in die Tiefe zu fallen. Nur das Glas hält mich jetzt noch – und Jonathans Hand, die an meiner Hüfte liegt, während er mit der anderen meinen Rock hochschiebt und wieder in mich eindringt, in einem gleichmäßigen Rhythmus in mich stößt. Es ist ein irres Gefühl. Mein ganzer Körper prickelt, und ich spüre die ersten inneren Beben, dieses Zusammenziehen der Muskeln, das ich nicht kontrollieren kann.

Tief unter mir sehe ich Autos und Menschen auf der Straße vor dem Gebäude, und natürlich arbeiten auch welche in den umliegenden Bürotürmen, von denen allerdings keiner so hoch ist wie der von Huntington Ventures. Die Vorstellung, dass uns vielleicht trotzdem jemand in dieser eindeutigen Position sehen kann, steigert mein Verlangen und lässt meine Säfte über Jonathans Hand fließen.

»Dann ficke ich dich von hinten, und die Leute draußen können sehen, wie deine Brüste bei jedem Stoß gegen die Scheibe gedrückt werden und wie dein Gesicht sich lustvoll verzieht, wenn dein Orgasmus dich erfasst und du fühlst, wie ich dir folge und tief in dir komme.«

Seine Worte sind wie eine Droge, die sich in meinem Körper ausbreitet und meine Sinne benebelt. Ich stöhne haltlos und schiebe mich seinen Fingern entgegen, die mich weiter reizen.

»Macht dich das geil, Grace?«, fragt er und drückt fest gegen meine geschwollene Perle, was eine neue Welle der Lust durch mich hindurchrollen lässt.

»Ja«, hauche ich, völlig neben mir, und registriere erst verzögert, dass es klopft. Jonathan jedoch reagiert sofort.

Er zieht seine Finger aus mir zurück, richtet mein Kleid und dreht mich um, sodass ich schwankend und überrascht vor ihm stehe. Für mehr reicht die Zeit nicht, denn Catherine Shepard hat die Tür schon geöffnet und sieht ins Büro.

»Entschuldigung«, sagt sie und wirkt erschrocken.

Sie müsste schon ziemlich beschränkt sein, um nicht zu merken, dass ich mit Jonathan gerade etwas mache, das mit Bilanzen und Geschäftsberichten nichts zu tun hat. Denn selbst wenn er mich jetzt nicht mehr an sehr intimen Stellen berührt – seine Reflexe sind wirklich bemerkenswert –, stehen wir trotzdem noch zu dicht beieinander und zu weit weg vom Schreibtisch und allen wichtigen Papieren. Außerdem liegen meine Schuhe und mein Slip auf dem Boden vor uns, was Catherine Shepard zum Glück nicht sehen kann, weil der Schreibtisch davor steht. Was sie aber definitiv sehen kann, sind meine vor Scham und dem Fast-Orgasmus geröteten Wangen.

Ihr fassungsloser Gesichtsausdruck ist die peinliche Situation allerdings fast wert.

»Ich wollte nicht stören.« Ihre Stimme klingt belegt, irgendwie geschockt. So als hätte sie mit allem gerechnet, nur nicht damit, Jonathan und mich in einer zweideutigen Situation zu erwischen. »Das hier ist eben gekommen.« Sie hält einen Umschlag in der Hand.

Jonathan blickt mit versteinertem Gesichtsausdruck über die Schulter.

»Ich sehe mir das nachher an«, sagt er, und sein Tonfall macht unmissverständlich klar, dass er Catherine Shepards Eindringen als störend empfindet. Er kann das. Er kann einen nur mit dem Klang seiner Stimme zurechtweisen.

Und seine Sekretärin kennt ihn gut genug, um sofort zu verstehen. »Natürlich«, sagt sie und geht wieder, schließt die Tür fest hinter sich.

Für einen Moment bleiben wir reglos stehen, aber dann muss ich plötzlich kichern, weil die Situation so absurd ist. »Siehst du, ich habe dir doch gesagt, sie könnte reinkommen«, necke ich ihn. »Das war ganz schön knapp.«

Jonathan wendet den Kopf wieder zu mir um und mustert mich mit zusammengezogenen Augenbrauen, dann bückt er sich und hebt meinen Slip und meine Schuhe auf. Offenbar findet er das gar nicht komisch.

Fast grob umfasst er mit seiner freien Hand meinen Oberarm und zieht mich durch das Büro in das angrenzende Schlafzimmer. Er schließt die Tür hinter sich und dreht den Schlüssel um, dann lässt er meine Sachen fallen und schiebt mich zum Bett, stößt mich rücklings darauf und bleibt selbst davor stehen. Der entschlossene Gesichtsausdruck, mit dem er mich mustert, müsste mir eigentlich Angst machen. Stattdessen erregt er mich. Ich hebe den Oberkörper und stütze mich auf die Ellbogen. Mir ist bewusst, dass der tiefe Ausschnitt meines Kleides in dieser Position sehr viel von meinem Busen preisgibt, aber das stört mich nicht. Im Gegenteil.

»Tun wir es jetzt doch nicht mehr vor dem Fenster?«, frage ich bedauernd.

»Doch«, sagt er. »Wir tun es überall, wo wir wollen. Auch vor dem Fenster. Aber dann, wenn keine Störungen zu befürchten sind.«

»Ich dachte, darauf hättest du es angelegt.«

Er hebt die Brauen. »Worauf? Von meiner Sekretärin erwischt zu werden? Nein. Ich hatte das nur ... nicht wirklich bedacht.«

Es ist nicht so gelaufen, wie Jonathan Huntington es wollte, und die Tatsache passt ihm offensichtlich nicht. Was mich wieder grinsen lässt. Wahrscheinlich sind mir die Erregung und die Tatsache, dass ich ohne Slip auf seinem Bett liege, zu Kopf gestiegen.

»Hat sie dich schon mal erwischt?«, frage ich neugierig.

»Grace, hast du mir nicht zugehört? Ich habe sonst keinen Sex mit Frauen, mit denen ich zusammenarbeite, weder im Büro, noch bei mir zu Hause. Weil ich weiß, wie das endet – mit Tränen und Forderungen, die ich nicht erfüllen will.« Er schüttelt den Kopf, so als hätte ihn das an etwas erinnert. »Die ich auch bei dir nicht erfüllen werde, vergiss das nicht.« Ernst sieht er mich an, aber ich will darüber jetzt nicht nachdenken. Lieber darüber, wo und mit wem er es dann tut, wenn alle seine Angestellten ausscheiden.

»Aber du hast Sex, oder?« Die Frage erübrigt sich eigentlich und scheint ihn zu belustigen, denn er lächelt.

»Ja.«

»Und wo?«

Sein Lächeln schwindet, wird weniger offen. »Hier zum Beispiel«, sagt er. »Mit dir. Ausnahmsweise.«

Ich schlucke, weil ich genau spüre, dass er mir ausweicht. Hat er hier wirklich schon Sex gehabt oder will er mir nur nichts von dem Club erzählen, über den ich schon so viel nachgedacht habe?

Jetzt, wo Jonathan bereit ist, sich auf mich einzulassen, ist der Gedanke daran spannend und abschreckend zugleich. Ich weiß so wenig über ihn. Was kann es sein, das er dort offenbar sucht und findet? Und mit wem?

Jonathan sieht aus, als wäre ihm gerade etwas eingefallen. Er dreht sich um und verschwindet noch mal im Büro. Als er zurückkommt, legt er eine Packung Kondome auf den Nachttisch. Dann fängt er an, sein Hemd aufzuknöpfen.

»Zieh dich aus«, befiehlt er mir und fügt noch hinzu: »Langsam.«

Ein heißer Schauer läuft mir über den Rücken, als ich mich aufrichte und mich auf das Bett knie. Für einen kurzen Moment bin ich befangen, aber dann atme ich tief durch und löse das Band des Wickelkleides, lasse es auffallen. Bis auf den schwarzen BH mit Spitzensaum, den ich noch trage, bin ich darunter nackt, denn meinen Slip hat Jonathan mir ja schon ausgezogen.

Es ist ein komisches Gefühl, mich vor ihm auszuziehen, aber ich habe in seinem Haus schon ganz andere Dinge getan. Außerdem hat es etwas Verruchtes, was mich total anmacht und eine Seite in mir zum Vorschein bringt, von der ich bis vor Kurzem noch nichts geahnt habe. Wie in Zeitlupe strecke ich eine Schulter nach vorn und schiebe den Stoff des Kleides darüber, bis er mir in die Armbeuge fällt, dann wiederhole ich es an der anderen Seite, streife das Kleid ganz ab und werfe es neben das Bett.

»Ist es gut so?«, frage ich, weil ich seine Bestätigung brauche, um mich das alles weiter zu trauen.

Jonathan nickt. »Mach weiter.« Er hat sein Hemd aufgeknöpft, aber jetzt steht er wieder reglos da und sieht mich nur mit diesem gefährlichen Funkeln in den Augen an. Erregung durchflutet mich und ich beiße mir auf die Lippen, während ich die Hände nach hinten auf meinen Rücken nehme und den Verschluss meines BHs löse, ihn ebenfalls langsam abstreife.

Meine Nippel sind so hart und aufgerichtet, dass sie fast schmerzen, und ein Zittern durchläuft mich. Denn ich habe keine Ahnung, was er jetzt mit mir vorhat, und das steigert meine Erregung ins Unermessliche.

Er macht einen Schritt auf das Bett zu. »Und jetzt zieh mich aus, Grace«, sagt er rau.

Begierig rutsche ich zu ihm und lege die Hände an den Gürtel seiner schwarzen Jeans, löse ihn mit zitternden Fingern und öffne den Bund. Sein Penis ist voll erigiert und reckt sich mir stolz entgegen, noch genauso beeindruckend wie beim letzten Mal, und ich umfasse ihn fasziniert, spüre die stählerne Härte unter der seidigen Haut. Dann zuckt er plötzlich, und ich sehe zu Jonathan auf, der mit brennenden Augen auf mich herunterblickt.

»Nimm ihn in den Mund.«

Mein Herz klopft wild bei seiner Forderung. Das ist alles noch so neu für mich, und ein bisschen überfordert es mich auch. Aber ich bin längst jenseits aller Schamgrenzen. Ich will ihn schmecken, und es macht mich unheimlich an, so etwas Intimes bei ihm zu tun, deshalb öffne ich den Mund und schließe die Lippen um die dicke Penisspitze, betaste sie vorsichtig mit der Zunge. Ich rieche seinen ureigenen Duft, erdig und männlich und aufregend, und schmecke seine Essenz, als ich anfange, vorsichtig an ihm zu saugen.

Er stöhnt auf und drängt seine Hüften nach vorn, sodass er noch ein Stück tiefer rutscht und dann noch ein Stück. Er füllt meinen Mund jetzt ganz aus, dehnt meine Wangen, und bei dem Gedanken, dass er das auch gleich wieder mit meiner Scheide tun wird, krampfen sich meine inneren Muskeln zusammen. Neue Hitze wallt in mir auf und ich fange an, gierig an ihm zu saugen, umkreise ihn jetzt mutiger mit meiner Zunge.

»Ja, so ist es gut, Grace«, keucht Jonathan über mir. Er legt die Hände an meinen Hinterkopf und dringt jetzt mit kleinen Stößen in meinen Mund. Am Anfang halte ich still, überwältigt von dieser neuen Erfahrung. Doch als er einmal eine zu abrupte Bewegung macht und hinten an meinen Rachen stößt, muss ich würgen. Tränen schießen in meine Augen und ich ziehe abrupt den Kopf zurück, lasse ihn aus meinem Mund gleiten.

»Tut mir leid«, sage ich, weil ich ein bisschen Angst habe, dass er jetzt enttäuscht von mir ist, doch er ist schon dabei, sich die Hose ganz auszuziehen. Dann sitzt er neben mir auf dem Bett und sieht mich an.

»Du musst nichts tun, was du nicht willst«, sagt er. »Das ist auch eine meiner Regeln.«

Theoretisch beruhigend, denke ich. Aber da ich ziemlich sicher bin, dass es kaum etwas gibt, das Jonathan nicht tun würde, ist es auch eine trügerische Sicherheit. Er ist so viel erfahrener als ich und er hat diese dunkle Seite, die ich nicht kenne und dir mir doch ein bisschen Angst macht. Wenn ich mich auf ihn einlasse, wird er mich an meine Grenzen bringen, und ich habe keine Ahnung, was dort auf mich wartet.

Er scheint zu spüren, dass ich mich anspanne, denn er zieht mich mit sich aufs Bett, legt sich neben mich. Das offene Hemd hat er noch an, und ich schiebe es ihm über die Schultern, ziehe es ihm aus.

»Seit wann trägst du eigentlich Grau?«, frage ich ihn und fahre mit der Hand genüsslich über die wohlgeformten Arme und seinen muskulösen Rücken. »Sind dir die schwarzen Hemden ausgegangen?« Ich grinse, als mir ein Gedanke kommt. »Oder ist heute der Tag der Ausnahmen?«

Ein träges Lächeln breitet sich auf seinem Gesicht aus. »Möchtest du wissen, was passiert, wenn ich ein weißes Hemd anhabe?«

Ich kichere. »Hast du denn eins? Ich dachte, du trägst nur dunkle Sache.«

»Wenn Sie noch so viel Zeit zum Denken haben, Miss

Lawson«, sagt er und streicht mit der Hand über meinen Busen, reibt über die aufgerichteten Spitzen, »dann wird es vielleicht Zeit, Sie ein bisschen mehr in Atem zu halten.«

»Ja, das ist sicher eine gute Idee, Mylord«, erwidere ich gespielt unschuldig und schmiege mich dichter an ihn, höre das Rumpeln in seiner Brust, als er lacht.

Seine Nähe ist berauschend, und ich genieße das Gefühl seiner heißen Haut an meiner, seiner kräftigen, festen Muskeln, die ich darunter spüre. Ich hatte noch gar keine Gelegenheit, ihn zu berühren und seinen Körper zu entdecken, deshalb nutze ich die Chance. Meine Hände wandern ruhelos über ihn, und ich küsse jeden Zentimeter von ihm, den ich erreichen kann, seine Schulter, seinen Hals und schließlich seinen Mund.

Zuerst liegt er einfach nur da und lässt mich gewähren. Dann erwidert er meinen Kuss plötzlich mit einer Leidenschaft, die mich überrascht, zieht mich ganz dicht an sich und hält mich fest, so als wollte er mich nie wieder loslassen, nur um mich einen Augenblick später fast abrupt wieder freizugeben. Meine Hände ruhen noch auf seiner Brust, deshalb spüre ich, wie schwer er atmet und wie schnell sein Herz schlägt. Es ist berauschend, das Verlangen in den Augen dieses wunderschönen Mannes zu sehen, der mich eindeutig will.

Doch was er dann tut, überrascht mich wieder, denn er zieht noch einmal die Schublade des Nachttischs auf und holt ein Stück langen weißen Stoff heraus. Einen Seidenschal.

Wow, denke ich, und bin wieder hin und her gerissen zwischen Faszination und Schrecken.

»Was hast du vor?«, frage ich atemlos, lasse aber zu, dass er den Seidenschal um mein linkes Handgelenk schlingt und dann locker durch das Gitter am Kopfteil schiebt, es an der anderen Seite wieder herauszieht.

»Es wird dir gefallen«, antwortet er.

Nervös beiße ich mir auf die Unterlippe, während ich zusehe, wie er das andere Ende an meinem rechten Handgelenk festmacht. Mein Mund ist plötzlich ganz trocken.

»Machst du mich auch wieder los?«

Er lächelt und zieht mich ein bisschen nach unten, sodass der seidige Stoff sich spannt. Meine Arme liegen jetzt ausgestreckt nach oben, verbunden durch den Schal. Ich habe ein bisschen Spielraum, könnte mich drehen, aber mehr nicht.

»Du musst es nur sagen. Aber ich denke, dafür hast du vielleicht erst hinterher wieder Zeit«, sagt er lächelnd.

Aus einem Reflex heraus ziehe ich an meinen Fesseln und versuche, mich zu befreien, aber der Seidenschal legt sich nur fester um meine Handgelenke. Scharf ziehe ich die Luft ein, als mir klar wird, dass ich ihm jetzt wirklich total ausgeliefert bin. Und ich kann ihn nicht mehr berühren, was ich schade finde.

Atemlos sehe ich zu, wie Jonathans brennender Blick über meinen Körper wandert. Er kniet jetzt zwischen meinen Beinen und drückt sie weiter auseinander. Sein Finger streicht durch meinen feuchten Spalt, umrundet die kleine Perle, und ich keuche auf, dränge mich gegen seine Hand.

Aber zu meiner Enttäuschung zieht er sie wieder zurück. Ich stoße ein frustriertes Stöhnen aus, und er lacht. Dann beugt er sich vor, senkt den Kopf zwischen meine Beine und eine Sekunde später spüre ich seinen Atem an meinem Venushügel. Seine Hände drängen meine Beine noch weiter auseinander, schieben sie nach oben, und seine Zunge teilt meine Schamlippen, dringt warm in mich ein und leckt über die unglaublich empfindliche Stelle.

»Oh Gott.« Das Gefühl ist so überwältigend, dass ich an den Fesseln reiße. Ich möchte die Hände auf seinen Kopf legen, um irgendwie die Kontrolle zu behalten über das, was mit mir passiert. Aber genau das verwehrt er mir.

Seine Zunge ist unerbittlich, reizt abwechselnd meine Perle und dringt in mich ein, in einem Rhythmus, der mir keine Chance lässt, mich darauf einzustellen und Erlösung zu finden.

»Jonathan«, schluchze ich und bäume mich auf, als ich es nicht mehr aushalte. »Bitte.«

»Was denn, Grace?« Seine tiefe Stimme vibriert an meinem empfindlichsten Punkt, so nah ist er mir, aber es ist zu wenig, um mich kommen zu lassen. Ich versuche, mich gegen seine Lippen zu drängen, aber er entzieht sich mir, pustet sanft auf mein empfindliches Fleisch. »Was soll ich tun?«

Ein Schauer läuft durch meinen Körper und ich stöhne hilflos, unfähig, die richtigen Worte zu finden.

»Weißt du, dass du unglaublich gut schmeckst?«, sagt er, als ich ihm nicht antworte, und sein Atem streicht warm über meine gereizte Knospe, die schmerzhaft pocht. »Soll ich weitermachen?«

Ich nicke heftig.

Unbedingt soll er weitermachen, damit das Pochen zwischen meinen Beinen nachlässt. Ich will ihn fühlen, seine Zunge, seine Finger, seinen Schwanz – alles, was er mir geben kann, will ich haben. Aber ich kann es ihm nicht sagen. Er lässt mir keine Gelegenheit dazu, denn er senkt seine Lippen auf meine geschwollene Perle, umschließt sie warm und feucht und fängt an, daran zu saugen.

Sofort explodieren tausende Farben hinter meinen Lidern, die ich ohne nachzudenken geschlossen habe, und ich schreie auf, als der Höhepunkt mich ohne Vorwarnung mitreißt. Die Tatsache, dass ich mich nicht wehren kann, weil ich gefesselt bin, intensiviert das Gefühl noch, und ich schluchze auf und zucke unkontrolliert, während mich die Wellen der Erlösung überrollen.

Noch während mein Orgasmus langsam abebbt, schiebt

Jonathan sich hoch, bis er über mir ist. Er greift nach den Kondomen und reißt eine Packung auf, rollt es über sein Glied, dann hebt er meine Beine an, sodass sie über seinen Schultern liegen, und dringt mit einem einzigen Stoß in mich ein. Ich schnappe nach Luft, weil ich ihn in dieser Position besonders tief spüre und weil seine Größe mir erneut den Atem nimmt. Meine immer noch bebenden Muskeln krampfen sich um ihn, müssen sich neu an ihn gewöhnen, doch dazu lässt er mir kaum Zeit. Denn als er anfängt, in einem schnellen, unerbittlichen Rhythmus in mich zu pumpen, baut sich die unerträgliche Spannung sofort wieder in mir auf, jagt mich einem neuen Höhepunkt entgegen.

»Aahh, Grace, du bist so herrlich eng«, stöhnt Jonathan. Er legt die Hand an meine Perle, streicht mit dem Daumen darüber, und ich habe keine Chance, erschaudere unter ihm und zerspringe erneut in tausend Teile, noch heftiger als zuvor. Doch Jonathan folgt mir nicht, sondern zieht sich aus mir zurück, dreht mich um und schiebt mich ein bisschen nach oben, auf die Knie. Der weiche Seidenschal, der um meine Handgelenke geschlungen ist, lässt zu, dass ich die Bewegung mitmache. Aber ich bin so erschöpft und überwältigt, dass ich keine Kraft mehr habe und mit dem Oberkörper auf der Matratze liegenbleibe.

Ich spüre, wie Jonathan meine Hüften umfasst und erneut von hinten in mich eindringt. Ich bin wund und kann nicht mehr, aber er stößt wieder in mich, steigert langsam das Tempo.

»Komm noch mal für mich, Grace«, sagt er, und es klingt wie ein Knurren.

Ich bin ganz sicher, dass es nicht geht, doch sein Rhythmus ist unwiderstehlich, löst neue Beben in mir aus, die immer stärker und stärker werden, bis mein gesamter Unterleib sich plötzlich zusammenkrampft und ein neues, noch intensiveres Gefühl mich zerreißt, meinen ganzen Körper schüttelt.

»Ja«, stöhnt Jonathan und ich spüre, wie auch er kommt, fühle das Zucken seines Gliedes, das mich jedes Mal noch tiefer in den Abgrund reißt und die süßen Qualen nicht enden lässt, die mich gefangen halten.

Danach bin ich so schwach und ausgepowert, dass ich zur Seite sinke. Er folgt der Bewegung und zieht sich dabei aus mir zurück, und dann liegen wir schwer atmend hintereinander, während unsere Körper sich langsam beruhigen.

Es dauert eine ganze Weile, bis ich wieder klar denken kann. Und bis mir klar wird, in welcher Lage ich mich befinde und dass ich mich daraus nur schwer alleine wieder befreien kann.

»Jonathan?«

Er richtet den Oberkörper auf und beugt sich über mich.

»Mach mich wieder los«, fordere ich ihn auf und blicke demonstrativ streng auf die Fesseln an meinen Handgelenken, durch die ich immer noch gezwungen bin, mit nach oben gestreckten Armen auf dem Bett zu liegen.

»Wie Sie wünschen, Madam.« Er grinst und fängt sofort an, die Knoten zu lösen. Innerlich seufze ich auf, denn es ist dieses jungenhafte, charmante Lächeln, dem man einfach nicht widerstehen kann. Ich jedenfalls nicht. Ich habe nicht mal den Hauch einer Chance.

»Machst du so was öfter?« Mit leicht verzerrtem Gesicht reibe ich mir die Handgelenke, als ich wieder frei bin. Sie schmerzen ein bisschen, weil ich so an den Fesseln gerissen habe.

»Hat es dir nicht gefallen?«, fragt er zurück und sein Lächeln ist jetzt siegessicher, absolut entspannt.

»Doch«, gestehe ich. »Es war nur so – überraschend.«

Aber nicht für ihn, denke ich, während ich zusehe, wie er aufsteht und in das kleine Bad geht, in dem kurz danach Wasser rauscht. Er muss das schon öfter gemacht haben, wenn er Seidenschals in seiner Nachttischschublade aufbewahrt. Die wird er da ja nicht für mich reingetan haben. Was mich an seine Worte von vorhin erinnert. *Ich gehöre dir nicht, Grace, und ich erwarte nicht, dass du mir gehörst.* Erst jetzt wird mir wirklich bewusst, was das bedeutet und wie viel ich riskiere, wenn ich mich auf dieses gefährliche Spiel einlasse, das er mir angeboten hat. Kann ich das wirklich? Ich schlucke mühsam und lächle unsicher, als Jonathan zurückkommt.

Er setzt sich auf das Bett, betrachtet mich mit einem Gesichtsausdruck, den ich nicht deuten kann. Mit seiner Nacktheit scheint er überhaupt kein Problem zu haben, denn er wirkt völlig entspannt – im Gegensatz zu mir. Deshalb fände ich es schön, wenn er sich wieder zu mir legen und mich in den Arm nehmen würde. Irgendwie hatte ich gedacht, dass das zum Sex dazugehört, aber scheinbar nicht bei Jonathan.

Leider habe ich da überhaupt keine Vergleichsmöglichkeiten, doch es kommt mir ungewöhnlich vor, wie wenig zärtlich er ist. Der Sex mit ihm ist unglaublich gut, wild, leidenschaftlich und mitreißend. Und sehr befriedigend. Aber er streichelt und küsst mich hinterher nicht, und ich darf danach auch nicht in seinen Armen liegen. Und als ich vorhin gerade dabei war, seinen Körper sanft zu erforschen, hat er mir die Hände gefesselt.

Mir fallen auch die anderen Situationen wieder ein, in denen ich ihm nahe gekommen bin. Damals auf der Fahrt vom Flughafen oder nach dem Restaurantbesuch, als ich so betrunken war. Jedes Mal, wenn ich mich an ihn gelehnt habe, wirkte er angespannt. Eigentlich hat er mich nur ein einziges Mal liebevoll berührt, damals an meinem ersten Tag in seinem Büro, als er mir die Schultern massiert hat. Und das hat er offensichtlich nur gemacht, weil ich ihn an seine Schwester erinnert habe.

»Wie alt ist deine Schwester?«, frage ich, plötzlich neugierig.

Jonathan dreht den Kopf zu mir. »Vierundzwanzig.« Also sechs Jahre jünger als er, denke ich. Und zwei Jahre älter als ich.

»Und was macht sie in Rom?«

Er sieht wieder zum Fenster, und auf seinem Gesicht liegt ein Lächeln, von dem ich mir wünschen würde, dass er es auch lächelt, wenn er über mich spricht. »Sarah hat Kunstgeschichte studiert und arbeitet gerade an ihrer Promotion über irgendwelche alten Meisterwerke. Frag mich nicht nach den Details – ich interessiere mich nur für moderne Kunst. Aber Sarah gerät richtig ins Schwärmen, wenn sie von diesen Schinken erzählt. Und davon gibt es in Rom eben genügend.«

»Wie lange war sie denn dort?«

»Drei Monate«, antwortet er. Genauso lange wie ich hier sein werde, denke ich und spüre einen schmerzhaften Stich, als mir wieder klar wird, dass meine Zeit in London begrenzt ist. »Viel zu lange«, schiebt er hinterher und es klingt wie ein Seufzen.

»Du hast sie gern, oder?«

»Sie ist meine Schwester.«

»Aber dein Vater ist auch dein Vater, und den scheinst du nicht besonders gern zu haben.«

Er sieht mich scharf an und hat diesen finsteren Gesichtsausdruck, so wie offenbar immer, wenn vom Earl of Lockwood die Rede ist. »Dafür gibt es Gründe.«

»Und welche?«

»Grace, was wird das hier? Ein Verhör?«

»Es interessiert mich einfach, wieso du ein so schlechtes Verhältnis zu ihm hast«, beharre ich. »Ich meine, eigentlich würde man denken, dass ihr euch besonders nah stehen müsstet, wo er doch mit Sarah und dir allein war.«

Seit ich mitbekommen habe, wie schlecht Jonathan auf seinen

215

Vater zu sprechen ist, habe ich viel Zeit im Internet verbracht und seine Familiengeschichte recherchiert. Dabei bin ich auf Fotos vom Earl und seiner Frau gestoßen, einer sehr hübschen Irin namens Orla, von der Jonathan seine dunklen Haare und die strahlend blauen Augen geerbt hat. Sie kam schon vor mehr als zwanzig Jahren bei einem Unfall auf dem Landsitz der Familie ums Leben, und da Jonathan und seine Schwester damals noch so jung waren und der Earl nie wieder geheiratet hat, hätte man davon ausgehen können, dass die Familie durch dieses tragische Ereignis näher zusammengerückt ist. Doch das scheint nicht der Fall zu sein.

Jonathan lacht, aber es klingt hart. »Allein ist das richtige Wort«, sagt er.

»Wie meinst du ...«

Er packt mich und rollt mich so, dass ich unter ihm liege. »Können wir jetzt das Thema wechseln?« Sein Gesichtsausdruck ist richtig grimmig.

Wow, denke ich, und beiße mir auf die Unterlippe, als ich seine Erektion an mein Bein spüre. Er kann schon wieder?

»Darf ich mitkommen, wenn du dich mit deiner Schwester triffst?«

Jonathan runzelt die Stirn. »Warum?«

»Ich würde sie gerne kennenlernen. Wenn ich darf.«

Er scheint lange darüber nachdenken zu müssen, ob er mir das erlauben soll, aber schließlich nickt er. »Ja. Ich glaube, ihr werdet euch verstehen«, sagt er und lächelt ein ganz kleines bisschen so, wie ich es mir vorhin gewünscht habe. »Sarah ist auch so ... entschlossen wie du.«

Ich? Entschlossen? Wie kommt er denn darauf? Ich bin Wachs in seinen Händen, er kann mit mir machen, was er will. Und er hat da offenbar auch schon Pläne, denn er fängt wieder an, mich zu küssen.

»Aber jetzt probieren wir das mit dem Fenster«, sagt er an meinen Lippen, und ein Prickeln zieht durch meinen Körper.

Plötzlich klopft es laut an der Tür, und wir zucken beide zusammen.

»Jonathan!« Es ist Alexanders Stimme, die hinter der Tür erklingt, und mir wird wieder bewusst, dass wir uns immer noch im Büro befinden. Ich will mich aufsetzen, doch Jonathan hält mich fest, drückt mich auf das Bett.

»Was?«, ruft er unwillig.

»Ich muss dich sprechen. Es ist dringend.«

»Hat das nicht Zeit?«

»Nein, hat es nicht«, beharrt sein Kompagnon, dessen Stimme gedämpft durch die Tür dringt. Jonathan lässt mich los und steht auf, greift nach seiner Hose.

»Einen Moment«, ruft er, und die Verärgerung in seiner Stimme ist deutlich zu hören. »Dafür wird er mir büßen«, fügt er halblaut hinzu, dann sieht er mich an. »Zieh dich an.«

Die Aufforderung ist total überflüssig, denn ich bin längst aufgesprungen und laufe in das kleine Bad, richte mir in Rekordzeit die zerzausten Haare und wasche mich notdürftig. Aber es hat keinen Zweck, ich sehe mit meinen geschwollenen Lippen, den geröteten Wangen und den glänzenden Augen immer noch aus wie eine Frau, die gerade wilden, unglaublich guten Sex hatte. Mit Grauen denke ich daran, dass Alexander sofort wissen wird, was ich mit Jonathan gemacht habe. Aber das weiß er vermutlich sowieso, schließlich ist es mitten am Tag und wir sind nicht zusammen im Büro, sondern im Schlafzimmer. Das Rot auf meinen Wangen vertieft sich, während ich zurück ins Zimmer eile und in meine Sachen und die Schuhe schlüpfe. Jonathan ist schon fertig und steht an der Tür, schließt sie auf, als ich wieder vollständig bekleidet bin. Hinter ihm trete ich zurück in das große Büro.

Alexander lehnt an der Rückenlehne der Couch, ganz in der Nähe der Tür, und sieht uns grinsend entgegen.

»Catherine hat sich nicht getraut, dich zu stören. Offenbar hatte sie das Gefühl, es könnte sie ihren Job kosten, wenn sie das Büro noch mal betritt. Also musste ich das wohl oder übel selbst machen, als ich keine Lust mehr hatte zu warten, bis du endlich wieder rauskommst«, sagt er und betrachtet mich dabei neugierig, was mir extrem peinlich ist. Wenn ich nicht sowieso schon rot wäre wie eine Tomate, dann würde es jetzt definitiv schlimmer werden.

»Und was gibt es so Wichtiges?«, fragt Jonathan gereizt.

»Sarah hat sich vor vorhin gemeldet.« Alexanders Lächeln wird weicher. »Da war sie mit deinem Vater schon auf dem Weg in die Stadt. Sie wollte wissen, ob wir sie um eins zum Essen treffen können.«

Jonathan will etwas erwidern, doch in diesem Moment geht sein Handy, das auf dem Schreibtisch legt. Er geht hin, und ich bleibe unsicher stehen und winde mich weiter unter Alexanders Blicken. Er sagt zwar nichts, aber irgendwie habe ich das Gefühl, dass er die Tatsache, dass Jonathan nicht gestört werden wollte und mit mir im Schlafzimmer war, nicht auf Dauer unkommentiert lassen wird.

»Was?« Jonathans aufgeregte Stimme reißt mich aus meinen Gedanken. »Wann? Wo?« Er hört dem Anrufer zu und sein Gesicht ist mit einem Mal wie versteinert. »Wie geht es ihr?«

Wieder lauscht er angespannt, dann legt er nach einem knappen »Wir sind unterwegs« auf und sieht uns an.

»Was ist passiert?«, fragt Alexander besorgt.

Jonathans Lippen sind zusammengepresst und erschreckend bleich.

»Das war mein Vater. Es hat einen Unfall gegeben«, sagt er. »Wir müssen sofort ins Krankenhaus.«

19

Auch Alexander lächelt nicht mehr und ist blass geworden.

»Was ist mit Sarah? Ist sie verletzt?«

Jonathan nickt und wählt eine Nummer auf seinem Handy. »Sie wird gerade operiert«, erklärt er und hält sich das Handy ans Ohr.

»Wie schwer?«, will Alexander sofort wissen.

»Das konnte er nicht sagen«, erwidert Jonathan, und ich kann sehen, wie die Muskeln in seinem Kiefer arbeiten.

Alexander sieht so geschockt aus, dass er für ein paar Augenblicke vor sich hin starrt.

»Und wie ist das passiert?«, fragt er dann.

»Der Chauffeur hat die Kontrolle über den Wagen verloren. Auf dem Rückweg vom Flughafen hat ihn ein überholendes Auto geschnitten, und er ist gegen die Leitplanke gefahren. Sarah und Hastings wurden beide verletzt. Man hat sie ...« Jonathan hebt die Hand und spricht jetzt in das Handy. »Steven, ich brauche sofort die Limousine. Jetzt gleich«, befiehlt er und will das Gespräch sofort wieder beenden. Aber offenbar hat Steven ihm noch etwas zu sagen, denn er hält in der Bewegung inne, drückt das Handy zurück an sein Ohr und lauscht. Angespannt runzelt er die Stirn und sieht plötzlich mich an, dann bedankt er sich knapp und wiederholt, dass Steven unverzüglich kommen soll, bevor er auflegt. Er steckt das Handy in seine Hemdtasche und kommt wieder zu uns. »Man hat sie beide ins King Edward VII's Hospital gebracht«, beendet er den Satz, den er vor dem Telefonat angefangen hatte.

»Und dein Vater?«, frage ich. »Ist der auch verletzt?«

Jonathan bleibt stehen und starrt mich an. »Es ging ihm gut genug, um mit mir zu telefonieren«, sagt er, und man kann den Zorn in seiner Stimme deutlich hören. »Also vermutlich nicht.« Es klingt fast, als würde er seinem Vater das vorwerfen.

»Hunter, der Unfall war nicht seine Schuld.« Alexander sieht Jonathan auf eine merkwürdig eindringliche Art an. »Dafür konnte er nichts.«

Jonathan schnaubt nur und geht mit großen Schritten zur Tür. Alexander folgt ihm, und auch ich greife aus einem Reflex heraus nach meiner Tasche, die immer noch auf dem Couchtisch steht, und will den beiden hinterher. Doch dann bleibe ich unsicher stehen. Jonathan hat gesagt, ich darf mit zu Sarah, und ich möchte bei ihm sein, gerade jetzt – aber es ist eine unerwartete, völlig neue Situation, und ich habe Angst, dass ich störe oder ihn noch mehr belaste.

Jonathan merkt, dass ich zurückbleibe, und dreht sich um. Für einen Moment scheint er zu überlegen, dann streckt er auffordernd die Hand aus, winkt mich zu sich.

»Komm. Schnell.«

Er wartet, bis ich bei ihm bin, und schiebt mich vor sich durch die Tür.

Catherine Shepard, die an ihrem Platz sitzt, sieht mich mit einer merkwürdigen Mischung aus Feindseligkeit und Neugier an, die mich an das erinnert, was vorhin im Büro passiert ist. Das Wechselbad der Gefühle, von dem megaheißen Sex mit Jonathan zu dem Schock über den Unfall seiner Schwester, ist nur schwer zu verdauen für mich, und plötzlich frage ich mich, ob sie wirklich ahnt, was zwischen mir und Jonathan vorgeht, und wie schlimm das dann ist. Aber es bleibt mir überhaupt keine Zeit, darüber nachzudenken, denn Jonathan drängt zur Eile. Zumindest eins ist jedoch klar: Er will wirklich, dass ich mitkomme.

Im Fahrstuhl merkt man den beiden deutlich an, wie nervös sie sind.

»Hat dein Vater gar nichts dazu gesagt, was deine Schwester für Verletzungen hat?«, frage ich.

Jonathan atmet tief ein, so als müsse er sich erst sammeln, bevor er antwortet. »Er hat gesagt, ihr Bein war eingeklemmt und sie hat stark geblutet. Aber sie war bei Bewusstsein.«

»Das klingt nicht lebensgefährlich«, sage ich, um ihn zu beruhigen, aber ich kann ihm ansehen, wie schlecht mir das gelingt.

»Das King Edward VII's Hospital hat einen exzellenten Ruf«, sagt Alexander, der genauso angespannt wirkt wie Jonathan, aber offenbar im Gegensatz zu seinem Kompagnon den Stress lieber mit Reden abbaut. Er erklärt mir, dass es eine Privatklinik in Marylebone ist, die zu den medizinischen Top-Adressen Londons gehört und in der auch Prinz Philipp schon behandelt wurde. »Sie tun für Sarah sicher, was sie können«, sagt er, und es klingt wie eine Beschwörung.

Sobald die Fahrstuhltüren sich öffnen, stürmen die Männer durch das Foyer, und ich habe Mühe, mitzuhalten. Draußen wartet bereits die Limousine, in der wir wenig später durch die Stadt jagen. Jonathan versucht über sein Handy noch mal seinen Vater zu erreichen, doch es meldet sich nur die Mailbox, was ihn sichtlich verärgert. Dann probiert er es in der Klinik, erfährt nach längeren Verhandlungen mit der Empfangsdame aber nur, dass eine Sarah Huntington aufgenommen wurde und derzeit in Behandlung ist, mehr nicht.

»Verdammt.« Jonathan flucht laut, als er wieder auflegt, und das zeigt deutlicher als alles andere, wie aufgewühlt er ist.

»Es ist bestimmt nicht so schlimm«, sage ich, doch als Jonathan mich ansieht, erkenne ich, dass es für ihn schlimm ist. Sehr schlimm. Es ist das erste Mal, dass ich nackte Angst in seinen Augen sehe.

Mein Herz schmerzt bei seinem Anblick und ich würde ihn gerne berühren und trösten, aber das traue ich mich nicht, weil Alexander uns gegenübersitzt. Er ist zwar auch in Gedanken und sieht oft aus dem Fenster, aber ab und zu betrachtet er mich und Jonathan mit einem nachdenklichen Ausdruck auf dem Gesicht.

Außerdem bin ich nicht sicher, ob Jonathan meinen Trost überhaupt wollen würde, denn er wirkt extrem abweisend und in sich gekehrt, starrt vor sich hin.

Wir reden nicht mehr, bis wir vor der Klinik in der Beaumont Street ankommen, einem großen, aber überraschend schlichten mehrstöckigen Gebäude mit weißem Sockel und zahlreichen Fensterreihen in der roten Backsteinmauer, das sich nahtlos in das Straßenbild einfügt. Es sieht eigentlich fast aus wie ein Hotel, mit dem Fahnenmast über einem von Buchsbäumen flankierten Eingang.

Auch beim Betreten fühle ich mich gar nicht wie sonst in Krankenhäusern, denn es wirkt alles eher wie in einem edlen Stadthaus. Hinter dem Tresen, an dem die Empfangsdame sitzt, ist ein großer alter Kamin in der Wand eingelassen, der aber offenbar nicht mehr benutzt wird, und die bunten Glasfenster darüber lassen mich sofort an das Innere einer Kirche denken. Man führt uns auch nicht in einen kalten Wartebereich, sondern in die »Bibliothek«, einen sehr gediegen eingerichteten Raum mit gemütlichen roten Sofas und Vitrinen aus poliertem Holz. Und wir müssen auch nicht lange warten, denn fast sofort kommt eine Ärztin mit braunen Haaren, die schon von einigen grauen Strähnen durchzogen sind. Auf dem Namensschild an ihrem Kittel steht Dr. Mary Joncus und ich schätze sie auf Mitte Fünfzig.

»Wie geht es meiner Schwester?«, fragt Jonathan ohne Umschweife, nachdem sie uns alle begrüßt hat.

»Sie hat einen Beinbruch und einige Prellungen erlitten und außerdem durch eine Schnittwunde viel Blut verloren«, informiert ihn die Ärztin. »Wir konnten sie aber schnell stabilisieren, und zum Glück war auch nur eine kurze OP notwendig, um das Bein zu richten. Sie liegt jetzt zur Beobachtung auf der Intensivstation.«

»Auf der Intensivstation?« Jonathan wird sofort wieder blasser.

»Ja, aber das ist reine Routine. Es geht ihr den Umständen entsprechend gut.«

Jonathan fährt sich mit der Hand durchs Haar und atmet hörbar aus. Auch Alexander wirkt, als wäre ihm gerade mehr als ein Stein vom Herzen gefallen, und für einen Moment beneide ich Sarah Huntington unbekannterweise dafür, dass sich diese beiden beeindruckenden Männer so offenkundig um sie sorgen.

»Und was ist mit Hastings – ich meine, Mr Hastings? Dem Chauffeur meines Vaters?«, erkundigt sich Jonathan.

»Er hat eine Schulterprellung durch den Zug des Gurtes und Verdacht auf eine Gehirnerschütterung. Auch er muss eine Nacht zur Beobachtung hierbleiben, aber es geht ihm soweit gut.«

»Und Lord Lockwood?«

Dr. Joncus sieht ein bisschen irritiert aus, weil nicht Jonathan ihr diese Frage gestellt hat, sondern Alexander, doch sie antwortet genauso professionell und ruhig wie zuvor.

»Er hat nur einen leichten Schock erlitten, ansonsten ist er unverletzt geblieben«, sagt sie. »Er ist auf der ITS bei Lady Sarah. Ich werde eine Schwester schicken, die Sie nach oben zur ihr bringt.«

»Ja, danke«, sagt Alexander, und die Ärztin verabschiedet sich.

Ungeduldig sieht Jonathan ihr nach. »Warum können wir denn nicht gleich zu ihr?«

»Geduld, Hunter, das wird seine Gründe haben«, beruhigt ihn Alexander.

»Mr Huntingon?« Es ist der große blonde Steven, der plötzlich im Türrahmen steht. Er hält ein zusammengerolltes Magazin in der Hand.

Jonathan scheint zu wissen, was der Chauffeur von ihm will.

»Entschuldigt mich einen Moment«, sagt er zu uns und geht mit Steven in den Gang vor dem Empfang. Alexander und ich bleiben allein in dem edlen Warteraum zurück.

Da ich ganz in der Nähe der Tür stehe, kann ich beobachten, wie Steven seinem Boss das Magazin zeigt, aber ich sehe nicht, was es für eine Zeitschrift ist, weil Jonathan mit dem Rücken zu mir steht. Die beiden unterhalten sich, und ich sehe, wie der Chauffeur nickt. Plötzlich fühle ich eine Hand auf meinem Arm und zucke erschrocken zusammen.

Alexander steht neben mir und betrachtet mich mit einem leichten Lächeln auf dem Gesicht. Sofort ist mir klar, dass es jetzt um das Thema gehen wird, über das ich mit ihm lieber nicht sprechen möchte.

»Ich weiß, dass es mich eigentlich nichts angeht, Grace, aber was ist das eigentlich für ein Experiment, das Jonathan da mit Ihnen macht?«

Ich werde rot. »Ich weiß nicht, was Sie meinen«, weiche ich ihm aus.

»Doch, ich denke, das wissen Sie. Und bevor Sie jetzt sauer sind: Es würde mich freuen, wenn es wäre, wonach es aussieht.«

»Wonach sieht es denn aus?«, frage ich, hin- und hergerissen zwischen Neugier und Verlegenheit.

»Danach, dass es endlich eine Frau im Leben meines Freundes gibt.« Mit einem skeptischen Gesichtsausdruck blickt er nach draußen in den Gang, wo Jonathan noch immer mit seinem Chauffeur spricht. »Auch wenn das eigentlich kaum zu glauben ist.«

Ich seufze, als ich das höre. »Und jetzt möchten Sie mich warnen, nehme ich an?«

Verdutzt sieht Alexander mich an, dann lächelt er. »Nein, wollte ich eigentlich nicht.« Er wird wieder ernst. »Aber eine Warnung wäre vielleicht angebracht. Jonathan ist nicht einfach, Grace. Das war er noch nie. Es ist sehr schwer, an ihn heranzukommen, und obwohl ich ihn schon so lange kenne, gibt es Dinge, über die er auch mit mir nicht spricht.« Er kratzt sich nachdenklich an der Stirn. »Und eine Frau an seiner Seite – das ist sozusagen noch nie dagewesen.«

Verwirrt sehe ich ihn an. »Aber ich bin doch nicht die erste Frau, die mit ihm ...« Ich kann den Satz nicht beenden, und das Rot auf meinen Wangen vertieft sich. »Oder?«

Alexander lacht, offenbar amüsiert. »Nein. Ich fürchte, *solche* Frauen gibt es in seinem Leben viele, Grace. Aber keine, mit der er jemals seinen Alltag geteilt hätte. Die er überallhin mitnimmt, sogar hierher.«

Mein Herz schlägt schneller. »Und was bedeutet das?«, frage ich hoffnungsvoll, aber Alexander kommt nicht mehr dazu, mir zu antworten, denn in diesem Moment kehrt Jonathan zurück.

Er blickt zwischen mir und seinem Kompagnon hin und her und runzelt kurz die Stirn.

»Was wollte Steven denn?«, erkundigt sich Alexander.

»Er hat sich nach Sarah erkundigt. Und wir hatten noch ... etwas zu besprechen.«

Ich kenne Jonathan inzwischen gut genug, um zu merken,

dass er über diese Sache nicht reden will. Und das auch nicht tun wird, selbst wenn einer von uns nachfragt. Aber in diesem Moment kommt ohnehin die Schwester, die uns nach oben zur Intensivstation bringt.

Die Flure, durch die wir gehen, sind alle ruhig und sauber, die Ausstattung wirkt sehr gehoben, ganz anders, als ich es von den öffentlichen Krankenhäusern zu Hause kenne. Als wir die Schleuse zur Intensivstation erreichen, reicht die Schwester uns allen grüne Kittel mit langen Ärmeln und Bindebändern, die wie Zwangsjacken aussehen und die wir überziehen müssen, um diesen Bereich betreten zu dürfen. Jonathan und Alexander schlüpfen sofort hinein und gehen, nachdem sie sich erkundigt haben, wo Sarah liegt, eilig zu dem Zimmer, auf das die Schwester deutet. Aber ich zögere.

»Ich warte lieber hier«, erkläre ich der freundlichen Frau, auf deren Namensschild Carole Morgan steht. »Es ist sonst vielleicht zu viel Besuch für Miss Huntington.«

Die Begründung ist nur vorgeschoben, denn plötzlich fühle ich mich nicht mehr wohl bei dem Gedanken, Jonathans Schwester – und Jonathans Vater – gegenüberzutreten. Die beiden kennen mich schließlich nicht und werden sich fragen, was ich hier tue. Worauf ich die Antwort leider selbst nicht weiß.

Die Schwester nimmt mir den Kittel ab, doch anstatt ihn wieder wegzubringen, hält sie ihn mir auffordernd hin und hilft mir hinein, bindet die Bänder hinten zu. »Gehen Sie ruhig mit rein, das ist kein Problem«, versichert sie mir.

»Aber ich dachte ... dürfen denn so viele Leute gleichzeitig auf die Intensivstation?«, frage ich erstaunt. Schließlich ist der Earl ja angeblich auch schon bei Sarah, und dann wären es vier Besucher auf einmal.

Die Schwester lächelt. »Das kommt ganz darauf an. Wenn

die Patienten in einem kritischen Zustand sind, dann nicht. Aber das ist bei Lady Sarah nicht der Fall.« Sie beugt sich vor, als ich sie immer noch skeptisch ansehe. »Außerdem wurde die Intensivstation mithilfe der Spenden, die wir regelmäßig von Lord Lockwood erhalten, gerade erst ausgebaut. Deshalb sind mehrere Besucher in den Zimmern kein Problem mehr«, fügt sie mit einem vielsagenden Blick hinzu, und ich verstehe. Es ist eigentlich nicht üblich. Aber für den Earl und seine Familie machen sie es möglich, weil er die Klinik finanziell unterstützt. Er kriegt also auch immer, was er will, und muss nicht mal fragen – genau wie sein Sohn.

»Lady Sarah liegt da vorn«, erklärt Schwester Carole jetzt auch mir noch mal und deutet auf das Zimmer, in dem Jonathan und Alexander schon verschwunden sind. Ich zögere, doch dann siegt meine Neugier über meine Scheu und ich öffne die Tür und sehe vorsichtig hinein.

Es ist ein sehr modern ausgestattetes, offenbar tatsächlich frisch renoviertes Zimmer, nicht groß, aber auch nicht eng. Jonathan sitzt an dem breiten, hohen Bett, dem einzigen in dem Raum, und hält die Hand der jungen Frau, die darauf liegt. An ihren Händen und ihrer Brust sind mehrere Schläuche und Messsonden mit langen Kabeln befestigt, die zu einer beängstigend piepsenden Wand von Monitoren hinter dem Bett führen.

Sarah Huntington ist ganz eindeutig Jonathans Schwester. Sie ist zierlicher als er und viel schmaler, aber auch sehr hübsch. Ihre Augen leuchten in dem gleichen Blau wie seine, und auch ihre kurzen Haare sind ähnlich dunkel. Sie umrahmen ihr blasses Gesicht, das tief in den Kissen liegt, und die Schmerzen und die Strapazen des Unfalls sind ihr deutlich anzusehen. Aber sie lächelt trotzdem Jonathan und Alexander an, der auf der anderen Seite neben dem Bett steht. Die drei sind jedoch die einzigen im Zimmer, von Jonathans Vater ist nichts zu sehen.

»Hast du Schmerzen?« Jonathan sitzt mit dem Rücken zu mir, deshalb kann ich sein Gesicht nicht sehen, aber ich kann hören, wie weich seine Stimme klingt. Die ganze Zeit streichelt er mit dem Daumen über ihre Hand.

Sarah schüttelt den Kopf. »Nein. Ich fühle mich nur ein bisschen – angebunden«, sagt sie und deutet auf den Streckgips, in dem ihr linkes Bein liegt. »Ich fürchte, so schnell werde ich den nicht wieder los. Der Arzt meint, es dauert ein paar Wochen, ehe ich hier rauskomme.«

»Wir werden schon dafür sorgen, dass du dich nicht langweilst«, versichert ihr Alexander, und Sarah lächelt ihn an. Dann fällt ihr Blick auf mich.

»Hallo«, sagt sie verwundert, aber nicht unfreundlich, und ich erwidere ihren Gruß verlegen. Ich weiß nicht, was ich sagen oder wie ich mich vorstellen soll. Aber Jonathan, der sich zu mir umgedreht hat, übernimmt das für mich.

»Sarah, das ist Grace«, erklärt er. »Sie ... arbeitet für mich.«

Ich merke, wie angespannt er ist, und fühle Enttäuschung in mir aufwallen. Aber was hatte ich erwartet? Dass er mich als seine neue Freundin vorstellt? Er hat ja vorhin keinen Zweifel daran gelassen, dass eine Beziehung für ihn nicht infrage kommt. Trotzdem sitzt mir ein Kloß im Hals, als ich jetzt ganz in das Zimmer trete und die Tür hinter mir schließe. Befangen trete ich näher an das Bett heran und stelle mich an das Bettende.

Sarahs Augen, die denen von Jonathan so ähnlich sind, funkeln amüsiert, während ihr Blick zwischen mir und Jonathan hin- und hergleitet.

»Freut mich, Grace«, sagt sie und deutet dann mit einem Schulterzucken auf ihr eingegipstes Bein. »Ich hätte mir allerdings gewünscht, dass wir uns in einer etwas netteren Umgebung kennenlernen.«

Das klingt irgendwie so, als wüsste sie, wer ich bin, aber das kann ja eigentlich nicht sein. Oder hat Jonathan ihr von mir erzählt? Doch dann lächeln sich Sarah und Alexander an, und mir wird klar, wer die Information über meinen Eintritt in die Welt von Huntington Ventures an sie weitergegeben haben muss.

Die beiden sind zwar offensichtlich nicht zusammen, doch sie stehen sich eindeutig nah. Mir fallen Jonathans spöttische Bemerkungen ein, die er immer macht, wenn Alexander auf Sarah zu sprechen kommt. Offenbar geht er davon aus, dass seine Schwester keinerlei Interesse an seinem Kompagnon hat, aber ich glaube, da täuscht er sich.

»Wie konnte das passieren?«, fragt Jonathan, der immer noch mit der Tatsache beschäftigt zu sein scheint, dass seine Schwester verletzt auf der Intensivstation liegt. Er ist deutlich zerknirscht, so als würde er glauben, dass er es hätte verhindern müssen. »Ich hätte dich abholen sollen, so wie es von Anfang an geplant war.«

Sarah legt ihre andere Hand auf seine, umschließt sie und sieht ihn eindringlich an. »Das konnte doch niemand ahnen, Jon. Hastings hatte wirklich keine Chance. Der Wagen, der uns geschnitten hat, kam aus dem Nichts. Er hat toll reagiert, sonst wäre vermutlich viel mehr passiert. Ich hoffe, es geht ihm gut. Dad sieht gerade nach ihm.«

Jonathan schüttelt den Kopf. »Warum hast du Vater gebeten, dich abzuholen. Ich hätte meine Termine absagen können. Ich hätte...«

»Er hat es mir angeboten, und ich hatte das Gefühl, dass es ihm ganz wichtig ist«, unterbricht sie ihn. »Du weißt doch, wie schlecht es ihm um diese Zeit im Jahr immer geht.«

Jonathan, der das offenbar anders sieht, schnaubt verächtlich.

»Er vermisst Mummy immer noch, Jon. Selbst nach all den Jahren.«

»Nein, tut er nicht«, entgegnet Jonathan schroff. »Er leidet nicht, Sarah. Das tun immer nur die anderen.« Er deutet mit dem Kinn auf den Gips. »Warum liegt er nicht hier und hat Schmerzen? Er hätte es verdient.« Die letzten Worte spuckt er fast aus.

»Hör auf.« Sarahs Gesicht ist jetzt ernst und sie lächelt nicht mehr. »Das ist total ungerecht. Er konnte nichts für den Unfall, und das weißt du genau.«

Wieder schüttelt Jonathan den Kopf, aber er geht nicht weiter darauf ein, was Sarah noch mehr aufzuregen scheint.

»Warum bist du nur so stur, wenn es um ihn geht«, sagt sie vorwurfsvoll und entzieht Jonathan ihre Hand. »Ich wünschte, ihr würdet euch ...«

In diesem Moment wird die Tür geöffnet und ein Mann betritt das Zimmer. Als er die vielen Besucher sieht, bleibt er abrupt stehen.

Er ist älter, so um die sechzig, und groß, hält sich trotz seines Alters unglaublich gerade. Von seiner Kleidung sind unter dem grünen Kittel, den auch er trägt, zwar nur zwei braune Hosenbeine und die Schuhe zu sehen, doch die Hose ist eindeutig aus feinem Stoff und das Leder der Schuhe poliert. Auch ansonsten wirkt er sehr gepflegt. Sein graumeliertes Haar, das früher einmal hell gewesen sein muss, ist streng zurückgekämmt, und er ist glatt rasiert. Einzig sein Gesicht scheint nicht zum Rest seiner Erscheinung zu passen. Es ist von erstaunlich vielen Falten durchzogen, was ihn verlebt aussehen lässt, und um seine Lippen, die mich entfernt an Jonathans erinnern, liegt ein verhärmter Zug.

»Dad!«, sagt Sarah, aber mir war auch vorher schon klar, dass soeben Arthur Robert Charles Hugo Earl of Lockwood das Zimmer betreten hat. Ich kenne sein Bild aus dem Internet, auch wenn er in echt – genau wie sein Sohn – beeindruckender ist.

Er nickt Jonathan und Alexander zu, dann bleibt sein Blick für einen langen Augenblick an mir hängen, und seine grauen Augen mustern mich scharf, was mir sehr unangenehm ist. Durch seine Anwesenheit verändert sich die Stimmung im Zimmer schlagartig, wird kühler, angespannter.

»Wie geht es Hastings?«, will Sarah wissen, die das auch spüren muss, aber offenbar beschlossen hat, es zu ignorieren.

»Gut so weit«, erklärt der Earl knapp. Seine Stimme hat einen angenehmen Klang, doch der Ausdruck in seinen Augen bleibt unruhig, als er den Blick jetzt auf mich konzentriert. »Darf ich fragen, wer Sie sind?«

Er sagt das so streng, dass ich automatisch schlucke und mich etwas gerader hinstelle.

»Ich bin Grace Lawson«, erkläre ich ihm und kann gerade noch verhindern, dass ich ein »Mylord« hinterherschiebe. Ich habe so ein Gefühl, dass das bei Jonathan gar nicht gut ankäme.

Jonathan ist aufgestanden. »Sie arbeitet für mich«, fügt er hinzu.

Der Earl hält es offenbar nicht für nötig, die Höflichkeit zu erwidern und mir zu sagen, wer er ist, und auch Jonathan stellt ihn mir nicht vor. Wahrscheinlich gehen beide davon aus, dass ich weiß, wen ich vor mir habe. Oder sie haben es einfach vergessen. Als ich Jonathan genauer betrachte, vermute ich Letzteres, denn seine Nackenmuskeln sind angespannt und er sieht seinen Vater an, als würde er jeden Moment erwarten, angegriffen zu werden.

»Aha.« Der Earl mustert mich erneut, dann wendet er sich wieder an seinen Sohn. »Kann ich dich kurz sprechen.«

Es ist keine Frage, er sagt es in dem Befehlston, der mir von Jonathan vertraut ist. Doch dieser findet es offenbar genauso unangenehm wie ich, herumkommandiert zu werden, denn er erwidert den Blick seines Vaters mit einem kalten Funkeln in den blauen Augen.

»Ich bin gekommen, um Sarah zu besuchen. Wir können hier reden, wenn es sein muss.«

»Wie du willst«, entgegnet sein Vater knurrend, offenbar wütend über die Abfuhr. »Richard war gestern bei mir und hat mir erzählt, dass er dich zum Essen getroffen hat. Du warst in Begleitung einer stark angetrunkenen jungen Dame, die offensichtlich sehr an dir hing.«

Der Earl sieht mich auf eine Art an, bei der ich zu atmen vergesse.

»Und?«, fragt Jonathan ungerührt.

»Ich konnte das gar nicht glauben. Aber dann habe ich heute auf dem Flughafen dein Bild auf einem dieser grässlichen Boulevard-Magazine entdeckt – Arm in Arm mit einer jungen Frau, auf die Richards Beschreibung passt. Und jetzt bringst du genau diese junge Frau mit an das Krankenbett deiner Schwester.«

Ich spüre, wie das Blut, das mir gerade erst in die Wangen gestiegen ist, mit einem Schlag meinen Kopf wieder verlässt. Wie meint er das mit dem Foto? Es gibt ein Foto von uns beiden?

Der Earl fixiert Jonathan. »Vielleicht möchtest du mir das erklären?«

20

Für einen endlosen Moment starren die beiden Männer sich an.

»Nein, ich will dir gar nichts erklären«, sagt Jonathan dann. Sein Gesichtsausdruck ist grimmig, seine Stimme gefährlich ruhig. »Das geht dich nichts an.«

»Was für ein Foto?«, will Sarah wissen, aber ihr Vater und ihr Bruder beachten sie gar nicht, sind total auf sich konzentriert.

»Wenn es plötzlich eine Frau in deinem Leben gibt, dann geht mich das sehr wohl etwas an. Richard sagte, du wärst sehr vertraut mit Miss Lawson gewesen.«

Jonathan dreht kurz den Kopf zu mir, bevor er wieder seinen Vater ansieht, und in dem kurzen Moment, in dem unsere Blicke sich treffen, wird mir heiß und kalt, weil ich nicht weiß, ob der Zorn in seinen Augen mir gilt oder seinem Vater.

Die Tatsache, dass es jetzt um mich geht, überfordert mich völlig. Ich möchte mich verteidigen, aber mir fällt nichts ein, was ich sagen könnte. Das schlechte Gewissen wegen meinem Benehmen in dem Restaurant quält mich erneut. Gibt es wirklich ein Foto von ihm und mir, das in irgendeiner Zeitung erschienen ist? Wenn das stimmt, will ich mir nicht ausmalen, was das für Konsequenzen für mich haben wird.

»Ich bin weder dir noch Richard Rechenschaft schuldig«, erklärt Jonathan.

»Oh doch, das bist du«, widerspricht sein Vater ihm sofort. »Du bist mein Erbe, Jonathan, der nächste Earl of Lockwood.

Du weißt, welche Bedeutung es hat, wenn du dir eine Frau nimmst.«

»Ja, das weiß ich, glaub mir.« Jonathan tritt noch einen Schritt näher auf seinen Vater zu. »Aber mir ist es egal, ob die Lockwood-Linie ausstirbt. Soll sie doch von mir aus, mit dir als ihrem letzten wahren Vertreter. Das wäre doch sehr passend.«

Die Lippen des Earls sind weiß geworden.

»Jonathan!«, warnt Alexander, der jetzt direkt neben Sarahs Bett steht, so als wollte er sie beschützen. Doch Jonathan und sein Vater achten gar nicht auf ihn, sind mit sich beschäftigt.

»Der Tag wird kommen, an dem auch du einsiehst, dass wir im Leben Verpflichtungen haben, denen wir nachkommen müssen, mein Sohn«, sagt der Earl, und seine Stimme klingt müde. »Wir haben nicht immer die Wahl.«

»Nein, ich weiß«, stimmt Jonathan ihm zu. Wut verzerrt jetzt sein Gesicht. »Mutter zum Beispiel hatte keine.«

Der Earl zuckt unter Jonathans Worten zusammen, man kann richtig sehen, wie getroffen er ist. Sein Gesicht verschließt sich sichtlich. »Ich hätte mir denken können, dass mit dir nicht zu reden ist.«

»Dann hättest du das Thema besser nicht angeschnitten«, herrscht Jonathan ihn an. »Ich entscheide selbst, welchen Verpflichtungen ich nachzukommen gedenke – Vater.« Das letzte Wort spricht er wieder voller Verachtung aus.

»Und was tut Miss Lawson dann hier?«, fragt der Earl und zeigt auf mich. »Warum bringst du diese junge Frau mit, wenn sie keine Bedeutung für dich hat? Ich werde mir doch wohl noch meine Gedanken machen dürfen, wenn du ...«

»Hört auf!« Es ist Sarah, die das ruft. »Könnt ihr euch einmal nicht streiten, wenn ihr zusammen seid?« Sie ist noch blasser als vorher und blickt unglücklich zwischen ihrem Vater und ihrem Bruder hin und her. Eine der Anzeigen auf den Monitoren über ihrem Kopf blinkt.

»Ja, verdammt«, stimmt Alexander ihr wütend zu. »Seht ihr denn nicht, dass ihr sie aufregt?«

Erschrocken wenden die beiden sich wieder Sarah zu. Jonathan sieht schuldbewusst aus, so als hätte er kurzfristig vergessen, dass er im Krankenzimmer seiner Schwester ist, der Earl dagegen wirkt immer noch aufgewühlt und hat sichtlich Mühe, sich wieder zu fassen.

Schwester Carole kommt mit ernstem Gesicht herein und drängt die Männer resolut vom Bett zurück, überprüft die Messsonden und die Werte auf den Monitoren.

»Die Patientin braucht jetzt Ruhe. Vielleicht wäre es besser, wenn Sie gehen«, sagt sie freundlich, aber bestimmt und fügt dann schnell noch hinzu: »Sie können wiederkommen, wenn Lady Sarah auf die normale Station verlegt ist.« Die Tatsache, dass sie jeden anderen – dem gegenüber sie keine Zugeständnisse zu machen bereit ist – schon rausgeworfen hätte, zeigt, dass es Sarah offenbar wirklich nicht gut geht. Doch als wir gehen wollen, protestiert Sarah.

»Nein, sie sollen bleiben«, bittet sie Schwester Carole, die sich jedoch nicht erweichen lässt.

»Sie müssen jetzt schlafen, Lady Sarah. Der Blutverlust hat Sie geschwächt«, sagt sie, und Jonathan stimmt ihr zu.

»Ruh dich aus, Sarah. Wir kommen später wieder.«

Es ist offensichtlich, wie wenig ihm die Aussicht gefällt, dann wieder auf seinen Vater zu treffen, aber seiner Schwester zuliebe lächelt er.

Wir gehen alle vier zur Tür, doch Sarah ruft uns wieder nach, hält uns auf.

»Dann soll wenigstens Alexander bleiben.« Sie sieht ihn an. »Bitte?«

Jonathan und sein Freund tauschen Blicke aus, beide sind offenbar überrascht über diesen Wunsch. Aber Alexander nickt sofort. »Natürlich. Wenn du das möchtest.«

Sarah lächelt strahlend, und er geht zum Bett zurück, setzt sich auf den Platz, auf dem vorher Jonathan gesessen hat, während wir anderen das Zimmer verlassen. Als ich auf dem Weg nach draußen zurückblicke, sehe ich noch, wie Alexander Sarahs Hand ergreift und sie die Augen schließt. Dann fällt die Tür hinter mir zu, und ich stehe mit Jonathan und dem Earl auf dem Flur.

Schwester Carole hilft uns aus den grünen Kitteln und nimmt sie wieder zurück, bevor wir schweigend die Intensivstation verlassen und uns auf den Weg runter zum Eingang machen.

Jonathan und sein Vater scheinen beschlossen zu haben, ihr Gespräch nicht weiter fortzuführen, zumindest nicht, solange wir noch im Krankenhaus sind. Ich aber kann meine Neugier kaum noch zügeln.

Als wir den Empfang erreichen, bleibt der Earl stehen und spricht mit der Dame vom Empfang, und ich nutze die Gelegenheit und ziehe Jonathan weiter, nach draußen auf den Gehsteig.

»Was für ein Foto?«, frage ich ihn eindringlich. »Wovon hat dein Vater da gesprochen?«

Jonathan zieht einen seiner Mundwinkel leicht nach unten, was sein Missfallen über diese ganze Angelegenheit ziemlich gut zum Ausdruck bringt.

»Als wir am Freitagabend vor dem Restaurant standen, muss ein Paparazzo uns fotografiert haben. Das Bild ist heute auf der Titelseite der *Hello!* erschienen, mit einem entsprechenden Kommentar, dass ich offenbar eine neue Liebe gefunden habe – bla bla. Das Übliche.« Er seufzt. »Ich nehme an, die *OK!* wird es morgen ebenfalls bringen, und im Internet kursiert es inzwischen vermutlich auch.«

Mir wird ganz schwindelig. »Was? Aber das ist ... Wie lange weißt du das schon?«

Jonathan stößt die Luft aus und fährt sich mit der Hand durchs Haar. »Steven hat es mir gesagt, als ich ihn anrief, um die Limousine zu bestellen. Offenbar hat eine der Angestellten das Foto entdeckt und ihm davon erzählt. Er hat mir ein Exemplar besorgt, nachdem er uns hier abgesetzt hatte.«

Das also wollte der Chauffeur vorhin im Flur von Jonathan – ihm das Magazin zeigen.

»Und warum hast du es mir nicht gleich gesagt?«

Jonathan zuckt mit den Schultern. »Ich wollte warten, bis wir allein sind.«

Langsam, ganz langsam verarbeitet mein Gehirn diese brisanten Informationen. »Ein Foto von uns beiden auf der Titelseite von so einem Klatschblatt?« Fassungslos starre ich ihn an. Wie kann er so ruhig bleiben? »Und was jetzt?«

Er kommt nicht dazu, mir eine Antwort zu geben, denn die Eingangstür der Klinik öffnet sich und der Earl tritt heraus.

Jetzt erst habe ich Gelegenheit, mir Jonathans Vater noch mal genauer anzusehen. Er sieht unglaublich englisch aus mit der braunen Hose und dem Pullunder mit V-Ausschnitt über dem karierten Hemd. Darüber trägt er ein braunes Tweed-Jackett, das für den sonnigen Maitag – ein Hoch, das für ungewöhnlich schönes Frühlingswetter sorgt, hat London seit zwei Wochen fest im Griff – viel zu warm wirkt.

Das scheint auch er zu bemerken, denn er steckt einen Finger in den Kragen seines Hemdes und zieht ein bisschen daran. Doch ganz sicher, ob er tatsächlich schwitzt oder sich unter den kritischen Blicken seines Sohnes einfach nur unwohl fühlt, bin ich nicht. Er räuspert sich.

»Ich habe mir ein Taxi rufen lassen«, sagt er, und man kann ihm ansehen, wie gewöhnungsbedürftig er diese Art des Transports findet. Aber was bleibt ihm übrig, wenn sein Auto kaputt ist und sein Chauffeur mit einer Gehirnerschütterung im Krankenhaus liegt. Auf die Idee, Jonathan zu bitten, ihn mitzunehmen, kommt er offenbar nicht, und Jonathan bietet es ihm auch nicht an, sondern nutzt die Ankündigung seines Vaters nur als Stichwort, um demonstrativ sein Handy zu zücken und Steven mit der Limousine zur Klinik zurückzubeordern. Wieder frage ich mich, wieso das Verhältnis der beiden so offensichtlich zerrüttet ist.

Als Jonathan sich zum Telefonieren einige Schritte entfernt, nutzt der Earl die Chance und spricht mich an.

»Woher kommen Sie, Miss Lawson?« Er wirkt jetzt nicht mehr so feindselig wie oben im Krankenzimmer, betrachtet mich eher mit Interesse.

»Aus Chicago«, antworte ich, ein bisschen auf der Hut, und blicke zu Jonathan, der zwar noch telefoniert, aber mit seinen blauen Augen aufmerksam zu uns herübersieht. Sofort klopft mein Herz schneller und ich habe wieder Schmetterlinge im Bauch.

Der Earl nickt gedankenverloren.

»Eine Amerikanerin«, sagt er mehr zu sich selbst, und es ist ihm nicht anzusehen, ob er das gut oder schlecht findet. »Und Sie arbeiten für meinen Sohn?«

»Ich mache ein dreimonatiges Praktikum bei Huntington Ventures«, erkläre ich.

Diese Information scheint den Earl zu irritieren. »Nur drei Monate? Länger nicht? Und was machen Sie sonst?«

»Ich studiere Wirtschaftswissenschaften. Aber ich bin demnächst fertig.«

Jonathan hat sein Telefonat beendet und kommt zurück. Er stellt sich zwischen mich und den Earl, so als wollte er mich vor seinem Vater abschirmen, was diesem nicht entgeht. Doch es scheint ihn merkwürdigerweise eher zu freuen als zu ärgern.

»Eine Studentin. Aha«, sagt er und blickt zu seinem Sohn hinüber. »Darf ich fragen, wie alt Sie sind?«

Ich schlucke. »Zweiundzwanzig.«

Langsam werden mir seine Fragen unheimlich. Wenn er sie stellt, um herauszufinden, ob ich mich als Frau an der Seite seines Sohnes eigne, dann bin ich vermutlich gerade voll durchgefallen. Mir ist bewusst, wie wenig ich zu Jonathan passe. In jeder Hinsicht. Mich wundert nur, dass es den Earl tatsächlich gar nicht zu stören scheint, denn er mustert mich immer noch mit dem gleichen Interesse wie zuvor. Will er das nicht sehen? Ist ihm jede Frau recht – solange Jonathan überhaupt eine mitbringt?

Ihm brennen noch weitere Fragen auf der Zunge, das kann ich sehen, aber die schwarze Limousine biegt in die Straße ein und hält vor uns am Bordstein.

»Wir sehen uns, Vater«, sagt Jonathan kurz angebunden, während er mir die Tür aufhält.

»Auf Wiedersehen«, sage ich noch, bevor ich einsteige, und der Earl verabschiedet sich ebenfalls von mir. Dann sitzt Jonathan neben mir und knallt die Tür zu.

Die Limousine fährt sofort an. Kurz darauf senkt sich die dunkle Trennscheibe der Fahrerkabine mit einem Summen, und Steven sieht kurz über die Schulter. »Wohin, Sir?«, erkundigt er sich.

Jonathan macht eine ungeduldige Geste mit der Hand. »Fahren Sie einfach ein bisschen rum. Grace und ich haben etwas zu besprechen.«

Der große blonde Mann nickt und schließt das Fenster wieder. Ich wende mich noch einmal um und blicke aus der verdunkelten Heckscheibe zurück. Der Earl steht am Straßenrand, aber im Gegensatz zu gerade eben wirkt er jetzt gebeugter, so als wären seine Schultern nach vorn gesunken. Er sieht verloren aus, denke ich, behalte das aber lieber für mich, weil ich das Gefühl habe, dass Jonathan für solche Beschreibungen nicht empfänglich ist.

»Hier.« Etwas fällt in meinen Schoß, und ich drehe mich erschrocken wieder um, nehme die Zeitschrift, die dort liegt.

Es dauert einen Moment, bis ich mich wirklich auf das Titelbild konzentrieren kann, doch dann schnappe ich nach Luft, als ich das Foto sehe. Es ist zwar nicht riesig, sondern eins der kleineren am unteren Rand, aber immer noch erschreckend groß. Die Qualität ist schlecht, es wirkt körnig, ist also aus größerer Entfernung aufgenommen. Dennoch kann man Jonathan darauf eindeutig erkennen. Und mich.

Wir stehen vor dem Restaurant, in dem wir mit dem schrecklichen Richard essen waren, und ich lehne eng an Jonathan, habe die Arme um seinen Oberkörper geschlungen und die Augen geschlossen. Sein Arm liegt um meine Schulter, und er hat den Kopf nach unten geneigt. Wir wirken sehr innig, wie ein Liebespaar, und das bestätigt auch die Schlagzeile daneben. »Hunter in Love?« steht da, und ich spüre, wie mein Herz wild anfängt zu schlagen und Hitze sich in mir ausbreitet.

Hastig blättere ich in der Zeitung, bis ich den dazugehörigen Artikel finde. Er ist nicht lang, es ist nur noch einmal das Foto abgebildet und dazu ein kleines Porträt von Jonathan. Im Text steht, dass eine unbekannte Schönheit an seiner Seite gesichtet wurde und dass das Foto belegt, dass seine Tage als »einer von Englands, wenn nicht sogar Europas begehrtesten Junggesellen« bald vorbei sein könnten. Nichts Konkretes, nur etwas über Jonathans bisherige Bindungsscheu, und kein Name.

Zuerst bin ich erleichtert darüber, doch dann wird mir klar, dass es nur eine Frage der Zeit ist, bis alle in unserem Umfeld wissen werden, dass ich das auf dem Foto bin. Denn auch wenn mein Gesicht auf dem Bild nicht gut zu erkennen ist, verraten mich meine roten Haare. Catherine Shepard wird sofort schalten, genau wie viele andere Leute in der Firma. Genau wie – Annie.

Ich schlage die Hand vor den Mund und blicke erschrocken auf, begegne Jonathans forschendem Blick. Er mustert mich und scheint meine Reaktion auf das Bild genau zu beobachten.

Erst jetzt realisiere ich wirklich, dass er schon von dem Artikel wusste, bevor wir hergefahren sind. Das muss der Grund gewesen sein, warum er mich mitnehmen wollte – und nicht die Tatsache, dass er mich unbedingt dabei haben wollte, denke ich, und spüre Enttäuschung in mir aufsteigen.

»Was machen wir denn jetzt?«, frage ich mit schwacher Stimme.

Jonathan zuckt mit den Schultern. »Gegen das Bild können wir gar nichts machen«, sagt er. »Aber es verkompliziert die Dinge.«

»Inwiefern?«

»Hast du eine Ahnung, was jetzt passiert?«

Seine eindringliche Frage irritiert mich.

»Nein«, sage ich trotzig. Woher sollte ich? »Ich war ja noch nie auf einem Magazincover drauf.«

Jonathan ignoriert meinen gereizten Tonfall.

»Diese Presseleute sind wie Schmeißfliegen, Grace. Sie umschwirren einen und nerven, und man kann es gerade noch ertragen, wenn es nicht zu viele sind. Aber wenn sie Blut riechen, dann stürzen sie sich in Scharen auf dich und lassen nicht mehr von dir ab.«

»Und jetzt fürchtest du, dass sie das machen?«

Er schüttelt den Kopf, fast ein bisschen resigniert. »Ich befürchte das nicht nur, ich weiß es. Das passiert ja nicht zum ersten Mal. Es braucht sich nur irgendein Model bei einem Event bei mir einzuhaken, und schon bin ich laut Schlagzeile so gut wie verlobt. Was dazu geführt hat, dass ich so etwas möglichst vermeide, wenn ich kann.«

Innerlich stöhne ich auf. Und ich dumme Kuh umarme ihn mitten auf der Straße, wo es alle sehen können. Super Idee, Grace! Toll gemacht, einfach fantastisch!

»Aber ich bin kein Model«, sage ich und überlege, ob es ihm wohl peinlich ist, dass er ausgerechnet mit mir »erwischt« wurde. Mit Schrecken denke ich an die beiden elfenhaften Wesen, die mit auf dem Foto waren, das ich damals zusammen mit Hope angesehen habe. Verglichen mit denen bin ich regelrecht unscheinbar. Aber das hat ja offenbar auch Vorteile. »Also kann ich doch gar nicht so interessant sein.«

Er sieht mich auf eine belustigte, aber auch leicht gequälte Art an. »Im Gegenteil«, erklärt er. »Das ist ja das Problem.«

Der Kloß in meinem Hals wird dicker. »Was?«

»Dass du sogar besonders interessant bist. Eine unbekannte junge Amerikanerin, die noch dazu für mich arbeitet und mit der ich wirklich was habe. Verstehst du nicht – sonst war da nie was zwischen mir und den Frauen, mit denen ich angeblich eine Affäre hatte. Aber bei dir ...« Er spricht den Satz nicht zuende. »Das ist ein gefundenes Fressen für die. Und leider auch für meinen Vater.« Er hebt die Hände. »Wobei ich gerade nicht entscheiden kann, wen ich schlimmer finde.«

Jetzt komme ich endgültig nicht mehr mit. »Aber die Paparazzi wissen doch gar nicht, wer ich bin.«

Jonathan schnaubt. »Das wissen sie *noch* nicht, Grace. Aber wie lang, glaubst du, dauert es, bis irgendjemand aus der Firma der Presse einen Tipp gibt? Sie werden deinen Namen schneller herausfinden, als dir lieb ist. Und dann können wir nur hoffen, dass andere Geschichten das Interesse von dir ablenken, denn sonst wirst du von mehr als einem Paparazzo verfolgt. In der Firma ist die Geschichte bis spätestens morgen definitiv Gesprächsthema Nummer eins, darauf kannst du dich verlassen.«

Ich spüre, wie mir wieder übel wird, und wende mich zum Fenster um. Jonathan wird wissen, wovon er spricht, denke ich beklommen. Also ist es sehr wahrscheinlich, dass das eintritt, was er sagt, obwohl ich mir das nur extrem schwer vorstellen kann.

Ein Gefühl der Ohnmacht und der Hilflosigkeit breitet sich in mir aus. Dass meinte Annie dann wohl auch mit ihrer Warnung, dass Jonathan Huntington eine Nummer zu groß für mich ist.

Nur was soll ich jetzt tun? Mein erster Reflex ist Flucht. Ich könnte einfach den nächsten Flieger zurück nach Hause nehmen, dort erst mal untertauchen und hoffen, dass die englische Presse mich wieder vergisst. Aber fast sofort wird mir klar, dass das nicht geht. Mein Stolz würde das definitiv nicht verkraften. Schließlich habe ich mir diesen Praktikumsplatz nicht erschlichen – ich habe ihn bekommen, weil ich ihn mir verdient habe. Wenn ich jetzt gehe, dann wäre das wie ein Schuldeingeständnis, so als würde ich zugeben, dass ich etwas falsch gemacht habe. Was ich nicht habe. Ich habe mich in den Boss verliebt, okay. Aber kann man mir das vorwerfen? Tränen der Verzweiflung brennen mir in den Augen, weil das alles plötzlich so kompliziert ist und mir Angst macht.

»Grace?«

Jonathans Hand legt sich um meine, und ich drehe mich zu ihm um. Als er sieht, wie aufgelöst ich bin, zieht er mich in seine Arme und hält mich fest. Der Kloß in meinem Hals ist jetzt so groß, dass ich kaum noch schlucken kann.

»Ich wünschte, ich könnte das mit dem Foto irgendwie wieder rückgängig machen«, murmele ich an seiner Schulter.

Auf gar keinen Fall möchte ich das Gesprächsthema Nummer eins in der Firma sein. Oder auf dem Weg zur Arbeit von Paparazzi verfolgt werden. Und bei dem Gedanken daran, was Annie für ein Gesicht machen wird – und Marcus – läuft mir ein Schauer über den Rücken. Wie konnte ich mich nur auf diese ganze Sache einlassen?

»Das wünschte ich auch«, sagt er, und das Gefühl seiner Lippen an meiner Wange nimmt mir sofort den Atem. »Aber mir fällt schon was ein.«

Seine Nähe ist tröstend, genau wie seine Worte, und für einen Moment gebe ich mich der Illusion hin, dass alles wieder gut wird. Ich möchte vergessen, was da draußen auf mich wartet, und mich in dem Gefühl verlieren, das mich von Neuem erfasst, als er anfängt mich zu küssen.

Sobald seine Lippen meine berühren, explodieren meine Empfindungen. Er schmeckt so gut, so vertraut, und mein Körper erinnert sich daran, wie es war, mich ihm völlig zu ergeben, will mehr von der Lust, die nur er mir schenken kann. Und plötzlich zählt nichts anderes mehr. Erregung erfasst mich so heftig, dass ich zittere, und ich vergrabe meine Hände in seinem Haar, ziehe ihn zu mir, weil ich nicht will, dass mich irgendetwas von ihm trennt.

Jonathan spürt meine Reaktion und vertieft den Kuss, was eine Kettenreaktion auslöst, die mich völlig atemlos macht. Wir reagieren wie Öl und Feuer, je mehr ich von ihm schmecke und berühre, desto heftiger brennt das Verlangen in mir, ihm noch näher zu sein, und ihm geht es offenbar genauso. Seine Lippen verschlingen mich und seine Hände sind überall auf meinem Körper. Wie eine Ertrinkende klammere ich mich an ihn, verloren ohne seine Berührungen.

Seine Hände schieben sich unter meinen Rock und kneten meinen Po, streichen über meine Schenkel. Ich kann seine harte

Erektion zwischen meinen Beinen spüren und bewege mich auf ihm, reize ihn, bis er meine Lippen freigibt und lustvoll aufstöhnt.

Er umfasst meine Brüste, die schwer in seiner Hand liegen, und senkt den Kopf, küsst den Ansatz, der über dem Kleid zu sehen ist. Seine winzigen Bartstoppeln streichen aufreizend über meine empfindliche Haut und ich warte darauf, dass er den Stoff zur Seite schiebt, keuche auf, als er es tut und mit beiden Händen meinen Busen aus den Schalen meines BHs hebt, sodass er freien Zugang dazu hat.

»Deine Brüste sind so schön«, brummt er und legt das Gesicht in das Tal zwischen den beiden bleichen Hügeln, während seine Finger an den aufgerichteten Nippeln zupfen. Als er spürt, wie ich erschaudere, hebt er den Kopf und lächelt. »Und so empfindlich«, fügt er hinzu, bevor er sich vorbeugt und seine Lippen warm um eine der harten Spitzen schließt.

Er saugt daran, und ich spüre ein genauso heftiges Ziehen im Unterleib, das mich wie ein Feuerstoß durchfährt. Laut und selbstvergessen stöhne ich auf, lege den Kopf in den Nacken und vergrabe die Hände in seinem Haar, halte ihn an mich gepresst, damit er nicht aufhört. Aber das hat er scheinbar nicht vor, denn seine Zunge umrundet heiß meine Nippel und er saugt unerbittlich, was jedes Mal einen neuen Blitz zwischen meine Beine schickt und mein Verlangen steigert.

Als ich fühle, wie er seine Hand an der Innenseite meines Schenkels nach oben schiebt, hebe ich instinktiv den Po an, damit er die Stelle erreichen kann, an der meine Lust sich sammelt. Ohne die Liebkosung meiner Brüste zu unterbrechen, schiebt er die Finger am Stoff meines Slips vorbei und dringt mit zweien gleichzeitig in meinen feuchten Spalt. Mit einem Aufseufzen lasse ich mich auf seine Hand sinken, spüre, wie er sich in mir bewegt und fange an, auf seinem Schoß zu wippen, mich an ihm zu reiben.

Es ist ein irres Gefühl, und obwohl Jonathan meine empfindliche Perle überhaupt nicht berührt, spüre ich, wie die Spannung sich in mir aufbaut. Sein Saugen an meinen Brustwarzen stimuliert mich unglaublich, und er tut es in dem gleichen langsamen, schweren Rhythmus, mit dem er seine Finger in mir bewegt und dem ich mich automatisch anpasse.

Ich halte mich an seinen Schultern fest und bewege mich immer wilder auf ihm, spüre, wie die Blitze immer heftiger werden, die mich durchzucken, als Jonathan das Tempo steigert. Meine Brustwarzen sind so gereizt, dass sie schmerzen, und ich habe Angst, dass ich es nicht mehr aushalten kann, sage ihm das atemlos. Doch Jonathan reagiert nicht, treibt mich unerbittlich weiter, höher, fängt sogar an, in meine Nippel zu beißen.

»Jonathan«, stöhne ich hilflos. Er hebt den Kopf und lächelt, und ich versinke in seinen wunderschönen blauen Augen.

»Das gefällt dir, oder?«, fragt er, während er weiter in mich stößt, und ich kann das Verlangen in seiner Stimme mitschwingen hören. »Und mir gefällt dein Feuer, Grace.« Er küsst meinen Hals, die Stelle hinter meinem Ohr. »Brenn für mich, Süße.«

Er senkt den Kopf wieder und saugt weiter an meinen empfindlichen Nippeln, presst gleichzeitig den Daumen auf meine Perle und massiert sie. Die Spannung löst sich abrupt in einem gewaltigen Orgasmus, der meinen ganzen Unterleib erfasst und mich in seiner Heftigkeit völlig überrascht. Ich zittere unkontrolliert, während meine inneren Muskeln sich um Jonathans Finger zusammenkrampfen, sie massieren und melken, und wimmere schwach, während lange, heiße Wellen der Erlösung mich durchlaufen. Am Ende bin ich so schwach, dass ich nach vorn sacke und die Stirn gegen seine Schulter lehne.

Als ich wieder ruhiger atmen kann, spüre ich, wie er sich aus mir zurückzieht, und taste instinktiv nach seinem Hosenbund.

Er hat mir keine Chance gegeben, mich bei ihm zu revanchieren, und das möchte ich gerne. Doch er hält meine Hand fest.

»Nein, Grace«, sagt er. »Später.«

Er hebt mich von seinem Schoß herunter, setzt mich neben sich. Noch benommen sehe ich zu, wie er ein weißes Stofftaschentuch aus einer Klappe neben der Tür holt, sich die Hand abwischt und dann geschickt meinen BH und mein Kleid wieder richtet, sodass alles wieder da sitzt, wo es soll.

»Warum machen wir nicht weiter?«, frage ich irritiert.

Jonathan lehnt sich in die Polster zurück.

»Weil ich in diesem verfluchten Wagen keine Kondome habe«, sagt er. »Außerdem wäre es vermutlich keine gute Idee, gleich völlig derangiert aus dem Wagen zu steigen, wenn zu befürchten steht, dass uns irgendwelche Paparazzi erwarten.«

Natürlich, denke ich bestürzt und blinzle, finde schlagartig zurück in die Wirklichkeit.

Jonathan drückt auf den Knopf der Gegensprechanlage, die ihn mit der Fahrerkabine verbindet.

»Nach Hause, Steven«, sagt er knapp und lässt den Knopf wieder los.

»Nach Hause?« Mein Herz rast noch immer, doch die Realität ist in meine Traumwelt eingebrochen und hat mich unsanft auf den Boden der Tatsachen zurückgeholt.

Jonathan nickt. »Es ist besser, wenn du erst mal mit zu mir kommst, bis wir wissen, welche Kreise der Artikel zieht. Danach sehen wir weiter.«

Er wirkt ruhig und beherrscht, gar nicht mehr wie vorhin im Krankenzimmer, als er sich mit einem Vater gestritten hat, oder gerade, als er mich so leidenschaftlich geküsst hat. Ein kaltes Gefühl beschleicht mich, und ich rücke ein Stück von ihm ab.

»Was können wir denn tun?«

Jonathan zuckt mit den Schultern. »Nicht viel. Abwarten, bis es vorbei ist.«

Ich schlucke hart. *Bis es vorbei ist.* Genau. Denn es wird irgendwann vorbei sein. Vielleicht schon bald.

Das, was ich eben so erfolgreich verdrängt hatte, überwältigt mich aufs Neue, und Angst steigt in mir auf, als mir klar wird, wie aussichtslos meine Beziehung zu Jonathan tatsächlich ist.

Es hat sich nichts geändert – auch wenn ich das gerne glauben möchte. Ich bin nichts weiter als ein Intermezzo, das für ihn genauso schnell wieder vorbei sein wird wie die Begegnungen mit diesen Models, die er auf Empfängen oder Partys trifft. Eine Begegnung von vielen, die für ihn folgenlos bleiben wird – aber nicht für mich.

Denn den Frauen hängen diese Gerüchte nach, nicht ihm. Er kann sich die eine oder andere Geschichte in der Presse leisten, weil das letztlich alles an ihm abprallt. Er ist reich und unabhängig und sucht keine Beziehung, also ist es für ihn höchstens ein bisschen nervig. Ich dagegen drohe alles zu verlieren – nicht nur mein Herz. Erst jetzt wird mir das volle Ausmaß dieser Pressegeschichte wirklich bewusst: Mein Praktikumsplatz ist in Gefahr und mein Ruf in der Branche auch. Was, wenn meine Professoren zu Hause von dieser Affäre erfahren? Nehmen sie mich dann noch ernst? Tut das überhaupt noch jemand – oder bin ich jetzt abgestempelt als Betthäschen?

Und ich kann es Jonathan nicht mal vorwerfen, denn er hat keinen Hehl daraus gemacht, worauf ich mich mit ihm einlasse. Aber der Preis, den ich jetzt zahlen soll, erscheint mir plötzlich doch zu hoch.

Mit neuer Entschlossenheit schüttele ich den Kopf. Ich brauche Zeit zum Nachdenken. Und das, was wir eben getan haben, beweist ziemlich eindrucksvoll, dass ich das nicht kann, wenn Jonathan in meiner Nähe ist.

»Nein«, sage ich deshalb mit fester Stimme. »Ich möchte zurück in die WG.«

Verblüfft sieht Jonathan mich an. »Sei nicht albern, Grace. Das ist keine gute Idee. Da warten die Fotografen vielleicht auch schon auf dich. Ich werde das regeln, und solange bleibst du bei mir.«

Aha, denke ich. Nicht wir regeln das, sondern er. Wahrscheinlich so, dass er dabei gut wegkommt. Wen interessiert schon, was aus der Praktikantin wird?

»Und habe ich auch irgendetwas von dieser Regelung?« Ich merke, wie Wut in mir aufsteigt. »Oder geht diese Sache auf jeden Fall voll auf meine Kosten?«

Sein Blick wird hart, und er mustert mich für einen Moment schweigend. Mein Widerspruch passt ihm offensichtlich gar nicht. »Ich verstehe dich nicht, Grace. Was erwartest du denn von mir?«

Nichts, denke ich traurig. Ich darf ja nichts erwarten. Die Märchenprinz-Lösung ist schließlich ausgeschlossen.

»Diese Situation ist für mich auch schwierig«, sagt er, als ich nicht reagiere.

»Aber nicht so schwierig wie für mich.« Tränen steigen mir in die Augen, die ich nur mühsam zurückhalten kann.

Will er das nicht sehen oder kann er das nicht sehen? Ich komme mir plötzlich so dumm vor und so naiv. Aber das schafft er ja immer, dass ich mich so fühle.

»Ich wünschte, du hättest mich nie gebeten, für dich zu arbeiten«, sage ich und drücke auf den Knopf der Gegensprechanlage. »Steven, könnten Sie kurz anhalten?«

Die Limousine wird sofort langsamer und hält einen Moment später am Bordstein.

»Was tust du da?«, fragt Jonathan scharf, als ich die Tür öffne.

»Ich steige hier aus«, erkläre ich ihm.

»Grace, sei doch vernünftig. Du kannst vor dieser Sache nicht weglaufen.«

»Das habe ich auch nicht vor. Aber ich denke, es ist besser, wenn wir erst mal nicht mehr zusammen gesehen werden.« Ich hole tief Luft. »Deshalb arbeite ich ab morgen lieber wieder in der Investmentabteilung.«

»Das wird nichts an dieser Geschichte ändern, Grace«, warnt Jonathan mich. »Dafür ist es zu spät.«

Schweigend sehen wir uns an. Er hat recht, denke ich. Es ist längst zu spät. Ich hätte viel eher die Notbremse ziehen müssen.

Bevor er mich daran hindern kann, steige ich aus. Als ich in den Wagen zurückblicke, zeigen Jonathans Gesichtsausdruck und seine schmalen Lippen, dass er mit meiner Reaktion ganz und gar nicht einverstanden ist.

»Es könnte eine sehr unangenehme Erfahrung für dich werden, wenn du jetzt gehst«, sagt er mit dieser gefährlich ruhigen Stimme, die mich nur noch wütender macht.

»Das ist es schon«, fauche ich ihn an und knalle die Tür zu.

Einen Augenblick später setzt die schwarze Limousine sich wieder in Bewegung, und ich bleibe zurück, zitternd, aufgelöst und sehr viel unglücklicher, als ich mir einzugestehen wage.

21

Nach der komfortablen Sicherheit der Limousine, an die ich mich schon so gewöhnt habe, wirkt die Stadt um mich herum fremd und unangenehm stickig. Aber vielleicht liegt das auch nur daran, dass ich so durcheinander bin.

Ich habe keine Ahnung, wo ich bin, und es dauert eine Weile, bis ich mich orientieren kann. Zum Glück sind Londoner es zutiefst gewohnt, von Touristen angesprochen zu werden, die sich verlaufen haben, und helfen mir weiter. Wie sich herausstellt, bin ich ganz in der Nähe des Victoria Embankments und der Blackfriars Bridge, gar nicht so sehr weit entfernt vom London Wall, wo das Huntington-Gebäude liegt. Aber ich steuere erst mal ein Café an, das ich entdecke, eine Starbucks-Filiale, die mir angenehm vertraut ist, und kaufe mir einen großen geeisten Cappuccino. Der Becher ist schön kalt, und ich presse ihn dankbar an meine erhitzten Wangen, während ich überlege, was ich jetzt tun soll.

Ich sehe auf die Uhr. Tatsächlich ist es erst kurz nach zwei, dabei kommt mir der Tag nach all den vielen Ereignissen schon viel länger vor. Theoretisch müsste ich jetzt zurück in die Firma, und da Jonathan nicht dort sein wird – ich nehme an, er fährt wieder zurück ins Krankenhaus zu seiner Schwester – könnte ich mich direkt in der Investmentabteilung melden, so wie ich es ihm angekündigt habe. Aber irgendwie bin ich noch zu fertig dafür, muss mich erst sammeln. Deshalb beschließe ich, zurück nach Hause zu fahren.

Ich muss mich in der U-Bahn-Station erst kurz orientieren,

um die richtige Linie zu finden, aber so weit ist es zum Glück nicht. Schon eine gute halbe Stunde später schließe ich in Islington die Haustür auf, nachdem ich vorher wieder eine gefühlte Ewigkeit in meiner Tasche nach dem Schlüssel gesucht habe. Aber er ist da – zum Glück.

Ein bisschen nervös blicke ich mich um, bevor ich hineingehe, doch auf der Straße ist alles ruhig, keine Fotografen lauern hinter den Häuserecken oder belagern den Eingang. So viel dazu, wie interessant ich bin, denke ich mit einem schiefen Lächeln, bin aber trotzdem erleichtert.

Auch oben in der Wohnung ist alles ruhig, ich bin allein. Ian ist in seinem Tattoo-Studio und Annie natürlich noch im Büro, aber Marcus hätte hier sein können. Doch offenbar ist er ebenfalls unterwegs, was mich sehr erleichtert. Ein bisschen Ruhe kann ich jetzt gut gebrauchen.

Als Erstes ziehe ich mich ins Bad zurück. Ich würde gerne duschen, aber dummerweise ist der Duschkopf der alten Wanne nicht wirklich zu gebrauchen, das Wasser tröpfelt heraus, und es ist schwer, die richtige Temperatur einzustellen. Deshalb lasse ich mir eine Wanne ein und gebe großzügig etwas von Annies Schaumbad hinein in der Hoffnung, dass sie mir das verzeihen wird. Schließlich ist das hier ein Notfall.

Das Wasser ist einfach herrlich und es tut wahnsinnig gut, sich in den duftenden Schaum sinken zu lassen. Ich spüre, wie meine Muskeln sich entspannen, und für einen Moment schließe ich die Augen und lasse mich treiben, genieße die Ruhe und den Frieden. Leider hält dieser Zustand nicht lange an, denn als ich zufällig mit der Hand eine meiner Brustwarzen berühre, merke ich, wie empfindlich sie nach Jonathans Liebkosungen vorhin im Auto noch ist. Sofort steht mir wieder vor Augen, was wir getan haben – was er mit mir getan hat – und sein Bild schiebt sich in meinen Kopf, lässt sich nicht mehr verdrängen.

Wieder drehen sich meine Gedanken im Kreis, finden keinen Ausweg aus einer Situation, die nicht lösbar zu sein scheint. Oder doch. Nur dass mir die Lösung gar nicht gefällt. Denn wenn ich heil aus dieser Presse-Sache rauskommen und meine beruflichen Chancen wahren will, dann muss ich Abstand zu Jonathan halten, und das will ich eigentlich nicht. Ich vermisse ihn jetzt schon, ich möchte wieder bei ihm sein. Weil er der faszinierendste Mann ist, den ich jemals getroffen habe, und ich durchaus süchtig nach seiner Nähe werden könnte. Vielleicht bin ich es sogar schon, wenn man bedenkt, wie wenig nötig ist, damit ich an den unmöglichsten Orten Sex mit ihm habe – und dass schon die Erinnerung an das, was er mit mir macht, reicht, um mich zu erregen.

Aber für mich ist es eben mehr als Sex, und wenn er wirklich keine Zukunftsperspektive für uns sieht, wenn er gar nicht lieben kann oder nur einfach mich nicht liebt – dann ist es vielleicht besser, wenn ich jetzt gehe, bevor er mir richtig wehtut.

Weil ich jetzt zu unruhig bin, um das Bad noch zu genießen, wasche ich mir schnell die Haare und steige wieder aus der Wanne. Ich schlinge mir ein Handtuch um meine nassen Haare und trockne mich ab. Da ich allein bin, will ich eigentlich schnell nackt in mein Zimmer schlüpfen, um mich wieder anzuziehen, doch als ich die Hand schon an der Türklinke habe, höre ich, wie die Wohnungstür sich öffnet und jemand hereinkommt. Das muss Marcus sein.

Mit einem Seufzen schlinge ich mir ein großes Badetuch um den Körper und stecke es oberhalb meines Busens fest, richte noch mal meinen Haarturban. Doch als ich dann in den Flur trete, steht nicht Marcus vor mir, sondern Annie. Sie sieht genauso erstaunt aus wie ich, als sie mich sieht.

»Was machst du denn hier?« Ich freue mich, sie zu sehen,

aber ich kann mir auch nicht erklären, was sie so früh schon hier macht.

»Das Gleiche könnte ich dich fragen«, sagt sie und lächelt schwach. Erst jetzt sehe ich das *Hello!*-Magazin, das sie zusammengerollt in der Hand hält, und schlucke. Annie bemerkt meinen Blick und sieht mich mit diesem »Darüber-reden-wir-noch«-Ausdruck in den Augen an, bevor sie in die Küche geht. Unsicher folge ich ihr.

»Ich fühle mich nicht gut und bin nach Hause gegangen«, erklärt sie, während sie Wasser in den Kessel füllt und ihn anschließend auf den Herd setzt. »Ich glaube, ich werde krank.«

Jetzt erinnere ich mich, dass sie heute Morgen beim Frühstück schon über Kopfschmerzen geklagt hat.

Sie blickt über die Schulter. »Möchtest du auch einen Tee?«

Ich nicke und hole zwei Becher aus dem Schrank.

»Ich mache das schon«, sage ich und Annie überlässt es mir dankbar, den Tee zuzubereiten. Sie löst sich eine Kopfschmerztablette in einem Glas Wasser auf und setzt sich an den Tisch. Als ich mit den beiden dampfenden Bechern komme, nimmt sie die Zeitschrift, die auf der Bank neben ihr lag, und schiebt sie in die Mitte des Tisches. Mit einem Finger zeigt sie anklagend auf das Bild von Jonathan und mir.

»Grace, ich glaube, du hast mir was verschwiegen, oder?«

Obwohl ich wusste, dass das kommt, werde ich rot und sehe sie unglücklich an.

»Ich wollte es dir sagen, ehrlich. Aber irgendwie wusste ich nicht wie. Es ist alles so – kompliziert. Und du hast mich immer vor ihm gewarnt.«

»Aber es hat nichts genützt, oder?« Annie hebt die Augenbrauen. »Du hast dich trotzdem in ihn verliebt.«

Unglücklich nicke ich, weil es einfach keinen Zweck hat, es zu leugnen. Und Annie schimpft nicht, im Gegenteil. Sie sieht mich verständnisvoll an, fast so, als wäre das nicht wirklich eine Überraschung für sie.

»Okay, dann will ich jetzt wissen, was passiert ist – von Anfang an«, sagt sie, und ich berichte ihr bereitwillig alles, von jenem ersten Moment auf dem Flughafen bis zu unserem Streit in der Limousine gerade. Ich kann gar nicht mehr aufhören, nachdem ich einmal angefangen habe, auch wenn ich die Details bei ihr lieber weglasse. Und je mehr ich rede, desto klarer wird mir, dass Annie von Anfang an recht hatte mit ihrer Warnung. Jonathan ist gefährlich für meinen Seelenfrieden. Denn ich bin vielleicht die erste Angestellte, mit der er tatsächlich Sex hatte – aber er ist nicht bereit, Gefühle oder irgendeine Form von Nähe zuzulassen, auch nicht bei mir.

»Was mache ich denn jetzt?«, frage ich sie ratlos, als ich fertig bin.

Annie rührt lange nachdenklich in ihrem Tee.

»Ganz schön verzwickte Situation«, sagt sie, und es klingt so, als wäre das noch deutlich untertrieben. Sie blickt auf und schürzt die Lippen. »Ich wünschte, du hättest auf mich gehört.«

Mit einem tiefen Seufzen lehne ich mich auf meinem Stuhl zurück. »Das wünschte ich auch, glaub mir. Aber es ist nicht mehr zu ändern.«

»Doch, Grace, es ist sicher noch zu ändern. Du musst es nur wollen. Bleib einfach weg von Jonathan Huntington. Er ist nicht gut für dich.« Annie sagt es mit so viel Leidenschaft, dass ich richtig erschrecke.

»Er ist kein Monster, Annie«, verteidige ich ihn.

»Nein, ich weiß.« Sie lächelt schwach. »Er ist ein toller Boss und alles, das ist er wirklich – aber er kann auch unglaublich skrupellos sein, wenn es um sein Verhältnis zu Frauen geht.«

»Wie meinst du das?«

Annie sieht mich an. »Ich habe dir doch von diesem Club erzählt?«

Ich nicke beklommen. Dass Jonathan dorthingeht – dass er dort vielleicht direkt hingefahren ist, nachdem ich aus der Limousine gestiegen bin –, ist ein Gedanke, den ich im Moment lieber verdränge. »Was ist damit?«

Annie zögert, bevor sie weiterspricht. »Diese Geschichte mit Claire – ich habe dir da noch nicht alles erzählt«, sagt sie. »Claire war wirklich sehr verliebt in ihn, und ich denke, das wusste er. Es war eigentlich nicht zu übersehen, aber er hat das trotzdem ignoriert. Als sie mitbekam, dass er öfter in diesen Club geht, hat sie versucht, dort reinzukommen. Sie war richtig besessen von dem Gedanken, dass es ihre einzige Möglichkeit ist, ihn näher kennenzulernen. Aber da kommt man nicht rein als Normalsterblicher, das ist irgendetwas ganz Exklusives. Sie hat richtig Theater gemacht, aber es hat nichts genützt. Am nächsten Tag hat Jonathan sie zu sich rufen lassen, und als sie von dem Gespräch wiederkam, war sie leichenblass und wollte nicht darüber reden, was zwischen ihnen passiert ist. Danach hat sie gekündigt und ist Hals über Kopf nach Edinburgh zurück.« Fast flehend sieht Annie mich an. »Grace, verstehst du? Von außen betrachtet ist er ein toller Typ, keine Frage, aber ich glaube, ihr verkennt einfach alle, dass er Seiten hat, die alles andere als nett sind. Deshalb finde ich die Tatsache, dass er sich so für dich interessiert, eher bedenklich als erfreulich. Vielleicht möchtest du lieber nicht herausfinden, was für ein Mann er wirklich ist.« Sie seufzt. »Deshalb wäre es wahrscheinlich am besten, wenn du den Praktikumsplatz aufgibst.«

»Aufgeben? Aber ich bin doch noch nicht mal drei Wochen hier!«, protestiere ich.

»Die ganze Firma redet über dich.« Das Letzte hat Annie leise gesagt, so als wäre es ihr schwergefallen, es mir überhaupt zu gestehen. Meine Nackenhaare stellen sich auf, und mein Herz rast plötzlich, als sie mir bestätigt, was Jonathan mir schon angekündigt hatte.

»Wegen der Geschichte in dem Klatschblatt?«

Unglücklich schüttelt Annie den Kopf. »Das war nur die Krönung, sozusagen. Geredet haben sie auch vorher schon.«

Das schockt mich. »Wieso hast du mir denn nichts gesagt?«, frage ich vorwurfsvoll.

»Ich wollte dich nicht verunsichern«, sagt Annie und legt ihre Hand auf meine. »Ich mag dich, Grace. Mit mir haben sie darüber auch schon gar nicht mehr gesprochen, weil sie wissen, dass ich auf deiner Seite bin.« Sie seufzt. »Aber ich habe es dir von Anfang an gesagt: Jonathan Huntington hat noch nie eine Praktikantin zu sich ins Büro geholt. Natürlich haben die Leute darüber geredet, einfach weil es so ungewöhnlich war. Und es gibt eben genügend Frauen in der Firma, die auch auf den Boss stehen, aber sich damit abgefunden haben, dass er unnahbar ist. Die waren schon ziemlich angepisst, dass du so eine Sonderbehandlung bekommst. Und jetzt ist auch noch auf der Titelseite der *Hello!* zu sehen, dass du offensichtlich geschafft hast, was angeblich unmöglich ist, und ihn dir geangelt hast – das war ein echter Schock für die, glaub mir.«

»Aber ich habe ihn mir doch gar nicht geangelt«, verteidige ich mich.

»Die Details spielen überhaupt keine Rolle, für die reicht schon, dass du überhaupt so nah an ihn rangekommen bist.« Annie seufzt. »Erinnerst du dich an Caroline vom Empfang unten? Ich habe nicht gewusst, dass sie offenbar auch zu den Jonathan-Huntington-Fans gehört, aber selbst sie war sehr neugierig, was da wohl vorgeht zwischen ihm und dir. Und heute war dann endgültig im ganzen Haus der Teufel los. Sei froh, dass du nicht da warst.«

Kälte kriecht über meinen Rücken, als mir klar wird, wie naiv ich war. Ich war so mit Jonathan und meinen Gefühlen für ihn beschäftigt, dass ich nicht nach links und rechts gesehen habe, und Annie wollte mir nicht wehtun, deshalb hat sie mich zwar vor Jonathan gewarnt, aber nicht vor dem, was sich in der Firma zusammengebraut hat.

Dabei sind mir die gehässigen Blicke aufgefallen, die Catherine Shepard mir oft zugeworfen hat. Und dass mir einige Angestellte nachgesehen haben, wenn ich über die Flure gegangen bin. Ich wäre nur nicht darauf gekommen, dass ich tatsächlich so interessant bin, dass sie anschließend über mich reden. Diese Sache droht mir offensichtlich völlig zu entgleiten.

»Aber wenn ich nicht mehr hingehe, dann sieht es doch so aus, als würde ich kneifen.« Ich schüttele den Kopf, wie um noch mal zu bestätigen, dass ich das auf gar keinen Fall tun werde. »Für mich ist das Praktikum eine tolle Chance, Annie. Ich kann das nicht einfach aufgeben.«

»Das hättest du dir vielleicht überlegen sollen, bevor du was mit Jonathan Huntington angefangen hast«, sagt sie auf ihre direkte Art.

»Das eine hat mit dem anderen doch gar nichts zu tun«, jammere ich.

»Ich fürchte, das ist den Leuten egal«, meint Annie. »Die sehen jetzt nur noch, was sie sehen wollen. Jedenfalls die meisten.« Sie sieht mich mitleidig an. »Wenn du also wirklich wieder hingehen willst, wirst du auf jeden Fall gute Nerven brauchen.«

Sie hat recht, denke ich verzweifelt, und spüre, wie mir hilflose Tränen in den Augen brennen. So schnell erwirbt man sich also den Ruf einer Schlampe.

»Aber ich bin ja bei dir«, tröstet mich Annie, als sie sieht, wie verzweifelt ich bin. »Ich passe schon auf, dass sie dich in Ruhe lassen.«

Dankbar lächele ich sie an, doch dann drehen wir uns beide erschrocken um, als wir hören, wie ein Schlüssel in der Wohnungstür gedreht wird. Jemand kommt mit schweren Schritten herein, und kurze Zeit später taucht Marcus in der Tür zur Küche auf. Er trägt einen Trainingsanzug und ist ganz verschwitzt, offenbar war er joggen.

»Hey, Marcus«, begrüßt Annie ihn, und er erwidert den Gruß irritiert und betrachtet uns mit gerunzelter Stirn. Offenbar hat er nicht damit gerechnet hat, dass wir da sind. Dann fällt sein Blick auf das *Hello!*-Magazin auf dem Tisch.

Ich kann gerade noch den Reflex unterdrücken, die Hand über das Foto von Jonathan und mir zu legen, obwohl das eigentlich gar nicht nötig ist. Die Zeitung liegt so, dass er es theoretisch gar nicht erkennen kann. Allerdings scheint er sowieso zu wissen, was auf dem Cover zu sehen ist, denn seine Miene verdunkelt sich noch weiter. Glücklich wirkte er auch vorher nicht, wie mir jetzt auffällt.

»Jonathan Huntington hat dich also nur nach Hause gebracht, ja?«, fragt er, und seine Stimme klingt schneidend.

Mir fällt jener Abend vor fast zwei Wochen wieder ein, als ich meinen Schlüssel vergessen hatte und Marcus dazu kam, als ich mit Jonathan vor der Tür stand. Ich spüre, wie ich rot werde, obwohl ich ihm eigentlich keine Rechenschaft schuldig bin, und kann nicht antworten.

»Du musst ja wissen, was du tust«, sagt er verächtlich und dreht sich um, verschwindet ohne ein weiteres Wort im Bad. Kurze Zeit später hören wir Wasser rauschen.

»Autsch«, sagt Annie und lächelt mich aufmunternd an, vermutlich, weil sie sehen kann, wie sehr mich Marcus' Reaktion getroffen hat. »Ich glaube, da ist jemand ziemlich eifersüchtig.«

Unglücklich zucke ich mit den Schultern. »Aber ich kann

doch nichts dafür, Annie. Ich wollte mich nicht in Jonathan verlieben.«

»Ich weiß.« Sie seufzt. »Das kann man sich nicht aussuchen. Jetzt müssen wir nur sehen, dass wir dich da heil durchkriegen.«

Ihre Worte gehen mir nach, als ich später im Bett liege und mal wieder die Decke anstarre. Wenn ich gehofft hatte, dass es besser wird und ich irgendwie klarer sehe, sobald ich nicht mehr in Jonathans Nähe bin, dann habe ich mich eindeutig getäuscht. Wenn überhaupt, dann bin ich jetzt noch verwirrter als vorher. Und außerdem sehne ich mich nach ihm, auch wenn ich es hasse, das zuzugeben. Er fehlt mir, ganz schlimm sogar. Sobald ich die Augen schließe, sehe ich sein Bild vor mir, sehe seine blauen Augen, in denen man sich verlieren kann, und fühle seine Finger auf meiner Haut, die mich so verdammt schnell entflammen können, höre seine tiefe Stimme, die wie ein Streicheln sein kann. Ich habe ehrlich keine Ahnung, wie das alles weitergehen soll.

Nur eins weiß ich genau: weglaufen werde ich nicht. So schlimm wird es schon nicht werden, tröste ich mich, bevor ich schließlich doch in einen unruhigen Schlaf falle.

* * *

Doch am nächsten Tag kommt alles noch viel schlimmer als befürchtet. Annie wacht mit Fieber und schlimmen Halsschmerzen auf und muss im Bett bleiben, kann mich also nicht wie geplant ins Büro begleiten. Und Marcus hat sich auch noch nicht beruhigt. Er bleibt in seinem Zimmer, und als wir uns einmal im Flur kurz begegnen, erwidert er meinen Gruß mit versteinerter Miene, bevor er im Bad verschwindet. Nicht mal Ian hat Zeit für ein ablenkendes Gespräch beim Frühstück, denn er hat mit Annie alle Hände voll zu tun, kocht ihr Tee und versorgt sie mit Medikamenten, bevor auch er los muss. Deshalb bin ich mit meinen Ängsten ganz allein.

Vor dem Spiegel überlege ich lange, was ich heute anziehen soll, und entscheide mich schließlich für das braune Vintage-Kleid, das Annie für mich ausgesucht hat. Kombiniert mit den schicken Stiefeln sieht es sehr gut aus, nicht langweilig, aber auch nicht so gewagt wie das schwarze, das ich gestern anhatte. Ich fühle mich wohl damit, und das kann nicht schaden, aber es ändert nichts daran, dass ich schrecklich nervös bin.

»Ich drück dir die Daumen«, krächzt Annie, als ich mich von ihr verabschiede, und lächelt mich an. Ihre Augen glänzen fiebrig und sie kann kaum sprechen, deshalb leiste ich innerlich Abbitte dafür, dass ich sie zum Teufel gewünscht habe, als sie sagte, dass sie nicht mit ins Büro kommen kann. Es geht ihr eindeutig richtig schlecht, und in ihrem Zustand kann sie auf gar keinen Fall arbeiten gehen.

Unten vor der Tür halte ich noch mal Ausschau nach möglichen lauernden Fotografen, doch wieder ist alles ruhig. Vielleicht, denke ich hoffnungsvoll, hat Jonathan ja doch übertrieben. Vielleicht findet mich die Presse gar nicht so spannend, wie er dachte.

Auf der U-Bahn-Fahrt in die City ist auch alles wie sonst, doch als ich schließlich vor dem Gebäude von Huntington Ventures ankomme, lungern vor dem Eingang tatsächlich diverse Fotografen. Es kommt Bewegung in sie, als sie mich entdecken, und bevor ich das Foyer betreten kann, bin ich von ihnen umringt. Ich muss mir die Hände vor das Gesicht halten, so nah kommen sie mir, und das Blitzlicht blendet mich.

»Miss Lawson, wann werden Sie Lord Huntington heiraten?«, ruft einer.

»Sind Sie sehr verliebt in ihn?«

»Wie ist es, mit einem der begehrtesten Junggesellen Europas eine Affäre zu haben?«

Die Fragen prasseln auf mich ein wie das Klicken der Fotoapparate. Ich rüttele an der Tür und versuche, sie zu öffnen, doch sie gibt zuerst nicht nach. Dann wird sie plötzlich geöffnet, und jemand packt mich am Arm und zieht mich in das Foyer, in dem es sofort viel ruhiger ist. Die Glastür ist nämlich offenbar eine natürliche Grenze, denn in das Gebäude hinein folgt die Meute mir nicht, knipst stattdessen von draußen weiter.

Der Mann, der mich am Arm gepackt hat, ein bulliger Kerl in einer blauen Uniform, die an die eines amerikanischen Polizisten erinnert, schiebt mich weiter in das Foyer hinein, während sein Kollege, der genauso gekleidet ist, an der Tür stehen bleibt und die Fotografen weiter daran hindert hereinzukommen.

»Alles in Ordnung, Miss?«, fragt der Mann mich, der sich jetzt so gestellt hat, dass ich durch sein breites Kreuz vor den Blicken der lauernden Presseleute geschützt bin.

Ich nicke beklommen. »Ja, vielen Dank.«

»Keine Sorge«, sagt er, »die kommen hier nicht rein. Wir haben den Auftrag, keine Fotografen ins Gebäude zu lassen.«

Dankbar nicke ich und versuche, mich wieder zu fassen. Jonathan hat nicht übertrieben, es ist eher noch viel schlimmer. Weil ich keine Ahnung habe, was ich jetzt tun soll, wende ich mich zum Empfang um – und begegne dem Blick der blonden Caroline, die mich kühl von oben bis unten mustert.

»So einen Rummel hatten wir hier noch nie«, sagt sie, und der Vorwurf in ihrer Stimme ist nicht zu überhören. »Zum Glück hat Mr Huntington das wohl vorausgesehen und den Sicherheitsdienst benachrichtigt. Sonst könnten wir hier vermutlich gar nicht arbeiten. Aber es stört trotzdem sehr«, informiert sie mich verschnupft.

»Tut mir leid«, murmele ich. Was soll ich sagen? Ich habe die Fotografen ja nicht bestellt. Aber ich nehme an, dass es zwecklos wäre, mich zu rechtfertigen, deshalb gehe ich schnell zum Fahrstuhl. Anstatt in die vierte Etage, wie ich es eigentlich wollte, drücke ich aus einem Reflex heraus den obersten Knopf, weil ich plötzlich das dringende Bedürfnis habe, mit Jonathan zu reden.

Doch als ich in der Chefetage ankomme, empfängt mich Catherine Shepard mit einem ähnlich säuerlich-verächtlichen Lächeln wie die blonde Caroline.

»Mr Huntington ist nicht da«, verkündet sie mir mit zufriedenem Gesichtsausdruck und erwischt mich kalt. Dass Jonathan gar nicht im Büro sein könnte, ist mir nicht in den Sinn gekommen. Aber natürlich, denke ich, wahrscheinlich ist er bei Sarah.

»Wissen Sie, wann er kommt?«

»Er hat gesagt, er kommt heute gar nicht«, erwidert sie und gibt sich keine Mühe mehr, ihre Feindseligkeit vor mir zu verbergen. »Außerdem hat er erwähnt, dass Sie Ihr Praktikum ab heute in der Investment-Abteilung fortsetzen.«

Ich schlucke hart, weil ich mir so dumm vorkomme, dass ich überhaupt hier oben bin. Schließlich war es mein eigener Wunsch, zu Annie und ihren Kollegen zurückzukehren. Irgendwie hatte ich nur nicht damit gerechnet, dass Jonathan das so bereitwillig akzeptiert. Es klingt so furchtbar endgültig, als hätte er mit der ganzen Sache abgeschlossen. Mit mir.

»Das stimmt«, sage ich. »Ich wollte ... mich nur verabschieden.« Es ist eine lahme Ausrede, und die schöne Catherine weiß es, denn sie hebt nur vielsagend die Augenbrauen.

»Auf Wiedersehen, Miss Lawson«, sagt sie und lächelt ein sehr kaltes Lächeln.

Ich sage nichts mehr, sondern drehe mich um und gehe zurück zum Fahrstuhl, fahre mit hängenden Schultern in den vierten Stock.

Das Lächeln, mit dem Veronica Hetchfield mich begrüßt, als ich in ihr Büro komme, ist viel freundlicher als das von Catherine Shepard, aber es ist auch einen Hauch mitleidig. Die Ankündigung, dass ich ab jetzt wieder in der Investmentabteilung arbeiten werde, scheint sie nicht zu überraschen.

»Ach, Liebes, machen Sie sich nichts draus«, sagt sie und tätschelt meinen Arm. Entsetzt wird mir klar, dass sie glaubt, Jonathan hätte mich aus seinem Büro geschmissen und zurückgeschickt.

»Ich bin freiwillig wieder hier«, versichere ich ihr hastig, doch ich kann ihrem Blick ansehen, dass sie mir nicht glaubt.

Und genauso geht es weiter. Es ist ein richtiger Spießrutenlauf, schlimmer als ich ihn mir hätte ausmalen können. Alle benehmen sich vordergründig ungezwungen und freundlich, aber ich spüre die Blicke, höre das Tuscheln. Nur der Professionalität von Clive Renshaw, der offenbar vorhat, sämtliche Gerüchte um seinen Boss und mich zu ignorieren, ist es zu verdanken, dass ich das Meeting am Vormittag halbwegs überstehe, denn er integriert mich aktiv und gibt sich große Mühe, so zu tun, als wäre alles komplett normal. Doch auch da stehe ich unter Dauerbeobachtung, und als ich schließlich wieder in meinem kleinen Büro am Ende des Flurs sitze, bin ich so runter mit den Nerven, dass mir die Hände zittern.

Ohne Annie an meiner Seite, die mich sicher wenigstens ein bisschen abgeschirmt hätte, fühle ich mich schrecklich allein. Es war eine dumme Idee, Jonathans Hilfe auszuschlagen. Er hatte völlig recht. Es spielt keine Rolle mehr, was ich tue – die Leute reden jetzt, ob ich bei ihm bin oder nicht. Im Grunde habe ich es sogar noch schlimmer für mich gemacht, denn offenbar feixen die Gehässigen unter den Angestellten jetzt erst recht darüber, dass unsere Affäre offenbar schon vorbei ist. Ist sie ja auch, denke ich unglücklich. Weil ich so stur war und nicht auf Jonathan gehört habe.

Sein wütendes Gesicht fällt mir wieder ein und die Worte, die ich ihm entgegengeschleudert habe, als ich aus der Limousine gestiegen bin. Es ist fraglich, ob er mich jetzt überhaupt noch in seiner Nähe haben will. Wahrscheinlich habe ich alles ruiniert – und leide trotzdem.

Ich weiß, dass ich es aussitzen sollte, wenn ich wirklich bleiben will. Vielleicht beruhigt sich das alles ja in einigen Tagen wieder, wenn ich einfach durchhalte und mir nichts anmerken lasse. Vielleicht aber auch nicht, denke ich seufzend, und zucke zusammen, als plötzlich die Tür aufgeht.

Eine Angestellte dieser Abteilung, mit der ich bisher nicht viel zu tun hatte – Emma, heißt sie, glaube ich – steckt den Kopf zur Tür herein. »Entschuldigung. Ich müsste mal kurz an die Akten.«

Ich deute einladend mit der Hand auf die Schränke. »Bitte.«

Sie kommt herein, zieht eine Schublade auf und sucht hektisch in den Hängeordnern, die sich darin befinden, aber irgendwie scheint sie nicht recht bei der Sache zu sein. Immer wieder huscht ihr Blick zu mir, was ich bemerke, obwohl ich so tue, als würde ich die Papiere lesen, die auf meinem Schreibtisch liegen. Es ist ganz offensichtlich, dass sie nur nach einer Gelegenheit gesucht hat, mich genauer zu betrachten.

Hilflos starre ich die Unterlagen an und wünsche mir, dass sie wieder geht. Was sie natürlich nicht tut. Aber zum Glück klingelt kurz darauf mein Handy und lenkt mich ab. Ich hoffe zuerst, dass es Hope ist, und dann wünsche ich mir für einen kurzen, verzweifelten Moment, dass es Jonathan ist, der mir sagt, dass er mich hier rausholt.

Aber es ist nicht Hope und auch nicht Jonathan. Es ist Sarah Huntington.

22

»Hallo, Grace. Ich hoffe, ich störe nicht«, sagt sie.

»Äh, nein«, stottere ich verwirrt und starre Emma an, die aufgehört hat, so zu tun, als würde sie etwas in den Akten suchen, und mich jetzt mit unverhohlener Neugier beobachtet. Warum ruft Jonathans Schwester mich an? Das erfahre ich schon eine Sekunde später, denn sie kommt sofort zur Sache.

»Sag mal, hättest du vielleicht Zeit, mich hier im Krankenhaus zu besuchen?«, fragt sie und schiebt ein hoffnungsvolles »Jetzt gleich?« hinter.

»Jetzt gleich?« Ich bin völlig perplex. »Ja, ich ... natürlich. Gern. Aber ...« Die Fotografen fallen mir wieder ein. Was ist, wenn sie mir folgen, sobald ich das Gebäude verlasse? Würde ich sie dann nicht direkt zu Sarah führen? Oder wissen sie sowieso schon, was passiert ist? »Ich glaube, das geht nicht. Es ist nämlich so ...«, jetzt wünschte ich wirklich, die neugierige Emma würde verschwinden, »... ich kann hier gerade nicht so gut weg.«

»Ich weiß, ich habe schon von der Belagerung gehört. Man gewöhnt sich dran, Grace, aber im Moment ist es bestimmt total blöd für dich, oder?«

Ihr aufrichtiges Mitgefühl tut mir so gut, dass meine Lippe anfängt zu zittern, doch wegen Emma reiße ich mich schnell wieder zusammen.

»Ja. Aber dann weißt du ja, warum es gerade schwierig ist«, antworte ich.

Sarah lacht. »Das regeln wir schon«, sagt sie. »Rettung naht.

Ich freu mich auf dich!« Mit einem fröhlichen »Bis gleich« legt sie auf, und ich starre jetzt nicht mehr Emma an, sondern das Handy. Rettung naht?

Jemand räuspert sich, und als ich aufsehe, lehnt Alexander im Türrahmen.

»Grace, würdest du kurz mitkommen? Du wirst woanders gebraucht«, sagt er und zwinkert mir zu. Als mir klar wird, dass er der Retter ist, von dem Sarah gesprochen hat, lächle ich auch, überwältigt vor Erleichterung.

»Natürlich.«

Hastig greife ich nach meiner Tasche, verabschiede mich knapp von Emma, die uns entgeistert nachsieht, und folge ihm durch den Flur in den Aufzug. Doch wir fahren nicht nach oben, sondern nach unten. Nach ganz unten in die Tiefgarage.

»Wir gehen besser nicht durch den Haupteingang raus«, erklärt er mir lächelnd und führt mich, als die Fahrstuhltüren sich öffnen, über das Parkdeck zu einem grauen Jaguar. Im Auto weist er mich an, mich auf dem Beifahrersitz möglichst klein zu machen, damit ich von außen schwer zu sehen bin, dann fährt er los und wir verlassen die Tiefgarage.

Die Ausfahrt liegt seitlich am Gebäude, und niemand erwartet uns, als wir herauskommen. Alexander biegt auf den London Wall, und als wir am Haupteingang des Huntington-Gebäudes vorbeikommen, spähe ich vorsichtig durch das Fenster. Die Fotografen warten nach wie vor am Eingang, doch auf Alexanders Jaguar achten sie zum Glück nicht. Erleichtert richte ich mich wieder in meinem Sitz auf, als wir außer Sichtweite sind.

Alexander sieht mich an. »Alles okay?«

Ich nicke, obwohl ich nicht sicher bin, ob das wirklich stimmt.

»Ich weiß, es kann ziemlich beängstigend sein, der Meute in die Hände zu fallen«, meint er. »Aber das Interesse lässt meist schnell wieder nach, wenn du nicht zur königlichen Familie gehörst. Nächste Woche sieht es bestimmt schon anders aus, dann haben die neue Stories. Auf Harry ist da eigentlich immer Verlass.«

»Na, hoffentlich«, sage ich voller Inbrunst. Das brauche ich jetzt wirklich nicht täglich.

Während der Fahrt nach Marylebone reden wir nur noch wenig, wahrscheinlich weil Alexander mir ansehen kann, wie fertig ich bin. Er parkt den Wagen in einer Seitenstraße und begleitet mich ins Krankenhaus zu dem Zimmer auf der normalen Station, in das Sarah inzwischen verlegt ist. Der Raum ist hell und sauber, aber dennoch mit einer Liebe zum Detail eingerichtet, die einem – wie eigentlich überall in dieser exklusiven Privatklinik – das Gefühl gibt, in einem Hotel zu sein und nicht in einem Krankenhaus.

Sarah liegt auf dem Bett und lächelt, als wir hereinkommen. Ihre Gesichtsfarbe ist jetzt rosiger und man kann ihr ansehen, dass es ihr schon deutlich besser geht, selbst wenn der Streckverband, in dem ihr Bein liegt, immer noch beängstigend wirkt.

»Hallo«, begrüßt sie uns strahlend. Alexander geht zu ihr ans Bett und gibt ihr einen Kuss auf die Wange.

»Auftrag ausgeführt«, verkündet er grinsend.

Sarah streicht über seine Hand. »Vielen Dank. Das war sehr lieb von dir.«

»Ja«, stimme ich zu. »Vielen Dank.« Ich war so mit mir beschäftigt, dass noch gar nicht daran gedacht habe, ihm zu sagen, wie froh ich darüber bin, dass er mich aus dem Büro rausgeholt hat. Die beiden haben mich wirklich gerettet, denn plötzlich kann ich mir gar nicht mehr vorstellen, wie ich es bei Huntington Ventures unter diesen Bedingungen noch länger hätte aushalten sollen.

Alexander nickt uns beiden zu, dann geht er zurück zur Tür. »Ich muss noch ein paar Anrufe erledigen, und das geht nur draußen«, sagt er und winkt mit seinem Handy, doch ich habe eher den Eindruck, dass er bei unserem Frauen-Gespräch nicht stören will. Oder Sarah hat von vorneherein mit ihm abgemacht, dass er uns allein lassen soll.

Als er weg ist, klopft sie auf den Rand ihres Bettes. »Setz dich zu mir«, fordert sie mich auf, und ich tue es.

Einen Moment lag sehen wir uns lächelnd an. Wir sind fast gleich alt, und ich fühle mich ihr irgendwie verbunden, so als gäbe es da einen Draht zwischen uns, auf dem wir problemlos senden. Wäre sie nicht Jonathans Schwester und wir hätten uns woanders getroffen, dann hätten wir uns sicher auch gemocht.

»Wie geht es dir?«, sagen wir beide gleichzeitig und müssen lachen, was mir unglaublich gut tut, einfach weil ich seit gestern so wenig zu lachen hatte.

»Mir geht es ganz gut«, sagt sie dann, »abgesehen von der Tatsache, dass ich es hasse, hier so unnütz rumzuliegen. Aber viel wichtiger ist doch, wie es dir ergangen ist heute. War es sehr schlimm?«

Unglücklich nicke ich. »Sehr viel schlimmer, als ich es mir vorgestellt hatte.«

Sie sieht mich mitfühlend an. »Ich kann es mir vorstellen. Ab und zu hatte ich als Tochter des Earl of Lockwood ja auch schon mal das Vergnügen mit der Presse. Und wenn es um Jonathan geht, dann kriegen die manchmal einfach nicht genug.«

Ich schlucke. »Ich weiß. Das hat er mir gesagt.«

Ihr Blick wird ernst. »Warum bist du dann nicht bei ihm geblieben, so wie er es dir vorgeschlagen hat?«

Erschrocken reiße ich die Augen auf. »Hat er dir das gesagt?«

Sie nickt. »Er war heute Morgen hier. Also, warum?«

»Weil...« Wie soll ich ihr das erklären? Ich kann ihr ja schlecht sagen, dass ich mich Hals über Kopf in ihren Bruder verliebt habe, aber dass er leider nur an Sex interessiert ist, und dass ich deshalb nicht das Gefühl habe, mich ihm anvertrauen zu können. »Weil ich dachte, dass ich damit allein fertig werde. Ich wusste ja nicht, dass es wirklich alles so kommt, wie er gesagt hat.« Unsicher sehe ich sie an. »Ich dachte, es macht alles nur noch schlimmer, wenn ich weiter mit ihm zusammen bin.«

»Bist du denn mit ihm zusammen?«, fragt Sarah vorsichtig. Ich schüttele unglücklich den Kopf. »Aber ihr habt – tatsächlich etwas laufen? So wie die Presse es behauptet?« Diesmal nicke ich.

»Ich weiß nicht genau, ob man es wirklich so bezeichnen kann, und ich glaube, es ist auch schon wieder vorbei, aber – ja.«

Einen Moment lang schweigt sie und blickt mich nur nachdenklich an.

»Deshalb war er so angespannt«, sagt sie dann. »Weißt du, dass das ein absolutes Novum ist? Mein Bruder hat noch nie«, sie betont das Wort, »eine Frau mitgebracht und der Familie vorgestellt.«

Ich lächele schwach. »Das hatte keine Bedeutung – jedenfalls nicht die, die dein Vater unterstellt hat. Jonathan hatte kurz vorher von dem Bild in dem Magazin erfahren und wollte mit mir darüber reden.«

Sarah zuckt mit den Schultern. »Oder dich vor der Presse und den neugierigen Blicken schützen.« Sie sieht mich an. »Liegt dir was an ihm, Grace?«

Ich überlege fieberhaft, was ich jetzt sagen soll, doch dann nicke ich schließlich. Es hätte keinen Zweck, es zu leugnen. »Ja. Viel sogar«, gestehe ich.

»Dann sollte ich dich eigentlich warnen.«

Ich rolle mit den Augen. »Nicht du auch noch.«

Sie lacht, wird jedoch gleich wieder ernst. »Ich liebe Jon, er ist der beste Bruder, den man sich wünschen kann, liebevoll und aufmerksam und immer so besorgt um mich, dass es mich manchmal schon nervt. Und er steht eigentlich mit beiden Beinen im Leben, hat diese außergewöhnliche Firma geschaffen und so viel Erfolg damit.«

Ich nicke strahlend, denn damit beschreibt sie genau den Jonathan, in den ich mich sofort verliebt habe.

»Es könnte alles gut sein – wenn er beim Thema Beziehungen nicht immer so total abblocken würde.« Sie seufzt.

»Wieso ist er denn so?«, frage ich.

Sarah schüttelt den Kopf. »So richtig erklären kann ich es mir auch nicht. Eigentlich war er schon immer so, aber besonders schlimm ist es geworden, seit er mit Anfang zwanzig eine Weile in Japan war und dort diesen Yuuto kennengelernt hat. Manchmal glaube ich, dieser Japaner hat seine kühle, beherrschte Art auf Jonathan übertragen. Seitdem komme nicht mal mehr ich wirklich an ihn heran. Er will vom Thema Liebe einfach nichts wissen, und vom Heiraten und Kinderkriegen erst recht nicht – du hast ihn ja gestern erlebt.«

»Ja«, sage ich. »Er hasst euern Vater regelrecht.«

Wieder seufzt Sarah, diesmal noch tiefer. »Weil Jon ihm vorwirft, dass er am Tod unserer Mutter Schuld ist. Dabei war es ein Unfall«, erklärt sie mir. »Außerdem streiten die beiden schon seit einer Ewigkeit ständig über dieses Heiratsthema, und dann hat Dad damals auch noch Bedenken geäußert, als Jonathan seine Firma gründete. Was alles in allem dazu geführt hat, dass ihr Verhältnis nicht das Beste ist – um es mal nett auszudrücken.«

Sie sieht mich eindringlich an. »Ich habe manchmal richtig Angst, dass Jon diese emotionale Distanz, die er zu den meisten

Menschen hat, vielleicht nie überwindet. Und deshalb kann ich dir auch nicht raten, dich auf ihn einzulassen. Er hat schon ziemlich viele Frauen sehr unglücklich gemacht.« Ein Lächeln spielt um ihre Lippen. »Aber so wie mit dir habe ich ihn noch nie erlebt. Ich glaube, dass du ihn wirklich erreichen kannst, Grace. Es könnte gut sein, dass du seine letzte Chance bist, die Kurve noch zu kriegen.«

Unglücklich sehe ich sie an. »Ich glaube nicht, dass er mich nach unserem Streit gestern noch mal wiedersehen will.«

Sarah grinst. »Er ist wütend auf dich, das stimmt. Aber als er heute Morgen hier war, konnte man auch merken, wie viel Sorgen er sich macht. Er hat extra den Sicherheitsdienst engagiert, damit die Fotografen-Meute dich nicht mit Haut und Haaren frisst, wenn du in der Firma ankommst.«

»Und wo ist er jetzt?«, frage ich.

»Da er heute nicht in die Firma fahren wollte, nehme ich an, dass er zu Hause ist.«

»Weiß er, dass ich hier bin?«

Sarah schüttelt den Kopf. »Ich wollte zuerst mit dir alleine sprechen.«

Eine Krankenschwester – eine andere als gestern – betritt das Zimmer und bringt ein Tablett mit Essen. Der Hauptgang ist mit einer silbernen Haube mit einem goldfarbenen Griff abgedeckt und der Nachtisch ist angerichtet wie in einem Sterne-Restaurant. Wow. Das wird ja immer besser, denke ich und beschließe, dass ich, sollte ich je krank werden, auch in dieser Klinik liegen möchte.

»Möchtest du was?«, fragt Sarah, doch ich schüttele den Kopf. Diese ganze Jonathan-Geschichte ist mir auf den Magen geschlagen und ich habe überhaupt keinen Hunger.

Während sie isst, unterhalten wir uns nicht mehr über Jonathan, sondern über ihre Zeit in Rom. Sie schwärmt mir von den

Gemälden vor, die sie besonders schätzt, und outet sich als Fan von Michelangelo, Raffael und Sebastiano del Piombo.

»Jon hasst es, wenn ich über ihre Werke spreche. Er kann damit nichts anfangen«, erklärt sie mir lachend.

»Ja, ich weiß, das hat er mir auch schon gesagt.«

»Siehst du«, meint sie triumphierend, »er erzählt dir Dinge, die die meisten nie erfahren.«

»Worüber schreibst du eigentlich deine Doktorarbeit?«, erkundige ich mich, weil ich nicht mehr über Jonathan und mein Verhältnis zu ihm sprechen will.

Sie lächelt. »Über die Farben der Liebe.« Als ich sie verständnislos ansehe, kichert sie erfreut. »So hat mein Professor auch geguckt, als ich ihm das Thema vorgestellt habe. Aber es ist sehr interessant, wirklich. Ich untersuche, wie sich das Verhältnis des Malers zu seinem Modell in der Farbgebung des Porträts widerspiegelt. Farben haben Bedeutungen, und Maler setzen sie ein, manchmal bewusst, manchmal unbewusst, um damit bestimmte Gefühle auszudrücken. Ich finde es ...«

Sie beendet ihren Satz nicht, denn in diesem Moment klopft es und Alexander kommt wieder herein.

»Ich bin fertig und müsste jetzt wieder zurück ins Büro«, sagt er. »Soll ich dich mit zurücknehmen, Grace?«

Sarah und er sehen mich an, doch ich erkenne in ihren Blicken, dass sie beide nicht finden, dass das eine gute Idee wäre. Und ich kann ihnen da nur zustimmen, deshalb schüttele ich den Kopf.

»Nein. Wenn ... das okay ist?« Unsicher sehe ich Alexander an. Er nickt, sichtlich erleichtert.

»Völlig okay«, sagt er und lächelt. »Du hast meine offizielle Erlaubnis, dir den Rest des Tages frei zu nehmen.«

Zum Abschied gibt er Sarah noch einen Kuss auf die Stirn und wünscht mir alles Gute, dann lässt er uns wieder allein.

Ich grinse. »Welche Farbe hat denn eigentlich dein Verhältnis zu Alexander?«, erkundige ich mich.

»Rot«, erklärt sie sofort und lacht. »Aber noch eher hellrot, leider. Ich weiß, dass er mich mag, aber er ist immer so nervig zurückhaltend. Deshalb muss ich an der neuen Abmischung noch arbeiten, wo ich jetzt wieder in London bin. Aber ich hoffe, dass bald ein deutlich intensiverer Farbton dabei herauskommt.«

Sie grinst, und Jonathans Beschreibung von ihr fällt mir wieder ein. Entschlossen scheint sie wirklich zu sein. Aber ich mag ihre direkte, zupackende Art.

»Was hast du jetzt vor?«, fragt Sarah, als es Zeit für mich wird zu gehen.

Unsicher zucke ich mit den Schultern. »Ich weiß nicht.« In die Firma kann ich definitiv nicht, und so furchtbar viele andere Alternativen habe ich nicht. »Ich schätze, ich fahre erst mal zurück nach Islington.«

Sarah zieht die Schublade ihres Nachttisches auf, holt ihr Portemonnaie heraus und reicht mir einige Zehn-Pfundnoten. »Dann nimm dir ein Taxi. Bitte«, fährt sie fort, als sie sieht, dass ich das Geld nicht nehmen will, »es trifft keine Arme, wirklich nicht.« Sie lächelt ein bisschen schief. »Und außerdem war ich es, die dich hergebeten hat, also möchte ich auch dafür sorgen, dass du heil wieder nach Hause kommst – oder wohin auch immer.« Ihre blauen Augen, die mich so an Jonathans erinnern, blicken mich ernst an. »Du denkst doch noch mal über das nach, was ich dir gesagt habe?«

Ich nicke. Da ich seit Tagen über nichts anderes mehr nachdenke als über Jonathan, dürfte mir das nicht schwerfallen.

»Viel Glück«, wünscht sie mir noch, als ich mich von ihr verabschiede.

Als ich im Taxi sitze, das mir die Empfangsdame der Klinik

gerufen hat, und auf dem Weg zurück nach Islington bin, lasse ich diesen ganzen verwirrenden Vormittag noch einmal Revue passieren. Mir wird plötzlich klar, dass ich eine Entscheidung treffen muss. Niemand hat das zu mir gesagt, aber es steht trotzdem unausgesprochen im Raum. Denn so schwer es mir auch fällt, mir das einzugestehen – ich kann mein Praktikum jetzt nicht mehr so fortsetzen wie geplant, das ist unter diesen Umständen völlig unmöglich. Ich muss es entweder abbrechen und nach Hause fliegen – oder zu Jonathan zurückkehren und sehen, wie die Sache mit ihm weitergeht.

Wenn ich zurückfliege, habe ich vielleicht noch den Hauch einer Chance, dass meine Affäre mit ihm als Ausrutscher gesehen wird. Eine Dummheit, die mit meiner Jugend zu entschuldigen ist und über die mit der Zeit Gras wächst. Das sollte ich tun. Das wäre das einzig Vernünftige.

Aber die Vorstellung, wegzugehen und Jonathan nie mehr wiederzusehen, tut mir so weh, dass ich allein den Gedanken kaum aushalte. Und mir gehen Sarahs Worte nicht aus dem Kopf. Ist es so, wie sie sagt – bedeute ich ihm mehr, als er zugeben will?

Ich habe erlebt, wie liebevoll er sein kann, denn er ist es zu Sarah. Und er engagiert sich für die Menschen, mit denen er beruflich zu tun hat, ihm ist nicht alles egal, was das Projekt in Hackney eindrucksvoll zeigt. Wieso weist er dann Beziehungen so weit von sich? Warum darf ihm außer seiner Schwester und Alexander niemand nah kommen? Dafür muss es einen Grund geben, aber den verbirgt er offenbar selbst vor denen, die er liebt.

Wenn ich zu ihm zurückkehre, dann mache ich alles noch schlimmer für mich, das weiß ich. Denn ich habe keine Ahnung, was er dann tun wird oder wie lange er mich bei sich bleiben lässt und ob überhaupt. Selbst seine eigene Schwester kann mir nicht guten Gewissens raten, das zu tun. Alle warnen mich vor ihm, sogar er selbst hat das schon mehrfach getan.

Ich seufze tief.

Ich sollte mich also wirklich von Jonathan fernhalten. Ihn aus meinem Leben streichen, so wie er das offenbar immer mit allen macht, die ihm zu nahe kommen. Aber ich weiß einfach nicht wie.

Das schwarze Taxi hält an einer Ampel.

»Ich hab's mir anders überlegt«, sage ich zu dem Fahrer, der mich überrascht ansieht. »Ich möchte doch woanders hin.«

»Und wohin soll's gehen, Herzchen?«, fragt er mit seinem breiten englischen Akzent.

Ich atme tief durch. »Nach Knightsbridge.«

23

Knightsbridge liegt nicht weit von Marylebone entfernt, und so weit waren wir vom King Edward VII's Hospital auch noch nicht weg, deshalb erreichen wir die Straße, an deren Ende Jonathans weiße Stadtvilla liegt, bereits nach einer guten Viertelstunde. Ich erkenne sie schon von Weitem – und die Fotografen, die vor dem schmiedeeisernen Zaun auf dem Bürgersteig stehen. Es sind nicht so viele wie vor dem Huntington-Gebäude, nur vier oder fünf, aber sie erschrecken mich trotzdem.

»Halten Sie bitte an!«

Der Fahrer tut es und blickt mich fragend an.

»Und was jetzt, Missy?«

Meine Gedanken überschlagen sich, weil mir plötzlich klar wird, dass meine Entscheidung, wenn ich sie so treffe, wie ich es vorhatte, sehr endgültig ist. Mein Foto vor dem Huntington-Gebäude ist noch nicht wirklich aussagekräftig. Das bestätigt meine Affäre mit Jonathan nicht, denn schließlich arbeite ich dort. Aber wenn ich jetzt vor seinem Haus fotografiert werde, dann gibt es kein Zurück mehr. Dann wird es die Gerüchte bestätigen – egal, wie Jonathan reagiert. Was soll ich tun, wenn er mich nicht reinlässt oder direkt wieder wegschickt?

Verzweifelt schließe ich die Augen. Warum tust du dir das an, Grace, frage ich mich selbst. Warum lasse ich zu, dass er so viel Macht über mich hat?

Aber es ist einfach so. Ich kann meine Gefühle für ihn nicht abstellen und gehen. Dafür empfinde ich zu viel für ihn, dafür ist schon zu viel passiert. Ich muss herausfinden, wie viel Nähe zu einem Mann wie Jonathan möglich ist – und ob ich damit leben kann. Und das kann ich nur, wenn ich jetzt da rausgehe.

Mein Herz klopft mir bis zum Hals, als ich den Fahrer bitte, bis zu Jonathans Haus zu fahren. Schon während ich ihn bezahle, klicken die Fotoapparate, denn die Paparazzi haben mich entdeckt. Der Fahrer sieht mich an.

»Sind Sie sicher, dass ich nicht weiterfahren soll?«, fragt er. Ich schüttele den Kopf. Dafür ist es jetzt zu spät, denke ich, und steige aus. Diesmal werde ich nicht mit Fragen bestürmt, offenbar reicht die Tatsache, dass ich auf dem Weg in Jonathans Haus bin. Oder vielleicht gucke ich auch so grimmig, dass sie sich nicht trauen, mich anzusprechen.

Nach wenigen Schritten bin ich am Tor, und die Fotografen folgen mir auch diesmal nicht auf das Grundstück. Dennoch höre ich das Klicken der Kameras, während ich zur Haustür gehe und klingele.

Bitte, sei da, flehe ich innerlich, denn das Gefühl, hier wie auf dem Präsentierteller zu stehen, ist furchtbar unangenehm. Ich mag mir gar nicht ausmalen, was morgen in den Zeitungen steht, falls ich jetzt unverrichteter Dinge wieder gehen muss.

Doch es ist jemand da, denn ich höre Schritte, die sich der Tür nähern. Aufgeregt warte ich, nur um zu erschrecken, als sich kurze Zeit später die Tür öffnet und eine Frau mittleren Alters vor mir steht. Sie trägt einen Kittel und hält einen Lappen in der Hand.

»Ja, bitte?«, fragt sie, und ich sehe ihren misstrauischen Blick in Richtung Fotografen.

Ich bin so perplex, dass ich zuerst gar nicht sagen kann. Also hat er doch Hausangestellte, denke ich.

»Ist Jonathan ... ich meine, Mr Huntington zu sprechen?«

Erkennen huscht über das Gesicht der Frau, offenbar kann sie jetzt zuordnen, mit wem sie es zu tun hat. »Bitte«, sagt sie und tritt einen Schritt zur Seite. »Kommen Sie rein.«

Als die Tür zufällt und das Klicken der Kameras nicht mehr zu hören ist, atme ich auf und folge der Haushälterin hinauf in den ersten Stock, wo die Küche liegt, die ich noch in guter Erinnerung habe. Auf dem Steintisch steht jetzt ein Putzeimer, und ein Wischmopp lehnt an der Arbeitsplatte.

Die Frau führt mich noch eine Etage höher, durch die beiden großzügigen Wohnzimmer. Vor einer Tür bleibt sie stehen und klopft.

»Ja?«, höre ich Jonathan sagen, und ein Schauer läuft mir beim Klang seiner Stimme über den Rücken.

»Da ist Besuch für Sie«, verkündet die Frau und mustert mich noch mal von oben bis unten.

Eine Sekunde später wird die Tür aufgerissen und Jonathan steht im Türrahmen. Offenbar hat er nicht erwartet, mich zu sehen, denn sein Gesicht zeigt deutlich seine Überraschung.

»Grace.«

Ich kann ihn nur anstarren und hoffen, dass meine Beine nicht unter mir nachgeben, so stark ist der Effekt, den er auf mich hat. Dabei war ich bloß einen lächerlichen Tag von ihm getrennt.

Sein schwarzes Hemd steht am Kragen auf, weiter als sonst, und die lässige Jeans, die er dazu trägt, betont seine langen, muskulösen Beine. Sein Haar ist zerzaust, so als habe er die Hände mehrfach hindurchgeschoben, und auf seinem Gesicht liegt der dunkle Schatten, der zeigt, dass er sich heute noch nicht rasiert hat. Er wirkt müde.

»Kann ... kann ich dich sprechen?«, frage ich unsicher.

Er schweigt für einen langen Augenblick, in dem ich nicht zu atmen wage, doch dann nickt er.

»Sie können gehen, Mrs Matthews«, sagt er zu der Frau. »Ich brauche Sie heute nicht mehr.«

»Wie Sie wünschen, Mr Huntington«, erwidert die Frau und wirft mir im Gehen noch einen neugierigen Blick zu. Kurz darauf ist sie über die Treppe verschwunden, und wir sind allein.

»Wer war das?«, frage ich, um die Stille zwischen uns zu füllen. Seine Nähe macht mich plötzlich furchtbar nervös.

»Meine Haushälterin«, erklärt er.

»Ich wusste gar nicht, dass du eine hast.«

Er hebt die Augenbrauen. »Du weißt ziemlich vieles nicht von mir.« Sein Gesicht ist immer noch ernst, nicht die Spur eines Lächelns, aber seine Augen funkeln.

Weil ich so nervös bin, blicke ich an ihm vorbei in das Zimmer hinter ihm. Es ist ein geräumiges Arbeitszimmer mit Bücherregalen an den Wänden, noch mehr modernen Gemälden und einem großen, massiven Schreibtisch, auf dem sich Papiere stapeln. Offenbar arbeitet Jonathan auch zu Hause viel.

»Weshalb bist du hier, Grace?« Seine Stimme ist fordernd und jagt mir einen Schauer über den Rücken.

»Ich ... musste dich sehen.«

»Denkst du, das war eine gute Idee? Bei all den Fotografen da draußen? Wenn du nicht mit mir in Verbindung gebracht werden willst, dann hast du gerade das Gegenteil erreicht. Denn diese Fotos werden morgen ganz sicher irgendwo erscheinen und zementieren unsere ›Affäre‹ noch weiter.«

Ich nicke und halte seinem eindringlichen Blick atemlos stand. »Ich weiß. Aber das ist egal, weil ... ich es mir anders überlegt habe.« Ich hole tief Luft. »Ich will diese Affäre, Jonathan. Ich will bei dir bleiben.«

Er sieht mich an und reagiert nicht. Nur in seinen Augen liegt jetzt ein Brennen, bei dem mir warm wird.

»Ich weiß aber nicht, ob ich das will, Grace. Ich hatte noch nie etwas mit einer Angestellten«, sagt er und ich merke, dass ihn das tatsächlich verunsichert. Es kostet ihn also auch was. Gut.

»Und ich hatte noch nie Sex, bevor ich dich getroffen habe.« Ich trete einen Schritt auf ihn zu, lege meine Hände auf seine Brust. »Irgendwann ist immer das erste Mal.«

»Du weißt nichts über mich«, wiederholt er noch mal, wie eine letzte Warnung, ein letzter Versuch, das aufzuhalten, was wir beide anscheinend nicht aufhalten können.

»Dann gib mir eine Chance, es zu erfahren«, entgegne ich und streiche über seine festen Brustmuskeln.

Im nächsten Moment liegen Jonathans Lippen auf meinen. Sein Kuss ist hart und fast brutal, so als wollte er mich strafen, aber mein Herz singt, und ich ergebe mich, als seine Zunge Einlass in meinen Mund fordert und ihn erobert, mir kaum noch eine Chance zum Atmen lässt. Ich spüre seine Hände auf mir, die meine Brüste kneten, und er ist nicht behutsam, sondern zornig. Dann fährt er mit einer Hand nach oben, schiebt seine Finger in mein Haar und zieht meinen Kopf zurück. Keuchend blicke ich in seine wunderschönen blauen Augen, sehe die dunklen Einsprengsel darin.

»Es bleibt nur ein Spiel, Grace, denk daran«, sagt er rau und küsst meinen Hals. »Und du kennst die Regeln.«

»Nein«, widerspreche ich. »Aber ich will sie lernen. Du musst sie mir zeigen.«

Ich bin berauscht von seiner Nähe, und ein ganz neues Glücksgefühl durchströmt mich. Denn ich habe zumindest diesen kleinen Sieg errungen. Er schickt mich nicht weg. Ich darf bleiben.

Plötzlich reicht es mir nicht mehr, nur dazustehen und mich von ihm küssen und berühren zu lassen. Ich will selbst aktiv werden, will seine Haut spüren, seinen erregenden Körper an meinem. Ich ziehe sein Hemd aus der Hose und knöpfe es auf, reiße die restlichen Knöpfe auf und schiebe es ihm über die Schultern, damit ich mit den Lippen seine Haut erkunden, damit ich ihn schmecken kann.

Aber Jonathan drückt mich gegen den Türrahmen und küsst mich wieder auf den Mund, schiebt mein Kleid hoch.

»Vor allem musst du lernen, dass ich dir nicht gehöre, Grace. Ich kann dir beibringen, wie gut Sex ist. Aber die Regel lautet: keine Gefühle, nur Lust.«

»Hast du denn Lust auf mich?«, frage ich, weil das für mich im Moment das Einzige ist, was zählt. Über alles andere will ich nicht nachdenken.

»Oh ja«, sagt er und hakt seine Finger in meinen Slip, zerreißt den dünnen Stoff an den Seiten und befreit mich davon, wirft ihn achtlos zur Seite. Dann kniet er sich vor mich und legt die Hände um meine Hüfte. »Heb dein Bein an und leg es mir über die Schulter.«

Zitternd schiebe ich den Rock hoch und halte ihn fest, damit ich genügend Bewegungsfreiheit habe. Dann tue ich es, und komme mir unglaublich verrucht vor. Ich trage meine Stiefel noch, und es fühlt sich ungeheuerlich an, dass wir beide noch angezogen sind, aber dass ich trotzdem nackt seinen Blicken ausgesetzt bin. Sein Mund nähert sich meinem Venushügel, und als ich seinen Atem auf meinen Schamlippen fühle, lehne ich den Kopf gegen den Türrahmen, weil meine Beine nachzugeben drohen.

»Was ist, wenn deine Haushälterin noch da ist?«, frage ich aufgeregt, denn mir wird klar, wie exponiert wir hier stehen, in der Tür zu seinem Büro. Wenn sie jetzt die Treppe heraufkommt, sieht sie uns sofort. Und sie kann uns definitiv hören, wenn sie noch nicht weg ist.

Jonathan reagiert nicht, sondern schiebt seine Zunge in meinen heißen Spalt, und ich kann nicht mehr denken, als er meine empfindlichste Stelle berührt.

»Ooohhh.« Ich lege die Hände an seinen Kopf, unfähig das Verlangen zu kontrollieren, das sofort in meinen Unterleib schießt und mich ganz feucht macht. Er ist so geschickt mit seiner Zunge und seinen Fingern, und es macht mich so an, hier zu stehen, dass es nicht lange dauert, bis ich kurz vor dem Höhepunkt bin.

Aber diesmal will ich ihn in mir spüren, wenn ich komme, deshalb lasse ich mein Bein sinken und ziehe ihn zu mir herauf, küsse ihn auf die Lippen, die von meiner Feuchtigkeit glänzen. Erregt schmecke ich mich selbst in seinem Mund, und öffne, ohne mich von ihm zu trennen, seinen Gürtel, dann seinen Hosenbund, schiebe ihm die Hose über den Po nach unten, befreie seinen Penis, der sich heiß in meinen Bauch drückt, als Jonathan mich an sich zieht.

»Ich will dich«, stöhne ich an seinen Lippen. »Nimm mich. Hier.« Ich fühle mich total schamlos – und befreit. Mutig.

Mit verhangenen Augen sieht er mich an. »Hier geht nicht, fürchte ich. Die Kondome sind oben.«

Er seufzt und will seine Hose wieder schließen, um mit mir nach oben zu gehen, doch ich ziehe ihn zurück und schiebe jetzt ihn gegen den Türrahmen, fahre mit den Händen über seine Brust und küsse seine warme Haut, während ich mich langsam auf die Knie sinken lasse.

»Grace«, sagt er erstaunt, als ich seinen Penis in die Hand nehme und einen Kuss auf die pralle Eichel hauche.

»Ich schulde dir noch was.« Ich sehe zu ihm auf und erkenne das Verlangen in seinen Augen, das sich in mir fortzusetzen scheint. Diesmal will ich diejenige sein, die ihm Lust schenkt und ihn in den Wahnsinn treibt.

Ich öffne die Lippen und lasse sie langsam über sein Glied gleiten, sauge ihn in mich hinein, schmecke einen Tropfen salzige Flüssigkeit auf meiner Zunge. Vorsichtig umrunde ich ihn mit meiner Zunge, gewöhne mich an das Gefühl. Dann umfasse ich das Ende seines Schafts und fange an, meinen Mund in einem langsamen Rhythmus über ihn zu bewegen.

»Verdammt«, stöhnt Jonathan und ich spüre seine Hände auf meinem Hinterkopf, die mich halten. »Das ist gut, Grace.«

Ich werde immer mutiger, nehme noch mehr von ihm in mich auf, und erhöhe das Tempo. Als ich nach oben blicke, sehe ich, dass seine blauen Augen auf mir ruhen. Der Ausdruck darin ist eine erregende Mischung. Fasziniert. Verzückt. Gierig. Doch plötzlich entzieht er sich mir.

»Zieh dein Kleid aus«, sagt er. »Ich will dich ganz sehen.«

Hastig streife ich das Kleid ab und knie nur noch in meinem Spitzen-BH und meinen Stiefeln vor ihm.

Es macht ihn unglaublich an, das kann ich sehen, und ich genieße die Macht, die ich über ihn habe, nehme ihn wieder in den Mund und mache weiter, steigere das Tempo.

Jonathan stößt jetzt mit kurzen Bewegungen in meinen Mund. »Grace, ich komme gleich.« Es ist eine Warnung, aber ich lege eine Hand an seinen Po und stachele ihn weiter an, nehme ihn noch tiefer in den Mund. Ich genieße es, ihn so erregt zu sehen, so kurz davor, die Kontrolle zu verlieren, und ich will es auskosten, ich will wissen, wie es ist, ihn mit dem Mund zu befriedigen.

Sein Atem geht immer schwerer. Er stößt fest in meinen Mund, aber diesmal halte ich es aus. Und dann stöhnt er laut auf und sein Penis zuckt, flutet mich mit seinem salzigen Samen. Ich schlucke, so viel ich kann, und ich habe auch keine andere Chance, denn er hält meinen Kopf fest, lässt mich nicht entkommen. Die Menge überrascht mich, es scheint kein Ende zu nehmen, aber es ist weniger unangenehm, als ich dachte, und es macht mich wahnsinnig an, die Erlösung auf seinem Gesicht zu sehen, diesen Ausdruck des Staunens, der mich für alles entschädigt. Die Schübe nehmen ab, und nach einem letzten Erschaudern entlässt er mich aus seinem eisenharten Griff, und ich lass ihn aus meinem Mund gleiten.

Seine Brust ist schweißbedeckt und er atmet schwer, aber er zieht mich sofort zu sich hoch und lehnt mich gegen den Türrahmen, hebt mein Bein an und stößt mit seinen Fingern in meinen heißen Spalt.

»Das hättest du nicht tun müssen«, sagt er mit rauer Stimme.

»Ich wollte es«, keuche ich, weil ich seinen Daumen auf meiner Perle spüre. Ich bin so erregt, dass meine inneren Muskeln sich um ihn zusammenkrampfen und einen neuen, heftigen Orgasmus ankündigen.

»Du bist so verdammt heiß, Grace«, sagt er an meinem Ohr und erhöht das Tempo seiner Stöße, »und es ist so verdammt schwer, dir zu widerstehen.«

»Das brauchst du nicht«, hauche ich atemlos und küsse ihn, lasse ihn sich selbst schmecken. »Ich will dich. Ich will alles, was du mir geben kannst.«

Ich sehe in seinen Augen, dass er noch zweifelt, aber die Heftigkeit, mit der er meinen Kuss erwidert und mich mit seinen Fingern gnadenlos dem nächsten Höhepunkt entgegentreibt, sagt mir auch, dass ich gewonnen habe. Er will mich zu sehr, um mich aufzugeben. Jedenfalls noch nicht, und das reicht fürs Erste, um mich glücklich zu machen. Denn ich bin süchtig nach ihm. Und auch wenn er mir nicht gehört und vielleicht auch nie gehören wird, gehöre ich ihm längst mit Haut und Haar.

Mit einem Aufschluchzen löse ich mich von seinen Lippen und lehne den Kopf nach hinten, stöhne, während ich zitternd komme und mich von den erlösenden Wellen erfassen und wegtragen lasse, die so viel stärker sind als ich.

»Meinst du das ernst?«, fragt Jonathan, als mein Atem sich langsam wieder beruhigt hat. Er hat seine Finger aus mir gleiten lassen, aber er hält mich noch fest, was gut ist, weil meine Beine mich noch nicht sicher tragen. Fragend sehe ich ihn an.

»Was?«

Er sieht mich skeptisch an. »Du willst alles?«

Begierig nicke ich und spüre sein Herz unter meiner Hand schlagen.

»Und du tust auch alles?«

Ich schlucke hart, nicke aber erneut. Was es auch ist, ich bin bereit, es zu versuchen. Es ist meine einzige Chance, ihn wirklich kennenzulernen. Die einzige Chance festzustellen, ob ich mit Jonathan Huntington irgendeine Zukunft habe.

»Darüber reden wir noch.« Er zieht sich wieder an und streift mir mein Kleid über, dann nimmt er meine Hand und führt mich nach oben ins Schlafzimmer.

24

Die nächsten Tage lebe ich in einer Blase. Mit der Zukunft und was passieren wird, wenn mein Aufenthalt hier in England zu Ende ist, habe ich mich noch nicht befasst, und Jonathan äußerst sich auch nicht dazu. Ich bin einfach nur glücklich darüber, mit ihm zusammen zu sein, auch wenn sich im Kern nichts geändert hat, außer, dass unsere Affäre jetzt bekannt ist.

Die Presse hat allerdings erstaunlich schnell wieder von uns abgelassen. Tatsächlich war eine angekündigte Hochzeit im europäischen Hochadel dann doch wichtiger als das Bild von mir vor Jonathans Haus. Es tauchte zwar auf, aber längst nicht so prominent wie das Erste, und jetzt ist die Neuigkeit bereits durch andere Geschichten abgelöst. Alexander hatte schon recht – solange man nicht zur königlichen Familie gehört, ist das Interesse der Journalisten und Paparazzi eher flatterhaft –, was gut ist, denn dadurch ist der Druck auf mich und auch auf Jonathan nicht mehr so hoch. Es ist fast so, als wäre so etwas wie ein Alltag eingekehrt. Nur ein anderer als vorher.

Wir arbeiten zusammen, ich begleite ihn zu seinen Terminen – aber wir haben auch unglaublich viel Sex. Die meiste Zeit verbringe ich jetzt bei Jonathan, tagsüber im Büro und abends bei ihm zu Hause in Knightsbridge. Offenbar hat er beschlossen, dass er – wenn er schon zu dieser Affäre steht – wirklich etwas davon haben will. Mein Zimmer in der WG habe ich trotzdem noch nicht aufgegeben – und Annie hat mir versichert, dass ich das auch nicht muss. Es ist ein Auffangnetz für mich, mein doppelter Boden, denn noch weiß ich nicht, wo das alles hinführen wird.

In der Firma wird natürlich nach wie vor geredet, aber ich habe beschlossen, es zu ignorieren. Annie ist ohnehin die Einzige, mit der ich – abgesehen von Alexander und natürlich Sarah, die wir regelmäßig im Krankenhaus besuchen – länger rede, allen anderen Gesprächen gehe ich aus dem Weg, und mir bleibt auch kaum Zeit dafür, denn Jonathan beherrscht mein ganzes Denken und Fühlen.

Dabei hat sich seine Einstellung zu Zärtlichkeiten nicht geändert. Es gibt keine Liebesbezeugungen von ihm und er lässt keine Nähe zu. Er nimmt mich immer noch nicht in den Arm nach dem Sex, und er küsst mich auch nie einfach so oder hält meine Hand.

Bis jetzt hat er auch nie wieder davon gesprochen, was er mit seiner Frage gemeint hat, ob ich alles tun würde, doch mich lässt das nicht los.

»Jonathan«, frage ich ihn, als wir nachmittags in dem Schlafzimmer neben seinem Büro auf dem Bett liegen und beide noch schwer atmen, während wir uns langsam von dem Höhepunkt erholen, den wir gerade zusammen erlebt haben. Das passiert uns oft. Sobald zwischen zwei Terminen ein bisschen Luft ist, reicht ein Blick von ihm, und die Berichte, über denen wir gerade saßen, sind vergessen. Dann finde ich mich in dem Schlafzimmer nebenan wieder – oder an irgendeinem anderen Ort, an dem man Sex haben kann. Jonathan ist da sehr kreativ. Selbst auf dem Rückweg schaffen wir es kaum je bis zu ihm nach Hause, und tun es schon in der Limousine.

»Hmm?«, brummt er und rollt sich zur Seite, steht auf und verschwindet im Bad.

»Wann nimmst du mich eigentlich mal mit in den Club?«, frage ich, als das Wasser nicht mehr läuft und es leise genug ist, dass er meine Frage ohne Probleme hören kann. Mit angehaltenem Atem warte ich auf seine Antwort.

Er kommt zurück und setzt sich auf das Bett. In seinen Augen liegt ein merkwürdiger Ausdruck, den ich nicht deuten kann. Richtig überrascht scheint er über meine Frage aber nicht zu sein, offenbar hat er damit gerechnet.

»Weißt du, was das für ein Club ist, Grace?«

»Ein Sexclub?«, sage ich vorsichtig, plötzlich nicht mehr sicher, ob ich mich vielleicht täusche.

»Aber nicht irgendein schmieriger Swinger-Club«, sagt er. »Dort finden sich Männer und Frauen zusammen, die Sex ohne Emotionen ausleben wollen, diskret und anonym, ohne irgendwelche Verpflichtungen, gleich welcher Art. Die gerne frei sind.«

Er hält weiter meinen Blick fest, und ich schlucke, als ich die unausgesprochene Frage darin sehe. Aber wenn ich ihn wirklich verstehen will, dann muss ich es versuchen. Dann will ich es versuchen.

»Okay«, sage ich. »Wann gehen wir hin?«

Er lächelt und steht auf, zieht sich auch sein Hemd wieder an, knöpft die Manschetten zu.

»Das ist nicht so einfach. Da kann nicht jeder hin.«

»Was heißt das?«, frage ich irritiert. »Ist das nur was für Adlige?«

Er grinst. »In gewisser Weise. Es ist jedenfalls sehr exklusiv. Einlass bekommt nur, wer diverse Sicherheitschecks durchlaufen hat. Und eine Mitgliedschaft ist auch recht ... kostspielig.«

»Aha.« Diese Information kommt unerwartet und verunsichert mich. »Heißt das also, ich darf da nicht rein?«

»Doch«, sagt er. »Ich habe deine Aufnahme schon beantragt, und da ich für dich bürge, müsste es in Ordnung sein.«

Verblüfft sehe ich ihn an. Dann will er also schon die ganze Zeit, dass ich mit ihm dahin gehe? »Du hättest mich fragen können.«

Er grinst, und mein Herz macht einen Hüpfer – wie immer, wenn er das tut. »Das hätte ich.« Er sieht mich an. »Wir gehen heute Abend, wenn du willst.«

Ich nicke und spüre, wie ein merkwürdiges Gefühl mich erfasst, eine Mischung aus Erregung und Angst vor dem, was mich erwartet. Aber das ist ein Zustand, in dem ich mich eigentlich dauerhaft befinde, seit ich Jonathan getroffen habe. Ich weiß nicht, ob ich ihm vertrauen kann, und ich weiß nicht, wie weit ich zu gehen bereit bin. Aber das werde ich nur herausfinden, wenn ich es versuche.

Als ich kurze Zeit später angezogen zurück ins Büro komme, ist Jonathan nicht da. Ich weiß, dass er gleich noch einen Termin hat, mit diesem Japaner, Yuuto Nagako, deshalb nehme ich an, dass er in ein paar Minuten zurück ist. Wahrscheinlich spricht er mit Alexander.

Gedankenverloren trete ich an das große Fenster hinter dem Schreibtisch und sehe über die Stadt. Der Himmel ist grau und verhangen, und es regnet, so wie fast schon den ganzen Tag. Offenbar hat London beschlossen, mir nach dem herrlichen Sonnenschein der letzten Wochen zu zeigen, wie das britische Wetter auch sein kann.

»Miss Lawson?«

Die tiefe Stimme, die plötzlich hinter mir erklingt, lässt mich herumfahren.

Yuuto Nagako steht mitten im Zimmer, direkt vor dem Schreibtisch. Ich habe ihn nicht kommen hören, offenbar hat Catherine Shepard ihn einfach reingelassen, um hier auf Jonathan zu warten, und ich war zu sehr in Gedanken und habe ihn nicht gehört.

Er trägt einen sehr feinen grauen Anzug und seine schwarzen Haare mit den leicht ergrauten Schläfen sind mit Gel zurückgekämmt. Eigentlich sieht er ganz normal aus, wie ein gepflegter

Geschäftsmann. Es ist sein seltsam starrer Blick, der so unheimlich ist, und das ungute Gefühl, das mich immer beschleicht, wenn ich in seiner Nähe bin, kehrt sofort zurück.

»Hallo, Mr Nagako«, erwidere ich hastig seinen Gruß. »Jonathan muss gleich zurück sein.« Ich trete hinter den Schreibtisch und deute auf den Besucherstuhl auf der anderen Seite. »Setzen Sie sich doch.«

»Ich stehe lieber«, entgegnet er – was ich als Aufforderung deute, auch stehen zu bleiben.

Für einen Moment sehen wir uns schweigend an. Es ist das erste Mal seit jenem Tag am Flughafen, dass wir uns so nah gegenüberstehen. Wenn er bisher da war, hat Jonathan mich entweder weggeschickt, oder ich habe ihn nur ganz kurz gesehen, wie damals, als er sich mit Jonathan gestritten hat, als Alexander und ich dabei waren.

»Sind Sie länger in London?«, frage ich, weil ich unbedingt die Stille zwischen uns füllen will, die ich als unangenehm empfinde.

»Ein paar Tage.« Irgendwie wirkt er wütend, aber da sich auf seinem Gesicht kaum je eine Regung zeigt, ist das schwer zu beurteilen.

»Jonathan hat mir erzählt, wie begeistert er von seinem Aufenthalt in Japan war«, sage ich und bereue es sofort. Es stimmt zwar, aber es ist trotzdem eine dumme Bemerkung. Das scheint er ebenfalls zu finden, denn er reagiert nicht, starrt mich nur weiter an.

Mir fällt nichts mehr ein, und ich winde mich unter seinem Blick, zupfe nervös an meiner beigefarbenen Bluse, zu der ich den schwarzen Rock trage, in dem er mich damals am Flughafen schon gesehen hat.

»Wie ich hörte, sind Sie jetzt etwas mehr als nur Jonathans Assistentin«, sagt er in zwar nicht ganz akzentfreiem, aber extrem korrektem Englisch, er beherrscht unsere Sprache also wirklich sehr gut.

Ich weiß nicht so recht, was ich sagen soll, deshalb schweige ich lieber. Das geht diesen Japaner wirklich nichts an.

»Und hat er Sie schon gefragt?«, hakt er unvermittelt nach.

Perplex sehe ich ihn an. »Äh, ich verstehe nicht – wer hat mich was gefragt?«

»Hat Jonathan Sie schon gefragt, ob Sie mit in den Club kommen?«

Ich schlucke hart. Erst jetzt fällt mir wieder ein, dass Annie damals gesagt hat, dass Yuuto Nagako da auch hingeht, wenn er hier ist. Und erst jetzt dämmert mir wirklich, auf was ich mich da eingelassen habe. Das, was mir so prickelnd erschienen ist, was ich in gewisser Weise als Abenteuer gesehen habe, bekommt plötzlich einen faden Beigeschmack.

Irgendwie bin ich immer davon ausgegangen, dass Jonathan und ich gemeinsam in diesen Club gehen werden und dass dort etwas passiert, was nur mit uns beiden zu tun hat. Die Tatsache, dass wir da vielleicht wirklich Sex mit anderen haben – dass er da Sex mit anderen hat –, habe ich ausgeblendet.

Der Japaner wartet immer noch auf eine Antwort, deshalb nicke ich beklommen. »Ja, hat er.«

»Das wurde auch Zeit«, stößt er hervor. »Und – kommen Sie mit?«

Seine Stimme klingt fordernd, fast befehlend, aber ich kann ihm nicht antworten, weil sich in meinem Kopf die Gedanken überschlagen. *Das wurde auch Zeit?* Wie lange wartet er denn schon darauf, dass Jonathan mir diese Frage stellt? Und wann haben sie darüber diskutiert? Soweit ich weiß, hat Jonathan den Japaner das letzte Mal bei diesem Streit vor seinem Büro gesehen. Und da war ich ja offiziell noch gar nicht mit ihm liiert, das bin ich erst jetzt.

Es sei denn ...

Ich spüre, wie mir das Blut aus dem Gesicht weicht, als mir die Fahrt vom Flughafen zum Huntington-Gebäude wieder einfällt, damals bei meiner Ankunft. Die seltsamen Blicke, die der Japaner mir zugeworfen hat, und Jonathans Fragen – die Bemerkung, dass Yuuto Nagako nichts dagegen hat, wenn ich mitfahre.

Haben die beiden da schon darüber gesprochen, dass es ganz nett wäre, wenn ich mit in den Club käme? War das der Grund, warum Jonathan mich überhaupt gefragt hat, ob ich für ihn arbeiten will? Weil er herausfinden wollte, ob ich für Sex-Abenteuer zu haben bin?

Ich will gerade ansetzen und den Japaner danach fragen, als die Tür aufgeht und Jonathan hereinkommt. Mit weit ausholenden Schritten durchquert er den Raum.

»Entschuldigt, ich wurde aufgehalten«, sagt er. »Alex hatte ein Problem mit ...« Mitten im Satz bricht er ab. Er war auf dem Weg zu mir, wahrscheinlich, um sich an seinen Schreibtisch zu setzen und auch Yuuto einen Platz anzubieten, aber offenbar ist ihm die angespannte Atmosphäre zwischen mir und seinem Freund nicht entgangen, denn er bleibt auf Höhe des Schreibtisches stehen und sieht fragend zwischen Yuuto Nagako und mir hin und her.

»Was ist hier los?«

Der Japaner schweigt, aber ich kann das nicht länger, ich muss es wissen.

»Seit wann weißt du, dass du mich gerne mit in den Club nehmen willst?«, frage ich und kann nicht verhindern, dass meine Stimme schneidend klingt. Aber immer noch besser, als wenn sie sich überschlägt. »Oder war es dein Freund, der das gerne wollte?«

Jonathan wirft dem Japaner einen wütenden Blick zu. Offenbar gibt es immer noch Unstimmigkeiten zwischen den beiden – und mir wird schlecht bei dem Gedanken, dass es dabei vielleicht die ganze Zeit um mich gegangen ist. Er wendet sich zu ihm um und sagt etwas auf Japanisch, nur ein paar Worte, die sehr hart klingen.

Yuuto nickt auf seine abrupte Art und verbeugt sich mit einem herablassenden Lächeln kurz in meine Richtung, bevor er sich umdreht und geht. Ich achte nicht mehr auf ihn, sondern fixiere Jonathan.

»Sag mir die Wahrheit – war das der Grund, warum du mir das Angebot gemacht hast, mit dir zusammenzuarbeiten? Weil du testen wolltest, zu was ich eventuell bereit wäre?«

Ein Muskel zuckt auf seiner Wange und sein Blick wird hart.

»Du hast auf dem Flughafen Yuutos Interesse geweckt, deshalb habe ich nach einer Gelegenheit gesucht, dich näher kennenzulernen, ja«, sagt er und ich muss mich an der Lehne des Schreibtischstuhls festhalten, als er meinen Verdacht bestätigt. »Du bist sehr sexy, Grace, auch wenn dir das gar nicht klar zu sein scheint. Mir hast du jedenfalls sofort gefallen. Sehr sogar. Aber ich war mir schnell sicher, dass du zu jung und zu unerfahren bist.«

Verzweifelte Wut kocht in mir hoch, und ich balle die Hände zu Fäusten, weil ich ihn so gerne schlagen möchte.

»Und dann hast du dafür gesorgt, dass ich die Erfahrungen nachhole? War das so eine Art Training für diesen Club, in dem ihr mich haben wollt?«

»Nein«, widerspricht er sofort. »Es war das, was es ist, Grace. Guter Sex. Den du, wenn ich mich recht entsinne, auch sehr genossen hast. Den du genauso wolltest wie ich.« Er sieht mich durchdringend an. »Und es ging nicht darum, dich zu irgendetwas zu zwingen. Es war lediglich eine Möglichkeit, eine Frage – die ich eigentlich schon mit Nein beantwortet hatte. Ich dachte, das ist alles nichts für dich – ich war ganz sicher, dass allein der Gedanke an den Club dich entsetzen würde. Aber du warst so entschlossen, Grace, eine einzige große Versuchung. Du hast immer wieder gesagt, dass du nach meinen Regeln spielen kannst.«

»Und die Regeln beinhalten, dass ich auch mit deinen Freunden schlafen muss?«

Er schüttelt den Kopf. »Du musst gar nichts. Aber ich dachte, dir wäre klar, was dort im Club passiert. Du hast mich selbst gefragt, ob du mitkommen kannst.«

Ich starre ihn an. Sein Haar ist ihm in die Stirn gefallen, und er schiebt es mit der Hand zurück, während er mich mit diesen blauen Augen ansieht, denen ich mich so schwer entziehen kann.

Er hat recht, denke ich. Er hat die ganze Zeit nie einen Hehl daraus gemacht, wie er tickt. Er hat mich sogar gewarnt. Mehrfach. Er hat mir die Chance gelassen zu gehen. Ich war es, die unbedingt wollte, dass er eine Ausnahme macht. Die unbedingt bleiben wollte – zu seinen Bedingungen.

»Und wenn ich nicht mitkomme in den Club?«, frage ich leise. »Wenn ich es mir anders überlegt habe?«

Er zuckt mit den Schultern, und ich sehe etwas in seinen Augen aufblitzen. Es ist jedoch zu schnell verschwunden, um es zu deuten.

»Dann hat es wenig Sinn, dass wir beide weiter zusammen sind.«

Er sieht nicht glücklich darüber aus, klingt aber dennoch entschlossen. Dann wird er sich von mir trennen.

Ich schlucke hart, als mir klar wird, dass damit die Entscheidung bei mir liegt. Und dass er das wirklich ernst meint. Es gibt ihn nicht exklusiv, das hat er von Anfang an gesagt, und ich muss damit leben – oder gehen. Es ist ein Zwiespalt, den ich nicht auflösen kann. Der Gedanke, nicht mehr bei ihm zu sein, ist völlig unerträglich. Aber kann ich es ertragen, dass er mir vielleicht nie ganz gehören wird?

»Grace«, sagt er, als ich weiter schweige, und kommt auf mich zu, bleibt kurz vor mir stehen. Er ist mir so nah, dass er mich berühren könnte, wenn er die Hand ausstreckt, aber er tut es nicht. Dafür lächelt er bittend, und ich sehe die winzige fehlende Zahnecke, die ich so unglaublich charmant finde. »Du hast gesagt, du willst alles und du tust alles«, erinnert er mich. »Geh mit. Versuch es.«

In seinen Augen liegt jetzt nicht mehr der harte Ausdruck von vorhin, und für einen Moment glaube ich, tatsächlich so etwas wie Sorge darin aufblitzen zu sehen. Er will, dass ich mitkomme. Er will nicht, dass ich die andere Alternative wähle und gehe.

Sarahs Worte fallen mir wieder ein. Dass Jonathan schon ziemlich viele Frauen sehr unglücklich gemacht hat. Aber dass ich vielleicht, ganz vielleicht doch eine Chance habe, ihn zu erreichen. Dass ich ihm mehr bedeute, als er sich eingestehen will.

Ich wusste, dass er Seiten hat, die mir fremd sind. Dass es ein Wagnis ist, mich auf ihn einzulassen, und dass ich riskiere, dass er mir das Herz bricht. Aber es ist gerade mein Herz, das dieses Risiko eingehen will, das weiter daran glauben will, dass da mehr ist zwischen uns. Mein Herz ist einfach noch nicht bereit aufzugeben.

Zaghaft und mit einem flauen Gefühl im Magen erwidere ich sein Lächeln.

»Also gut. Gehen wir heute Abend in den Club.«

25

Es ist kurz vor acht, als wir vor der weißen Stadtvilla in Primrose Hill ankommen. Jonathan steigt zuerst aus und spannt einen Regenschirm auf, dann hilft er mir aus der Limousine. Es nieselt und ist kühl, und ich friere in meinem Sommerkleid und dem dünnen Mantel. Aber das liegt vielleicht gar nicht am Wetter, sondern an der Aufregung.

Jonathan sieht mich an. »Bereit?«, fragt er, und ich nicke, während ich den Blick über ihn gleiten lasse. Er ist heute wieder in Schwarz, trägt zu Hemd und Hose diesmal einen Trenchcoat, ebenfalls in Schwarz. Gemeinsam gehen wir unter dem Schirm auf das schmiedeeiserne Tor zu, das sich für uns öffnet und hinter uns wieder schließt, und dann über den gepflasterten Weg auf den Eingang zu, der seitlich am Gebäude liegt.

Ich habe ihn in den vergangenen Stunden ausgefragt über den Club und weiß jetzt einiges. Dass die Mitgliederzahl begrenzt und die Auswahlkriterien streng sind. Es wird sehr darauf geachtet, dass die Privatsphäre im Club zu jeder Zeit geschützt ist. Nichts darüber dringt nach außen, und niemand, der nur neugierig ist und dort herumschnüffeln will, kommt hinein. Für diese Exklusivität sorgt schon die unglaublich hohe Aufnahmegebühr. Und darum geht es laut Jonathan – um die Anonymität und die Diskretion.

Eine Kamera, die über der schwarz lackierten Eingangstür angebracht ist, blinkt rot und zeigt, dass sie uns aufnimmt, während Jonathan den altmodischen Messing-Türklopfer bedient. Es dauert nur wenige Sekunden, dann wird uns von einer blonden Frau in einem offensichtlich teuren dunkelgrauen Kostüm geöffnet. Ihr Haar ist zu einem strengen Dutt zusammengefasst, und sie wirkt kühl und distanziert.

»Guten Abend«, begrüßt sie uns und lässt uns rein. Leise fällt die Tür hinter uns ins Schloss.

Ich weiß nicht, was ich erwartet hatte, aber ganz sicher nicht diese schlichte Eleganz. Indirektes Licht leuchtet die Empfangshalle aus, und der Kontrast zwischen dem Empfangstresen aus hochglänzendem Weiß, hinter dem die blonde Frau jetzt steht, dem Mattbeige an den Wänden, das von braunen, bis zur Decke reichenden Holzelementen unterbrochen wird, und dem dunkelbraunen, edlen Teppichboden lässt den Raum in einem kühlen, aber dennoch sehr einladenden Understatement strahlen. Zwei helle, stoffbezogene Designersessel laden zum Sitzen ein und wirken noch so unberührt, als habe man sie eben erst angeliefert.

Die Blondine scheint Jonathan zu kennen, beäugt mich jedoch ein bisschen skeptisch, ohne dabei unhöflich zu sein. Sie nimmt eine kleine Plastikkarte von Jonathan entgegen und zieht sie durch ein Lesegerät, dann reicht sie mir einige eng bedruckte Blätter.

»Eine Verschwiegenheitserklärung«, erklärt Jonathan und grinst. »Das kennst du ja schon.«

Ich mache mir nicht die Mühe, alles genau zu lesen, überfliege nur die Paragraphen, und staune nicht schlecht. Mir würde echt was blühen, wenn ich es wagen sollte, irgendetwas, das ich hier sehe oder erlebe, in irgendeiner Form öffentlich zu machen. Habe ich aber auch gar nicht vor, deshalb unterschreibe ich und reiche die Papiere der Blondine zurück, die zufrieden nickt.

»Sie können jetzt reingehen«, sagt sie und reicht Jonathan zwei Schlüssel, an denen edle Holzetiketten hängen, auf denen gut erkennbar die Nummern 11 und 12 eingraviert sind, und zwei schwarze Masken. Sie sind schmal und schlicht und aus glänzendem, weichem Stoff.

Ich möchte eigentlich fragen, wozu beides – Schlüssel und Masken – gut sind, aber irgendwie scheint hier die Regel zu gelten, möglichst wenig zu sprechen, deshalb lasse ich es. Ich bin ohnehin viel zu aufgeregt, um irgendeinen Gedanken lange festzuhalten.

»Bitte«, sagt die Blondine und deutet auf eine Tür gegenüber dem Eingangsbereich, die ins Innere des Hauses führt.

Als wir darauf zugehen, halte ich den Atem an, weil ich absolut keine Ahnung habe, was dahinter liegen könnte. Jonathan scheint meine Anspannung zu spüren und lächelt, als er die Tür öffnet. Einen Augenblick später stehen wir in einer weiteren Halle, von der eine geschwungene Treppe in das obere Stockwerk führt.

Der Raum ist ganz anders eingerichtet als der Eingangsbereich, viel markanter. Die Türrahmen, die Wandvertäfelungen und die Treppenstufen sind aus einem sehr dunklen, fast schwarzen Holz gefertigt, was die Wirkung des Bodens und der Decke verstärkt, die im Gegensatz dazu auffällige, jeweils konträre schwarz-weiße Linienmuster zeigen. Im Boden ist das Muster aus schwarzem und weißem Marmor gefertigt und eher filigran, während über die Decke breitere schwarze und weiße Balken verlaufen. Die große Lampe an der Decke und das Treppengeländer sind aus Messing und setzen goldene, glänzende Akzente.

Fast sofort ist ein Mann in einer livrierten Uniform bei uns und nimmt unsere Mäntel, die wir noch nicht abgelegt haben, und meine Tasche. Jonathan reicht ihm außerdem die zwei Schlüssel, die die Blondine ihm gegeben hat. Ein zweiter Mann in einer ähnlichen Uniform erscheint kurz oben an der Treppe, ist jedoch gleich wieder verschwunden.

»Wer sind die?«, frage ich Jonathan, als wir wieder allein sind.

»Sie sorgen dafür, dass unser Aufenthalt hier so angenehm wie möglich ist, bringen uns etwas zu trinken oder zu essen, wenn wir das möchten. Und wenn«, er sieht mich an, »du irgendetwas ausziehen möchtest, kümmern sie sich darum, dass du es später in Kabine 12 im Umkleideraum da vorn«, er deutet auf eine Tür unterhalb der Treppe, »wiederfindest. Du musst dich eigentlich um nichts kümmern.«

»Und wenn ich doch lieber nicht nackt sein möchte und sie meine Sachen schon weggeräumt haben?«, frage ich.

»Dann nimmst du einen der Morgenmäntel, die sie dir anbieten«, erklärt er.

»Ziemlich cooler Service«, sage ich und zucke mit den Schultern. »Aber ist ja auch teuer genug, nehme ich an.«

Jonathan lacht. Ich habe ihn lieber nicht gefragt, wie viel genau es kostet, hier zu sein. Wahrscheinlich würde es mich erschrecken. Aber zumindest ist mir jetzt klar, wieso Claire keine Chance hatte, es bis hinter die schwarzlackierte Tür zu schaffen. Wahrscheinlich ist sie schon am Tor gescheitert.

Ich atme tief durch. »Und was jetzt?«

»Komm mit.« Wir gehen auf die zweite Tür rechts von der Treppe zu, doch bevor er sie öffnet, zögert Jonathan. »Willst du die hier aufsetzen?«, fragt er mich und hält mir eine der beiden Masken hin.

»Tust du das?«, will ich wissen.

»Ja, immer. Du musst sie nicht tragen, aber du kannst. Viele tun das, eigentlich alle. Es erhöht den Reiz.«

Das ist vielleicht nicht schlecht, wenn ich mich dahinter ein bisschen verstecken kann, denke ich, und ziehe mir die Maske über. Der Stoff ist angenehm weich und sie sitzt bequem, drückt überhaupt nicht. Als Jonathan seine ebenfalls aufsetzt, wird mir klar, was er meint, und zum ersten Mal läuft mir ein Schauer der Erregung über den Rücken. Denn er wirkt geheimnisvoll mit seinen blauen Augen, die hinter der dunklen Maske leuchten. Plötzlich hat der Gedanke, nicht erkannt zu werden und alles, was ich hier tue, anonym zu tun, etwas sehr Aufregendes.

Jonathan öffnet die Tür, und gemeinsam treten wir hindurch. In dem langgezogenen Flur, der dahinter beginnt, ist das Licht gedämpfter als in der Halle. Der Marmorboden setzt sich hier fort, und auch die dunklen Holzvertäfelungen. Verschiedene Türen gehen davon ab, doch alle sind geschlossen, und außer einem livrierten Diener ist niemand zu sehen. Jonathan scheint zu wissen, wo er hinwill, denn er führt mich zu einem Raum am Ende des Flurs und öffnet die Tür.

Ich staune nicht schlecht, denn ganz anders als ich es erwartet hatte, ist es ein normal eingerichteter Raum – eine Bibliothek. Okay, nicht wirklich normal, das hier ist absolute Spitzenklasse. Der Raum ist überraschend groß und die hohen Wände sind fast überall bis zur Decke mit Bücherregalen aus hellerem, kunstvoll verziertem Holz bedeckt. Am auffälligsten aber ist eine riesige schwarze, von weißen Linien durchbrochene Marmorplatte in der Mitte der Wand zu unserer Linken, an deren unterem Ende sich der Kamin befindet. Ein modernes Gemälde, das ein sich umarmendes Paar zeigt, hängt über dem Kamin und setzt einen farblichen Akzent, und rechts und links neben der hohen Marmorplatte reichen die Regale nicht bis auf den Boden und geben Raum für zwei Nischen, in die Sitzecken eingebaut sind. Rechts an der Wand verläuft auf halber Höhe eine Galerie, zu der eine Wendeltreppe mit einem verziertem Messinggeländer führt, das an das in der Eingangshalle erinnert. Die beiden hohen Sprossenfenster lassen zwar Licht durch, aber die Scheiben sind aus einem milchigen, undurchsichtigen Glas.

In der Mitte des Raumes steht ein riesiger Steintisch, viel massiver als der in Jonathans Haus und in der Form sehr ausgefallen und individuell, mit Füßen, die wie eine geometrische Figur aussehen. Stühle gibt es auch, aber nur vier – an den Tisch würden deutlich mehr Leute passen –, und zwischen den Fenstern steht eine sehr elegante Ledercouch in dunklem Braun.

Und hier sind wir auch nicht mehr allein. Ein Paar lehnt an dem Steintisch und küsst sich leidenschaftlich und selbstvergessen. Der Mann trägt nur noch eine Hose, sonst nichts. Er ist blond, mit einer blassen, fast weißen Haut und nicht ganz so ausgeprägten Muskeln wie Jonathan, aber er kann sich durchaus sehen lassen, und die Frau, die ich wie den Mann auf Ende zwanzig schätze, trägt sehr teuer aussehende rote Reizwäsche. Sie hat braunes langes Haar und ist deutlich sonnengebräunter als er. Ihre Figur ist sehr sportlich und durchtrainiert, doch sie hat trotzdem Kurven und einen ansehnlichen Busen. Beide tragen Masken, wie wir. Zuerst nehmen sie uns gar nicht wahr, aber dann öffnet die Frau die Augen und sieht uns an. Doch sie küsst ihren Partner weiter, so als würde sie unsere Anwesenheit nicht stören.

Ich bin so in den Anblick der beiden versunken, dass ich gar nicht merke, wie meine Hand sich in Jonathans Hemd krallt, das tue ich erst, als er meine Finger löst und mit mir zu einer der beiden Nischen neben dem Marmorkamin geht. Der breite Fenstersitz hat eine weiche Auflage und Kissen, aber er ist auch sehr tief, deshalb schlüpfe ich aus meinen Schuhen – den höchsten High Heels, die ich besitze und die ich extra angezogen habe, um mir Mut für dieses Experiment zu machen – und ziehe die Beine an. Von hier aus kann man das Paar am Steintisch gut sehen.

»Wollen die beiden, dass wir ihnen zusehen?«, frage ich Jonathan leise.

»Deshalb sind sie hier – das ist der Reiz«, antwortet er und deutet auf einen Sessel in einer Ecke, den ich bis jetzt noch gar nicht bemerkt habe. Darauf sitzt eine blonde Frau in einem Kimono. Sie ist allein und trägt ebenfalls eine Maske, doch sie sieht nicht das Pärchen am Tisch an, sondern Jonathan und mich, was mich im ersten Moment erschreckt. Doch dann stöhnt die Braunhaarige auf und lenkt meinen Blick wieder zurück auf das Paar.

Die beiden stehen jetzt nicht mehr an dem Tisch, sondern sind zur Couch hinübergegangen, auf die die Frau sich gelegt hat. Sie stützt sich auf die Ellbogen und sieht zu, wie ihr Partner, der über ihr kniet, ihre Brüste aus dem BH befreit. Als er ihre Nippel in den Mund nimmt, lehnt sie den Kopf nach hinten und genießt es sichtlich.

Wow, denke ich, dass ist deutlich erregender, als ich gedacht hätte. Der Anblick macht mich so an, dass ich spüre, wie ich feucht werde, und wieder wandert meine Hand zu Jonathans Hemd. Ich möchte ihn spüren, so wie die Frau dort den Mann spürt, er soll das auch mit mir machen, deshalb fange ich an, sein Hemd aufzuknöpfen, streife es ihm schließlich ab.

»Gefällt es dir, ihnen zuzusehen?«, fragt Jonathan. Er hat sich vorgebeugt und küsst meinen Hals, fährt mit der Zungenspitze über die Haut, bis hoch hinter mein Ohr, was mich sofort zwingt, meinen Blick von den beiden zu lösen und selbst den Kopf nach hinten zu lehnen und aufzukeuchen, weil es ein so schönes Gefühl ist. »Sie sehen uns auch zu«, sagt er. »Macht dich das an, Grace?«

Seine Hände streichen durch den dünnen Stoff meines Kleides sanft über meine Brüste, und meine Nippel werden hart und recken sich ihm entgegen. Ich sehe ihn an, und als er mich anlächelt, bleibt mir das Herz für einen Moment stehen, weil er so unglaublich gut und gleichzeitig ungewohnt geheimnisvoll aussieht mit der Maske. Und weil ich ihn so sehr begehre. Ich will ihn, jetzt, hier.

»Zieh mich aus«, flüstere ich und Jonathan schiebt lächelnd den Rock meines Kleides hoch, zieht es mir schließlich über den Kopf und befreit mich davon. Ich trage einen schwarzen Spitzen-BH und einen passenden Slip, die besten, die ich finden konnte, und Jonathans Blicke bestätigen mir, dass es gut aussieht, was mir Selbstvertrauen gibt. Ich spüre seine Hände auf meinem Körper, und will mehr, klettere auf seinen Schoß, damit ich ihm näher bin, beobachte jedoch weiter das Pärchen auf der Couch.

Die Frau liegt immer noch auf dem Rücken. Sie hat die Beine angewinkelt, und der Mann hält sich an ihren Unterschenkeln fest, liegt mit dem Kopf zwischen ihren Beinen. Sie atmet schwer, und man sieht ihrem Gesichtsausdruck an, dass sie kurz vor dem Orgasmus steht.

Als sie laut aufstöhnt und sich mit zitternden Beinen auf der Couch windet, durchläuft mich ein lustvolles Prickeln und ich wende mich wieder Jonathan zu und küsse ihn leidenschaftlich und tief. Er erwidert meinen Kuss mit gieriger Härte, und für einen Moment verliere ich mich darin, vergesse, wo wir sind und bin ganz auf ihn konzentriert.

Dann löst er sich von mir und steht auf. Er streift seine Hose ab und kniet sich hin, zieht mir den Slip aus. Während er das tut, fällt mein Blick auf die blonde Frau auf der anderen Seite, die immer noch in dem Sessel sitzt und mit unbewegter Miene zu uns herüberstarrt. Mir wird klar, dass sie uns zusieht und nicht dem anderen Pärchen, vielleicht die ganze Zeit schon, und der Gedanke ist beängstigend und erregend zugleich. Ich ziehe Jonathan wieder zu mir, weil ich seine Nähe brauche, und löse den Blick von der Frau, sehe wieder zur Couch hinüber.

Der Mann hat die braunhaarige Frau inzwischen umgedreht

und auf alle viere hochgezogen. Er steht seitlich neben der Couch und packt gerade ein Kondom aus, streift es sich über.

»Woher hat er das?«, frage ich erstaunt.

Jonathan streckt die Hand aus und öffnet ein kleines Fach seitlich in der Nische. Es enthält eine ganze Anzahl von Kondomen.

»Die gibt es hier überall. Sie sind Pflicht.« Er grinst. »Wo wir gerade dabei sind ...«, sagt er und hält mir eine Packung hin.

Er hat mir gezeigt, wie es geht, und ich habe schon ein bisschen Übung, deshalb schaffe ich es, ihm die dünne Plastikhaut über seinen prallen Schwanz zu rollen, der sich meinen Händen entgegendrängt und auf den ich unglaublich Lust habe.

»Ooohh«, stöhnt die Frau auf der anderen Seite des Raumes, und als ich zu ihnen hinsehe, dringt der blonde Mann gerade von hinten in sie ein, stößt sie so hart, dass ihre Brüste nach vorn wippen. Er hat die Hände an ihre Hüften gelegt und zieht sie immer wieder zu sich, nimmt sie wild, was ihr sehr gut zu gefallen scheint.

Aber so erregend das Bild ist, Jonathans Anblick ist noch viel erregender. Ich klettere zurück auf seinen Schoß und greife nach seinem Schaft, führe ihn an meine Öffnung und lasse mich langsam darauf sinken, nehme ihn tief in mir auf, spüre, wie er mich ganz ausfüllt. Es ist jedes Mal wieder ein großartiges Gefühl, und ich keuche glücklich auf, lächle ihn an. Er küsst mich und befreit meine Brüste von den Schalen des BHs, ohne ihn mir auszuziehen. Dann beugt er den Kopf und umschließt eine meiner harten Brustwarzen mit den Lippen, saugt daran. Ich kann nie genug bekommen von dem Prickeln, das er dadurch in meinem Unterleib auslöst, und schlinge die Arme um seinen Kopf, fange an, mich langsam und wohlig auf ihm zu bewegen. Er gibt meine Brust wieder frei und sieht mich mit einem verlangenden Ausdruck in den Augen an, kommt mir mit kleinen Stößen entgegen.

Das Stöhnen des anderen Paares ist lauter geworden, aber ich nehme das nur unbewusst war, bin zu sehr gefangen in meiner eigenen Erregung. Auch Jonathans glänzende Augen sind nur auf mich gerichtet, und plötzlich ist es mir unglaublich wichtig, dass er in diesem Moment bei mir ist und bei niemandem sonst. Ich reite ihn immer heftiger, spüre, wie sich meine Muskeln um ihn zusammenziehen, und sehe, wie er darauf reagiert, sehe den Ausdruck in seinen Augen, der mir sagt, dass er Lust auf mich hat. Vielleicht werde ich nie mehr von ihm bekommen als das, vielleicht ist er nicht in der Lage, mir mehr zu geben, aber zumindest das will ich auskosten.

Er greift mit der Hand in meinen Nacken und zieht mich zu sich, küsst mich hart auf den Mund, während er wieder und wieder in mich eindringt. Ich habe jetzt keine Probleme mehr, mich jederzeit seinem Rhythmus anzupassen, und bald atmen wir beide schwer.

»Du bist so verdammt heiß, Grace«, sagt er und beißt in meine Unterlippe, steigert das Tempo noch, nur um dann plötzlich aufzuhören. Ich bin wie in Trance und brauche einen Moment, um in die Realität zurückzufinden. Jonathan zieht sich aus mir zurück, schiebt mich von seinem Schoß und zieht mich hoch, lehnt mich mit dem Rücken gegen die Marmorwand direkt neben dem Kamin rechts von der Nische, in der wir gesessen haben. Der kalte Stein an meiner heißen Haut lässt mich laut aufkeuchen, aber Jonathan kennt keine Gnade. Er legt die Hände unter meinen Po und hebt mich hoch, lässt seinen harten Schwanz wieder in mich gleiten und hält mich fest. Ich schlinge die Arme um seinen Hals und die Beine um seine Hüften und wimmere, weil die Eindrücke fast zu viel sind. Der kalte Marmor hinter mir, sein heißer Körper vor mir, und das Paar, das sich laut stöhnend auf der Couch liebt, die Blicke der blonden Frau, die immer noch auf uns ruhen.

Sie sitzt weiter in ihrem Sessel und beobachtet uns. Jonathan wendet ihr den Rücken zu und kann sie nicht sehen, aber ich. Die Tatsache, dass wir diesmal tatsächlich Zuschauer beim Sex haben, wird mir erst jetzt richtig bewusst – und schickt eine prickelnde Hitze über meine Haut.

Das Paar auf der Couch steht kurz vor dem Höhepunkt. Der Mann hat die Haare der Frau gepackt und reißt ihren Kopf zurück, während er weiter von hinten in sie eindringt, schneller jetzt. Sie schreien beide auf und dann legt er den Kopf in den Nacken und kommt, genau wie die Frau.

Jonathan schiebt mich ein Stück nach oben und lässt mich auf seinen Schaft zurücksinken, den ich jetzt so tief in mir spüre, dass ich nach Luft schnappe, lenkt meine Aufmerksamkeit wieder auf ihn.

»Jetzt sind wir dran«, sagt er und küsst mich. Erst langsam, dann immer heftiger und schneller dringt er in mich ein. Als er meine Lippen freigibt und ich ihn ansehe, steht ein wilder Ausdruck auf seinem Gesicht. Er ist wie berauscht, hat sich nicht mehr unter Kontrolle, pumpt hart in mich und stöhnt bei jedem Stoß. Er tut mir weh, aber es ist ein lustvoller Schmerz, und ich genieße es, dass er so unbeherrscht ist, gehe mit jeder Bewegung mit, stachle ihn noch weiter an.

»Fick mich«, flüstere ich ihm ins Ohr, weil ich weiß, dass er beim Sex auf harte Worte steht, und werde mit einem kehligen Knurren belohnt.

Ich weiß, dass es ein irrer Anblick sein muss, wie Jonathan mich hier an der Marmorwand nimmt, aber ich sehe nicht zu der Frau, konzentriere mich auf das bebende Gefühl in mir, das immer stärker und stärker wird, sich nicht mehr aufhalten lässt.

Und dann stößt Jonathan noch einmal in mich und ich spüre, wie er erschauert und erlöst aufschreit. Sein Schwanz zuckt in mir und ich spüre, wie er kommt, und das schickt mich selbst in einen so gewaltigen Orgasmus, dass ich ohnmächtig zu werden drohe. Meine Muskeln ziehen sich um ihn zusammen, so als wollten sie ihn nie wieder loslassen, während er weiter mit schweren Stößen in mich pumpt und sich in mir ergießt.

»Grace«, keucht er und erschauert immer wieder, und weil ich spüre, wie intensiv dieser Höhepunkt für ihn ist, nehmen auch die Beben in mir nicht ab, lassen immer neue Wellen der Lust durch mich laufen.

Es dauert lange, bis wir uns beruhigen, und selbst dann lehnen wir weiter erschöpft an der Wand, immer noch vereint.

Irgendwann hebt Jonathan den Kopf und sieht mich mit einem verhangenen Blick an. Auch er scheint Schwierigkeiten zu haben, wieder in die Wirklichkeit zurückzufinden, aber seine Augen leuchten.

»Das«, sagt er außer Atem, »war sehr geil.« Er küsst mich noch mal, was mein Herz flattern lässt, denn so etwas tut er sehr selten nach dem Sex. Dann zieht er sich langsam aus mir zurück und lässt mich wieder nach unten gleiten, bis ich mit den Füßen auf dem Boden stehe.

Meine Beine sind wie Gummi und ich sinke erschöpft auf die Sitzecke, lehne mich in die Kissen zurück und schließe zufrieden die Augen, öffne sie erst wieder, als mich etwas Warmes berührt.

Jonathan sitzt neben mir und wäscht mich mit einem warmen, dampfenden Tuch ab. Irritiert frage ich mich, wo er das plötzlich her hat, aber dann sehe ich den livrierten Diener, der gerade mit einigen Sachen in der Hand den Raum verlässt. Er muss es gebracht haben, und wieder staune ich über den unauffälligen und sehr aufdringlichen Service. Wie es wohl ist, an so einem Ort zu arbeiten, frage ich mich, während ich mir den BH wieder richte, und bin froh, dass ich die Maske trage. Sie macht es mir doch einfacher, hier zu sein.

»Gefällt es dir?«, fragt Jonathan und ich weiß nicht genau, ob er seine Behandlung mit dem Tuch oder den Club im Allgemeinen meint. Ich nicke lächelnd und nehme ihm das Tuch ab, setze mich auf.

»Jetzt bin ich dran«, erkläre ich ihm und fahre mit dem warmen Tuch genüsslich über seinen Nacken, seinen Brustkorb und dann seinen Bauch, was er sich diesmal ohne Widerstand gefallen lässt. Sein Blick ruht auf mir, und wir sind so mit uns beschäftigt, dass ich die blonde Frau im Kimono erst bemerke, als sie vor der Nische steht. Das Paar, das eben noch auf der Couch war, ist verschwunden, wir sind mit ihr allein.

»Darf ich mich zu euch setzen?«

Ihre Stimme ist sehr angenehm und sie wirkt gepflegt, stellt ihre Frage leise und unaufdringlich und setzt sich, ohne auf eine Antwort zu warten, auf den Rand des Sitzkissens. Mit einem Lächeln legt sie die Hände auf Jonathans Brust und streicht bewundernd darüber.

Ihr Interesse gilt eindeutig nur ihm, nicht mir, denn ihre Blicke wandern begierig über seinen Körper, während sie eine Hand von seiner Brust löst und den Gürtel ihres Kimonos öffnet. Als er auffällt, sieht man, dass sie darunter nackt ist. Jonathan betrachtet sie, erwidert die Berührungen jedoch nicht. Noch nicht.

»Wir wären lieber allein.«

Ich spreche die Worte aus, ohne darüber nachzudenken, und als die beiden mich ansehen, die Frau überrascht, Jonathan mit einem undeutbaren Ausdruck in den Augen, rücke ich ein Stück näher an ihn heran und schlinge die Arme um seine Schultern.

Gerade, als sie noch drüben auf der anderen Seite saß, fand

ich die Anwesenheit der Frau richtig erregend, aber jetzt ist sie mir zu nah. Und es stört mich auch, dass sie Jonathan anfasst. Sehr sogar. Denn es ist eindeutig, was sie will. Er soll mit ihr tun, was er mit mir gemacht hat, das kann ich in ihren Augen sehen, und die Vorstellung, dass er das vielleicht tatsächlich tun wird und ich dabei zusehen muss, kann ich kaum ertragen.

Die Augen der Frau weiten sich, offenbar hat sie mit einer Abfuhr nicht gerechnet, aber sie sagt nichts, sieht nur Jonathan fragend an. Für einen Moment befürchte ich, dass er mir widerspricht, doch er zuckt nur mit den Schultern und schweigt. Sichtlich enttäuscht respektiert sie meinen Wunsch, steht auf und geht.

Als wir wieder allein sind, sieht Jonathan mich mit gerunzelter Stirn an, dann bückt er sich und hebt seine Hose auf, reicht mir meinen Slip.

»Mochtest du sie nicht?«

Ich schüttele den Kopf, froh darüber, dass er nicht weiter nach meinen Gründen dafür fragt, und schlüpfe schnell wieder in meinen Slip, während er langsam seine Hose anzieht.

Ich wünschte, die Frau wäre nicht gekommen. Wir waren uns gerade besonders nah, als sie uns gestört hat, aber das ist jetzt vorbei. Ich spüre, dass Jonathan sich wieder zurückzieht hinter diese Mauer, die ich einfach nicht durchdringen kann. Die ich vielleicht niemals durchdringen werde, gestehe ich mir traurig ein, und mir wird klar, dass ich ein Problem habe.

Die Frau selbst war mir nämlich eigentlich egal. Sie sah nett aus und sie war nicht abstoßend, daran lag es nicht. Ich hätte jede Frau weggeschickt, nicht nur sie. Weil ich Jonathan im Grunde meines Herzens nicht teilen will. Mit niemandem.

Er steht auf, und ich betrachte ihn, während er seine Hose schließt. Was ist nur mit ihm los? Warum besteht er darauf, dass beim Sex keine Gefühle im Spiel sein dürfen? Würde er wirklich das Gleiche empfinden, egal, ob er mit mir schläft oder mit dieser Frau gerade? Macht das für ihn keinen Unterschied?

Jonathan bemerkt meinen Blick und lächelt, was wieder dafür sorgt, dass ich für einen Moment nicht atmen kann. Wenn ich nur nicht so schrecklich verliebt in ihn wäre, denke ich seufzend, und lasse mich von ihm von dem Sitz hochziehen. Ich trage jetzt nur noch meine Unterwäsche, der livrierte Diener hat mein Kleid mitgenommen.

»Möchtest du einen Kimono?«, fragt Jonathan, und als ich nicke, zieht er an einem Stoffband neben einem der Regale, das ich erst jetzt bemerke. Fast sofort öffnet sich die Tür, und als hätte der Bedienstete, der hereinkommt, genau gewusst, was wir möchten, trägt er einen seidenen Mantel über dem Arm, der genauso aussieht wie der von der blonden Frau.

Jonathan nimmt ihn entgegen und hilft mir hinein.

»Komm«, sagt er, und ich seufze innerlich, weil ich lieber noch mit ihm allein gewesen wäre. Aber ich folge ihm.

26

Neugierig betrachte ich die Türen im immer noch leeren Flur.

»Sind eigentlich alle Zimmer hier so wie die Bibliothek?«, frage ich.

Jonathan sieht mich verständnislos an.

»Ich meine, sind sie so eingerichtet wie in einem normalen Haus? Das ... hatte ich irgendwie nicht erwartet«, gestehe ich.

Er lächelt. »Es gibt hier alles, wenn du das meinst. Du kannst so ziemlich jeder sexuellen Vorliebe nachgehen, die dir vorschwebt – das befindet sich allerdings alles oben in der ersten Etage«, erklärt er. »Möchtest du irgendetwas ausprobieren?«

»Ich weiß nicht.« Unsicher sehe ich ihn an. Er ist derjenige, der mir beigebracht hat, was ich über Sex weiß. Aber den Gedanken an irgendwelche Lederanzüge und Peitschen finde ich nicht besonders erotisch, und über andere Spielarten weiß ich noch weniger. »Vielleicht ein anderes Mal?«

Er nickt, was mich erleichtert, und bleibt vor einer Tür stehen, öffnet sie. Sie führt diesmal in einen eleganten Salon. Er ist ganz in Grau gehalten, mit dunkelgrauen Fliesen auf dem Boden, auf dem dicke Teppiche in einem helleren Ton liegen. Die schweren Vorhänge an den Fenstern sind geschlossen, aber mehrere Lampen mit weißen Schirmen und silbernen Füßen auf niedrigen Tischchen und zierlichen Kommoden spenden ein angenehm gedämpftes Licht. Drei breite graue Ledercouchen sind um einen Kamin aus dem gleichen schwarzen Marmor wie in der Bibliothek herum gruppiert. In der Mitte steht jedoch kein Couchtisch, sondern eine Art breiter, rechteckiger Hocker, so groß wie ein Tisch, aber ebenfalls lederüberzogen. Passende Accessoires wie Decken und Kissen nehmen dem Raum die Kühle, die er ansonsten ausstrahlt, und die Bilder an den Wänden, die abstrakte Motive zeigen, sorgen für eine stilvolle Atmosphäre.

Aber die Einrichtung ist es nicht, die meine Blicke auf sich zieht, sondern die Leute, die sich im Raum befinden. Es sind mehr als vorhin in der Bibliothek, mindestens acht. Sie stehen vor dem Kamin und sitzen auf den Couchen. Einige tragen Kimonos wie ich, andere sind noch halb angezogen wie Jonathan, aber einige sind auch ganz nackt und scheinen keine Hemmungen zu haben, diese Nacktheit zu zeigen. Masken tragen sie jedoch alle, und als sie uns neugierig betrachten, empfinde ich diese vielen Augen, die mir hinter schwarzem Stoff entgegenstarren, plötzlich als unheimlich.

Ich atme tief durch und bin froh, dass Jonathan kurz hinter der Tür stehen bleibt. Schon nach kurzer Zeit haben die anderen sich an unsere Anwesenheit gewöhnt und machen weiter.

Das Paar, das vorhin mit uns in der Bibliothek war, sitzt auf dem Sofa, zusammen mit einem anderen Mann, und die Frau küsst diesen gerade leidenschaftlich, während er ihre Brüste umfasst. Den blonden Mann, mit dem sie gerade erst in der Bibliothek geschlafen hat, scheint das anzumachen, denn er hat die Hose geöffnet und die Faust um seinen Penis geschlossen, sieht sichtlich erregt zu, während er sich selbst befriedigt. Eine Frau mit kurzen dunklen Haaren steht am Kamin zwischen zwei Männern. Ihr Kimono ist aufgefallen und sie stöhnt, weil beide mit ihren Händen über ihren nackten Körper streichen. Die blonde Frau, die gerade bei uns war, sitzt jetzt mit einem Mann mit dunkler Haut und sehr kurz geschnittenen Haaren zusammen. Sein Kopf ruht auf ihrer Brust, offensichtlich liebkost er gerade ihre Brustwarzen, und ich kann sehen, wie sich seine Hand zwischen ihren Schenkeln bewegt.

»Sollen wir zu ihnen rübergehen?«, fragt Jonathan.

Aber obwohl es eigentlich ein sehr erregender Anblick ist, ästhetisch und gar nicht abstoßend, schüttele ich den Kopf und bleibe stocksteif stehen.

Denn alles, woran ich denken kann, ist, dass diese Leute gleich vielleicht auch Sex mit mir haben wollen. Und mit Jonathan. Die blonde Frau, die vorhin bei uns in der Bibliothek war, sieht schon jetzt mit begehrlichen Blicken zu uns herüber, und ich weiß, dass es nur eine Frage der Zeit ist, bis sie wieder versuchen wird, Kontakt zu ihm aufzunehmen. Und jetzt, wo hier so viele sind, wird er sicher keine Rücksicht mehr auf meine Befindlichkeiten nehmen. Das Gefühl der Eifersucht zerreißt mich fast, aber ich versuche, es zu unterdrücken. Das gehört hier nicht her, das weiß ich. Aber ich kann es nicht abstellen.

»Grace, was ist denn los?«, fragt Jonathan. Offenbar spürt er, wie sehr ich mich verspannt habe.

»Nichts«, versichere ich ihm, doch ich mache weiter keinen Schritt auf die Paare zu. Es geht einfach nicht.

In diesem Moment öffnet sich die Tür erneut und drei weitere Personen betreten den Raum – zwei Frauen und ein Mann.

Die Frauen, eine mit langen blonden, die andere mit langen schwarzen Haaren, tragen beide sexy Reizwäsche, in Blau und in Lila, während der Mann noch fast vollständig bekleidet ist. Er ist groß und schwarzhaarig, mit leicht grauen Schläfen, und ich erkenne ihn trotz der Maske sofort.

Yuuto Nagako.

Mein Herz bleibt für einen Moment stehen, und ich spüre, wie eine eisige Faust sich darum schließt, als unsere Blicke sich treffen. Ich wusste zwar, dass die Möglichkeit besteht, ihm hier zu begegnen, aber bis zu diesem Augenblick habe ich sie verdrängt, deshalb trifft es mich jetzt umso härter, ihn zu sehen.

Auch er weiß sofort, wer ich bin – die Masken sind kein wirklicher Schutz, nicht, wenn man sich kennt –, und ein Lächeln spielt um seine Lippen. Ein widerliches, ekelhaft siegessicheres Lächeln, das keinen Zweifel daran lässt, was ihm gerade durch den Kopf geht. Er will mich und er glaubt, dass er mich auch kriegen kann.

Mit einem Kloß im Hals blicke ich zu Jonathan auf, sehe in seine blauen Augen, die ich so liebe, und frage mich verzweifelt, ob es überhaupt ein Zufall ist oder ob er Yuuto herbestellt hat. Würde er das tun?

Er scheint die Panik in meinem Gesicht zu sehen, denn er beugt sich zu mir herunter.

»Du musst nichts tun, was du nicht willst«, flüstert er mir ins Ohr, doch seine Worte beruhigen mich nicht. Stattdessen brennen plötzlich Tränen in meinen Augen.

Ich muss es vielleicht nicht, aber ich kann es tun, wenn ich will. Es würde ihm nichts ausmachen. Vielleicht würde er sogar gerne zusehen?

Nur unter großen Mühen kann ich einatmen, denn der Schmerz in meiner Brust nimmt mir fast den Atem, gräbt sich tief in meine Seele.

Alles, was ich vorher so erregend fand, stößt mich mit einem Mal ab, diese Austauschbarkeit, diese fehlende Verlässlichkeit, die Gefühlskälte. Jonathans Gefühlskälte.

So bin ich nicht, und so kann ich nicht sein. Vielleicht musste ich wirklich erst herkommen, um sicher zu wissen, dass es mir nicht egal ist, mit wem ich Sex habe. Ich will es mit Jonathan tun, ich will meine Grenzen mit ihm austesten, neue Dinge entdecken. Ja, das will ich. Aber nur mit ihm. Nicht mit irgendwelchen Männern aus diesem Club. Nicht mit Yuuto Nagako. Und genau das ist das Problem.

Denn wenn ich weiter mit Jonathan zusammen bin, dann wird es immer neue Yuutos geben, mit denen ich konfrontiert bin, Männer, die glauben, sie hätten auch ein Anrecht auf mich, weil Jonathan keinen Anspruch auf mich erhebt. Und immer neue Frauen, die Jonathan begehren und mit denen ich ihn teilen muss.

Zitternd atme ich ein, als mir endgültig klar wird, dass mir das nicht reicht. Ich will das Unmögliche – ich will, dass er mir gehört. Nicht nur halb oder ein bisschen, sondern ganz. Und die Tatsache, dass das offensichtlich nicht geht, zerreißt mir das Herz.

»Ich kann das nicht«, sage ich, und es fällt mir unendlich schwer, den Blick von seinen blauen Augen zu lösen, die mich so beschwörend ansehen. Aber ich muss hier raus, sofort, deshalb dränge ich mich an dem Japaner und den beiden Frauen vorbei in den Flur.

Ein Schluchzen bricht aus mir hervor, und ich halte die Hand vor meinen Mund, laufe weinend zurück in die Eingangshalle, weil ich die Tränen nicht mehr zurückhalten kann. Einer der livrierten Diener sieht mich besorgt an, doch fast sofort ist seine Miene wieder unbewegt.

»Zu den Umkleideräumen geht es dort entlang«, informiert er mich und deutet auf die Tür unterhalb der Treppe, die Jonathan mir auch schon gezeigt hat.

Dort sind wirklich eine Reihe von Kabinen, und in der Nummer zwölf, in der innen der Schlüssel steckt, den die Dame am Empfang uns gereicht hat, finde ich mein Kleid, meinen Mantel, die High Heels und meine Tasche. Ich ziehe mir alles hastig wieder an und ein Blick in den großen Spiegel hinter der Tür bestätigt mir, was ich schon befürchtet hatte – meine Augen sind gerötet vom Weinen und meine Wimperntusche ist verlaufen. Ich greife nach den bereitstehenden Kosmetiktüchern und versuche, sie wegzuwischen, aber neue Tränen laufen mir über die Wangen, während ich es tue, und schließlich gebe ich es auf.

Als ich zurück in die Halle trete, bleibe ich abrupt stehen. Jonathan steht vor der Tür der Umkleideräume und wartet auf mich.

Er hat die Hände zu Fäusten geballt und sieht aus, als könnte er sich nicht entscheiden, ob er überrascht oder wütend ist.

»Du willst wirklich gehen?«

Ich wische mir die Tränen von den Wangen und nicke.

»Es tut mir leid«, sage ich leise und betrachte ihn, sauge noch einmal jedes Detail an ihm in mich auf. Sein schwarzes Haar, seine wunderschönen blauen Augen, seine vollen Lippen, die so gut küssen können, und seine starken Arme, in denen ich so gerne gelegen habe. Er ist so schön und so dunkel und so verlockend. Und so schrecklich unerreichbar.

Die Farben der Liebe, denke ich unendlich traurig. Wenn es sie gibt, dann ist Jonathans Liebe tiefschwarz. Zu dunkel für mich.

Weil es vielleicht meine letzte Chance ist und weil ich einfach nicht anders kann, trete ich auf ihn zu und gebe ihm einen Kuss auf die Wange. Einen Abschiedskuss.

Dann drehe ich mich um und gehe auf den Ausgang zu, und je weiter ich mich von ihm entferne, desto schneller werden meine Schritte, weil die Gefahr, dass ich mich umdrehe und zu ihm zurücklaufe, einfach zu groß ist.

Mein Herz rast, und für einen verzweifelten Moment hoffe ich, dass er mich aufhält. Doch einen Augenblick später stehe ich im Foyer und die Tür fällt hinter mir ins Schloss. Es fühlt sich so endgültig an, dass ich zusammenzucke.

»Sie wollen uns schon verlassen?«, fragt die Blondine hinter dem Empfangstresen in die Stille und reißt mich aus meinen Gedanken. Ihr muss auffallen, wie aufgelöst ich bin, aber sie kommentiert es nicht. »Werden Sie abgeholt?«

Darüber habe ich noch gar nicht nachgedacht, aber ich nicke. Jonathan hat gesagt, dass Steven auf uns warten würde, aber wenn nicht oder wenn er nicht bereit ist, mich zu fahren, dann nehme ich mir ein Taxi. Ich werde schon eins finden.

Die Blondine öffnet mir die Tür und entlässt mich ohne ein Abschiedswort, und dann stehe ich draußen, laufe über den gepflasterten Weg auf das schmiedeeiserne Tor zu, das sich für mich öffnet. Der Regen umfängt mich kalt und wischt die Tränenspuren von meinen Wangen. Innerlich fühle ich mich total leer.

Es ist vorbei. Ich muss zurück nach Amerika und vergessen, was hier in England passiert ist. Ich muss Jonathan vergessen. Weil ich für ihn doch nur eine von vielen bin, austauschbar, ersetzbar. Weil sein Interesse an mir doch nicht tiefer geht, auch wenn ich das gerne glauben wollte. Auch wenn ein Teil von mir das immer noch so gerne glauben möchte. Weil ich einfach keine Zukunft mit ihm habe.

Die schwarze Limousine wartet tatsächlich an der Straße, und ich gehe mit schleppenden Schritten darauf zu, habe sie schon fast erreicht.

»Grace.«

Es ist Jonathans Stimme, die plötzlich hinter mir erklingt, und ich fahre herum.

Er kommt über den Gehsteig auf mich zu. Barfuß. Seine Hose klebt ihm nass am Körper und der Regen rinnt über seine nackte Brust. Kurz vor mir bleibt er stehen.

Es regnet jetzt noch stärker, und ich blinzle gegen die Tropfen an, starre in die blauen Augen, deren Tiefen so schwer zu ergründen sind.

Ich weiß, dass ich mich umdrehen und gehen sollte.
Weil er nicht gut für mich ist.
Weil ich mich in der Dunkelheit verlieren kann, die ihn umgibt.
Aber ich atme nur zitternd ein.
Und warte.

Lesen Sie weiter im April 2013...

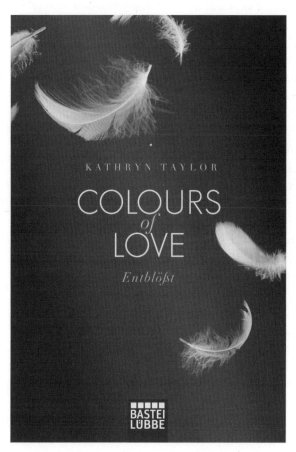